홍루몽

紅樓夢
6

조설근 지음 · 홍상훈 옮김

솔

寶釵
셜보차 薛寶釵

형수연 邢岫烟

| 일러두기 |

1 — 이 번역은 조설근曹雪芹·고악高鶚 저, 『홍루몽紅樓夢』(북경北京: 인민문학출판사 人民文學出版社, 1996)을 완역한 것이다.
2 — 독자들의 이해를 돕고자 각 권의 책 뒤에 역자 주석과 함께 가계도, 등장인물 소개, 찾아보기, 대관원 평면도, 연표 등을 부록으로 붙였다. 번역의 주석은 저본底本의 주석과 기타 문헌을 참조하여 각 회마다 1, 2, 3, 4… 차례대로 번호를 매겨 붙였으며, 특별한 경우가 아니면 저본의 원래 주석은 따로 구별하여 밝히지 않았다. 본문의 등장인물에는 •, 찾아보기에는 * 표시를 하고, 부록 면에 각각 가나다 순으로 간단한 설명을 달아두었다.
3 — 이 번역에서 책 제목은 『 』로, 시나 짧은 문장, 그림 제목, 노래 제목 등은 「 」로 표시했다.
4 — 등장인물에 대한 호칭은 대화를 비롯하여 특별히 필요한 경우가 아니면 일괄적으로 본명으로 표기했다. (예: 가우촌→ 가화, 진사은→ 진비)
5 — 본문에 인용된 시 구절은 주석의 분량이 길어지는 것을 감수하고 가능한 한 원작 전체를 소개했는데, 이는 해당 구절의 정확한 의미와 인용된 맥락을 이해하는 데 도움을 주기 위해서이다.
6 — 각 권 앞에 실은 그림들은 청나라 때 개기改琦가 그린 것으로 『청채회홍루몽도영 淸彩繪紅樓夢圖詠』(중국서점, 2010)에 수록된 것이다. 본문 중 각 회마다 사용된 삽화는 『전도금옥연全圖金玉緣』의 공개된 삽화를 다듬어 사용한 것이다.
7 — 본문에서 시詩, 사詞, 부賦 등 문학작품, 역자 주석이 달린 부분, 성어成語, 의미 강조가 필요한 부분, 동음이의어와 인명, 지명, 사물명 등 처음 나오는 고유명사에 한자를 병기했다. 부록의 각 항목에도 한자가 병기되어 있으며, 한글과 독음이 다를 경우 〔 〕를 사용했다.

| 차례 |

제87회 가을 감상에 젖어 거문고를 타며 옛일을 슬퍼하고
    좌선을 하다가 잡념이 일어 심마에 빠지다 21

제88회 가족의 기쁨을 사고자 가보옥은 가란을 칭찬하고
    집안을 바로잡고자 가진은 하인에게 매질을 하다 43

제89회 사람은 죽고 물건은 남아 도련님이 노래를 짓고
    부질없는 의심이 병이 되어 임대옥은 곡기를 끊다 61

제90회 솜옷 잃은 가난한 여인은 말다툼을 참아내고
    과일을 받은 도련님은 영문을 몰라 놀라다 79

제91회 음심을 품은 보섬은 교묘한 계략을 쓰고
    의심에 찬 가보옥은 엉터리 선문답을 하다 97

제92회 열녀전을 평하니 가교저는 현량한 규수를 흠모하고
    가정은 모주를 감상하다 만나고 헤어지는 이치를 깨닫다 113

제93회 진씨 댁 하인은 가씨 댁에 와서 몸을 의지하고
    수월암에서는 연애사가 드러나다 135

제94회 해당화 피어 잔치 벌이며 태부인은 꽃신에게 감사하고
    통령보옥을 잃은 가보옥은 기이한 재앙을 예감하다 155

제95회 거짓말이 사실이 되어 원비가 세상을 떠나고
    가짜와 진짜가 뒤섞여 가보옥이 실성하다 179

제96회	왕희봉은 남모르게 기발한 계책을 꾸미고 임대옥은 기밀이 누설되어 본성이 혼미해지다 199
제97회	임대옥은 원고를 불살라 연정을 끊고 설보차는 규방에서 나와 혼례를 올리다 219
제98회	고달픈 강주선자의 혼은 이한천으로 돌아가고 병중 신영시자의 눈물은 그리움의 땅에 뿌려지다 247
제99회	관청의 규율 지키려는데 못된 노비들이 관례를 깨고 늙은 이모부는 저보를 보고 스스로 놀라다 265
제100회	좋은 일을 망친 향릉은 하금계에게 깊은 원한을 사고 멀리 시집가는 누이에게 가보옥은 이별의 정을 느끼다 285
제101회	대관원 달밤에 유령이 나타나서 놀라고 산화사에서 점을 치니 이상한 점괘가 나오다 301
제102회	녕국부의 혈육들은 요사한 병에 걸리고 대관원에서는 부적으로 요괴를 몰아내다 323
제103회	악독한 계략을 꾸민 하금계는 제 몸을 불태우고 진리에 어두운 가화는 부질없이 옛 은인을 만나다 339

역자 주석 360

부록   가부와 대관원 평면도 379 | 가씨 가문 가계도 380 | 주요 가문 가계도 381
              등장인물 소개 382 | 찾아보기 396 | 연표 411

제87회

가을 감상에 젖어 거문고를 타며 옛일을 슬퍼하고
좌선을 하다가 잡념이 일어 심마에 빠지다

感深秋撫琴悲往事　坐禪寂走火入邪魔

가보옥과 묘옥이 임대옥의 구슬픈 거문고 연주를 듣다.

   대옥이 보차가 심부름 보낸 하녀에게 안으로 들어오라고 하자, 그 하녀가 인사를 하고 편지를 바쳤다. 대옥은 가서 차를 마시라 해놓고 편지를 펼쳐보니 이렇게 적혀 있었다.

   나는 타고난 팔자가 기구하여 집안에 험난한 일도 많고 자매도 없이 혼자인데다 어머님은 연로하여 쇠약해지고 계셔. 게다가 사나운 악담들이 아침저녁으로 끊이지 않지. 더욱이 뜻밖의 재난이 닥쳐 거센 폭풍우를 만난 것은 여기에 비할 바가 아니야. 밤늦도록 이리저리 뒤척이며 온갖 상념에 시달리니, 이 마음을 아는 동생이 날 측은히 여겨줄 수 있을까? 지난날 우린 해당시사海棠詩社*를 결성하여 맑은 가을의 서정을 읊으면서 국화를 구경하고, 게를 먹으며 즐거운 모임을 가졌었지. 난 아직도 이 구절을 기억하고 있어.

   고고하게 속세에 초연하여 뉘와 함께 은거할까?
   똑같이 꽃을 피우면서 왜 이리 늦게 피나?
   孤標傲世偕誰隱
   一樣花開爲底遲

   그러면서 이 쌀쌀한 계절에 버려진 꽃이 우리 두 사람 같다는 탄식을 하지 않은 적이 없어. 감회가 치솟아 되는대로 네 장의 부부(賦)를 지었으니, 병도 없이 신음하는 것이 아니라 긴 노래로 통곡을 대신하려는 마음이라고 해야겠지.

슬프게도 계절은 부단히 바뀌어 또 맑은 가을이 왔고
애석하게 집안의 불행 닥쳐 홀로 시름하는구나.
북당에 계신 어머님은 어이하면 근심을 잊으실까?
근심 풀 길 없어 내 마음 답답하기만 하네. (제1편)
悲時序之遞嬗兮又屬淸秋
感遭家之不造兮獨處離愁
北堂有萱兮何以忘憂
無以解憂兮我心啾啾 （一解）

구름은 자욱하고 가을바람 매서운데
뜰을 거니나니 서리 맞아 나뭇잎도 말랐구나.
어디로 어떻게 잃어버렸단 말인가, 지난날의 즐거움을?
조용히 생각하노라니 가슴만 아프네! (제2편)
雲憑憑兮秋風酸
步中庭兮霜葉乾
何去何從兮失我故歡
靜言思之兮惻肺肝 （二解）

다랑어는 못에 있고 학은 어량(魚梁)에 앉아 있나니[1]
물고기는 숨었고 하찮은 새들만 높이 나는구나!
머리 긁으며 물어도 대답은 아득하고
하늘 높고 땅 두터운데 뉘라서 알아주랴, 나의 긴 슬픔을! (제3편)

惟憑有潭兮惟鶴有梁

鱗甲潛伏兮羽毛何長

搔首問兮茫茫

高天厚地兮誰知余之永傷 (三解)

은하수는 아득한데 찬 기운 스며들고

비스듬한 달빛 속에서 물시계 소리 잦아드네.

시름겨운 마음 환히 밝혀 애달프게 읊조리나니

읊고 또 읊어 지기知己에게 부치노라. (제4편)

銀河耿耿兮寒氣侵

月色橫斜兮玉漏吟

憂心炳炳兮發我哀吟

吟復吟兮寄我知音 (四解)

대옥은 그걸 보고 말할 수 없는 슬픔에 잠겼다.

'언니가 다른 사람한테는 보내지 않고 나한테만 보냈으니, 이 또한 총명한 사람끼리만 통하는 동병상련이라는 의미겠지.'

그렇게 생각에 잠겨 있는데, 밖에서 누군가의 목소리가 들려왔다.

"대옥 아가씨 집에 계셔?"

대옥이 보차의 편지를 접으며 대답했다.

"누구셔요?"

그러자 어느새 탐춘探春˚과 상운湘雲˚, 이문李紋˚, 이기李綺˚ 등이 안으로 들어왔다. 서로 인사를 나누고 나자 설안雪雁˚이 차를 내와서 함께 마시며 잠시 담소를 나누었다. 그러다가 대옥이 예전에 국화를 보고 지었던 시가 생각나서 이렇게 말했다.

"보차 언니가 밖으로 옮겨 간 뒤로 두어 차례 찾아온 적이 있는데, 지금은 일이 있어도 아예 안 오니 정말 이상하지 않아? 내가 보기엔 앞으로도 영원히 오지 않을 것 같아."

탐춘이 미소를 지으며 말했다.

"안 오기야 하겠어요? 어쨌든 오긴 하겠지요. 지금 그 언니 올케가 성질을 좀 부리는 거 같아요. 이모님께선 연로하신데다 오빠 일까지 터졌으니, 당연히 보차 언니가 모든 걸 챙겨야 하지 않겠어요? 그러니 예전만큼 짬이 없겠지요."

그때 갑자기 '쏴아' 하는 바람 소리와 함께 낙엽이 우수수 떨어져 창호지를 두드렸다. 그러다가 잠시 후에는 바람을 타고 한줄기 맑은 향기가 스며들었다. 모두 그 향기를 맡고는 이렇게 말했다.

"어디서 이런 향기가? 이게 무슨 향이지?"

대옥이 말했다.

"금계金桂* 향기 같은데?"

탐춘이 웃으며 말했다.

"언니는 여태 남방 사람 티를 못 벗으시네. 지금은 구월 중순인데 아직 계화가 있을 리 있어요?"

"호호, 그렇지! 그러니까 계화 향이라고 단정하지 않고 '그런 것 같다.'고 했잖아."

상운이 말했다.

"탐춘 언니도 가만 계셔요. '십 리에 펼쳐진 연꽃, 한가을의 계수나무 열매〔十里荷花 三秋桂子〕'[2]라는 말도 있잖아요? 지금은 마침 남쪽에 계화가 피는 시절이라고요. 언니는 아직 보지 못해서 그러겠지만, 나중에 남쪽에 가면 저절로 알게 될 거예요."

"호호, 내가 남쪽에 왜 가? 그리고 여러분들이 뭐라 하지 않아도 그쯤은 나도 진즉 알고 있어요."

이문과 이기가 입을 삐죽거리며 웃자 대옥이 말했다.

"동생, 그렇게 말하면 안 되지. '사람은 지행선地行仙'³이라는 속담도 있잖아? 오늘은 여기 있지만 내일은 어디 있을지 모른다는 거지. 예를 들어서 나만 해도 원래 남쪽 사람인데 어떻게 여기에 와 있겠어?"

상운이 손뼉을 치며 말했다.

"호호, 오늘 탐춘 언니가 대옥 언니 말에 대답이 궁해졌네요. 대옥 언니만 남쪽 사람인데 여기 와 있는 게 아니라, 우리도 다 달라요. 본래 북쪽 사람도 있고, 뿌리는 남쪽 사람인데 북쪽에서 태어나 자란 사람도 있고, 남쪽에서 태어나 자랐지만 북쪽에 와 있는 사람도 있지요. 그러나 다들 이렇게 한자리에 모였잖아요? 그러니까 사람한테는 결국 정해진 운수가 있고, 무릇 지역과 사람 사이에는 각기 연분이라는 게 있다는 걸 알 수 있지요."

모두들 그 말에 고개를 끄덕이자 탐춘도 웃을 수밖에 없었다. 그들은 잠시 한담을 나누고 나서 헤어졌다. 대옥이 대문까지 전송하자 다들 이렇게 말했다.

"이제 막 몸이 나아졌으니 나오지 마세요. 그러다 감기 걸려요."

대옥은 문 입구에 서서 네 사람과 따뜻하게 몇 마디 더 나누고는 그들이 대문을 나설 때까지 눈으로 배웅했다. 그녀가 다시 방으로 돌아와 앉으니 새들은 벌써 숲으로 돌아가고 석양은 서쪽으로 내려앉고 있었다. 그녀는 상운이 남쪽에 대해 했던 이야기 때문에 갑자기 이런 생각이 들었다.

'부모님께서 살아 계시면 강남의 풍경을 마음껏 즐겼을 텐데…… 봄날 꽃과 가을의 달, 맑고 빼어난 강산, 이십사교⁴, 그리고 육조시대의 유적들까지…… 많은 하녀들의 시중을 받으며 무슨 일이든 마음대로 하고, 말할 때도 눈치볼 필요가 없겠지. 화려한 수레와 놀잇배에 알록달록 휘장을 치고 유아독존으로 지냈을 거 아냐? 지금은 남의 집에 붙어사니 주변의 보살핌을 받고 있긴 하지만, 모든 일에 신경을 써야 하지. 전생에 무슨 죄를 지어서 이생에 이렇게 외롭고 처량하게 살아야 하는 걸까? 정말 이후주李後主*의 말처럼 여기서는 날마다 그저 눈물로 세수할 뿐이야!⁵'

이런 생각에 빠져 있노라니 그녀는 자기도 모르게 넋을 놓고 있었다. 자견이 들어와 그녀의 이런 모습을 보고, 틀림없이 조금 전에 남쪽 이야기가 나와서 잠시 심사에 자극을 받았나 보다 생각했다.

"아가씨들이 오셔서 한참 동안 말씀들을 나누시더니 그 바람에 또 피곤하셨나 보네요. 조금 전에 설안이한테, 주방에 얘기해서 소시지를 넣은 배춧국을 한 그릇 가져오라고 했어요. 거기다 새우랑 죽순이랑 김을 조금 섞어서요. 어때요, 아가씨?"

"그것도 괜찮지 뭐."

"그리고 찹쌀죽도 조금 끓였어요."

대옥이 고개를 끄덕였다.

"죽은 주방에 맡기지 말고 언니들이 직접 끓이지 그랬어요?"

"안 그래도 주방에서 끓이면 불결할 것 같아서 저희가 직접 끓였어요. 그 국도 설안과 유아주머니한테 얘기해서 깔끔하게 끓여달라고 했고요. 유아주머니도 자기가 직접 재료를 준비해서는, 자기 방에서 오아[6]를 시켜 불을 지켜보게 하겠대요."

"남들이 만들면 불결하다는 얘기가 아니야. 다만 병이 나은지 며칠 안 돼서 이것저것 제대로 챙기지 못해 모두 남한테 신세를 지니까 그런 거지. 지금도 국이며 죽을 끓이는데 남들한테 폐를 끼치잖아?"

그렇게 말하면서 눈시울이 붉어지자 자견이 말했다.

"아가씨, 그건 너무 지나친 생각이에요. 아가씨는 노마님의 외손녀이고 또 그분이 제일 아끼시는 분이잖아요. 남들은 다들 아가씨께 잘 보이고 싶어도 기회가 없을 지경인데 원망할 사람이 어디 있겠어요?"

대옥이 고개를 끄덕이며 또 물었다.

"조금 전에 얘기한 오아가 혹시 예전에 보옥 도련님을 모시던 방관芳官•이와 같이 있던 아이야?"

"맞아요."

"그 아이도 안에 들어와서 일하고 싶다고 하지 않아?"

"그야 당연하지요. 하지만 한참을 앓다가 나중에 병이 나아서 들어올 수 있게 되었는데, 마침 청문晴雯˚이와 몇몇 아이들한테 문제가 생긴 때라서 그대로 미뤄지게 되었어요."

"내가 보기엔 그 아이도 얼굴이며 머리가 깔끔하던데?"

그때 밖에서 할멈이 국을 가져왔다. 설안이 나가 받는데, 할멈이 이렇게 말했다.

"유아주머니가 아가씨께 말씀드려 달라고 하대요. 이건 주방에서 만든 게 아니라 자기 집 오아가 만들었답니다. 혹시 아가씨께서 불결하다고 싫어하실까 싶어서 말이에요."

설안은 알겠다 대답하고 죽을 받아 들어왔다. 대옥은 이미 방 안에서 그 말을 들은 터라 설안을 시켜 그 할멈에게 돌아가서 오아에게 고맙다 전하라고 했다. 설안이 나가서 그대로 전하자 할멈이 돌아갔다. 설안은 작은 상에 대옥의 그릇과 수저를 놓고 나서 물었다.

"우리 고향 남쪽에서 가져온 오향대두채五香大頭菜[7]도 있는데, 참기름하고 식초를 넣어 버무려드릴까요?"

"그것도 괜찮지만 굳이 성가신 일을 할 필요는 없어."

그러는 사이에 죽을 담아주자, 대옥은 반 공기를 먹고 숟가락으로 국을 두어 모금 떠 마시고는 바로 상을 물렸다. 하녀 두 명이 상을 치우고 깨끗이 닦아서 내간 다음, 그 자리에 평상시 쓰는 작은 책상을 갖다놓았다. 대옥이 양치 후 손을 씻고 나서 말했다.

"자견 언니, 향로에 향은 넣었어?"

"지금 넣으려고요."

"언니들도 국이랑 죽 좀 먹어봐. 맛도 좋고 깔끔해. 향은 내가 넣을게."

자견과 설안은 "예!" 하고 바깥방에서 먹었다.

대옥은 향을 넣고 혼자 앉았다. 막 책을 하나 집어 들려고 하는데, 서쪽에서 동쪽으로 마당을 휩쓰는 바람이 나뭇가지 사이를 지나면서 끊임없이 '휘휘' 소리를 냈다. 잠시 후 처마 밑 풍경〔鐵馬〕[8]도 딸랑딸랑 어지럽게 울리기 시작했다. 잠시 후 설안이 먼저 먹고 들어오자 대옥이 물었다.

"날이 추워졌어. 그저께 언니들한테 내 털옷들을 햇볕에 좀 말리라고 얘기했는데, 어떻게 됐어?"

"모두 말려놓았어요."

"하나만 갖다 덮어줘."

설안은 털옷이 담긴 작은 꾸러미를 가져와 펼쳐놓고 대옥에게 고르라고 했다. 그 안에 명주 보자기가 있어서 대옥이 집어 들고 펼쳐보니, 아플 때 보옥이 보내준 손수건이었다. 거기에는 자신이 쓴 시와 눈물자국이 아직 남아 있었고, 그 안에는 가위로 잘라버린 향주머니와 부채 주머니, 그리고 보옥의 통령보옥에 매달았던 수실이 싸여 있었다. 원래 그것은 옷을 말릴 때 농에서 나온 것인데, 잃어버릴까봐 자견이 이 꾸러미 안에 넣어두었던 것이다. 대옥이 보지 못했다면 모르겠지만, 일단 그걸 보자 옷은 입을 생각도 안 하고 손수건을 든 채 멍하니 그 시를 들여다보았다. 그렇게 한참을 쳐다보더니, 자기도 모르게 눈물을 뚝뚝 흘렸다. 자견이 밖에서 들어오다 보니, 설안은 옷 꾸러미를 든 채 옆에 멍하니 서 있었고, 책상 위에는 가위에 잘린 향주머니와 두세 조각이 난 부채 주머니, 그리고 끊어진 수실이 놓여 있었다. 대옥은 글이 적힌 손수건에 눈물을 떨어뜨리고 있었다. 그야말로 이런 상황이었다.

실의한 사람 실망스러운 일 만나니
옛 눈물자국 사이로 새로운 눈물자국 생기네.
失意人逢失意事
新啼痕間舊啼痕

자견은 그 물건들이 대옥의 기분을 건드려서 옛일을 회상하며 슬퍼하고 있다는 것을 눈치챘지만, 위로해봐야 소용없다고 생각하여 일부러 웃으며 말했다.

"아가씨, 그것들은 또 뭐하러 보셔요? 그건 모두 도련님과 아가씨가 어렸을 때 사이가 좋았다가 금방 싸우곤 하면서 만들어낸 우스운 얘기에서 나온 물건이잖아요. 지금처럼 서로 공경하고 지냈더라면 그 물건들이 괜히 그런 재앙을 당하지 않았을 테지요."

자견은 원래 대옥의 기분을 풀어주려고 한 말이지만, 뜻밖에도 대옥은 그 말을 듣자 자기가 처음 왔을 때 보옥과 친하게 지내던 지난날을 떠올리며 구슬 같은 눈물을 줄줄 흘렸다. 자견이 다시 위로했다.

"설안이가 기다리고 있잖아요. 어서 옷을 하나 걸치셔요."

그제야 대옥이 손수건을 내려놓자 자견이 향주머니 등을 얼른 챙겨서 옆으로 밀쳐놓았다. 대옥은 가죽옷을 하나 걸치고 울적한 마음으로 혼자 바깥방에 가서 앉았다. 고개를 돌려보니 책상 위에 보차의 시가 적힌 편지가 그대로 놓여 있었다. 다시 들고 두 번을 읽어보고는 한숨을 내쉬며 중얼거렸다.

"사정은 달라도 가슴 아프기는 마찬가지지. 나도 네 장章의 시를 지어서 금보琴譜*의 곡조에 맞춰 연주하고 노래 부를 수 있게 해야겠다. 그리고 내일 보차 언니에게 부쳐서 화작和作*으로 삼아야지."

그녀는 곧 설안에게 바깥 탁자에 있는 붓과 벼루를 가져오라고 해서 붓에 먹물을 적셔 네 첩(疊)9의 시를 썼다. 그리고 금보를 펼쳐서 거기에 수록된 「의란조猗蘭操」와 「사현조思賢操」10를 빌려 음운을 맞추고, 자신이 지은 시에 맞추어 안배한 후 보차에게 보내기 위해 깔끔하게 써두었다. 그리고 설안을 시켜 장롱에 넣어둔 단금短琴*을 가져오라고 해서는 현絃을 고르고 손가락 놀리는 법을 연습했다. 대옥은 본래 대단히 총명한 사람이고 또 남쪽에 있을 때 얼마 동안 거문고 연주를 배웠기 때문에, 오랫동안 손을 대지 않아 조금은 낯설어도 결국 능숙하게 탈 수 있게 되었다. 그렇게 한참 타고 나니 이미 밤이 깊어져서, 그녀는 자견에게 거문고를 넣어두라 하고 잠자리에 들었다. 이 이야기는 그만하겠다.

한편, 보옥은 그날 일어나 세수를 한 후 배명焙茗*을 데리고 서당으로 갔다. 그러자 묵우墨雨*가 싱글벙글 웃으며 달려 나와 맞이했다.

"도련님, 오늘 사부님께서 서재에 안 계셔서 다들 공부를 쉰대요. 잘됐어요."

"정말이야?"

"못 믿으시는 모양인데, 저기 보셔요. 환 도련님과 란 도련님도 오고 계시잖아요."

보옥이 보니, 맞은편에서 가환과 가란이 하인들을 거느린 채 낄낄거리면서 뭔지 모를 이야기를 나누며 오고 있었다. 그들은 보옥을 보자 모두 공손히 손을 늘어뜨리고 섰다. 보옥이 물었다.

"너희들 왜 돌아오는 거야?"

가환이 대답했다.

"오늘 사부님께서 무슨 일이 있으시답니다. 그래서 공부를 하루 쉰다고, 내일 오라고 하셨어요."

보옥은 그제야 돌아가서 태부인과 가정에게 사정을 전한 다음 이홍원怡紅院*으로 갔다. 습인이 물었다.

"왜 또 돌아오셨어요?"

보옥은 까닭을 이야기해주고 잠시 앉아 있다가 곧 밖으로 나가려 했다. 그러자 습인이 말했다.

"어디 가시는데 이리 서두르셔요? 서당을 쉬게 되었으니 다른 데 신경 쓰지 마시고 좀 쉬시는 게 좋을 텐데요."

보옥이 걸음을 멈추고 고개를 푹 숙였다.

"누나 말도 맞아. 하지만 모처럼 서당을 쉬는데 좀 돌아다니면 어때? 누나도 나를 좀 불쌍히 여겨주면 안 되나?"

습인은 그가 가엾게 말하자 웃음을 머금고 말했다.

"마음대로 하셔요."

그러는 사이에 밥상이 들어왔다. 보옥은 어쩔 수 없이 몇 숟갈을 서둘러 먹고 양치한 다음, 그대로 대옥의 거처로 달려갔다.

그가 대문에 이르러 보니, 설안이 뜰에서 손수건을 말리고 있었다.

"아가씨는 식사하셨어?"

"아침에 일어나셔서 죽 반 공기를 잡수셨는데, 입맛이 없으시대요. 지금 주무시고 계셔요. 도련님, 잠시 다른 데 들르셨다가 나중에 다시 오셔요."

보옥은 하는 수 없이 돌아 나왔지만 갈 곳이 없었다. 그러다가 갑자기 석춘을 본지 오래 되었다는 생각이 들어 발길 닿는 대로 요풍헌蓼風軒*으로 갔다. 하지만 그가 창가에 이르러서 보니 방 안에서 사람 소리가 전혀 들리지 않았다. 보옥은 석춘도 낮잠을 자나 보다 싶어서 들어가기가 곤란했다. 그가 막 발길을 돌리려고 하는데, 갑자기 방 안에서 조그맣게 무슨 소리가 들렸다. 걸음을 멈추고 다시 귀를 기울여보니 한참 후에 또 '탁!' 하는 소리가 들렸다. 그래도 무슨 소리인지 짐작을 못하고 있는데 누군가의 목소리가 들려왔다.

"여기다 두셨는데 그럼 저긴 안 받으실 건가요?"

보옥은 그제야 바둑 두는 소리라는 걸 알아챘다. 하지만 그게 누구 목소리인지는 알 수 없었다. 이어서 석춘의 목소리가 들렸다.

"무슨 걱정이에요? 그쪽에서 이렇게 내 돌을 따내면 난 이렇게 응수할 거예요. 그리고 이렇게 따내면 저는 또 이렇게 응수하지요. 아직 한 점 여유가 있으니 결국 연결이 될 수 있지요."

"제가 이렇게 따내면요?"

"어머! 거기서 되따는 수가 있었군요! 그건 미처 방비하지 못했네요."

보옥은 다른 한 사람의 목소리가 아주 귀에 익었지만, 자매들 가운데 누구의 목소리도 아니었다. 그는 석춘의 방에 외인이 있으리라고는 생각하지 않았기 때문에 살그머니 발을 걷고 안으로 들어갔다. 그 사람은 다름 아니라 농취암櫳翠庵*의 승려 묘옥妙玉•이었다. 보옥은 묘옥을 보자 함부로 나서서 놀라게 하면 안 되겠다 싶었다. 묘옥과 석춘은 바둑에 빠져 있었기 때문에 그가 들어온 것도 몰랐다. 보옥은 옆에 서서 두 사람이 바둑 두는 것을 구경했다. 그때 묘옥이 고개를 숙인 채 석춘에게 물었다.

"이쪽 귀[11]는 필요 없나요?"

"그럴 리가 있나요? 거기 있는 스님 돌들은 모두 죽었는데 뭐가 겁나겠어요?"

"큰소리치지 마시고 어디 둬보셔요."

"그럼 제가 공격해보겠어요. 어떻게 두시나 볼까요?"

묘옥이 슬며시 웃으며 변의 돌을 연결해놓고, 석춘이 따내자 다시 돌을 따내니 오히려 귀에 있는 석춘의 돌들이 모두 죽어버렸다.

"호호, 이게 바로 '회돌이'[12]라는 거예요."

석춘이 미처 대답하기도 전에 옆에서 보옥이 참지 못하고 깔깔 웃었다. 그 바람에 묘옥과 석춘은 모두 깜짝 놀랐다. 석춘이 말했다.

"오빠, 어떻게 된 거예요? 말도 없이 들어와서 이렇게 사람을 놀라게 하다니! 언제 들어오셨어요?"

"아까부터 들어와서 두 사람이 이쪽 귀를 차지하려고 싸우는 걸 구경하고 있었지."

그러면서 그는 묘옥에게 인사하고 또 웃으면서 물었다.

"선방禪房에서 잘 나오지 않는 분께서 오늘은 무슨 인연으로 속세에 강림하셨습니까?"

그 말에 묘옥은 갑자기 얼굴이 빨개져서 대답도 않고 고개를 숙인 채 바둑판만 쳐다보았다. 보옥은 말실수했다는 걸 깨닫고 얼른 웃으며 말했다.

"아무래도 출가한 분은 우리처럼 집에 있는 속인俗人들과는 다르지요. 무엇보다도 마음이 안정되어 있으니까요. 마음이 안정되어 있으면 영통靈通하고, 영통하면 지혜롭기 마련……"

그의 말이 채 끝나기도 전에 묘옥이 눈을 약간 들어 슬쩍 쳐다보더니 다시 고개를 숙였다. 그녀의 얼굴은 점점 더 붉어졌다. 보옥은 그녀가 상대해주지 않자 무안해져서 어쩔 수 없이 옆쪽에 앉았다. 석춘이 계속 두자고 하자 묘옥은 한참을 망설이다 말했다.

"다음에 두도록 해요."

그리고 곧 일어서서 옷매무시를 바로잡더니 다시 앉아 멍하니 보옥을 바라보며 물었다.

"어디서 오시는 길인가요?"

그 말을 들은 보옥은 기분이 좋아 조금 전에 한 말을 변명할까 하다가 갑자기 이런 생각이 들었다.

'혹시 기봉機鋒[13]일지도 몰라.'

그래서 그는 얼굴을 붉히며 대답하지 못했다. 묘옥은 희미하게 웃으면서 석춘과 이야기를 나누었다. 석춘도 웃으며 말했다.

"오빠, 그게 뭐 대답하기 힘든 말이라고 그래요? 남들이 늘 '온 곳에서 왔다〔從來處來〕.'고 하는 말도 못 들어보셨어요? 이게 뭐 얼굴 붉힐 일이라고 낯선 사람 대하듯이 하시는 거예요?"

묘옥이 그 말을 듣고 자신의 입장에서 생각해보았다. 그런데 가슴이 뛰고 얼굴이 뜨거워진 걸로 보아 분명 얼굴이 또 빨갛게 달아올랐을 터라 괜히 멋쩍어졌다. 그녀는 곧 자리에서 일어서며 말했다.

"너무 오래 앉아 있었군요. 암자로 돌아가봐야겠어요."

석춘은 묘옥의 성격을 아는지라 굳이 만류하지 않고 대문 입구까지 배웅했다. 묘옥이 미소를 지으면서 말했다.

"여기 와본 지 오래 되어서 길을 잘 모르겠네요. 너무 구불구불해서 돌아가다가 잘못하면 길을 잃겠어요."

그러자 보옥이 말했다.

"제가 모셔다 드릴까요?"

"황송하지만 그렇게 해주시겠어요?"

이에 두 사람은 석춘과 작별하고 요풍헌을 떠나 구불구불한 길을 걸었다. 그런데 그들이 소상관瀟湘館* 근처에 이르렀을 때 갑자기 '뚱땅뚱땅!' 하는 소리가 들렸다. 묘옥이 말했다.

"어디서 거문고를 타나 보군요?"

"대옥 누이 방에서 나는 소리 같아요."

"그 아가씨도 거문고를 연주하실 줄 아셨군요. 그런데 왜 지금껏 그런 얘기를 못 들었을까요?"

보옥이 거문고와 관련된 대옥의 이야기를 죽 들려주고 말했다.

"같이 가볼까요?"

"거문고는 '듣는' 것이지 '보는' 게 아니에요."

"하하, 그러기에 제가 속인이라고 하지 않았습니까?"

그러는 사이 두 사람은 소상관 밖에 도착해서 가산假山*의 바위 위에 앉아 조용히 거문고 연주를 들었다. 음조가 매우 맑았다. 그때 나직이 읊조리는 소리가 들려왔다.

쓸쓸한 바람에 가을은 깊어가는데
먼 타향에서 미인은 홀로 시름에 잠기네.
고향을 바라보나니 어디인가?
난간에 기대어 눈물로 옷깃 적시네.
風蕭蕭兮秋氣深
美人千里兮獨沉吟
望故鄕兮何處

倚欄杆兮涕沾襟

그리고 잠시 멈추었다가 다시 읊조리는 소리가 들렸다.

　　산은 아득하고 강물은 멀리 이어지는데
　　창을 비추는 밝은 달빛
　　시름겨워 잠 못 이루는데 은하수는 아득하고
　　비단옷 얇아 바람과 이슬 차갑구나!
　　山迢迢兮水長
　　照軒窓兮明月光
　　耿耿不寐兮銀河渺茫
　　羅衫怯怯兮風露涼

읊조리는 소리가 멈추자 묘옥이 말했다.
"조금 전의 '침운侵韻'*이 제1첩疊이고, 지금 읊은 '양운陽韻'*은 제2첩이에요. 더 들어보지요."
그때 안쪽에서 다시 읊조리는 소리가 들렸다.

　　그대의 운명 자유롭지 못하고
　　내 신세는 근심이 많구나.
　　그대와 나는 마음이 서로 맞으니
　　옛사람 생각하여 허물을 없애야지![14]
　　子之遭兮不自由
　　予之遇兮多煩憂
　　之子與我兮心焉相投
　　思古人兮俾無尤

"여기까지가 또 한 절이에요. 어쩌면 저리 근심이 깊을까!"
"잘 모르긴 하지만 저 음조를 듣기만 해도 너무 슬퍼지는군요."
그때 방 안에서 다시 현을 고르자 묘옥이 말했다.
"군현君絃[15]의 음이 너무 높아 무사율無射律[16]과 어울리지 않는군요."
안쪽에서 다시 읊조리는 소리가 들려왔다.

　　이 세상의 인생은 티끌처럼 가볍나니
　　천상과 인간 세상에서 옛 인연에 감응한 것이라네.
　　옛 인연에 감응하니 도중에 끊을 수 없나니
　　순결한 마음 어떠한가 하늘의 달이여!
　　人生斯世兮如輕塵
　　天上人間兮感夙因
　　感夙因兮不可憼
　　素心如何天上月

묘옥이 깜짝 놀라 안색이 변했다.
"왜 갑자기 변치음變徵音[17]으로 변했지? 음운이 금석金石이라도 쪼갤 듯 격렬하지만 너무 과하군요."
"너무 과하면 어떻다는 건가요?"
"오래 지속할 수 없을까봐 걱정이라는 말씀이지요."
그렇게 얘기하고 있을 때 갑자기 군현이 '퉁!' 하고 끊어지는 소리가 들렸다. 묘옥이 일어나서 황급히 달려가자 보옥이 물었다.
"무슨 일이에요?"
"나중에 자연히 아시게 될 테니 더 이상 말씀하지 마셔요."
그녀가 그렇게 말하고 떠나버리자, 보옥은 불안한 마음을 가득 안고 풀이 죽어서 이홍원으로 돌아갔다. 이 이야기는 그만하겠다.

묘옥이 돌아가자 절에서 일하는 할멈〔道婆〕이 그녀를 맞이하고 암자의 문을 닫았다. 묘옥은 잠시 앉아서 『선문일송禪門日誦』[18]을 한 번 외웠다. 저녁 식사 후 향을 피우고 보살에게 예불을 올린 다음 할멈에게 가서 자라고 했다. 그리고 자기는 좌선하는 걸상과 등받이를 모두 갖추어놓고 숨을 죽인 채 주렴을 내렸다. 그런 다음 가부좌를 틀고 앉아 망상을 끊고 진여眞如[19]의 경지에 들어가려고 노력했다. 자정이 지날 때까지 앉아 있는데, 지붕 위에서 '달그락!' 기와 울리는 소리가 들렸다. 묘옥은 도둑이 들었나 싶어서 걸상에서 내려와 앞쪽 난간으로 나가보았다. 하지만 하늘에는 구름 그림자만 비스듬히 걸려 있고 달빛이 휘영청 빛나고 있었다. 날씨가 그다지 춥지 않아 잠시 난간에 기대어 서 있는데, 갑자기 지붕 위에서 두 마리 고양이가 번갈아 우는 것이었다. 묘옥은 문득 낮에 보옥이 했던 말이 떠올라 자기도 모르게 가슴이 두근거리면서 귓불이 달아올랐다.

그녀는 황급히 마음을 추스르고 선방으로 들어가 다시 걸상에 앉았다. 하지만 갑자기 만 마리 말이 질주하는 듯 마음을 가눌 수 없을 정도로 걸상이 흔들리는 것 같더니, 그녀의 몸은 이미 암자를 떠나 있었다. 갑자기 수많은 왕자와 귀족 자제들이 그녀에게 청혼하고 또 몇몇 중매쟁이들은 그녀를 이리저리 잡아끌며 수레에 태우려 했지만, 그녀는 한사코 따라가려 하지 않았다. 잠시 후에는 도적들이 칼과 몽둥이로 그녀를 협박하며 납치하려고 했다. 그녀는 울고불고 고함치며 살려달라고 애원했다. 그 소리에 놀란 암자의 비구니들과 할멈들이 모두 등불을 밝혀 들고 달려와보니, 묘옥은 두 팔을 마구 휘두르며 입에 거품을 물고 있었다. 황급히 불러 깨우자 눈을 부라리며 두 볼이 빨갛게 달아올라 욕을 퍼부었다.

"나는 보살님께서 보우해주시는 몸인데, 너희 강도 놈들이 어찌할 수 있을 것 같으냐!"

모두 깜짝 놀라 당황하면서 말했다.

"우리가 여기 있잖아요. 어서 정신 차리셔요!"

"난 집으로 돌아갈 거야! 너희들 가운데 그래도 선한 사람이 있다면 날 돌려보내다오!"

할멈이 말했다.

"여기가 바로 스님 집이에요."

그러면서 할멈은 얼른 다른 비구니에게 가서 관음보살에게 기도를 올리고 점을 치게 했다. 그리고 책을 펼쳐서 점괘 풀이를 보니 서남쪽 모퉁이의 음인陰人[20]을 화나게 했다는 것이었다. 그러자 누군가 말했다.

"맞아요! 대관원 서남쪽에는 본래 사람이 살고 있지 않으니까 음기가 차 있을 거예요."

그러면서 물을 끓이고 찬물을 떠오고 난리법석을 피웠다.

조금 전에 말한 그 비구니는 원래 남쪽에서 데려온 사람인지라 다른 사람들에 비해 더욱 정성을 다해 묘옥의 시중을 들었다. 그녀는 묘옥을 감싸 안고 참선하는 걸상에 앉아 있었다. 그러자 묘옥이 돌아보며 물었다.

"누구세요?"

"저예요."

묘옥이 자세히 보더니 "당신이었군요!" 하면서 비구니를 덥석 끌어안고 꺼이꺼이 울면서 말했다.

"당신은 제 어머니잖아요. 그러니 당신이 구해주지 않으면 전 살 수 없어요!"

그 비구니는 묘옥의 이름을 부르며 정신 차리라고 하면서 사지를 주물러 주었다. 할멈이 차를 가져와 먹이고 난 후, 날이 샐 무렵에야 묘옥은 겨우 잠이 들었다.

비구니가 곧 의원들을 불러다 진맥하게 하니, 생각에 지나치게 골몰하다 비장을 상했다고 하는 사람도 있었고, 자궁에 열이 찼다고 하는 사람, 사악한 요귀에 들렸다고 하는 사람, 안팎으로 한기가 들었다는 사람도 있어서 도무지 누구 말이 맞는지 알 수 없었다. 나중에 다른 의원을 불러다가 진맥하게 하자, 그가 물었다.

"좌선을 한 적이 있는가?"

할멈이 대답했다.

"줄곧 해오셨지요."

"이 병은 엊저녁에 갑자기 생긴 것이겠지?"

"예."

"이건 주마입화走魔入火²¹로 인한 병일세."

그러자 사람들이 물었다.

"괜찮아지겠습니까?"

"다행히 좌선한 시간이 오래되지 않아서 마魔의 기운이 깊이 침입하지 않았으니 치료할 수 있겠네."

그러면서 의원은 심화를 내리는 약의 처방전을 써주었다. 그 약을 한 첩 먹고 나자 묘옥은 조금씩 차도가 생겼다. 밖에 있는 불량배들이 그 소문을 듣고 온갖 이상한 말들을 만들어냈다.

"그 젊은 나이에 어떻게 참을 수 있었겠어? 게다가 풍류를 좋아하는 성품에 무척 영리한 사람이니까 더 그렇지. 나중에 누구 품에 안길지 모르지만 아주 딱 맞는 사람일 거야."

며칠이 지나자 묘옥의 병세는 조금 나아졌지만, 정신은 여전히 회복되지 않아 몽롱한 상태가 지속되었다.

하루는 석춘이 앉아 있는데 갑자기 채병*이 들어와서 물었다.

"아가씨, 묘옥 스님 일에 대해 아셔요?"

"무슨 일인데?"

"어제 수연 아가씨와 큰아씨께서 하시는 말씀을 들었는데, 묘옥 스님이 아가씨와 바둑을 두고 돌아가신 날 밤에 갑자기 귀신이 들려서 강도가 자기를 납치하려 한다고 막 소리를 지르시더래요. 그런데 지금까지도 다 낫지 않은 모양이더라고요. 정말 이상한 일 아니에요?"

석춘은 말없이 생각에 잠겼다.

'묘옥 스님이 정결한 분이긴 하지만 속세의 인연을 아직 끊지 못하셨구나. 애석하게도 나는 이런 집에 태어나서 출가하기도 곤란하지. 만약 내가 출가했다면 결코 사악한 마귀 따위에 농락당하지 않았을 거야. 아무 잡념이 생기지 않도록 모든 인연을 다 끊었겠지.'

그렇게 생각하노라니 갑자기 영감이 떠올라 게偈*를 한 수 읊었다.

천지만물은 본래 무상한 것이거늘
응당 머물 곳 어디란 말인가?
기왕 공空에서 왔으니
응당 공으로 가야 한다네!
大造本無方
云何是應住
旣從空中來
應向空中去

그렇게 읊고 나서 그녀는 하녀에게 향을 피우라고 했다. 그리고 혼자 조용히 앉아 있다가 다시 기보棋譜*를 펼쳐서 공융孔融[22], 왕적신王積薪[23] 등이 둔 바둑을 몇 편 살펴보았다. 그 안에 수록된 '하엽포해세荷葉包蟹勢'[24]와 '황앵박토세黃鶯搏兎勢'[25]는 모두 특이할 게 없었지만 '삼십륙국살각세三十六局殺角勢'[26]는 언뜻 이해하기도 힘들고 기억하기도 어려웠다. 다만 '팔룡주마八龍走馬'[27]는 아주 흥미로웠다. 그녀가 그렇게 바둑 생각에 잠겨 있을 때, 밖에서 누군가 뜰에 들어와 다급하게 채병의 이름을 불렀다.

그게 누구인지는 다음 회를 보시라.

제88회

가족의 기쁨을 사고자 가보옥은 가란을 칭찬하고
집안을 바로잡고자 가진은 하인에게 매질을 하다

博庭歡寶玉贊孤兒　正家法賈珍鞭悍僕

가진이 집안 하인에게 매질을 하다.

　석춘이 기보를 보며 생각에 잠겨 있을 때 뜰에서 채병을 부른 사람은 다름 아닌 원앙이었다. 채병이 나가 원앙을 데리고 들어왔다. 원앙은 노란색 작은 비단 보자기를 든 하녀를 하나 거느리고 왔다. 석춘이 웃으며 물었다.
　"어쩐 일이에요?"
　"노마님께서 내년에 여든한 살이 되시니, 구의 배수〔暗九〕가 되는 연세이시잖아요? 그래서 아흐레 밤낮으로 불공을 올리라 하시면서 삼천육백오십일 부部의 『금강경金剛經』을 쓰기로 하셔서 이미 바깥사람들에게 시켜놓았어요. 하지만 『금강경』은 도가道家의 표면적인 부적〔符殼〕과 같은 것이고, 『심경心經』이나 되어야 정화가 담긴 부적〔符膽〕¹이라 할 수 있기 때문에 『금강경』 안에 『심경』을 끼워넣어야 공덕이 더 많이 쌓인대요. 노마님께서는 『심경』이 더욱 중요하고 또 관세음보살이 여자 보살인 만큼, 친속 여자들 가운데 아씨들이나 아가씨들께서 삼백육십오 부를 쓰셔야 정성도 담기고 정결하다고 생각하셔요. 그런데 둘째 아씨는 예외예요. 그분은 집안 살림을 맡아보시느라 여가가 없으시고, 또 잘 쓰시지도 못하니까요. 그러니까 나머지 분들은 분량이 얼마나 되든 상관없이 다 쓰셔야 해요. 심지어 녕국부寧國府의 진 서방님 아씨와 여러 작은마님들까지 모두 한몫씩 나누어 맡으셨으니까 우리 집의 경우는 말할 필요도 없겠지요."
　석춘이 고개를 끄덕이며 말했다.

"다른 건 몰라도 불경을 베껴 쓰는 거라면 아주 경건하게 할 수 있어요. 내려놓고 차나 좀 마시고 가셔요."

원앙은 그 작은 보자기를 탁자 위에 내려놓고 석춘과 함께 자리에 앉았다. 채병이 차를 따라 오자 석춘이 웃는 얼굴로 물었다.

"언니도 쓰나요?"

"또 농담이시네요. 예전에 몇 년 동안은 그래도 좀 썼는데 요즘 삼, 사 년 사이에 제가 붓 드는 걸 보신 적 있으세요?"

"하지만 이건 공덕이 쌓이는 일이잖아요."

"저도 한 가지를 하고 있어요. 이제껏 노마님 잠자리 시중을 들고나면 쌀알을 세면서 염불을 외웠는데, 이게 벌써 삼 년이 되었지요. 그 쌀들을 잘 간수해두었다가 노마님께서 공덕을 베푸실 때 부처님께 바치거나 보시하시는 데 보탤까 해요. 그럼 저도 조금이나마 정성을 더하는 게 될 테지요."

"그럼 할머님께서 관세음보살이 되시면 언니는 용녀龍女²가 되겠군요?"

"제가 어찌 감히 그럴 주제나 되겠어요? 다만 노마님 외에 다른 분은 모시게 될 것 같지 않으니, 전생에 무슨 인연이 있었는지 모르겠네요."

그러면서 그녀는 하녀에게 비단 포자기를 풀게 해서 안에 든 걸 꺼내며 말했다.

"이 백지 한 묶음은 『심경』을 쓰시는 데 필요한 거예요."

그리고 서장西藏에서 난 향 한 묶음을 꺼내면서 말했다.

"불경을 쓰실 때 이 향을 피워놓고 쓰셔요."

석춘이 그러겠다고 대답했다.

원앙은 작별하고 나가서 하녀와 함께 태부인의 방으로 돌아가 다녀온 일을 보고한 다음, 태부인이 이환과 쌍륙雙陸놀이³ 하는 것을 옆에서 구경했다. 이환은 주사위를 잘 던져서, 던지기만 하면 태부인의 말을 여러 개씩 잡아먹었다. 그걸 보고 원앙이 입을 오므리며 웃고 있는데, 갑자기 보옥이 들어왔다. 그는 여치가 몇 마리 담긴, 대나무 줄기를 가늘게 쪼개 엮은 작은 조롱을 들고 있었다.
"할머니, 저녁에 잠을 잘 주무시지 못한다는 얘기를 듣고 심심풀이를 해 드리려고 왔어요."
"호호, 아범이 집에 없는 틈에 그저 장난칠 생각만 하고 있구나?"
"하하, 아니에요!"
"그게 아니라면 서재에서 공부나 할 일이지 그런 건 왜 만들었어?"
"제가 만든 게 아니에요. 오늘 사부님께서 환이와 란이에게 대구對句를 지어보라고 하셨는데 환이가 짓지 못하기에 제가 슬쩍 알려주었어요. 그런데 그 대구를 보고 사부님께서 기뻐하시며 환이한테 몇 마디 칭찬을 해주셨어요. 그러니까 환이가 고맙다면서 이걸 사다 주었는데, 전 이걸 할머니께 드리려고 가져왔어요."
"환이도 매일 책을 읽는데 왜 대구 하나 제대로 짓지 못한다더냐? 제대로 하지 못하면 너희 사부가 그놈 따귀를 쳐서 창피를 당하게 해야지! 너도 그런 꼴 많이 당했잖느냐? 생각 안 나느냐? 네 아범이 집에 있을 때 시詩詞를 지어보라고 하면 새끼 귀신처럼 놀라더니, 지금은 제법 큰소리를 치는구나. 그 환이 놈도 싹수가 노랗지! 남한테 대신 써달라 하고 편법으로 뇌물이나 먹이다니. 어린놈이 이렇게 음흉한 수작을 부리고도 부끄러운 줄 모르니 나중에 크면 뭐가 될지 모르겠구나."
그 말에 방 안의 모든 이들이 웃음을 터뜨렸다. 태부인이 또 물었다.
"란이는 잘 지었더냐? 그건 환이가 대신 지어줘야 했을 거 아니냐? 그 아이가 환이보다 더 어리니까 말이다. 안 그러냐?"
"하하, 란이는 혼자 지었어요."
"못 믿겠구나! 그게 아니라면 그 아이도 네가 수작을 부렸겠지. 이젠 너도 제법이로구나? '군계일학群鷄一鶴'으로 제일 뛰어나고 또 팔고문까지 지을 줄 알게 되었으니 말이다."

"하하, 정말 본인이 직접 지었어요. 사부님께서도 란이는 나중에 분명 출세할 거라고 칭찬하셨어요. 못 믿으시겠거든 당장 그 아이를 불러다 직접 시험해보셔요."

"그게 정말이라면 나도 기쁜 일이지. 난 그저 네가 거짓말한 게 아닌가 싶어서 그랬다. 정말 자기가 지었다면 그 아이도 나중에 출세할 가망이 있겠구나."

그러다가 이환을 보자 가주가 생각나서 이렇게 말했다.

"이것도 네 형이 죽고 형수가 애써 키운 보람이라 하겠지. 나중에 란이가 제 아비를 대신해서 이 가문을 빛내게 될 게야."

그러면서 태부인은 흐르는 눈물을 주체하지 못했다. 이환도 그 말에 마음이 흔들렸지만 태부인이 상심하고 있기 때문에 얼른 눈물을 참고 웃음을 지으며 위로했다.

"이건 다 할머님의 높으신 덕성 때문이에요. 저희는 거기에 의지해 살 뿐이지요. 그 아이가 할머님 말씀대로 되어만 준다면 우리 집안의 복이겠지요. 할머님도 보시면 기쁘실 텐데 왜 슬퍼하세요?"

그러면서 그녀가 보옥을 돌아보며 말했다.

"도련님, 이후로는 란이를 이렇게 칭찬하지 마셔요. 어린아이가 뭘 알겠어요? 도련님께서야 귀여워서 하시는 말씀이겠지만, 그 애가 그런 마음을 헤아리겠어요? 자꾸 그렇게 칭찬하시면 자만에 빠져서 더 크게 발전하지 못할 거예요."

태부인이 말했다.

"네 형수 말이 맞다. 그리고 그 아이는 아직 어리니까 너무 엄하게 다그치지도 마라. 아이들은 마음이 여려서 심하게 다그치면 탈이 생기기 마련이지. 그러면 공부도 제대로 못하게 되니 네 수고도 허사가 되고 말거든."

태부인이 거기까지 말하자 이환은 주르르 흐르는 눈물을 참지 못하고 황급히 훔쳤다. 그때 가환과 가란이 들어와 태부인에게 인사를 올렸다. 가란은 자기 어머니에게도 인사하고 나서 태부인 옆으로 와 공손히 섰다. 태부인이 말했다.

"조금 전에 네 숙부한테서 네가 대구를 잘 지어 사부님께 칭찬받았다는 얘기를 들었단다."

가란은 말없이 입을 오므리고 웃었다. 그때 원앙이 와서 말했다.

"노마님, 저녁 진지가 준비되었어요."

"보옥이 이모님도 모시도록 해라."

호박琥珀*이 곧 설씨 댁 마님을 모시러 사람을 보냈다. 보옥은 가환과 함께 물러났고, 소운素雲*은 하녀들과 함께 쌍륙을 치웠다. 이환은 태부인의 식사 시중을 들기 위해 기다리고 있었고, 가란은 자기 어머니 옆에 서 있었다. 태부인이 말했다.

"너희 모자도 나와 같이 먹자꾸나."

이환이 "예!" 하고 대답했다. 잠시 후 상이 차려지자 심부름 갔던 하녀가 돌아와서 보고했다.

"마님께서 노마님께 여쭈라고 하셨습니다. 설씨 댁 마님은 요즘 잠깐만 앉아 계시다가 가셔서 오가는 것을 일일이 노마님께 말씀드리지 못하셨다고 합니다. 오늘도 잠깐 오셨다가 식사를 하고 돌아가셨다고 합니다."

이에 태부인은 가란을 옆에 앉히고 함께 식사를 먹었는데, 이 이야기는 자세히 서술할 필요 없겠다.

태부인은 식사를 마치자 세수하고 양치질한 다음, 침상에 비스듬히 누워 한담을 나누었다. 그때 하녀가 호박에게 뭐라고 얘기하자, 호박이 태부인에게 다가가 아뢰었다.

"녕국부 진珍 나리께서 저녁 문안 인사를 드리러 오셨어요."

"가서 전하거라. 오늘 집안일 보살피느라 피곤할 테니 가서 쉬라고 말이다. 다녀간 건 알겠노라고 해라."

하녀가 할멈들에게 전하자 할멈들이 가진賈珍*에게 이야기했고, 이에

제88회 49

가진은 물러갔다.

이튿날 가진이 일을 처리하기 위해 다시 영국부英國府로 왔다. 문을 지키던 심부름꾼들이 연달아 몇 가지 용무를 보고했는데, 한 아이가 이렇게 알렸다.
"농장에서 과일을 보내왔습니다."
"목록은?"
심부름꾼이 얼른 목록을 바쳤고, 가진이 펼쳐보니 계절에 맞는 신선한 과일들 목록이었다. 채소와 더불어 들에서 사냥한 짐승들 목록도 들어 있었다. 가진이 보고 나서 지금까지 이 일을 맡아보던 이가 누구냐고 물었다.
"주서周瑞˙ 집사가 맡아봤습니다."
가진은 곧 주서를 불러 지시했다.
"목록에 적힌 대로 확인하고 안쪽으로 들여놓게. 나도 나중에 맞춰볼 수 있도록 목록을 한 장 베껴놓겠네. 그리고 주방에 얘기해서 과일을 가져온 이에게 반찬을 몇 가지 더해 밥을 주고, 심부름 값도 내주도록 하게."
주서는 "예!" 하고, 가져온 것들을 희봉 거처의 마당으로 나르게 했다. 자신은 농장에서 보낸 목록과 과일들을 하나씩 확인하며 사람들에게 건네주었다. 그는 잠시 밖에 나갔다가 다시 돌아와 가진에게 보고했다.
"나리, 조금 전에 가져온 과일들의 수목數目을 맞춰보셨습니까?"
"그럴 틈이 어디 있나? 목록을 줄 테니 자네가 점검해보게."
"소인이 점검해보니 모자란 것도 더 많은 것도 없었습니다. 나리, 사본을 갖고 계시면 심부름 온 사람한테 다시 물어보시기 바랍니다. 그 사람이 가져온 목록이 진짜인지 가짜인지 모르거든요."
"그게 무슨 말인가? 기껏해야 과일 몇 개에 지나지 않는데 뭐 중요한 게 있다고. 그리고 난 자네를 믿네."
그때 포이鮑二˙가 와서 머리를 조아리며 말했다.

"나리, 저는 예전처럼 바깥일을 하게 해주십시오."

"이건 또 무슨 일이냐?"

"여기선 말씀드리기 곤란합니다."

"누가 너더러 그런 얘기를 하라더냐?"

"제발 헤아려주십시오. 전 여기서 염탐꾼 취급을 받고 있습니다."

그러자 주서가 말을 받았다.

"소인이 여기서 장원 소작료를 맡아 관리하고 있는데, 매년 들어오고 나가는 은돈이 사오십만 냥이나 됩니다. 그래도 여태 나리나 마님, 아씨들이 아무 말씀 없으셨는데 설마 제가 이런 자잘한 것들에 손을 댔겠습니까? 포이의 말대로라면, 나리 댁 전답과 가옥도 전부 소인들이 탕진해버렸다는 게 아닙니까?"

가진은 포이가 떠들어댈 게 분명하니 내보내는 게 낫겠다 싶어서 이렇게 호통을 쳤다.

"당장 꺼져라!"

그리고 다시 주서에게 말했다.

"자네도 여러 말 말고 자네 일이나 보게."

이에 두 사람이 물러갔다.

가진이 곁채에서 쉬고 있는데, 대문 쪽에서 시끌벅적 소동이 일어났다. 무슨 일인지 알아보라고 하자 심부름 간 이가 돌아와서 보고했다.

"포이와 주서의 양아들이 싸우고 있습니다."

"주서의 양아들이 누구냐?"

"하삼何三•이라고 합니다. 본래 별 볼 일 없는 놈이라 매일 집에서 술 마시고 말썽이나 피우는데, 종종 대문에 나와 문지기들과 어울립니다. 포이가 주서와 말다툼했다는 소리를 듣고 끼어든 모양입니다."

"이런 고얀! 포이와 그 하삼인가 하는 놈을 한꺼번에 묶어와라! 그런데 주서는 어디 있느냐?"

"싸움이 나자 먼저 가버렸습니다."

"당장 잡아와! 이런 일이 있어서야 되겠느냐!"

하인들이 "예!" 하고 나갔다. 한창 시끌벅적할 때 가련이 돌아왔고, 가진은 그에게 자초지종을 이야기했다. 가련이 소리쳤다.

"대체 이게 말이나 되는 일인가!"

그러면서 주서를 잡아오라고 사람을 더 보냈다. 주서는 피하기 틀렸다는 걸 알고 순순히 붙잡혀왔다. 가진이 그들을 모두 묶으라고 하자 가련이 주서에게 말했다.

"네가 전에 한 말이야 별로 중요하지 않으니 형님께서 말리신 건 아주 타당한 일이었다. 그런데 왜 또 밖에서 싸웠단 말이냐! 너희들이 싸운 것만 해도 그냥 넘어갈 수 없는 일인데 또 하삼인가 뭔가 하는 잡종 놈까지 난리를 피우고, 게다가 네놈은 싸움을 말리지도 않은 채 오히려 내빼버렸단 말이냐?"

그러면서 주서에게 발길질을 하자 가진이 말했다.

"주서만 때려서 될 일이 아니지!"

그리고 하인들에게 호통을 쳐서 포이와 하삼에게 각기 오십 대씩 채찍질을 한 후 밖으로 끌어내게 하고는, 가련과 함께 집안일을 의논했다. 이 일을 두고 하인들이 뒤에서 여러 가지 말이 많았다. 가진이 못된 놈 편을 든다는 이도 있었고, 중재를 할 줄 모른다는 이, 또 가진이 본래 좋은 사람이 아니라는 이도 있었다. 그들은 예전에 가진이 우씨尤氏* 자매와 온갖 추한 짓을 저질러놓고 가련을 꼬드겨 포이를 데려갔는데, 이제 포이가 일을 그르쳤다고 나무라는 걸 보니 틀림없이 포이댁이 자기 시중을 들지 않아서 그럴 거라는 말이었다. 사람이 많다 보니 입도 많아 온갖 소문이 무성했다.

한편, 가정이 공부工部* 에서 일하게 되고부터 집안사람들은 모두 떼돈을 벌게 되었다. 소문을 들은 가운은 자기도 좀 끼어서 콩고물이라도 얻어먹을 꿍꿍이를 품었다. 그래서 곧 몇 명의 작업반장들에게 좋은 돈벌이가 있다고 설득하여 새로 유행하는 자수품을 몇 가지 산 후 희봉을 찾아가보려고 했다. 희봉이 방에 있는데 하녀들이 말하는 소리가 들렸다.

"두 분 서방님께서 화가 나셔서는 밖에서 매질을 하셨대."

무슨 일인가 싶어 희봉은 사람을 보내 알아보려고 하는데, 가련이 벌써 들어와 밖에서 일어난 일을 모두 이야기해주었다. 그러자 희봉이 말했다.

"별일 아니긴 하지만 이런 풍조가 계속되면 안 돼요. 지금 집안이 한창 번창하고 있는데 그것들이 싸움질이나 하게 두면, 이후로 젊은 것들이 집안일을 맡게 되었을 땐 더욱 다스리기 어려워질 거예요. 예전에 녕국부에 있을 때 초대焦大˚가 고주망태가 되어서는 계단 아래에 누워 위아래를 가리지 않고 온갖 험한 욕을 퍼붓는 걸 제가 직접 봤어요. 그놈이 공이 있다 해도 결국 주인과 종놈이라는 신분 차이가 있으니 체통을 좀 지켜야 하지 않겠어요? 그런데 이런 말하긴 좀 그렇지만, 저 댁 형님은 너무 물러서 다들 무법천지로 날뛰게 버릇을 잘못 들여놨어요. 이제 또 포이라는 놈까지 나왔군요. 듣자 하니 당신하고 아주버님의 심복이라던데, 오늘은 왜 그놈한테 매질을 했어요?"

그 말에 뜨끔한 가련은 난감해하다가, 일이 있다고 딴청을 부리며 나가버렸다.

그때 홍옥紅玉˚이 들어와 아뢰었다.

"운 도련님이 아씨를 뵙겠다고 밖에 와 있어요."

희봉은 무슨 일일까 생각해보다가 "들여보내라!" 했다. 홍옥이 밖으로 나가 가운을 보고 슬그머니 미소를 짓자, 가운이 냉큼 다가가서 물었다.

"말씀드렸어?"

홍옥이 얼굴을 붉히면서 말했다.

"보아하니 무척 바쁘신 모양이네요?"

"아가씨를 수고스럽게 만들 만큼 바쁜 일이 있겠어? 예전에 아가씨가 보옥 숙부님 방에 있을 때 내가 아가씨하고……"

홍옥은 남의 눈에 띌까 싶어서 그의 말이 끝나기도 전에 얼른 물었다.

"그때 제가 돌려드린 손수건은 받으셨나요?"

가운이 그 말을 듣고 무척 좋아하며 무슨 말을 하려는데, 안에서 하녀가 하나 나오는 바람에 얼른 홍옥과 함께 안으로 들어갔다. 두 사람이 그다지 멀리 떨어지지 않고 나란히 걷는데, 가운이 나직이 말했다.

"나중에 나올 때 아가씨가 배웅해줘. 내가 재미난 얘기 하나 들려줄게."

얼굴이 확 달아오른 홍옥은 그를 흘끔 쳐다보고는 입을 다물었다. 방문 앞에 이르자 그녀는 먼저 들어가서 희봉에게 알리고는 다시 나와 발을 걷어주면서 일부러 낯선 사람 대하듯이 말했다.

"도련님, 아씨께서 들어오시랍니다."

가운은 씩 웃으며 그녀를 따라 안으로 들어가 희봉에게 인사한 후 이렇게 말했다.

"어머님께서 문안 여쭈라고 하셨습니다."

희봉도 그의 어머니 안부를 묻고 나서 물었다.

"무슨 일로 왔어?"

"이 조카는 저번에 받은 숙모님의 은혜를 늘 잊지 않고 있습니다. 무슨 선물이라도 드리고 싶지만, 숙모님께서 어떻게 생각하실지 몰라 망설이고 있었지요. 이제 중양절도 다가오고 해서 간단한 걸 준비했습니다. 숙모님이야 부족한 게 없으시겠지만 이 조카의 성의이오니 부디 내치지 마시고 받아주십시오."

"호호, 할 말 있으면 앉아서 해."

그제야 가운이 몸을 비스듬히 돌려 공손히 앉아서는, 가지고 온 물건을 두 손으로 받들어 옆에 있는 탁자에 놓았다. 희봉이 말했다.

"살림도 넉넉하지 않으면서 왜 또 돈을 쓰고 그랬어? 특별히 필요한 게 있는 것도 아닌데 말야. 그래, 오늘 무슨 일로 왔는지 터놓고 얘기나 해봐."

"뭐 달리 일이 있는 건 아니고, 그저 숙모님 은혜를 입었는데 그냥 넘어갈 수 없어서 감사드리러 왔습니다."

그러면서 슬며시 웃기만 하자 희봉이 말했다.

"그러는 게 아니야. 네 형편이 쪼들린다는 걸 나도 잘 아는데 그냥 받을 수는 없지. 내가 이 물건을 받길 바란다면 우선 얘기부터 분명히 해봐. 그렇게 뼈는 숨기고 살만 슬쩍 내비치면 받지 않을 거야."

가운은 어쩔 수 없이 자리에서 일어나 웃음을 지으며 말했다.

"절대 허튼 생각을 하는 게 아닙니다. 며칠 전에 듣자 하니, 나리께서 황릉皇陵 공사를 감독하신다고 하더군요. 제게 경험 많은 친구들이 있는데 딱 맞는 일이다 싶어서, 그저 숙모님께서 나리께 추천이라도 한번 해주셨으면 합니다. 한두 가지만 맡게 되더라도 조카는 숙모님 은혜를 잊지 않겠습니다. 집안에서 시키실 일이 있다면 제가 숙모님을 위해 온 힘을 다 쓰겠습니다."

"다른 일이라면 내가 어떻게 해볼 수 있지만 관아의 일은 어려워. 위로는 전부 당관堂官[4]이나 사원司員[5]들이 정하고, 아래로는 저 서기나 아역衙役들이 처리하는지라, 다른 사람은 끼어들 수가 없어. 심지어 가족이라도 나리 시중이나 들 뿐이야. 그러니까 우리 서방님도 따라가긴 하셨지만 그저 우리 집안일이나 맡아 하실 뿐이지, 관청 일에는 함부로 참견하지 못하셔. 집안일의 경우는 이걸 손대면 저게 나오고 해서 우리 아주버님께서도 수습하지 못하고 계시지. 너는 나이도 어리도 항렬도 아래인데 어떻게 사람들을 다잡을 수 있겠어? 게다가 관아의 일도 거의 끝나가고 있어서 겨우 밥벌이나 하는 정도야. 네가 집에서 무슨 일을 한들 설마 그 정도 밥벌이는 못하겠어? 내 있는 그대로 얘기한 거니까 돌아가서 잘 생각해보면 알게 될 거야. 네 마음은 잘 받았으니 가져온 물건은 다시 가져가. 어디서 구했든 간에 원래 임자한테 돌려줘."

그때 유모들이 교저巧姐를 데리고 몰려왔다. 교저는 비단 색동옷을 입고 손에는 여러 가지 장난감을 든 채 방실방실 웃으며 희봉에게 다가가 옹알옹알 재잘거렸다. 가운은 교저를 보자 만면에 웃음을 지으며 가까이 가서 말했다.

"따님이신가요? 아기씨, 좋은 장난감 드릴까요?"

하지만 교저는 바로 "으앙!" 하고 울음을 터뜨렸다. 가운이 황급히 물러서자 희봉이 말했다.

"아가, 무서워하지 마라."

그리고 얼른 교저를 품에 안으며 말했다.

"여긴 운 오빠야. 왜 낯을 가리고 그러니?"

가운이 말했다.

"동생은 관상이 좋아서 나중에 아주 큰 복을 받겠어요."

교저가 고개를 돌려 가운을 흘끔 쳐다보더니 다시 울음을 터뜨렸다. 몇 번씩 그렇게 하자 가운도 앉아 있기 거북해서 일어나 작별하고 물러나려 했다. 그러자 희봉이 말했다.

"물건들은 가져가도록 해."

"별것도 아닌데 제 얼굴을 봐서 받아주셔요."

"안 가져가면 사람을 시켜 집으로 갖다줄 거야. 운아, 이럴 필요 없어. 너도 남이 아니니까 말이야. 집에 일거리가 생기면 사람을 보내 부를게. 일거리가 없으면 어쩔 수 없지만, 이런 물건 따위 때문에 일거리를 주고 말고 하는 건 아니야."

가운은 희봉이 기어이 거절하자 얼굴이 벌겋게 달아올랐다.

"그럼 나중에 더 쓸 만한 걸로 갖다드리겠습니다."

희봉은 홍옥을 불러 물건을 들고 나가 가운을 배웅하라고 했다.

가운은 걸으면서 속으로 생각했다.

'희봉 아씨가 지독하다고 하더니 과연 그렇구나. 전혀 틈을 보이지 않고 정말 단호하기 그지없어. 그러니 대를 이을 자식이 없지! 교저는 더 이상해. 나를 보더니 무슨 전생의 원수를 보는 것마냥 굴다니! 정말 재수 없군! 괜히 하루 종일 헛짓만 했네.'

가운이 풀이 죽어 있자 홍옥도 덩달아 기분이 안 좋아서 물건을 들고 묵묵히 따라나왔다. 가운은 보따리를 받아 열더니 두 가지 물건을 골라 슬그머니 그녀에게 건넸다. 홍옥이 굳이 사양하면서 말했다.

"도련님, 이러지 마셔요. 아씨께서 아시면 모두에게 안 좋아요."

"그냥 받아둬. 뭐가 무섭다고 그래? 아씨께서 어찌 아시겠어? 안 받으면 나를 무시하는 거야!"

홍옥이 그제야 슬그머니 웃으며 받았다.

"누가 이런 걸 달랬나요? 이까짓 게 뭐라고……"

그녀의 얼굴이 빨갛게 달아오르자 가운도 싱글대며 말했다.

"나도 물건이 좋아서 주는 게 아니야. 사실 그까짓 건 아무것도 아니지."

그러는 사이 둘은 어느새 중문 입구에 이르렀다. 가운은 남은 물건을 다시 품에 넣었다. 홍옥이 재촉했다.

"먼저 가셔요. 무슨 일 있으면 저를 찾으셔요. 지금은 제가 이 집에 있으니까 다른 사람을 통할 필요 없어요."

가운이 고개를 끄덕였다.

"애석하게도 아씨께서 너무 지독하셔서 자주 올 수 없어. 조금 전에 한 얘기는 어쨌든 무슨 뜻인지 알지? 나중에 기회가 되면 다시 얘기할게."

홍옥은 부끄러워 얼굴이 새빨개졌다.

"얼른 가셔요. 나중에도 자주 오셔요. 도련님과 아씨를 서먹하게 만들 사람이 어디 있겠어요?"

"알았어."

가운이 대문을 나서자 홍옥은 입구에 선 채 그가 멀리 사라질 때까지 멍하니 지켜보다가 돌아갔다.

방 안에 있던 희봉은 저녁을 준비하라 시키고 이렇게 물었다.

"죽은 끓여놨어?"

하녀들이 서둘러 가서 물어보고, 돌아와서 말했다.

"준비해놨어요."

"남쪽에서 온 그 절인 것을 한두 접시 담아와라."

추동秋桐*이 "예!" 하더니 하녀들에게 준비하라고 시켰다. 그때 평아가 와서 웃으며 말했다.

"깜박 잊고 있었네요. 오늘 점심에 아씨께서 노마님 방에 계실 때, 수월암의 스님이 사람을 보내서는 남쪽에서 온 밑반찬 두어 병과 몇 달치 용돈을 가불해달라고 했어요. 몸이 안 좋다고 하면서요. 그래서 제가 그 할멈한테 '스님 몸이 어떻게 안 좋은가?' 하고 물으니까 벌써 사오일이나 되었다고 하대요. 며칠 전 밤에 어린 사미沙彌[6]들과 도사들이 잘 때 불을 끄지 않아서, 스님이 몇 번이나 얘기했는데도 듣지 않았대요. 그날 밤도 한밤중이 지나도록 등불이 켜져 있는 걸 보시고 끄라고 하셨는데, 모두 잠이 들어서 아무도 대답을 하지 않더래요. 그래서 하는 수 없이 직접 일어나서 불을 끄고는 구들로 돌아와 보니 그 위에 남녀 한 쌍이 앉아 있더래요. 누구냐고 물으니까 그 사람들이 새끼줄로 스님 목을 감아 조이더래요. 스님이 소리를 지르는 바람에 사람들이 깨어나서 등불을 밝혀 들고 일제히 달려가보니, 스님은 벌써 입에 거품을 문 채 방바닥에 쓰러져 계셨대요. 다행히 깨어나긴 하셨지만 지금도 음식을 제대로 잡수지 못하셔서 밑반찬을 좀 얻어오라고 하신 거예요. 근데 저는 아씨께서 안 계시기에 마음대로 내주기가 곤란해서 이렇게 말했어요. 아씨께선 지금 윗분들께 가셔서 짬이 없으시니 돌아오시면 말씀드리겠다고요. 그리고 할멈을 돌려보냈어요. 조금 전 남쪽에서 온 반찬 말씀을 하시길래 생각이 났어요. 잊어버릴 뻔했네요."

희봉은 잠시 생각하더니 말했다.

"남쪽에서 온 반찬이야 또 있으니 누구를 시켜 좀 보내주지 그랬어? 용돈은 내일 근이더러 타가라고 해."

그때 홍옥이 들어와서 말했다.

"방금 서방님께서 사람을 보내 말씀을 전하셨는데, 오늘 성 밖에 일이 있어 집에 돌아오지 못하게 되셨답니다."

"알았다."

그때 뒤쪽에서 하녀 하나가 소리를 지르며 헐레벌떡 마당으로 뛰어 들어왔다. 밖에서 평아가 맞이하는데, 또 몇몇 하녀들이 조잘거리면서 들어왔다. 희봉이 물었다.

"무슨 얘기들을 하는 게냐?"

평아가 대답했다.

"어린 계집애들이 겁이 많아서는… 쟤네들이 귀신을 보았다고 하네요."

희봉이 한 아이를 불러들여 물었다.

"무슨 귀신을 봤다는 게냐?"

"방금 뒤쪽의 머슴들한테 석탄을 갖다달라고 얘기하러 갔는데, 세 칸짜리 빈집에서 뭔가 부스럭부스럭 하는 소리가 나잖아요. 고양이나 쥐겠거니 생각했는데 또 '휴우' 하면서 사람이 숨 쉬는 듯한 소리가 들리지 뭐예요. 그래서 무서워서 바로 달려왔어요."

"헛소리! 내 앞에서는 귀신이니 도깨비니 하는 소리 하지 마라. 난 그런 거 안 믿는다. 당장 나가!"

하녀가 나가자 희봉은 채명에게 그날 쓰고 남은 물품들을 장부와 대조해 보게 했다. 그러다가 어느덧 밤이 깊어지자 잠시 함께 쉬면서 한담을 나눈 후에 각자 잠자리에 들었다. 희봉도 자리에 누웠다.

자정이 가까워질 무렵, 희봉은 비몽사몽간에 몸에 소름이 돋는 것 같아서 놀라 깼다. 누워 있을수록 불안해서 평아와 추동을 불러 함께 있자고 했다. 둘은 무슨 영문인지 몰라 어리둥절했다. 원래 추동은 희봉에게 고분

고분하지 않았지만, 우이저의 일이 있은 후에 가련이 추동을 별로 아끼지 않았고, 또 희봉이 단속하는 바람에 지금은 좀 얌전해졌다. 하지만 마음은 평아와 한참 달라서 겉으로만 순종하는 척했다. 자다 깬 희봉이 불편하다고 하니까 추동은 어쩔 수 없이 차를 따라왔다. 희봉이 한 모금 마시더니 말했다.

"고맙다. 넌 가서 자라. 평아만 있어도 돼."

추동은 희봉에게 잘 보이려고 이렇게 말했다.

"아씨께서 잠을 이루지 못하시니 우리 둘이 돌아가며 앉아 있을게요."

희봉은 이야기를 나누다가 잠이 들었다. 평아와 추동이 그걸 알았을 때는 멀리서 닭 울음소리가 들리고 있었다. 둘은 그제야 옷을 걸치고 잠시 동안 누워 있었는데, 곧 날이 새자 서둘러 일어나 희봉의 세수 시중을 들었다. 희봉은 간밤의 일 때문에 얼떨떨하고 불안했지만, 남한테 지기 싫어하는 성격인 탓에 억지로 자리에서 일어났다. 그녀가 앉아서 침울하게 생각에 잠겨 있는데, 갑자기 뜰에서 하녀의 목소리가 들렸다.

"평아 언니, 안에 계셔요?"

평아가 대답하자 그 하녀가 발을 걷고 들어왔는데, 다름 아닌 왕부인이 가련을 부르러 보낸 심부름꾼이었다.

"밖에서 누가 중요한 관청 일을 보고하러 왔는데 나리께서 외출 중이시라, 마님께서 급히 서방님을 모셔 오라고 하셨어요."

희봉은 그 말을 듣고 깜짝 놀랐다. 그게 무슨 일이었는지는 다음 회를 보시라.

제89회

사람은 죽고 물건은 남아 도련님이 노래를 짓고
부질없는 의심이 병이 되어 임대옥은 곡기를 끊다

人亡物在公子塡詞　蛇影杯弓顰卿絶粒

헛소문을 듣고 상심한 임대옥이 곡기를 끊다.

희봉은 가뜩이나 침울하던 차에 갑자기 하녀가 그런 말을 하자 깜짝 놀라 다급히 물었다.

"관청의 일이라니, 무슨 일이라더냐?"

"저도 모르겠어요. 방금 중문의 심부름꾼이 나리께 전할 중요한 관청 일이 있다고 보고하니까 마님께서 저더러 서방님을 모셔 오라고 하셨어요."

희봉은 공부工部의 일이라는 걸 알고 조금 안심이 되었다.

"돌아가서 마님께 여쭈어라. 서방님은 엊저녁에 성 밖에 일이 있어 나가셨는데 아직 돌아오시지 않았으니, 우선 녕국부 큰서방님께 사람을 보내시라고 해라."

하녀가 "예!" 하고 물러났다.

잠시 후 가진이 와서 공부에서 온 사람을 만나 자초지종을 물어본 뒤, 안으로 들어가 왕부인에게 보고했다.

"공부에서 알려왔는데, 어제 하도총독河道總督[1]이 상소를 올려서 하남河南 일대의 강물이 범람해 몇몇 부府와 주州, 현縣이 물에 잠겼다고 보고했답니다. 그리고 황실 금고를 열어 성곽과 제방을 수리해야 한다고 했답니다. 이에 공부에서 담당 관리들이 해야 할 일을 나리께 보고하러 온 모양입니다."

가진은 그렇게 말하고 물러갔다가, 가정이 돌아오자 다시 와서 보고했다. 이때부터 가정은 겨울까지 매일 일이 있어서 늘 관청에 나가 있었다. 그 바람에 보옥도 점점 공부를 소홀히 했지만, 가정이 알게 될까 무서워서 서당에 나가지 않을 수 없었고, 심지어 대옥의 거처에도 자주 가지 못했다.

때는 이미 시월 중순이 되었다. 그날도 보옥은 일어나서 서당에 갈 준비를 했다. 갑자기 추워진 날씨에 습인이 어느샌가 옷 보따리를 가져와서 말했다.

"오늘은 날씨가 아주 추우니까 아침저녁으로 따뜻하게 입으셔야 해요."

그러면서 옷을 꺼내놓고 보옥에게 한 벌을 골라 입게 하고는 따로 한 벌을 싸서 하녀에게 들고나가 배명에게 주라면서 이렇게 당부했다.

"날이 쌀쌀해서 도련님이 갈아입으려 하실지 모르니 잘 준비하고 있도록 해라."

배명은 알겠다고 하면서 보따리를 받아 안고 보옥을 따라갔다. 보옥이 서당에 가서 자기가 맡은 공부를 하고 있는데, 갑자기 창호지가 부르르 떨리는 소리가 들렸다. 가대유賈代儒*가 말했다.

"날씨가 또 추워지기 시작하는구나."

그리고 덧문을 열고 밖을 내다보니, 서북쪽 하늘에서 먹구름이 뭉게뭉게 점점 동남쪽으로 몰려오고 있었다. 배명이 들어와서 보옥에게 말했다.

"도련님, 날씨가 추우니까 옷을 더 껴입으셔요."

보옥이 고개를 끄덕이자 배명이 옷을 한 벌 들고 들어왔다. 그런데 보옥이 그걸 못 봤다면 모를까, 일단 그 옷을 보자마자 금방 넋이 나간 듯 멍한 표정을 지었다. 학생들이 모두 눈이 휘둥그레져서 쳐다보았다. 그 옷은 바로 청문이 바느질해준, 공작새 깃털로 만든 갖옷이었던 것이다.

"왜 이걸 가져왔어! 누가 주더냐?"

"방에 있는 누나들이 싸준 거예요."

"별로 안 추우니까 안 입을 거야. 다시 싸두어라."

가대유는 보옥이 그 옷을 아껴서 안 입는 줄 알고, 속으로 그가 물건을 아낄 줄 안다고 생각하며 흐뭇해했다. 그러자 배명이 말했다.

"도련님, 입으셔요. 그러다 감기라도 걸리시면 제가 또 혼난다고요. 제발 제 생각도 좀 해주셔요."

보옥은 어쩔 수 없이 그 옷을 입고 멍하니 책을 보면서 앉아 있었다. 가대유는 그가 책을 보고 있는 줄 알고 별로 신경 쓰지 않았다. 저녁에 서당을 마칠 때가 되자 보옥은 병을 핑계로 가대유에게 하루 동안 휴가를 내달라고 부탁했다. 나이가 많은 가대유는 서당에서 아이들을 데리고 심심풀이나 하려던 사람이고, 늘 이런저런 병에 시달렸기 때문에 한 아이라도 덜 나오면 그만큼 신경 쓸 일이 적어진다고 생각하던 터였다. 게다가 그는 가정이 공무로 바쁘고 태부인이 보옥을 끔찍이 아낀다는 사실을 잘 알고 있었기 때문에 바로 고개를 끄덕였다.

보옥은 곧장 돌아와 태부인과 왕부인에게 인사하면서 그대로 전했고, 모두들 당연히 그런가 보다 생각했다. 잠시 앉아 있다가 대관원大觀園으로 돌아온 그는 습인 등을 보고도 예전처럼 웃고 떠들지 않고, 옷을 입은 채 그대로 구들에 누워버렸다. 습인이 말했다.

"저녁 진지가 준비되었는데 지금 잡수실래요, 아니면 조금 있다 잡수실래요?"

"안 먹을래. 기분이 안 좋아서 말이야. 누나들끼리 먹어."

"그럼 옷이라도 벗으셔요. 그 옷은 잘 구겨지는 옷이에요."

"갈아입을 필요 없어."

"그 옷이 잘 구겨지기도 하지만, 생각해 보셔요. 그 옷의 정성스런 바느질을 이런 식으로 함부로 대하면 되나요?"

그 말이 보옥의 아픈 곳을 찔렀다. 그가 한숨을 내쉬며 말했다.

"그럼 누나가 챙겨서 잘 싸둬. 앞으로는 절대 입지 않을 테니까."

그러면서 일어나 옷을 벗었다. 습인이 다가가 받으려고 하는데 보옥이 벌써 자기 손으로 옷을 개기 시작했다.

"도련님, 오늘은 왜 갑자기 이렇게 부지런해지셨어요?"

보옥은 아무 대답도 없이 옷을 다 개더니 이렇게 물었다.

"이걸 쌌던 보자기는 어디 있어?"

사월이 얼른 건네주어 보옥이 스스로 싸도록 내버려두고, 습인에게 눈을 찡긋 하면서 웃었다. 보옥은 상관하지 않고 혼자 침울하게 앉아 있었다. 그때 갑자기 괘종시계가 울려서 자신의 회중시계를 내려다보니, 시간이 벌써 유시 이각二刻[2]이었다. 잠시 후 하녀들이 등불을 밝히자 습인이 말했다.

"도련님, 진지를 잡숫지 않으셨으니 죽이라도 한 모금 드셔요. 허기가 지면 허열虛熱이 올라올 수도 있어요. 그러면 저희가 또 혼나잖아요?"

보옥이 고개를 저었다.

"배가 별로 안 고파. 억지로 먹으면 오히려 더 안 좋아."

"그럼 아예 일찍 주무셔요."

습인과 사월이 이부자리를 펴주자 보옥은 곧 자리에 누웠다. 하지만 이리저리 뒤척이며 잠을 이루지 못하다가 날이 흐릿하게 밝아올 무렵에야 어렴풋이 잠이 들었다. 하지만 밥 한 그릇 먹을 시간도 되지 않아서 금방 깨고 말았다. 이때 습인과 사월도 모두 일어나 있었다. 습인이 말했다.

"엊저녁에 새벽까지 뒤척이시는 소리가 들렸는데 무슨 일인지 여쭤보지 못했어요. 나중에는 저도 잠이 들어버렸거든요. 도련님은 좀 주무셨어요?"

"조금 자긴 했는데, 무엇 때문인지 금방 깨고 말았어."

"몸이 어디 불편하셔요?"

"아냐. 그냥 마음이 좀 답답해."

"오늘은 서당에 안 나가셔요?"

"어제, 오늘 하루 휴가를 청했어. 오늘은 대관원을 돌아다니며 기분이나 풀까 하는데 날씨가 쌀쌀해서 걱정이네. 아이들한테 방 하나를 치우고 향로와 지필묵을 준비해놓으라고 해줘. 그리고 다들 자기 일이나 해. 난 거기서 조용히 혼자 반나절쯤 앉아 있을 테니까 아무도 방해하지 말라고 해."

사월이 말을 받았다.

"도련님께서 조용히 공부하신다는데 누가 감히 방해하겠어요?"

습인이 말했다.

"그럼 좋지요. 감기 걸리실 일도 없으니 말이에요. 혼자 앉아 계시면 마음도 맑아지실 거예요. 그런데 진지 잡숫기 싫으시면 오늘은 뭘 드시겠어요? 미리 말씀해주시면 주방에 얘기해놓을게요."

"되는 대로 줘. 별일도 아닌 걸로 괜히 요란 떨 거 없어. 냄새나 맡게 그 방에 과일이나 좀 갖다줘."

"어느 방이 좋을까요? 다른 방들은 별로 깨끗하지 않은데, 예전에 청문이 쓰던 방은 그 이후로 다른 사람이 지내지 않았으니까 그래도 깨끗해요. 좀 썰렁하긴 해도."

"괜찮아. 화로를 갖다두면 되겠지 뭐."

습인은 그러겠다고 했다. 그때 하녀가 차 쟁반에 사발 하나와 상아 젓가락 한 쌍을 얹어 들고 와서 사월에게 건네며 말했다.

"조금 전에 습인 언니가 시켰다면서 주방 할멈이 가져왔어요."

사월이 받아보니 연와탕이었다.

"이거 언니가 달라고 한 거야?"

"호호, 엊저녁에 도련님께서 진지도 안 잡수시고 밤새 잠을 설치셔서 아침에 속이 허하실 것 같아 만들라고 했어."

습인은 하녀에게 상을 갖다두라 하고 사월을 시켜 보옥에게 와서 먹으라고 전하게 했다. 보옥이 그걸 먹고 양치질을 마치자 추문이 들어왔다.

"저쪽 방 청소를 끝냈어요. 하지만 조금 있다가 숯 냄새가 빠지면 들어가셔요."

보옥은 고개만 끄덕일 뿐 심사가 복잡해서 말하기조차 귀찮았다. 잠시 후 하녀가 와서 지필묵이 다 준비되었다고 말했다.

"알았다."

그러자 또 다른 하녀가 물었다.

"도련님, 아침진지가 준비되었는데 어디서 잡수실 건가요?"

"번거롭게 할 것 없이 그냥 이리 가져와."

하녀가 "예!" 하고 나가더니 잠시 후 식사를 들여왔다. 보옥이 씩 웃으며 습인과 사월에게 말했다.

"마음이 너무 답답해서 혼자 먹으면 밥이 안 넘어갈 것 같아. 누나들도 같이 먹으면 밥맛이 더 좋아져서 조금이라도 많이 먹을 수 있을 거야."

사월이 웃으면서 말했다.

"호호, 도련님께서야 기분에 그렇게 말씀하시지만 저희가 감히 어떻게 그래요?"

습인이 말했다.

"사실 그래도 되지. 우리가 한자리에서 술을 마신 게 하루 이틀이 아니니까 말이야. 다만 도련님의 답답한 마음을 풀어드리려고 어쩌다 그럴 수는 있겠지만, 늘 그러면 어떻게 규범이며 체통이 서겠어?"

결국 셋은 한 상에 앉게 되었는데, 보옥이 상석에 앉고 습인과 사월은 각각 양쪽에 배석했다. 식사를 마치자 하녀가 양칫물을 가져왔고, 습인과 사월은 상 치우는 것을 지켜보았다. 보옥은 찻잔을 들고 무슨 생각에 잠긴 듯 묵묵히 앉아 있다가 이렇게 물었다.

"그 방은 다 치워놨어?"

사월이 대답했다.

"아까 안에 있는 아이가 말씀드렸는데 또 물으시네요."

보옥은 잠시 앉아 있다가 곧 그쪽 방으로 가서 몸소 향을 한 대 피우고 과일을 차려놓은 다음, 사람들을 내보내고 문을 잠갔다. 밖에 있는 습인 등은 모두 숨을 죽이고 있었다. 보옥은 귀퉁이에 금물로 꽃무늬가 찍힌 분홍색 종이를 꺼내놓고, 입속으로 몇 마디 읊조리더니 곧 붓을 들어 이렇게 썼다.

이홍원의 주인이 향을 사르고 청문 아가씨께 고하노니, 왕림하시어 맑은 차향을 음미하소서.

이에 이렇게 노래하나이다.

내 곁에 있던 그대
유독 마음이 은근했었지.
누가 알았으랴, 평지에 풍파 일어
갑자기 목숨 잃게 될 줄을.
살뜰한 이야기 누구에게 할까?
隨身伴
獨自意綢繆
誰料風波平地起
頓敎軀命卽時休
孰與話輕柔

동으로 흐르는 강물은
더 이상 서쪽으로 흐르지 않네.
그리워해도 회몽초는 더 이상 없고[3]
옷 껴입으려다 그대가 기운 갖옷을 보았다오.
하염없이 바라보니 시름만 깊어지네!
東逝水
無復向西流
想像更無懷夢草
添衣還見翠雲裘
脈脈使人愁

이렇게 쓰고 나서 향불에 그 종이를 살랐다. 그는 향이 다 꺼질 때까지 조용히 기다리고 나서 문을 열고 나왔다. 습인이 말했다.

"왜 나오셨어요? 너무 답답해서 그러세요?"

보옥은 씨익 웃더니 이렇게 얼버무렸다.

"마음이 답답해서 조용한 곳을 찾아 좀 앉아 있었던 거야. 이제 괜찮아졌으니 밖에 나가 산책이나 하려고."

그리고는 그대로 나와 소상관으로 가서 뜰 안에 이르러 물었다.

"대옥 누이 집에 있어?"

자견이 "누구세요?" 하면서 발을 걷고 내다보더니 생글거리며 말했다.

"도련님이시군요. 아가씨는 방에 계셔요. 안으로 드시지요."

보옥이 자견과 함께 방으로 들어가자 안방에 있던 대옥이 말했다.

"언니, 오빠를 안으로 모셔."

보옥이 안방 문간에 이르러 보니, 짙은 자주색 바탕에 금물로 낸 구름과 용무늬가 들어가 있는 종이에 새로 쓴 짧은 대련이 걸려 있었다.

녹창에 명월 비추는데
긴 역사에 옛사람은 자취 없네.[4]
綠窓明月在
青史古人空

그걸 본 보옥이 씨익 웃으며 안으로 들어가서 물었다.

"누이, 뭐하고 있어?"

대옥이 일어서서 두어 걸음 다가와 맞이하며 자리를 권했다.

"호호, 앉으셔요. 불경을 베껴 쓰고 있는데 두어 줄만 더 쓰면 돼요. 다 쓰고 나서 다시 얘기해요."

그러면서 설안을 불러 차를 따라오라고 했다. 보옥이 말했다.

"그냥 계속 쓰기나 해."

그러면서 벽 중간에 걸려 있는 족자를 바라보았다. 거기에는 몇 명의 시녀를 거느리고 있는 항아嫦娥*와 긴 옷 자루 같은 것을 받쳐든 시녀를 거느린 선녀가 그려져 있었는데, 두 사람 주위에 구름이 약간 둘러싸고 있을 뿐 다른 장식은 없었다. 그것은 이공린李公麟[5]의 백묘白描[6] 수법을 본뜬 그림으로서, 위에는 「투한도鬪寒圖」라는 제목이 팔분서八分書[7]로 적혀 있었다.

"누이, 저 「투한도」는 새로 걸어놓은 건가?"

"맞아요. 어제 언니들이 방을 청소하는데 생각이 나길래 꺼내다가 걸라고 했어요."

"뭘 그린 거지?"

"호호, 잘 아시면서 왜 물어요?"

"하하, 갑자기 보니 생각이 안 나네. 설명 좀 해줘."

"아니, 설마 '청녀青女[8]와 항아는 모두 추위를 참으며 달 속에서 아름다움을 다투네〔青女素娥俱耐冷 月中霜裏鬪嬋娟〕.'[9]라는 시 구절도 못 들어보셨어요?"

"맞아! 정말 신기하고 고상한 내용이라 이 무렵에 꺼내 걸어둘 만해!"

그러면서 이리저리 왔다 갔다 하며 사방을 둘러보았다. 그러다가 설안이 차를 따라와서 마시고 있노라니, 잠시 후 대옥이 불경을 다 쓰고 일어나며 말했다.

"접대가 소홀했네요."

"하하, 누이, 새삼 그렇게 예절 차릴 필요 없어."

대옥은 하얀 바탕에 꽃이 수놓인 가죽 저고리를 입고 그 위에 은서 가죽으로 만든 마고자를 걸친 채 머리는 평상시처럼 구름 모양으로 쪽을 지고, 적금으로 만든 납작한 비녀 외에 꽃은 꽂지 않고 있었다. 허리에는 꽃이 수놓인 분홍색 무명 치마를 입고 있었으니, 그야말로 이런 모습이었다.

우뚝한 옥나무 바람 맞으며 서 있고

아름답고 향긋한 연꽃 이슬 머금고 피어 있네.

亭亭玉樹臨風立

冉冉香蓮帶露開

보옥이 물었다.

"누이, 요즘도 거문고를 타나?"

"한 이틀 타지 못했어요. 글씨를 쓰다 보면 손이 차가워지는데 어떻게 거문고를 타요?"

"타지 않아도 상관없지 뭐. 내 생각에는 거문고가 고상한 악기이긴 하지만 좋은 건 아닌 것 같아. 이제껏 거문고 연주를 들어보면 부귀와 장수의 의미를 담은 선율이 나온 적은 없고, 그저 근심과 원망의 정서만 나왔잖아? 게다가 거문고를 타려면 악보를 외워야 하니 골치를 썩일 수밖에. 내가 보기에 누이는 몸도 약하니까 그런 데에 신경 쓰지 않는 게 좋을 것 같아."

대옥이 입을 오므리고 웃자, 보옥이 손가락으로 벽을 가리키며 말했다.

"저게 그 거문고야? 왜 이리 짧아?"

"호호, 그게 아니라, 제가 어려서 거문고를 배울 때 다른 것들은 너무 커서 맞지 않아 특별히 만든 거예요. 초미고동焦尾枯桐[10]은 아니지만 학산鶴山과 봉미鳳尾가 가지런히 갖춰져 있고 용지龍池와 안족雁足[11]의 높낮이도 어울리게 되어 있어요. 보셔요. 여기 이 옻칠의 갈라진 무늬[斷紋]는 무소의 꼬리로 만든 깃털 장식[牛旄][12]처럼 가늘잖아요. 그래서 소리도 아주 맑아요."

"누이, 요즘 시 지어놓은 거 있어?"

"예전에 시사詩社 모임이 있었던 뒤로는 별로 짓지 못했어요."

"하하, 거짓말! 누이가 읊조리는 걸 들은 적이 있어. 뭐라더라? '…… 끊을 수 없나니 순결한 마음 어떠한가 하늘의 달이여!〔……不可憐 素心如何天

上月)' 이러면서 거문고 연주에 맞춰 읊으니까 소리가 아주 시원시원하던데? 그런데도 없다고 하는군!"

"그걸 어떻게 들었어요?"

"그날 요풍헌에서 오다가 들었지. 청아한 소리를 중간에 끊어버리면 안 되겠다 싶어서 조용히 듣다가 갔어. 그렇지 않아도 물어보려던 참인데, 앞에서는 평운平韻을 쓰다가 마지막에 갑자기 측운仄韻으로 바뀐 건 무슨 의미야?"

"그건 사람 마음의 자연스러운 소리이기 때문에 가고 싶은 대로 맡겨두면 되는 것이지, 원래 꼭 이래야 한다고 정해진 것은 없어요."

"그런 거로군. 애석하게도 나는 음치라서 제대로 듣지 못했어."

"예로부터 소리를 알아듣는 지음知音이 몇이나 되나요?"

보옥은 또 실언했다는 걸 깨달았지만, 대옥이 실망할까 싶어서 그냥 앉아만 있었다. 마음속에는 하고 싶은 말이 많았지만 어떻게 말해야 할지 몰랐다. 대옥 역시 조금 전에 나오는 대로 뱉어버린 말을 돌이켜보니 너무 쌀쌀하게 대꾸한 것 같아 입을 다물어버렸다. 보옥은 대옥이 뭔가 의심하는 것 같다고 생각하고는 곧 자리에서 일어서며 얼버무렸다.

"누이, 앉아 있어. 난 또 탐춘이한테 가봐야 하거든."

"탐춘이 만나거든 제가 안부 묻더라고 전해주셔요."

보옥은 그러겠다고 하면서 밖으로 나갔다.

대옥은 방문까지 배웅해주고 돌아와 우두커니 앉아서 생각했다.

'오빠가 요즘 말도 반쯤 하다 말고 삼키고, 감정도 갑자기 쌀쌀해졌다가 금세 따뜻해지곤 하는데 무슨 생각인지 모르겠네.'

그때 자견이 들어와서 말했다.

"아가씨, 불경은 다 쓰셨어요? 지필묵을 치워도 될까요?"

"그만 쓸 테니 잘 챙겨서 치워둬."

그녀는 안방으로 들어가 침대에 비스듬히 누워서 천천히 깊은 생각에 잠겼다. 자견이 들어와서 또 물었다.

"아가씨, 차 좀 드릴까요?"

"아냐. 잠깐 누워 있을 테니까 언니들은 각자 볼일들 봐."

자견이 "예!" 하고 나가니, 설안이 혼자 멍하니 서 있었다. 자견이 다가가 물었다.

"또 무슨 생각에 빠져 있는 거야?"

설안이 깜짝 놀라며 말했다.

"쉿! 오늘 아주 이상한 얘기를 들었는데 좀 들어봐요. 다른 사람들한텐 얘기하면 안 돼요."

그러면서 방을 향해 입을 삐죽하더니, 자기가 먼저 밖으로 나가면서 자견에게 따라오라며 고개를 끄덕였다. 그리고 방문 밖 섬돌 아래에서 나직이 말했다.

"언니도 들었어요? 보옥 도련님 혼사가 정해졌대요!"

"아니, 그게 무슨 말이야? 설마 사실이 아니겠지."

"아니라니까요! 다른 사람들은 아마 다들 아는 모양인데 우리만 모르고 있는 것 같아요."

"어디서 들은 얘기야?"

"시서侍書*한테 들었는데 무슨 지부知府* 집안으로 재산도 많고 규수도 훌륭하대요."

그때 대옥이 일어나는 듯 기침 소리가 들렸다. 자견은 얼른 설안을 잡아끌고 손을 내저으며 방 안의 낌새를 살폈다. 하지만 아무 동정도 느껴지지 않자 다시 나직하게 물었다.

"대체 걔가 뭐라고 하던?"

"저번에 언니가 저보고 탐춘 아가씨 방에 감사 인사를 하고 오라고 하셨잖아요? 근데 탐춘 아가씨는 안 계시고 시서만 있더라고요. 같이 앉아 있다가 무심결에 보옥 도련님의 장난이 심하다는 얘기가 나왔는데 걔가 이러더라고요. '보옥 도련님도 큰일이야. 그저 장난질만 하실 줄 아시지 전혀 어른답지 않잖아? 벌써 혼사까지 정해졌는데 아직 저리 흐리멍덩하시니 원!' 그래서 제가 정말 혼사가 정해졌냐고 물으니까 그렇다면서 왕나리인가 하는 분이 중매를 섰다고 하더라고요. 그 왕나리는 녕국부의 친척이라서 더 알아볼 것도 없이 단번에 성사가 되었대요."

자견은 고개를 갸웃거리며 잠시 생각하더니 이렇게 말했다.

"정말 이상하네! 어째서 집안사람들 중에 아무도 그런 얘기를 안 하지?"

"시서가 그러는데, 노마님의 뜻이래요. 말이 나오면 도련님 마음이 어떠실지 모르니까 모두 입을 다물라고 하셨대요. 시서도 저한테 얘기하면서 절대 누설하지 말라고 신신당부했어요. 말이 새면 제 입이 가벼운 탓이라고 원망할 거래요."

그러면서 그녀는 손가락으로 방 안을 가리키며 말했다.

"그래서 아가씨 앞에서 얘기하지 않았던 거예요. 오늘은 언니가 묻는 바람에 속일 수가 없어서 얘기한 거예요."

여기까지 말했을 때 앵무새가 조잘거렸다.

"아가씨 돌아오셨으니까 얼른 차를 따라와!"

자견과 설안이 깜짝 놀라 주위를 돌아보니 아무도 없었다. 그들은 앵무새한테 욕을 퍼부어주고 방 안으로 들어갔다. 그때 대옥이 잔기침을 콜록거리며 의자에 앉자, 자견은 짐짓 차를 따라올까 물을 갖다드릴까 물으며 얼버무렸다. 대옥이 말했다.

"어디들 갔었어? 아무리 불러도 오지 않던데······"

그러면서 구들로 다가가더니 다시 안쪽으로 누우며 휘장을 치라고 했다. 자견과 설안이 "예!" 하고 나갔다. 둘은 조금 전의 대화를 혹시 대옥이 들었을까 염려했지만, 둘 다 그 얘기는 꺼내지 못했다.

수심에 싸여 있던 대옥은 뜻밖에도 둘의 대화를 이미 엿들은 후였다. 비록 똑똑히 듣지는 못했지만 대충 무슨 얘기인지는 알아들었기 때문에 마치 자신이 바다에 내던져진 듯한 기분이었다. 이리저리 생각해보니 예전에 꿈에 나타났던 징조가 맞아 떨어지는지라, 마음속에 천만 가닥의 수심과 원한이 쌓이기 시작했다. 아무리 생각해도 일찌감치 죽어버리는 게 나을 것 같았다. 뜻밖의 일을 자기 눈으로 목격하게 되면 오히려 재미없을 것 같았기 때문이다. 또 부모 잃은 설움을 생각하니, 이후로는 몸을 마음대로 마구 굴려야겠다고 마음먹었다. 그러다 보면 반년이나 일 년 안에 청정한 저승길로 오르게 되리라 생각했다. 이렇게 생각을 굳히자, 그녀는 이불도 덮지 않고 옷도 껴입지 않은 채 그냥 눈을 감고 자는 척했다. 자견과 설안이 몇 번이나 와봐도 아무 동정이 없었고, 그렇다고 깨우기도 곤란했다. 대옥은 저녁도 먹지 않았다.

등불을 켠 자견이 휘장을 열어보니 대옥은 이미 잠들어 있었는데, 이불을 모두 걷어차놓고 있었다. 자견은 그녀가 감기에 걸릴까 싶어서 살며시 이불을 덮어주었다. 대옥은 꼼짝 않고 있다가 자견이 나가자 다시 이불을 차버렸다.

자견이 다시 설안에게 물었다.

"오늘 한 얘기 정말이야?"

"그렇고말고요."

"시서는 어떻게 알았대?"

"소홍掃紅*이한테서 들었대요."

"아무래도 아까 한 얘기를 아가씨가 들으신 것 같아. 너도 조금 전 아가씨 표정 봤지? 분명 까닭이 있어. 오늘 이후로는 이 일에 대해 얘기하지 말자."

그러면서 두 사람도 잘 준비를 했다. 자견이 들어가보니 대옥이 다시 이불을 차놓고 있는지라 살그머니 다시 덮어주었다. 그날 밤은 별일 없이 지나갔다.

이튿날 아침 일찍 일어난 대옥은 아무도 부르지 않고 혼자 멍하니 앉아 있었다. 자견이 눈을 떴다가 대옥이 벌써 깨어 있는 걸 보고 깜짝 놀라 물었다.

"아가씨, 왜 이렇게 일찍 일어나셨어요?"
"일찍 잤으니 일찍 일어나는 건 당연하지 않아?"

자견은 서둘러 일어나 설안을 깨우고 세수 시중을 들었다. 대옥은 거울 앞에서 그저 멍하니 자기 모습을 바라보았다. 한참을 바라보노라니 눈물이 주르르 흘러 어느새 비단 손수건을 적셔버렸다. 그야말로 이런 모습이었다.

핼쑥한 모습 봄물에 비춰보니
그대는 나를 동정할 테고 나도 그댈 동정하네.[13]
瘦影正臨春水照
卿須憐我我憐卿

옆에 있던 자견은 괜한 말을 꺼냈다가 오히려 묵은 설움을 자아낼까 걱정이 되어 감히 위로하지 못했다. 한참 후에야 대옥은 대충 세수를 마쳤지만 두 눈의 눈물자국은 끝내 마르지 않았다. 한참 동안 묵묵히 앉아 있던 대옥이 자견에게 말했다.

"언니, 서장에서 온 향 좀 피워줘."
"아가씨, 잠도 몇 시간밖에 못 주무셨는데 향은 왜 피워요? 불경을 베껴 쓰실 건가요?"

대옥이 고개를 끄덕이자 자견이 말했다.
"오늘 너무 일찍 일어나셨는데 지금 불경까지 베껴 쓰시면 피곤하시지 않겠어요?"
"괜찮아. 일찍 끝낼수록 좋지. 나도 불경 때문이 아니라 답답한 마음을 풀려고 글씨를 쓰는 거야. 먼 훗날에 언니들이 내 필적을 보면 나를 보는 것처럼 여겨줘."

그러면서 다시 눈물을 흘렸다. 그 말을 들은 자견은 위로는커녕 자기도 터져나오는 눈물을 참지 못했다.

제89회 77

이후로 대옥은 일부러 몸을 막 굴리기로 마음먹었기 때문에 음식에도 신경 쓰지 않아 매일 조금씩 쇠약해졌다. 보옥은 서당에서 돌아오면 늘 시간 나는 대로 찾아와 문안했다. 하지만 대옥은 하고 싶은 말이 태산 같아도, 스스로 이제 나이도 들었으니 어렸을 때처럼 살뜰하게 보옥의 마음을 끌기도 곤란하다고 생각하여, 가슴 가득한 심사를 끝내 입 밖에 내지 못했다. 보옥은 진심 어린 말로 위로해주고 싶었지만, 대옥이 화를 내면 오히려 병이 더해질까 염려스러웠다. 그래서 둘이 만나더라도 형식적인 말로 위로할 수밖에 없었으니, 그야말로 너무 가까워서 오히려 소원해지는 꼴이 되고 말았다.

태부인과 왕부인은 대옥을 아낀다 해도 기껏 의원을 불러주는 정도에 지나지 않았다. 그들은 그저 그녀가 평소에 잔병치레가 잦다고만 생각했을 뿐, 마음의 병은 전혀 짐작하지 못했다. 자견 등은 그 마음을 알고 있었어도 감히 발설할 수 없었다. 이렇게 나날이 쇠약해지던 대옥은 달포가 지나자 위와 창자도 나날이 허약해져서 결국 어느 날부터는 죽조차 먹지 못할 지경이 되었다. 낮에 들리는 말은 모두 보옥의 혼사에 관한 얘기인 것 같았고, 이홍원 사람을 보면 위아래를 막론하고 모두 보옥의 혼례를 준비하는 것 같았다. 설씨 댁 마님이 병문안을 왔는데 보차가 보이지 않자 대옥은 더욱 의심이 들었다. 그래서 찾아온 사람들도 만나려 하지 않고 약도 먹으려 하지 않았으며, 그저 얼른 죽기만을 바랐다. 꿈속에서도 늘 사람들이 "보차 아씨" 하고 부르는 소리가 들렸다. 이렇게 부질없는 의심은 결국 병이 되었다. 하루는 결국 곡기穀氣를 완전히 끊고 죽조차 마시지 못하여 힘겹게 숨을 몰아쉬며 거의 죽을 지경이 되었다.

그녀의 목숨이 어찌 되는지는 다음 회를 보시라.

제90회

솜옷 잃은 가난한 여인은 말다툼을 참아내고
과일을 받은 도련님은 영문을 몰라 놀라다

失綿衣貧女耐嗷嘈　送果品小郎驚叵測

설과는 하금계가 보낸 술과 과일을 받고 의혹에 빠지다.

 스스로 죽음을 결심한 후부터 점점 몸이 쇠약해진 대옥은 결국 곡기를 끊는 지경에까지 이르렀다. 십여 일 전만 해도 태부인 등이 돌아가며 찾아 왔을 때 몇 마디씩 하기도 했지만, 요즘 들어서는 이틀 가까이 별로 말도 하지 않았다. 어떤 때는 정신이 흐릿했지만, 어떤 때는 또렷했다. 태부인 등은 그녀의 병이 까닭 없이 생긴 것 같지 않아 자견과 설안에게 두어 차례 캐물었지만, 둘은 감히 그 이유를 말하지 못했다. 자견은, 사실이 밝혀질 경우 대옥의 죽음만 재촉할 것 같아서, 시서를 만나더라도 그 얘기는 전혀 꺼내지 않았다. 설안은 자기가 전한 말로 이렇게 되었으니 '난 말하지 않았어!' 하고 잡아뗄 입이 백 개라도 생기지 않는 게 원망스러울 정도여서 더욱 그 얘기를 꺼내지 못했다. 그러다 대옥이 곡기를 끊자 자견은 가망이 없다고 생각하여 대옥 곁에서 한참을 통곡하다가, 밖으로 나와 남몰래 설안에게 말했다.

 "방에 들어가서 잘 지켜보고 있어. 난 노마님과 마님, 희봉 아씨께 가서 말씀드릴게. 오늘은 아무래도 병세가 심상치 않아."

 설안이 그러겠다고 하자 자견은 밖으로 나갔다. 설안은 방 안에서 인사불성에 빠져 있는 대옥을 바라보고 있었다. 어린 그녀는 여태 이런 모습을 본 적이 없기 때문에 '이게 바로 죽어가는 모습이구나!' 생각이 들어 애통하기도 하고 무섭기도 해서 그저 자견이 얼른 돌아오기만을 바라고 있었다. 그때 창밖에서 발걸음 소리가 들렸다. 설안은 자견이 돌아왔나 보다 싶어 마음을 놓으며 황급히 일어나서 안방 문의 발을 걷어올린 채 기다렸다. 그런데 바깥에서 발을 올리는 소리가 들리는가 싶더니 안으로 들어온 사람은 다름 아닌 시서였다. 시서는 탐춘의 심부름으로 대옥의 문병을 왔던 것인데, 설안이 발을 들고 있는 걸 보고 이렇게 물었다.

"아가씨는 어때?"

설안이 고개를 끄덕여 들어오라고 하자 시서가 안으로 들어가니 자견은 보이지 않았다. 대옥을 살펴보니 숨소리가 가늘게 겨우 이어지고 있었다. 깜짝 놀란 그녀가 의아한 표정으로 물었다.

"자견 언니는?"

"위채에 알리러 갔어."

이때 설안은 대옥이 아무것도 알아들을 수 없을 거라 생각했고, 또 자견도 없기 때문에 살그머니 시서의 손을 잡아끌며 물었다.

"저번에 무슨 왕나리인가 하는 분이 보옥 도련님 중매를 섰다고 했잖아. 그거 정말이야?"

"그럼, 정말이지."

"언제 정해졌대?"

"어떻게 금방 정해지겠어? 나도 너한테 얘기해준 날 소홍이한테 들었어. 나중에 희봉 아씨 방에 갔을 때 마침 희봉 아씨께서 평아 언니랑 하는 얘기를 들었는데, 그건 문객들이 그 일을 빌미로 나리께 환심을 사서 나중에 자기 잇속을 챙기려는 수작이라는 거야. 큰마님께서 싫다고 하신 것은 둘째 치더라도, 설사 큰마님께서 괜찮다고 하신들 그 마님 눈을 믿을 수 있겠어? 게다가 노마님께서 미리 눈도장을 찍어둔 사람이 있잖아, 바로 우리 대관원 안에 말이야! 큰마님께서야 그런 눈치를 아실 리 없지. 노마님께서는 그저 나리가 하신 말씀이 있기 때문에 어쩔 수 없이 그냥 물어보신 걸 거야. 그리고 희봉 아씨 말씀이, 보옥 도련님의 혼사는 노마님께서 반드시 친척 중에 사람을 고르겠다고 생각하시니까 어느 누가 청혼해도 소용없다고 하셨어."

거기까지 들은 설안은 넋을 잃고 말았다.

"이걸 어째! 괜히 우리 아씨 목숨만 버리게 됐잖아!"

"그게 무슨 말이야?"

"아직도 모르겠어? 예전에 내가 자견 언니와 그 얘기하는 걸 아가씨께서 들으시고 바로 이 지경이 되셨단 말이야!"

"목소리 좀 낮춰. 아가씨께서 들으시겠다!"

"정신을 놓았는데 어떻게 들으시겠어? 저것 봐. 기껏해야 하루 이틀밖에 버티지 못하실 거야."

그때 자견이 발을 들추고 들어섰다.

"이게 뭐하는 짓들이야! 할 얘기가 있으면 나가서 해야지 여기서 떠들면 어떡해! 차라리 아가씨한테 빨리 돌아가시라고 다그치지 그래?"

시서가 말했다.

"이런 황당한 일이 생겼다는 게 믿기지 않아요."

자견이 말했다.

"얘, 이런 말하긴 그렇지만 너도 벌을 받아 마땅해! 네가 뭘 안다고? 설령 안다 하더라도 그런 소문을 함부로 내면 안 되는 거야!"

셋이 옥신각신하고 있을 때 갑자기 대옥이 기침을 했다. 자견은 황급히 구들로 다가가서 지켜 섰고, 시서와 설안도 모두 입을 다물었다. 자견이 허리를 숙이고 대옥의 등 뒤에서 나직이 물었다.

"아가씨, 물 좀 드실래요?"

대옥이 희미하게 대답하자 설안이 황급히 따뜻한 물을 반 공기쯤 따라왔다. 자견이 받아들자 시서도 다가갔다. 그러자 자견이 그녀에게 고개를 내저어 보이며 아무 말도 하지 말라고 했다. 시서는 어쩔 수 없이 하려던 말을 삼켜야 했다. 잠시 서 있는데 대옥이 또 기침을 하자 자견이 물었다.

"아가씨, 물 좀 더 드실래요?"

대옥이 다시 희미하게 대답하며 고개를 들려는 듯했지만 힘이 없어 그러지 못했다. 자견은 구들 위로 올라가 대옥 옆에 앉아서는 물이 뜨거운지 자기 입술에 그릇을 대고 살핀 다음, 대옥의 머리를 받쳐들고 가까이 대주었다. 대옥이 한 모금 마신 후 자견이 그릇을 내리려 하자 한 모금 더 마시려는 뜻을 보였다. 자견이 그릇을 그대로 대고 있자 대옥은 한 모금 더 마시고 나서 그만 마시겠다고 고개를 저었다. 그리고 기침을 한 번 하더니 다시 누웠다. 그리고 한참 후에 어렴풋이 눈을 뜨며 말했다.

"조금 전에 얘기한 사람은 시서가 아니었어?"

자견이 "예!" 하고 대답했다. 시서는 아직 거기 있었기 때문에 얼른 다가가 인사했다. 대옥은 눈을 뜨고 머리를 끄덕이더니 잠시 쉬었다가 이렇게 말했다.

"돌아가거든 너희 아가씨한테 인사 전해줘."

시서는 대옥이 귀찮아하는 것으로 생각하고 할 수 없이 조용히 물러났.

실은 대옥의 병세는 심각했지만 정신만큼은 또렷했다. 앞서 시서와 설안이 얘기할 때 그녀도 어렴풋이 몇 마디를 알아들었으나 모르는 척했고, 사실 응대할 기력도 없었다. 하지만 그들의 대화를 듣자 비로소 앞서의 일이 얘기만 나왔을 뿐 성사된 게 아니라는 사실을 알았다. 또한 노마님이 친척 가운데 신부를 고를 생각이고, 또 그 신붓감이 대관원 안에 있다는 희봉의 말을 듣고 보니, 자기 외에는 달리 떠오르는 사람이 없었다. 이런 생각을 하니 음의 기운이 극에 달해 양의 기운이 생겨나듯이 갑자기 심신이 아주 상쾌해져서 물을 두어 모금 마시고 시서에게 다시 물어보려고 했던 것이다.

마침 자견의 얘기를 들은 태부인과 왕부인, 이환, 희봉이 모두 대옥을 보러 황급히 달려왔다. 대옥은 이미 의심이 풀렸기 때문에 당연히 죽어버리겠다는 생각은 하지 않았다. 몸은 나른하고 정신도 흐릿했지만 그녀는 억지로 한두 마디 응대하기도 했다. 그러자 희봉이 자견을 불러 말했다.

"아가씨가 그런 지경까지 이르진 않았는데 어찌 된 일이냐? 왜 이렇게 사람을 놀라게 해?"

"정말 아까는 안 좋아 보여서 감히 알리러 갔던 거예요. 그런데 돌아와서 보니 많이 좋아지셔서 저도 이상하다고 생각했어요."

태부인이 웃으며 말했다.

"그 아이를 나무랄 것 없다. 그 애가 뭘 알겠느냐? 자기가 보기에 안 좋은 것 같으니까 얘기한 것뿐이지. 오히려 그 아이로서는 잘한 일이야. 아이들이란 입은 무겁고 행동은 굼뜨지 않는 게 좋지."

잠시 대옥과 대화를 나누어보다가 괜찮다고 생각하여 태부인 등은 곧 방을 떠났다. 그야말로 이런 상황이었다.

마음의 병은 마음의 약으로 다스려야 하나니
방울은 단 사람이 풀어야 하는 법!¹
心病終須心藥治
解鈴還是繫鈴人

대옥의 병이 점점 나아진 것은 두말할 필요 없겠다. 설안과 자견은 대옥을 위해 뒤에서 염불을 외웠다. 설안이 자견에게 말했다.

"다행히 낫긴 하셨지만 정말 이상하게 아팠다가 이상하게 낫는군요."

"아프신 거야 이상할 게 없지만, 나은 과정은 정말 이상해. 아마 보옥 도련님과 우리 아가씨가 분명 부부가 될 인연이 있나봐. '호사다마好事多魔'라는 말도 있지만, 또 '부부의 연분은 몽둥이로 쳐도 끊어지지 않는다[是姻緣棒打不散].'고 하잖아? 이렇게 보면 인심으로 보나 천심天心으로 보나 결국 저 두 사람은 천생연분이야. 게다가 너도 생각해봐. 몇 해 전에 내가 아가씨께서 남쪽으로 돌아가게 되었다고 하니까 보옥 도련님이 안달이 나서 온 집안을 발칵 뒤집어놓은 적도 있었잖아. 지금은 또 말 한마디가 죽

제90회 **85**

어가는 아가씨를 살려냈잖아? 그러니 두 사람은 백 년 전에 삼생석三生石에서 맺어진 인연[2]이 아니겠어?"

그러면서 둘은 입을 오므리고 소리 죽여 웃었다. 설안이 또 말했다.

"다행히 나으셨으니까 앞으로 다시는 이런 얘기하지 말아요. 설사 보옥 도련님이 다른 사람과 결혼하더라도 누구랑 결혼하는지 보기만 할 뿐 절대 한마디도 하지 않을래요."

"호호, 그래야지."

그런데 자견과 설안만이 몰래 이런 얘기를 한 것이 아니었다. 다른 사람들 또한 대옥이 아플 때도 이상하게 아프더니 나은 것도 이상하게 나았다며 삼삼오오 모여서 이런저런 말이 많았다. 얼마 후에는 희봉까지 그걸 알게 되었고, 형부인과 왕부인도 조금은 석연찮게 생각하고 있었다. 하지만 태부인은 대충 짐작하고 있었다. 마침 형부인과 왕부인, 희봉 등이 태부인의 방에서 한담을 나누다가 대옥의 병에 대한 이야기가 나오자 태부인이 말했다.

"그렇지 않아도 나도 너희한테 말하려던 참이었다. 보옥이와 대옥이는 어려서부터 함께 자랐는데, 아직 어린아이들이니까 걱정할 게 없다고 생각했지. 그런데 이후로 대옥이가 갑자기 아팠다가 갑자기 낫곤 한다는 소리를 듣고, 그게 다 둘이 뭔가 알기 시작했기 때문이 아닐까 생각했다. 그러니 둘을 계속 그렇게 두면 필경 불상사가 생길지도 모르겠다는 생각이 드는구나. 너희들은 어찌 생각하느냐?"

왕부인은 잠시 어리둥절한 표정을 지었지만, 이내 맞장구를 치지 않을 수 없었다.

"대옥이는 생각이 깊은 아이예요. 하지만 보옥이는 아둔하기 때문에 설령 그런 의심을 받는다 하더라도 겉으로 보기에는 여전히 어린애 같아요. 지금 갑자기 하나를 떼어내서 대관원 밖으로 내보낸다면, 오히려 우리가 이상하게 생각한다는 낌새를 드러내게 되는 게 아닐까요? 예로부터 '남자는 자라면 장가들기 마련이고, 여자는 자라면 시집가기 마련'이라고 했지요. 어머님께서 생각해보시고 한시라도 빨리 그 아이들의 혼사를 처리하시면 될 거예요."

태부인이 눈살을 찌푸리며 말했다.

"대옥이의 괴벽스러운 성격이 장점이긴 하지만, 내가 그 아이를 보옥이 짝으로 생각하지 않는 것도 그 때문이야. 게다가 그 아이는 몸이 너무 허약해서 오래 살지 못할 것 같아. 그러니 보차만큼 적당한 아이가 없지."

"어머님뿐만 아니라 저희도 그렇게 생각하고 있어요. 그럼 대옥이에게도 짝을 지어주어야겠어요. 계집아이가 자라면 누군들 나름대로 생각이 없겠어요? 혹시 그 아이가 정말 보옥이한테 마음이 있는데 보옥이가 보차와 정혼했다는 걸 알게 된다면 오히려 곤란한 일이 생길 거예요."

"당연히 보옥이를 먼저 장가보내고 나서 대옥이 혼처를 알아봐야지. 내 일을 미루고 남의 일을 먼저 할 수는 없으니까 말이야. 게다가 대옥이는 보옥이보다 두 살이 어리잖아? 하지만 너희들 말대로 보옥이의 혼담에 대해서는 절대 대옥이가 모르게 해야겠구나."

그러자 희봉이 곧 하녀들에게 으름장을 놓았다.

"다들 들었지? 도련님 혼사에 대한 얘기는 절대 떠들고 다니면 안 된다! 함부로 나불대는 년은 거죽을 벗겨놓을 테다!"

태부인이 또 희봉에게 말했다.

"희봉아, 네가 몸이 안 좋았을 때부터 지금까지 대관원 안의 일을 별로 돌보지 못했지? 하지만 신경을 좀 써야 할 게야. 이 일뿐만 아니라 재작년에 몇몇 할멈들이 술 마시고 노름한 것도 있어서는 안 될 일이었어. 아무래도 네가 좀 더 꼼꼼히 관리하고 그쪽에 충분히 신경을 써서 아주 엄하게 단속해야겠다. 내가 보기에 아직 다들 네 말은 듣는 것 같더구나."

희봉은 그러겠다고 대답했다. 그들은 잠시 더 이야기를 나누다가 각자 거처로 돌아갔다.

이후로 희봉은 자주 대관원에 가서 이일 저일을 감독했다. 하루는 그녀가 막 대관원에 들어서서 자릉주紫菱洲* 근처에 이르렀을 때, 한 할멈이 고래고래 소리치는 게 들렸다. 희봉이 가까이 가자 그제야 할멈도 그녀를 발견하고 공손히 서서 인사했다.

"무슨 일로 그리 소란을 피워?"

"저는 아씨들 분부를 받고 이곳에서 화초와 과일나무를 관리하고 있습지요. 그런데 제가 아무 잘못도 저지르지도 않았는데 수연 아가씨의 하녀가 저희더러 도둑년이라고 하지 않습니까!"

"왜?"

"어제 제 손녀 흑아가 저를 따라 여기 와서 잠깐 놀았는데, 뭘 모르고 수연 아가씨 거처를 기웃거리기에 제가 호통을 쳐서 돌려보냈습지요. 그런데 오늘 아침에 듣자 하니 그 방 하녀가 무슨 물건을 잃어버렸다는 겁니다. 제가 뭘 잃어버렸냐고 물으니까 오히려 저한테 묻지 뭡니까!"

"그냥 한번 물어본 것뿐인데 뭐 화낼 일도 아니잖아?"

"이 대관원도 결국 아씨 집안에 속한 것이지 녕국부 것이 아니지 않습니까? 저희는 모두 아씨의 분부로 여기 와서 일하는 것인데, 어떻게 도둑 누명을 쓰고도 가만히 있으란 말입니까?"

희봉이 할멈 얼굴에 침을 "퉤!" 뱉으며 사납게 소리쳤다.

"어느 안전이라고 함부로 나불거려! 할멈이 여기서 일하는데 아가씨가 물건을 잃어버렸다면 당연히 추궁을 받을 수도 있는 일이지, 어찌 이리 사리 분별도 모르는 소리를 지껄여! 어서 임집사댁을 불러 저 할멈을 내쫓아버려라!"

하녀들이 "예!" 하고 대답했다. 그때 수연이 황급히 나와 희봉을 맞으며 웃음 띈 얼굴로 말했다.

"그러시면 안 돼요. 뭘 잃어버리지도 않았고, 이미 지나간 일이잖아요."

"아가씨, 그것 때문이 아니에요. 상황을 따져보지 않더라도 상전과 하인

사이에 이런 일이 있어서는 안돼요."

수연은 무릎 꿇고 용서를 비는 할멈을 보자 얼른 희봉을 안으로 모시려 했다. 그러자 희봉이 말했다.

"내가 이런 것들을 잘 알아요. 저 외에는 도무지 위아래 없이 군다니까요!"

수연이 자기 하녀가 잘못했다면서 재삼 할멈을 용서해주라고 부탁하자 희봉이 말했다.

"수연 아가씨를 봐서 이번 한 번만 용서해주마."

할멈이 그제야 일어나서 고개 숙여 절하고, 또 수연에게 절한 다음 밖으로 나갔다.

둘이 자리에 앉자 희봉이 웃으면서 물었다.

"뭘 잃어버렸어?"

"호호, 중요한 건 아니에요. 붉은 속옷 하나가 없어졌는데 이미 낡아빠진 거예요. 하녀들더러 찾아보라고 했지만 못 찾아도 그만이었지요. 그런데 철없는 어린 하녀가 그리 따졌으니 그 할멈도 당연히 인정하지 못했겠지요. 이게 다 그 하녀가 어리석어서 벌어진 일이라 저도 좀 나무랐어요. 이미 지난 일이니까 더 이상 얘기할 필요 없어요."

희봉이 수연의 여기저기를 살펴보니, 몇 가지 갖옷과 솜옷을 입긴 했지만 벌써 상당히 낡아 별로 따뜻할 것 같지 않았다. 이불도 대부분 얇은 것들뿐이었다. 방 안 탁자에 진열된 물건들은 태부인이 갖다준 것들인데, 하나도 건드리지 않고 깔끔하게 정리되어 있었다. 희봉은 속으로 그녀가 무척 사랑스럽고 존경스러웠다.

"옷 한 벌쯤이야 별게 아니지만 지금은 날씨가 춥잖아. 게다가 속옷인데 왜 캐묻지 않았어? 그 종년도 정말 못돼 처먹었군!"

희봉은 잠시 이야기를 나누다가 나와서 각처에 잠깐씩 들렀다 돌아왔다. 자기 방에 이르자 평아를 불러 붉은 비단으로 만든 속옷 한 벌과 노란 능라로 동그란 구슬 무늬를 만들어 단 가죽조끼 하나, 남색 바탕에 금실로 꽃무늬를 새겨넣은 솜치마 하나, 그리고 진한 청색의 은서 가죽으로 만든 마고자 하나를 싸서 수연에게 보내라고 했다.

그때 수연은 할멈 때문에 한바탕 소란을 겪고 나자, 비록 희봉이 와서 사태를 진정시켜주긴 했지만 끝내 마음이 가라앉지 않았다.

'여기 많은 자매들이 있지만 상전을 거스르는 하인은 하나도 없는데 유독 내 거처에 있는 것들만 이런저런 잔소리가 많아. 결국 조금 전엔 희봉 언니한테 들키고 말았지만······.'

이리저리 생각해봐도 결국 기분만 상할 뿐이고, 그렇다고 이야기를 꺼내지도 못했다. 그렇게 소리 없이 눈물을 삼키고 있는데 희봉의 하녀인 풍아 豊兒가 옷을 갖다주었다. 수연이 한사코 받으려 하지 않자 풍아가 말했다.

"아씨께서 저한테 분부하셨어요. 아가씨께서 낡은 옷이라고 싫어하시면 나중에 새 옷을 보내주시겠다고 말씀드리래요."

"호호, 아씨의 호의는 고맙다고 전해줘. 하지만 내가 옷을 잃어버렸다고 해서 보내주시는 건 절대 받을 수 없어. 다시 가지고 돌아가서 아씨께 너무너무 감사드린다 하고, 아씨의 마음만으로도 충분하니 받은 걸로 하자고 말씀드려."

그러면서 염낭 하나를 들려주니 풍아도 어쩔 수 없이 가지고 돌아갈 수밖에 없었다. 얼마 후 평아가 풍아와 함께 찾아오자, 수연이 얼른 맞이하며 인사하고 자리를 권했다. 평아가 미소를 지으며 말했다.

"아씨 말씀이, 아가씨께서 너무 예의를 차리신다는군요."

"그게 아니라 정말 너무 송구해서요."

"아씨께서는 아가씨가 이 옷을 받지 않으시는 건, 너무 낡았다고 꺼리는 것이거나 우리 아씨를 무시하는 거라고 하셨어요. 다시 가지고 돌아오면 저를 가만두지 않으시겠대요."

얼굴이 빨개진 수연은 웃으며 감사 인사를 했다.

"그렇게 말씀하시니 받지 않을 수 없겠군요."

그러면서 차를 권했다.

평아는 풍아와 함께 희봉의 거처로 돌아가다가 우연히 설씨 댁에서 심부름 온 할멈과 마주쳤다. 평아가 물었다.

"어디서 오는 길인가요?"

"우리 마님과 아가씨께서 이 댁 마님들과 아씨들, 아가씨들께 문안 인사를 여쭈라고 하셨어요. 방금 아씨 방에서 평아 아가씨가 안 보인다고 했더니 대관원에 가셨다고 하시대요. 수연 아가씨 거처에서 오시는 길인가요?"

"어떻게 알았어요?"

"조금 전에 들었지요. 희봉 아씨와 평아 아가씨가 하시는 일은 정말 감동이에요."

"호호, 돌아가는 길에 잠깐 들르셔요."

"저는 다른 일이 있어서 나중에 다시 뵈러 올게요."

그 할멈이 떠나자 평아도 돌아가서 희봉에게 보고했다. 그 이야기는 그만하겠다.

한편, 설씨 댁에서는 하금계夏金桂가 난리를 피워 온 집안을 뒤집어놓고 있었다. 할멈이 돌아와서 수연의 일에 대해 이야기하자 설씨 댁 마님과 보차는 흐르는 눈물을 감추지 못했다. 보차가 말했다.

"오빠가 집에 없으니까 수연이가 더 고생하네요. 지금은 그래도 희봉 언니 덕분에 괜찮았지만 이후로 우리도 신경을 써야겠어요. 어쨌든 우리 집안에 들어올 사람이잖아요."

그때 설과가 들어와서 말했다.

"형님이 최근 몇 해 동안 밖에서 어울린 인간들은 대체 어떻게 된 건지 제대로 된 사람이 하나도 없어요. 찾아온 이들이라곤 하나같이 전부 여우나 개 같은 무리들이라니까요! 제가 보기엔 그 작자들은 전혀 안심할 수가 없어요. 그저 나중에 무슨 잇속이나 챙기려고 수작만 부리는 것 같아서 요 며칠 사이에 전부 내쫓아버렸어요. 이후로는 문지기에게 그런 작자들을 들여보내지 말라고 당부해놨어요."

설씨 댁 마님이 말했다.

"또 장옥함蔣玉菡 같은 것들이더냐?"

"그 사람이 아니라 다른 사람이었어요."

설씨 댁 마님은 그 이야기에 또 가슴이 아파왔다.

"자식이 있어도 지금은 없는 거나 마찬가지지. 상부에서 사면해준다 해도 이제 폐인이야. 너는 내 조카지만 형보다 사리 분별을 더 잘하는 것 같으니 여생은 너한테 의지해야겠구나. 너도 이제부터 일을 잘 배워두거라. 그리고 네가 정혼한 규수도 집안 형편이 전과는 달라진 모양이더구나. 여자들이 시집가기가란 쉬운 일이 아니야. 달리 바라는 것도 없고 그저 유능한 남편 만나 살아갈 만한 형편이 되기만을 바랄 뿐이지. 수연이도 저 애처럼 된다면……"

그러면서 손가락으로 안방을 가리키며 말을 이었다.

"나도 더 이상 얘기하지 않겠다. 수연이는 염치도 있고 생각도 깊은데다 가난도 견뎌내고, 또한 풍족해도 아껴 쓸 줄 아는 아이지. 우리 일만 해결되면 하루라도 빨리 너희 혼례를 마무리 지어야 나도 한시름 놓겠구나."

"보금이 혼사도 남았으니 그게 오히려 큰어머님의 시름거리지요. 저희 일이야 뭐 별거라고 할 수 있겠어요?"

다들 잠시 한담을 나누다가 설과는 자기 방으로 돌아갔다. 저녁을 먹고 생각해보니 가씨 집안의 대관원에 살고 있는 수연은 결국 남의 집 더부살이하는 형편에 가난하기까지 하니, 굳이 헤아려보지 않아도 하루하루 살아가는 처지가 뻔할 것이었다. 또한 경사로 올라올 때 함께 왔기 때문에 그녀의 얼굴이나 성격도 이미 다 알고 있었다. 그러고 보니 하늘도 참 불공평하다는 생각이 들었다. 하금계 같은 여자는 돈이 많아서 저렇게 심술

굳게 자라게 하고, 형수연邢岫烟* 같은 여자는 저런 고생을 하게 만들었으니 말이다. 나중에 저승에서 염라대왕이 어떻게 재판할지 모를 일이었다. 그런 생각을 하니 가슴이 답답해진 그는 시를 한 수 읊어 기분을 풀고 싶었다. 하지만 안타깝게도 그런 공부를 하지 못했기 때문에 되는 대로 지을 수밖에 없었다.

물 떠난 교룡은 마른 물고기 같고
서로 떨어져 그리워하나니 외롭기만 하구나.
진흙탕에서 함께 고생 많은데
언제나 좋은 세월 누릴 수 있을까?
蛟龍失水似枯魚
兩地情懷感索居
同在泥塗多受苦
不知何日向淸虛

이렇게 써놓고 다시 한 번 읽어보았다. 벽에 붙여놓을까 하는 생각도 들었지만 멋쩍어서 혼자 중얼거렸다.

"남들이 보면 비웃을 거야."

그리고는 한 번 더 죽 읽고 나서 말했다.

"남들이 무슨 상관이람. 그냥 붙여놓고 보면서 마음이나 달래면 그만이지 뭐."

거듭 읽어보았지만 아무래도 잘 지은 것 같지 않아서 책 속에 끼워넣고 또 생각에 잠겼다.

'나도 나이가 적지 않은데 집안에 이렇게 갑작스러운 재난이 닥치고, 또 이 일이 언제 끝날지도 모르는 상황이구나. 그 바람에 연약한 규수를 처량하고 쓸쓸한 처지에 놓이게 하고 말았어!'

그때 보섬寶蟾이 문을 밀고 들어왔다. 그녀는 찬합 하나를 들고 와서 싱글싱글 웃으며 탁자 위에 놓았다. 설과가 일어나서 자리를 권하자 그녀가 웃으며 말했다.

"과일 네 접시랑 술 한 병이에요. 아씨께서 둘째 도련님께 갖다드리라고 하셨어요."

"하하, 형수님께서 마음을 써주셨군요. 그런데 하녀에게 시켜 보내시지 않고 수고스럽게 왜 누님이 직접 오셨어요?"

"어머? 한 집안 식구끼리 무슨 그런 말씀을 하셔요? 게다가 우리 서방님 일로 도련님께서 고생이 많으시니 아씨께서 오래전부터 뭐라도 손수 마련하여 사례하려고 하셨어요. 하지만 남들이 이상한 생각을 할까 염려스러워서 그러지 못하셨지요. 아시다시피 우리 집안은 다들 말로는 서로 잘 맞는 것 같지만 생각은 각기 다르잖아요? 그러니 별것 아닌 선물을 보내도 이러쿵저러쿵 말들이 생기기 마련이지요. 그래서 오늘은 약소하게 두어 가지 과일과 술 한 병을 마련해서 저더러 몰래 갖다드리라고 하셨어요."

그러면서 눈웃음을 치며 또 말했다.

"나중에 다른 사람한테 말씀하시면 안 돼요. 혹시 이상하게 생각하면 곤란해지니까요. 우리야 기껏 아랫사람일 뿐이니까 큰서방님 시중을 들면 도련님 시중도 들 수 있지요. 무슨 문제가 될 게 있나요?"

충실하고 돈후한 설과는 아직 나이가 젊기 때문에 이제껏 금계나 보섬에게 이런 대접을 받아본 적이 없었다. 하지만 조금 전에 설반薛蟠의 일 때문이라고 한 보섬의 말도 생각해보면 그럴 듯했다.

"과일은 받을게요. 하지만 술은 도로 가져가세요. 저는 술을 잘 못해서 어쩔 수 없는 경우에만 한잔 정도 억지로 마실 뿐 평소에는 마시지 않아요. 형수님과 누님도 다 아시잖아요?"

"다른 건 내 마음대로 할 수 있지만 이건 저도 어쩔 수 없어요. 아씨 성미야 둘째 도련님도 아시잖아요? 이걸 가지고 돌아가면 도련님께서 안 드셨다고 뭐라 하진 않고, 오히려 제 정성이 부족했다고 나무라실 거예요."

설과는 어쩔 수 없이 받아들였다. 보섬은 막 나가려다가 문간에서 바깥을 살피더니 설과를 돌아보며 찡긋 웃었다. 그리고 손가락으로 안쪽을 가리키며 말했다.

"어쩌면 직접 오셔서 인사하실지도 몰라요."

설과는 무슨 뜻인지 몰라 오히려 어색해졌다.

"누님이 대신 형수님께 감사하다고 전해줘요. 날도 쌀쌀하니 나오시면 감기 걸릴지 모르잖아요. 게다가 형수와 시숙 사이인데 그런 예절에 구애될 필요 있나요?"

보섬은 대답도 없이 헤실거리며 떠났다.

처음에 설과는 금계가 설반의 일 때문에 미안해서 이런 술과 안주로 인사를 하나 보다 생각하고, 그럴 수도 있다고 여겼다. 그런데 보섬이 남몰래 이상한 짓을 하면서 이도저도 아닌 표정을 짓는 것을 보자 뭔가 조금 께름직한 느낌이 들어서 돌이켜 생각해보았다.

'어쨌든 내게는 형수인데 다른 꿍꿍이가 있을 리 없지. 어쩌면 보섬이 못된 생각을 했지만 자기가 어떻게 하기 곤란하니까 형수 핑계를 댔는지도 몰라. 하지만 어쨌든 형님의 첩인데 그래선 곤란하지.'

그러다가 갑자기 다른 생각이 들었다.

'형수는 천성이나 사람됨이 전혀 여자답지 않고, 게다가 가끔 흥이 오르면 아주 요상한 짓을 하면서 스스로 예쁘다고 여긴단 말이야. 그러니 또 무슨 흑심을 품고 있는지 몰라. 그렇지 않으면 보금이가 마음에 안 들어서 이런 악랄한 수법으로 나를 진창으로 끌어들여 나쁜 평판을 듣게 하려는 것인지도 몰라.'

이런 생각을 하자 오히려 겁이 났다. 그가 어쩌면 좋을지 몰라 당황하고 있을 때 갑자기 창밖에서 누군가 "킥!" 하고 웃어 화들짝 놀랐다.

그게 누구인지는 다음 회를 보시라.

제91회

음심을 품은 보섬은 교묘한 계략을 쓰고
의심에 찬 가보옥은 엉터리 선문답을 하다

縱淫心寶蟾工設計　布疑陣寶玉妄談禪

의혹에 사로잡힌 가보옥이 엉터리 선문답을 하다.

 설과가 의심에 잠겨 있을 때, 갑자기 창밖에서 웃음소리가 들렸다. 깜짝 놀란 설과가 생각했다.
 '보섬 누님이 아니면 분명 형수일 거야. 모르는 체하고 무슨 수작을 부리는지 봐야겠군.'
 그리고 한참 동안 귀를 기울여보았지만 더 이상 아무 소리도 들리지 않았다. 그는 술과 과일을 먹을 생각은 하지 않고, 방문을 닫은 채 막 옷을 벗으려는데 갑자기 창호지에서 조그맣게 무슨 소리가 들렸다. 이미 보섬의 농간 때문에 마음이 혼란스러워진 그는 도무지 어찌해야 좋을지 몰랐다. 소리가 나는 창호지 쪽으로 가보니 아무런 낌새가 없었다. 그는 자신이 잘 못 들었나 보다 생각하고는 옷을 여민 채 등불 앞에 앉아 멍하니 생각에 잠겼다. 그리고 과일 하나를 집어 이리저리 뒤집으며 자세히 살폈다. 그러다가 문득 고개를 돌리니 창호지 한 곳이 젖어 있었다. 가까이 가보려고 하는데 갑자기 밖에서 누군가 입김을 훅 부는 바람에 설과는 기겁하고 말았다. 그때 또 "킥킥!" 하는 웃음소리가 들리자 설과는 얼른 등불을 끄고 숨을 죽인 채 자리에 누웠다. 그때 밖에서 누군가가 말했다.
 "도련님, 왜 술이랑 과일을 잡숫지 않고 주무시나요?"
 그건 바로 보섬의 목소리였다. 설과는 아무 소리도 내지 않고 잠이 든 척했다. 그러자 잠시 후 바깥에서 원망하는 듯한 목소리가 들렸다.

"세상에 이렇게 재수 없는 사람이 있을까?"

그 목소리는 보섬 같기도 하고 금계 같기도 했다. 그제야 설과는 그들의 속셈을 눈치챘다. 그 바람에 날이 새도록 이리저리 뒤척이다가 겨우 잠들었다.

그런데 날이 밝자마자 누군가 문을 두드렸다. 누구냐고 물어도 밖에서는 아무 대답이 없었다. 하는 수 없이 일어나서 문을 열고 보니, 보섬이 머리를 빗고 있었다. 그녀는 옷깃을 여민 채 비단 테두리가 있는 비파금琵琶襟[1]을 대충 걸치고, 그 위에 연두색으로 된 조금 낡은 허리띠를 매고 있었다. 그 아래에는 치마도 입지 않아서 붉은 석류색 바탕에 꽃무늬가 들어간 바지와 수를 놓아 장식한 빨간 새신이 드러나 있었다. 보섬은 세수도 하지 않은 채, 남들 눈에 띄지 않고 얼른 어제 가져온 그릇을 찾아가려고 서둘러 왔던 것이다. 그녀가 그런 차림으로 들어오자 설과는 마음이 흔들렸지만, 억지로 웃음을 지으며 물었다.

"무슨 일로 이리 일찍 일어났어요?"

보섬은 얼굴을 붉히며 아무 대답도 않고 과일을 접시 하나에 모두 담더니 들고 나가버렸다. 설과는 간밤의 일 때문에 그런다는 걸 눈치챘다.

'뭐 상관없지. 오히려 화가 나서 생각을 돌린다면 나도 성가신 일을 피할 수 있으니까.'

그제야 그는 마음을 놓고 하인에게 물을 떠오라고 해서 세수를 했다. 밖에 나가면 귀찮게 붙드는 사람이 있을 것 같아 심신의 피로도 풀 겸, 한 이틀 조용히 집에서 쉴 생각이었다. 이전부터 설반과 어울리던 이들은 설씨 집안에 사람이 없어서 나이 어린 설과 혼자 일을 처리한다는 걸 알고는 여러 가지 분에 넘치는 야심을 품게 되었다. 중간에 끼어들어 심부름이라도 하려는 이가 있는가 하면, 소송장을 쓸 줄 알고 관청 서기를 한두 명쯤 아는 이들은 그들을 통해 위아래 관리들을 매수해보려고 나서기도 했다. 심지어 설과를 자기네 편으로 끌어들여 설씨 집안의 돈을 긁어내려는 놈도 있었고, 유언비어를 날조하여 공갈을 하는 놈도 있었다. 설과는 그런 자들을 보면 멀리 피해버렸지만, 무슨 변을 당할지 몰라 면전에 대놓고 거절하지는 못했다. 그래서 그저 집에 숨어 지내면서 상부의 회신이 내려오기만을 기다리고 있었다. 이 이야기는 그만하겠다.

한편, 간밤에 보섬을 시켜 술과 과일을 보내 설과의 마음을 떠보려 했던 금계에게, 보금이 돌아와 그 반응을 자세히 말해주었다. 금계는 일이 그다지 잘 풀릴 것 같지 않고, 한바탕 저지른 괜한 헛수고에 오히려 보섬에게 비웃음만 살 것 같았다. 그래서 그녀는 몇 마디 말을 꾸며 핑계를 대고 없던 일로 해버릴까 생각했다. 아무리 생각해도 설과를 그냥 두기가 아까웠지만, 뾰족한 방법이 떠오르지 않아 멍하니 앉아 있었다.

뜻밖에 보금도 설반이 집에 돌아오기 어려울 것 같아 나름대로 길을 찾으려 했지만, 금계에게 꼬리를 잡힐까 무서워서 감히 속내를 드러내지 못하고 있었다. 그러다가 금계가 먼저 물꼬를 트자 그녀는 이 기회를 이용하여 먼저 설과를 차지해버리려고 생각했다. 금계가 반대하는 것쯤이야 두렵지 않았기 때문에 간밤에 설과를 유혹해보려고 했던 것이었다. 설과가 마음이 전혀 없는 건 아닌 것 같은데, 그렇다고 쉽게 넘어올 것처럼 보이지도 않아서 함부로 덤비지 못했다. 나중에 설과가 불을 끄고 자리에 눕자 그녀는 그만 김이 팍 새서 금계에게 돌아가 알리고, 그녀가 무슨 방법을 생각해내면 자기도 다시 수단을 찾아보기로 작정했다. 그런데 금계가 멍하니 앉아 있는 걸 보니 별다른 방도가 없는 것 같았다. 이에 그녀도 어쩔 수 없이 금계의 이부자리를 펴주고 잠자리에 들었다. 하지만 도무지 잠이 오지 않아 이리저리 뒤척이다가 한 가지 방법을 생각해냈다.

'그래! 내일 아침에 일어나서 먼저 그릇을 가지러 가자. 야한 옷차림을 하고 세수도 하지 않은 채로 가서 아양을 한번 떨어보는 거야. 설과의 표정을 살피면서 오히려 내가 토라진 척 상대하지 말아야지. 그 사람이 후회

하는 마음을 비치면 적극적으로 나가는 거야. 그렇게 되면 어렵지 않게 손아귀에 넣을 수 있을 거야.'

하지만 정작 설과을 만나보니 엊저녁과 마찬가지로 전혀 딴생각을 품지 않는 것이었다. 이에 그녀는 어쩔 수 없이 속내를 숨긴 채 접시만 들고 돌아오면서, 일부러 술병은 남겨두어 궁여지책을 모색할 빌미로 삼기로 했다. 방에 도착하자 금계가 물었다.

"음식 가져갈 때 누구랑 마주치진 않았어?"

"아니요."

"도련님이 뭐라고 묻지 않더냐?"

"예."

금계도 밤새 잠을 이루지 못하고 궁리했지만 뾰족한 수가 떠오르지 않아 생각을 돌릴 수밖에 없었다.

'이 일을 하려면 다른 사람은 몰라도 보섬이는 속일 수 없지. 아예 저것한테도 한몫 나눠주면 당연히 최선을 다하겠지. 게다가 내가 직접 갈 수도 없으니까 어쩔 수 없이 저것을 통해야 하잖아? 차라리 저것이랑 의논해서 편하고 안전한 수단을 찾아보자.'

그래서 그녀는 보섬에게 웃으며 말했다.

"네가 보기에 도련님이 어떻더냐?"

"좀 어수룩한 것 같아요."

"호호, 윗사람 얘기를 어떻게 그리 함부로 해?"

"호호, 그 도련님이 아씨 마음을 저버리니까 저도 그렇게 말할 수 있는 거지요 뭐."

"도련님이 어떻게 내 마음을 저버렸다는 게냐?"

"아씨께서 맛난 것을 주었는데도 먹지 않았으니, 그게 아씨 마음을 저버린 게 아닌가요?"

그렇게 말하며 보섬이 금계에게 슬쩍 눈웃음을 쳤다.

"말도 안 되는 생각하지 마라! 내가 음식을 보낸 건 도련님이 서방님 일 때문에 수고하기 때문이야. 남들이 말도 안 되는 소리를 할까 싶어서 너한테 물어본 건데 네가 무슨 뜻으로 그런 말을 하는지 모르겠구나."

"호호, 아씨, 염려 마셔요. 저는 아씨 사람인데 딴마음을 먹을 리 있겠어요? 하지만 이 일은 좀 은밀히 처리해야지, 혹시 소문이 나면 결과가 좋지 않을 거예요."

금계는 얼굴이 달아오르는 느낌이 들었다.

"요놈의 계집애가 못됐구나! 네가 도련님을 마음에 둔 모양인데, 나를 끌어들여 다리를 놓게 만들 요량인가 보구나. 어때, 내 말이 맞지?"

"아씨만 그리 생각하시지, 전 오히려 아씨를 위해 고생하고 있다고요. 아씨, 정말 도련님을 마음에 두고 계시다면 저한테 한 가지 방법이 있어요. 생각해보셔요. '기름 훔쳐 먹지 않는 쥐는 없는 법'이잖아요? 그러니 도련님도 일이 누설되면 시끄러워져서 모양새가 안 좋아질까 걱정하는 것뿐이라고요. 제 생각에는, 너무 서두르지 마시고 도련님의 부족한 부분을 아씨께서 꼼꼼히 챙겨주시는 거예요. 그분은 아씨의 시숙이고, 또 아직 결혼을 하지 않았으니까 아씨께서 신경을 좀 더 써서 친절히 대한다 해도 누가 뭐라고 하지 못할 거예요. 그렇게 며칠 지나면 그분도 아씨의 마음에 감동하게 될 테니 당연히 감사 인사를 드리러 오시겠지요. 그때 아씨께서 우리 방에 술상을 차리시면 제가 거들어서 술을 마시게 할게요. 그럼 어떻게 꽁무니를 빼겠어요? 그래도 말을 듣지 않으면 도련님이 아씨를 희롱했다고 막 떠드는 거예요. 그럼 도련님도 겁을 먹고 순순히 우리 손아귀에 들어오지 않겠어요? 그래도 통하지 않으면 도련님은 사람이 아닌 거지요. 그리고 우리도 괜히 체면 구길 일은 없을 거예요. 아씨, 어떻게 생각하셔요?"

금계는 그 말을 듣자 어느새 두 볼이 빨개져서 짐짓 웃으며 꾸짖었다.

"까진 계집애 같으니! 여러 남자를 후려본 듯이 말하는구나. 어쩐지 서방님이 집에 계실 때 늘 네 곁을 떠나지 못하시더라니!"

보섬이 입을 삐죽이며 웃었다.

"관둬요! 누구는 아씨를 위해 애쓰고 있는데, 오히려 그런 타박을 하시다니요!"

이때부터 금계는 오로지 설과를 유혹하는 데 마음을 쏟느라 집안을 시끄럽게 할 생각은 하지 않았다. 그 바람에 집안도 조금이나마 평온해졌다.

그날 보섬은 술병을 가지러 가서도 여전히 얌전하기 그지없는 표정을 지었다. 그 모습을 훔쳐본 설과는 오히려 자기가 그들을 오해했나 싶어서 후회했다. 정말 그렇다면 형수의 호의를 저버린 셈이니, 나중에 자기한테 신경질이라도 부린다면 결국 화를 자초한 꼴이 아닐까 싶기도 했다. 하지만 이틀쯤 지나도 집안은 아주 잠잠하기만 했다. 우연히 보섬을 만나도 얼른 고개를 숙이고 지나갈 뿐, 자기에게 눈길조차 주지 않았다. 또 우연히 마주친 금계가 자기에게 아주 따뜻하게 대해주는 모습을 보고 설과는 오히려 미안한 마음이 들었다. 이 이야기는 잠시 접어두자.

한편, 설씨 댁 마님과 보차는 금계가 며칠 동안 조용한데다 사람들을 대할 때도 갑자기 아주 상냥해졌다고 느꼈다. 집안사람들 모두 희한한 일이라고 생각했다. 설씨 댁 마님은 무척 기뻐하며 이렇게 생각했다.

'아마도 반이가 장가들 때 무슨 귀신한테 해코지를 당해서 요 몇 년 동안 낭패를 본 게 아닐까? 그런 일이 생기긴 했지만 그래도 다행히 집에 재산이 많고 가씨 댁에서도 힘을 써주니 곧 무슨 희망이 생길 것 같구나. 며느리가 갑자기 얌전해졌으니 혹시 반이의 운세도 좋은 쪽으로 돌아설지 모르지.'

그러면서도 속으로는 기묘한 일이라고 여겼다. 그래서 그날은 식사를 하고 나서 하녀 동귀同貴의 부축을 받아 금계의 방에 가보려고 했다. 그런데 마당에 들어서자 금계와 이야기를 나누고 있는 남자의 목소리가 들렸다.

동귀가 낌새를 알아채고 얼른 안에다 알렸다.

"아씨, 마님께서 오셨어요."

그러는 사이에 방문 어귀에 이르니, 웬 남자가 방문 뒤쪽으로 몸을 숨기는 것이었다. 깜짝 놀란 설씨 댁 마님이 되돌아 나가려고 하자 금계가 말했다.

"어머님, 들어오셔요. 저 사람은 외인이 아니라 저희 친정에 양자로 들어온 동생이에요. 시골에서만 살아서 사람 만나는 게 익숙하지 않아요. 아직 어머님께 인사를 드리지 못해서 오늘에야 찾아왔는데, 방금 도착해서 아직 어머님께 가지 못하고 있었어요."

"반이의 처남이라면 만나도 괜찮지."

금계가 동생을 불러 인사하라고 하자, 그가 공손히 읍揖하며 인사했다. 설씨 댁 마님도 인사하고 자리에 앉아서 몇 마디 의례적인 말을 나누었다.

"그래, 경사에는 언제 오셨는가?"

하삼이 대답했다.

"지난달에 어머님께서 집안일을 보살필 사람이 필요하여 저를 양자로 들이셨습니다. 그저께 상경했고 오늘 누님을 뵈러 왔습지요."

설씨 댁 마님은 그 사내가 좀 천박해 보여서 잠깐 앉아 있다가 곧 자리에서 일어섰다.

"그럼, 계시다 가시구려."

그리고 금계를 돌아보며 말했다.

"아우님이 처음 오셨으니 식사라도 대접해드려라."

금계가 "예!" 하자 설씨 댁 마님은 돌아갔다. 시어머니가 떠나자 금계가 하삼에게 말했다.

"앉아 있어. 오늘부터는 신분이 떳떳해졌으니까 우리 도련님도 당신 뒤를 캐지 않을 거야. 오늘은 물건을 좀 사다 달라고 부탁하려고 하는데, 남들 눈에 띄면 안 돼."

"맡겨만 주십시오. 그게 뭐든 간에 돈만 주시면 사다 드릴 수 있습니다."
"큰소리치지 마. 바가지를 씌우거나 하면 안 봐줄 테니까!"
 둘은 잠시 시시덕거리다가 함께 저녁을 먹었다. 금계는 돌아가려는 하삼에게 사다 줄 물건을 다시 알려주면서 거듭 주의를 주었다. 이후로 하삼은 끊임없이 이 집에 드나들었다. 나이 많은 문지기가 있었지만, 그가 설반의 처남인 줄 알고 있었기 때문에 번번이 위에 알리지도 않고 들여보내주었다. 이로부터 끝없는 풍파가 일게 되는데, 그건 나중 일이니 여기서는 이야기하지 않겠다.

 하루는 설반이 편지를 보내와 설씨 댁 마님은 보차에게 읽어보라고 했다. 편지에는 이렇게 적혀 있었다.

 어머님, 저는 여기서도 고생은 하지 않으니 안심하십시오. 다만 어제 이곳 현縣의 서기가 하는 말이, 부府에서 이미 저희 청원을 받아들인 모양입니다만, 뜻밖에 부에서 올려보낸 서류를 도道에서 기각했답니다. 다행히 현의 문서 담당자가 좋은 사람이라서 즉시 회신을 작성하여 이의를 제기했습니다. 그런데 도에서 현령에게 경고를 내렸답니다. 지금 도에서는 이 사건을 직접 처리하려고 하는데, 만약 그렇게 된다면 또 고생을 해야 합니다. 분명 도에는 청탁을 하지 않았기 때문인 것 같습니다. 어머님, 이 편지를 보시는 즉시 도대道臺*에게 청탁을 넣어주십시오. 그리고 동생을 빨리 보내주시기 바랍니다. 그렇지 않으면 도의 감옥으로 이송될 것입니다. 돈도 충분히 가져와야겠습니다. 부디 서둘러주시기 바랍니다.

 설씨 댁 마님이 그걸 듣고 또 한바탕 통곡한 일은 말할 것도 없다. 설과가 위로하며 말했다.
 "더 이상 지체해서는 안 되겠습니다."

설씨 댁 마님은 어쩔 수 없이 설과에게 현청縣廳*으로 가서 손을 써보라고 했다. 그리고 하인에게 즉시 행장을 꾸리고 은돈을 마련하게 했다. 하인 이상李祥이 본래 그곳에서 뒤를 봐주고 있었지만, 설과는 전당포의 점원을 한 명 더 데리고, 밤중임에도 길을 떠나기로 했다.

당시는 경황없이 바빠서, 하인들이 미처 생각하지 못하고 빠트린 게 있을지 몰라 보차도 몸소 나와서 돕느라 자정이 훨씬 지나서야 잠자리에 들었다. 하지만 그녀도 부잣집에서 귀하게 자란 몸인데다 마음을 졸이고 한참 동안 일하다 보니 결국 저녁부터 열이 나기 시작했다. 그리고 이튿날은 따뜻한 물조차 넘기지 못할 지경이 되고 말았다. 앵아의 말을 듣고 급히 달려온 설씨 댁 마님은 얼굴이 새빨갛게 달아오르고 온몸이 불덩이처럼 뜨거워진 채 말도 제대로 하지 못하는 보차를 보자 당황하여 어쩔 줄 몰라 대뜸 숨이 막히도록 통곡했다. 보금은 설씨 댁 마님을 부축해 일으키며 위로했고, 향릉은 샘솟듯 눈물을 흘리며 울기만 했다. 보차는 말도 못하고 손도 움직이지 못하는데다 눈은 마르고 코는 막혀 있었다. 그래도 의원을 불러다 치료를 했더니 조금씩 정신을 차렸다. 그제야 설씨 댁 마님을 비롯하여 모두들 조금 안심했다.

그 소식에 녕국부와 영국부 사람들도 깜짝 놀랐다. 먼저 희봉이 십향반혼단十香返魂丹²을 보내왔고, 이어서 왕부인이 지보단至寶丹³을 보내왔다. 태부인과 형부인, 왕부인, 그리고 우씨 등도 모두 하녀를 보내 문병했지만, 보옥에게는 아무도 알리지 않았다. 이레나 여드레 동안 치료해도 끝내 효험을 보지 못하자, 보차 스스로 냉향환泠香丸을 생각해내 세 알을 먹고 병이 나았다. 나중에 보옥도 그 사실을 알게 되었지만, 병이 다 나은 뒤였기 때문에 문병을 가지 않았다.

그때 설과가 또 편지를 보내왔다. 설씨 댁 마님은 보차가 걱정할까 싶어서 알리지 않았다. 설씨 댁 마님은 몸소 왕부인을 찾아가 도움을 청하면서 보차의 병에 대해 이야기했다. 설씨 댁 마님이 떠난 후 왕부인이 다시 가정에게 이야기하자 가정이 이렇게 말했다.

"위에다 청탁하는 건 쉽지만 아래에다 청탁하는 건 어렵소. 그러니 손을 잘 써둬야지."

왕부인은 다시 보차의 일에 대해 이야기했다.

"이 아이도 고생하고 있어요. 기왕 우리 집으로 들이기로 했으니까 조금이라도 빨리 혼례를 올리는 게 좋겠어요. 저대로 두었다가 몸이 상하면 안 될 테니까요."

"내 생각도 그렇소. 하지만 그 집이 지금 정신없이 바쁘고, 게다가 이제 겨울도 끝나가면서 벌써 한 해가 저물고 있지 않소? 그러니 각기 집안일도 처리해야 할 게 아니오? 이번 겨울에 정혼을 해놓고 내년 봄에 납폐納幣를 보냅시다. 그리고 어머님 생신을 지내고 나서 혼례 날짜를 잡는 게 어떠오? 처제한테 우선 그렇게 말해두시오."

"그러지요."

이튿날 왕부인은 설씨 댁 마님에게 가정의 말을 전했다. 설씨 댁 마님도 그게 좋겠다고 생각했다. 식사를 마친 후, 왕부인은 설씨 댁 마님과 함께 태부인의 방으로 갔다. 다들 자리에 앉자 태부인이 말했다.

"보차 어머니는 방금 오셨는가?"

"어제 왔는데 밤이 늦어서 노마님께 인사 여쭙지 못했습니다."

이내 왕부인이 간밤에 가정과 나눈 이야기를 태부인에게 들려주자 태부인도 무척 기뻐했다. 그때 보옥이 들어왔고, 태부인이 물었다.

"식사는 했느냐?"

"조금 전에 서당에서 돌아왔어요. 밥 먹고 다시 가야 하는데 먼저 할머니께 인사드리러 왔어요. 또 이모님께서 오셨다 하기에 함께 인사드리려고요."

그는 설씨 댁 마님에게 인사하면서 물었다.

"보차 누나는 다 나았나요?"

"호호, 그래, 다 나았다."

그들은 한창 보옥의 혼사 이야기를 하다가 그가 들어오자 얼른 입을 다물었다. 보옥은 앉아 있으면서 내내 설씨 댁 마님이 예전처럼 그렇게 친숙하지 않은 것 같다는 느낌을 받았다.

'지금이야 그럴 기분이 아니라 해도 모두들 말씀이 없으니 이상하군.'

의아한 마음을 품은 채 그는 서당으로 갔다. 그리고 저녁에 돌아와 어른들에게 모두 인사하고 곧 소상관으로 갔다. 발을 걷고 들어가자 자견이 맞이하는데, 안방에는 아무도 없었다.

"아가씨는 어디 갔어?"

"위채에 가셨어요. 보차 아가씨 어머님이 오셔서 아가씨도 인사드리러 가셨어요. 도련님은 위채에 가지 않으셨어요?"

"거기 다녀오는 길인데 못 만났는걸?"

"이상하네요."

"대체 어디 갔지?"

"잘 모르겠어요."

보옥이 밖으로 나가려고 막 방문을 나서는데 대옥이 설안과 함께 천천히 오고 있었다.

"누이, 돌아왔네?"

그는 다시 뒷걸음질쳐서 방으로 들어갔다. 대옥은 안방으로 들어가 보옥을 안으로 청했다. 자견이 외투를 가져오자 대옥이 갈아입고 자리에 앉아 물었다.

"이모님께 인사드렸어요?"

"응."

"이모님께서 제 얘기를 하시던가요?"

"아니. 그뿐 아니라 나를 대하시는 것도 예전 같지 않았어. 보차 누나 병세에 대해 여쭈니까 대답도 없이 그냥 싱긋 웃기만 하시더라고. 설마 내가 문병을 안 갔다고 괘씸하게 여기시는 걸까?"

"호호, 병문안을 안 다녀왔어요?"

"처음엔 몰랐다가 이틀 전쯤에 알았지만 가보진 않았지."

"그러셨군요."

"할머님은 물론이고 어머니, 아버지도 가지 말라고 하시는데 어떻게 가? 예전처럼 저 작은 문으로 드나들 수 있을 때는 하루에 열 번이라도 다녀오는 게 어렵지 않았는데 지금은 문이 막혀서 앞쪽으로 돌아가야 하니 당연히 불편해졌지."

"하지만 언니가 그런 까닭을 알겠어요?"

"보차 누나는 나를 잘 이해해주잖아?"

"헛다리짚지 마세요. 보차 언니라면 더욱 이해하지 못할 거예요. 이모님이 아프신 것도 아니고 언니가 아픈 거잖아요? 예전에 대관원에 있을 때는 함께 꽃구경하며 시도 짓고 술도 마시면서 그렇게 재미있게 지냈는데, 이제 떨어져 지내는데다 그 집에 일까지 생겨서 언니 병세가 그 지경이 되었는데도 오빠는 아무 상관없는 사람처럼 굴었으니 어떻게 화가 나지 않겠어요?"

"설마 그 때문에 보차 누나가 나랑 멀어지는 건 아니겠지?"

"그건 나도 모르지요. 저는 그저 이치를 따져서 말한 것뿐이니까요."

눈이 휘둥그레진 보옥은 한참 동안 멍한 표정을 지었다. 대옥은 그런 그를 내버려둔 채 하녀에게 향을 더 넣으라 하고, 책을 펼치고는 한동안 열심히 들여다보았다. 그때 보옥이 눈살을 찌푸리고 발을 구르며 소리쳤다.

"에잇! 나 같은 걸 왜 태어나게 했는지 몰라! 세상천지에 내가 없어져버리면 차라리 깔끔해지겠지!"

"원래 내가 있어서 다른 사람도 있는 것이고, 다른 사람이 있어서 무수한 번뇌가 생겨나고 공포와 시비전도是非顚倒*, 몽상, 수많은 장애가 생겨나는 법이에요. 방금 제 얘기는 전부 농담이에요. 오빠는 이모님 기분이 안 좋으신 것만 보고서 왜 보차 언니까지 의심하고 그래요? 이모님께선 원래 그 댁의 소송 사건 때문에 오신 거라 심사가 불편하셨을 텐데, 오빠 기분까지 맞춰주실 여유가 있으시겠어요? 괜히 오빠 혼자 말도 안 되는 생각을 하다가 마도魔道에 빠진 거지요."

그 말에 보옥은 속이 후련히 풀리는 기분이었다.

"하하, 맞아! 아주 지당한 말이야! 확실히 누이는 나보다 성정이 훨씬 뛰어나다니까! 그러니 몇 년 전에 내가 화를 냈을 때, 누이가 몇 마디 선어禪語[4]를 얘기했지만 나는 제대로 대답하지 못했지. 내가 부처라 해도 누이의 연꽃을 빌리지 않으면 화생化生[5]할 수 없지."

대옥이 그 기회를 틈타 이렇게 물었다.

"그럼 제가 한 가지 물어볼 테니 대답해볼래요?"

보옥은 가부좌를 틀고 앉아 두 손을 모으고 눈을 감더니 천천히 숨을 내쉬며 말했다.

"말해봐."

"보차 언니와 오빠의 사이가 좋으면 어쩔 거고, 사이가 나쁘면 어쩔 건가요? 보차 언니가 예전에는 오빠랑 사이가 좋았는데 이제 그렇지 않다면 어쩔 건가요? 지금은 사이가 좋은데 나중에 나빠지면 어쩔 건가요? 오빠는 좋은 사이로 지내고 싶은데 보차 언니가 싫다고 하면 어쩔 건가요? 오빠는 싫은데 보차 언니가 친근하게 대하면 어쩔 건가요?"

보옥은 한참을 멍하니 있더니 갑자기 깔깔 웃으며 말했다.

"약수弱水[6]가 삼천리나 된다 해도 난 한 바가지 물만 떠 마시리라!"

"바가지가 물에 떠내려가면 어쩌지요?"

"바가지가 물에 떠내려가는 것이 아니라 물도 제 스스로 흐르고 바가지도 제 스스로 떠 있을 뿐이로다!"

"물이 멈춰서 구슬이 가라앉으면 어쩌지요?"

"청정하고 고요한 선심禪心은 이미 진흙에 붙은 버들 솜처럼 흔들리지

않나니, 봄바람 향해 춤추는 자고새처럼 되지 않으리라〔禪心已作沾泥絮 莫向春風舞鷓鴣〕!"⁷

"선문禪門의 첫 번째 계율은 거짓말하지 않는 거예요."

"삼보三寶⁸에 걸고 맹세하노라!"

대옥은 고개를 숙인 채 아무 말도 하지 않았다.

그때 처마 밑에서 까마귀가 '까악! 까악!' 울며 동남쪽으로 날아갔다. 보옥이 말했다.

"저게 길한 징조인지 흉한 징조인지 모르겠군."

"인간사의 길흉이 새소리에 달린 건 아니지요."

그때 갑자기 추문이 와서 말했다.

"도련님, 얼른 돌아가셔요! 나리께서 대관원에 사람을 보내 도련님이 서당에서 돌아오셨는지 물으셨어요. 습인 언니가 돌아오셨다고 대답해놨으니 어서 돌아가셔요!"

보옥이 깜짝 놀라 황급히 일어나서 밖으로 뛰어가니 대옥도 붙들지 못했다. 무슨 일인지는 다음 회를 보시라.

제92회

열녀전을 평하니 가교저는 현량한 규수를 흠모하고
가정은 모주를 감상하다 만나고 헤어지는 이치를 깨닫다

評女傳巧姐慕賢良　玩母珠賈政參聚散

가정은 모주를 감상하다 만나고 헤어지는 이치를 깨닫다.

보옥은 다급하게 소상관에서 나와 추문에게 물었다.
"아버님께서 무슨 일로 찾으신대?"
"호호, 아니에요. 습인 언니가 도련님을 모셔 오라기에 혹시 안 오실까 싶어서 제가 거짓말한 거예요."
보옥은 가슴을 쓸어내렸다.
"그냥 부르면 되지, 왜 사람을 놀라게 해?"
이홍원으로 돌아가자 습인이 물었다.
"내내 어디 가 계셨어요?"
"대옥이한테 갔다가 이모님과 보차 누나 얘기가 나오는 바람에 계속 앉아 있었어."
"무슨 얘기를 하셨는데요?"
보옥이 선어禪語를 나누게 된 경위를 들려주자 습인이 말했다.
"두 분도 정말 대책이 없군요. 집안의 자잘한 일에 대한 한담이나 시를 나누시는 것도 괜찮은데, 굳이 선문답까지 하실 건 뭐예요. 중도 아니면서 말이에요."
"누나가 몰라서 하는 소리지. 우리도 나름대로 선기禪機[1]가 있거든. 그러니 다른 사람은 끼어들 수 없어."
"호호, 두 분이서 참선인지 뭔지를 하시면 저희 같은 시녀들만 골치 아

제92회 **115**

프게 만드시는 거예요."

"예전에는 나도 어리고 대옥이도 어려서 내가 생각 없이 하는 말에도 바로 화를 내곤 했지. 지금은 나도 조심하고 대옥이도 좀처럼 화를 내지 않아. 다만 요즘 대옥이가 자주 놀러오지 않고 나도 공부를 해야 하니까, 우연히 같이 있게 되더라도 꼭 남처럼 서먹서먹해졌어."

"원래 그래야 되는 거예요. 두 분 모두 연세가 차셨는데 어린아이 때처럼 지내시면 안 되지요."

보옥이 고개를 끄덕였다.

"나도 알아. 그 얘긴 그만하고 한 가지 물어볼 게 있어. 혹시 할머님께서 사람을 보내 무슨 말씀하시지 않았어?"

"아뇨. 그런 적 없는데요?"

"할머님께서 잊어버리셨나 보구나. 내일이 십일월 초하루잖아. 이날 해마다 할머님 방에서 소한회消寒會²를 열고 모두 모여 술도 마시고 담소도 나누었잖아. 그래서 오늘 서당에도 휴가를 청해놨는데 아직 소식이 없으니 내일 서당에 가야 하는지 말아야 하는지 모르겠네. 가게 되면 괜히 휴가를 청해놓은 셈이고, 안 갔다가 아버님께서 아시면 또 게으름 피운다고 나무라실 텐데 말이야."

"제 생각엔 그래도 가시는 게 좋을 것 같아요. 이제 막 공부가 조금씩 되고 있는데 또 쉴 생각을 하시면 어떻해요. 제 말대로 조금 더 열심히 하셔요. 어제 마님께서 그러시는데, 란 도련님은 정말 열심히 공부하신대요. 서당에서 돌아오신 뒤에도 혼자 책을 읽고 팔고문을 연습하시면서 매일 자정이 훨씬 넘어 잠자리에 드신대요. 도련님은 연세도 더 많으시고 또 숙부이신데, 그분보다 못하시면 나리께서 또 화를 내실 거예요. 그러니 내일 아침 일찍 서당에 가셔요."

그러자 사월이 말했다.

"날씨도 이리 춥고 이미 휴가도 청해놨는데 서당에 나가시면 다들 '이럴 거면 휴가는 뭐하러 청했대? 분명 농땡이 부리려고 거짓말한 거야.' 하고 흉볼 거 아니겠어요? 제 생각엔 그냥 하루 쉬시는 게 좋겠어요. 노마님께서 잊으셨으면 우리끼리 여기서 소한회를 열고 한바탕 신나게 놀면 되잖아요?"

습인이 말했다.

"네가 나서서 설치니까 도련님이 더 가기 싫어하시잖아!"

"저야 그날그날 즐기며 사는 사람이라, 좋은 평판을 들으면서 한 달 삯도 은돈 두 냥이나 더 받는 언니와는 비교할 수 없지요! 둘러대는 게 아니라 언니를 위해 하는 말이라고요."

"그게 무슨 소리야?"

"도련님께서 서당에 나가시면 언니는 '도련님께서 조금이라도 일찍 돌아오셔야 재미있는 일이 생길 텐데……' 하면서 투덜거리잖아요. 그런데 지금은 왜 또 안 그런 체해요? 내가 다 봤다고요!"

습인이 막 사월에게 욕을 퍼부으려는 순간, 태부인이 사람을 보내 분부를 전했다.

"노마님께서 내일 도련님은 서당에 가실 필요 없으시대요. 내일은 이모님을 모셔다가 기분을 풀어드릴 텐데, 아마 아가씨들도 모두 오실 거예요. 집에 계신 상운 아가씨랑 수연 아가씨, 이문 아가씨 자매들도 모두 초청하셔서 무슨 소한회인가 하는 걸 여신대요."

그 말이 끝나기도 전에 보옥이 떨듯이 기뻐하며 말했다.

"그것 보라고! 역시 할머님께선 기분을 잘 내신다니까! 내일은 떳떳하게 서당에 나가지 않아도 돼."

그러자 습인도 할 말이 없어졌고, 심부름 온 하녀도 돌아갔다. 보옥은 정말 며칠 동안 공부를 열심히 했기 때문에 그날 하루는 놀고 싶었다. 게다가 설씨 댁 마님이 온다는 소식을 듣자 당연히 보차도 올 거라는 생각에 기분이 좋아졌다.

"얼른 자자. 내일 아침 일찍 일어나야 하니까!"

그날 밤은 별다른 일 없이 지나갔다.

이튿날 아침 일찍 태부인에게 가서 문안 인사를 하고, 가정과 왕부인을 찾아가 문안 인사를 하면서 태부인의 분부로 서당에 가지 않았다고 하자 가정도 별말이 없었다. 그는 천천히 물러나와 몇 걸음 걸은 후, 연기처럼 쪼르르 내달려 태부인의 방으로 갔다. 다른 사람들은 아직 오지 않았고, 희봉의 유모가 교저와 함께 몇 명의 하녀들을 데리고 태부인에게 문안 인사를 하러 와 있었다.

"엄마가 저보고 먼저 와서 문안 인사를 올리고 할머니 말동무나 되어드리라고 하셨어요. 엄마는 조금 있다가 오신대요."

태부인이 흐뭇하게 웃으며 말했다.

"아가, 나는 일찌감치 일어나서 기다렸는데 다들 오지 않고 너와 둘째 숙부만 왔구나."

교저의 유모가 말했다.

"아가씨, 숙부님께 인사 올리셔야지요."

보옥도 교저에게 인사했다.

"안녕?"

"엊저녁에 엄마가 그러시는데, 숙부님을 모시고 무슨 말씀을 하시겠대요."

"무슨 얘기를?"

"엄마는 제가 유모한테 몇 년 동안 글을 배웠는데 정말 읽을 줄 아는지 모르겠다고 하셨어요. 제가 보여드리겠다고 했더니 믿지 않으셨어요. 그러면서 '종일 놀기만 하는데 어떻게 글을 알겠느냐?' 이러시잖아요. 저는 글이라는 게 별거 아니라서 『여효경女孝經』[3]도 쉽게 읽을 수 있다고 했지요. 그래도 엄마는 믿지 못하겠다고 하시면서 숙부님께서 한가하실 때 모셔다가 저를 시험해보겠다고 하셨어요."

태부인이 듣고 웃으면서 말했다.

"귀여운 것, 네 엄마는 글자를 모르기 때문에 네가 자길 속인다고 여긴 게지. 나중에 네 둘째 숙부더러 설명해서 보여주라고 하면 네 엄마도 믿게 될 거다."

"네가 아는 글자가 얼마나 되니?"

"삼천 자도 넘어요. 『여효경』을 읽고 나서 보름 전부터는 『열녀전列女傳』을 읽고 있어요."

"읽으면 무슨 뜻인지는 아니? 잘 모르겠으면 내가 설명해줄게."

그러자 태부인이 말했다.

"숙부니까 당연히 조카한테 설명을 해줘야지."

보옥이 말했다.

"문왕의 후비后妃[4]에 대해서는 잘 알고 있을 테니 설명할 필요 없겠지. 그런데 강후姜后가 비녀를 벗고 벌을 청한 일[5]이랄지, 제나라의 무염無鹽이 용모는 못생겼지만 나라를 안정시킨 일[6]은 후비들 가운데 가장 현명하고 유능한 예로 꼽힌단다. 재능 있는 여인으로는 조대고曹大姑[7]와 반첩여班婕妤[8], 채염蔡琰, 사도온謝道韞[9] 등이 있어. 가시나무로 비녀를 삼아 꽂고 무명치마를 입었던 맹광孟光[10]과 동이를 들고 손수 물을 길은 포선鮑宣의 부인[11], 머리카락을 잘라 손님을 접대한 도간陶侃의 어머니[12], 그리고 갈대 꼬챙이로 글자를 써서 아들을 가르친 이[13]와 같은 분들은 가난을 이겨낸 분들이야. 그리고 고생했던 사람들로는 남편과 거울을 깨서 나눠 갖고 헤어졌다가 훗날 다시 만난 낙창공주樂昌公主[14]와 회문回文으로 남편을 감동시킨 소혜蘇蕙[15]가 있지. 효성이 지극했던 이들은 아버지를 대신하여 군대에 들어간 화목란花木蘭[16]과 강물에 뛰어들어 자살한 아버지의 시신을 찾기 위해 물에 뛰어든 조아曹娥를 비롯해서 아주 많기 때문에 나도 이루 다 말할 수가 없구나. 그리고 칼로 자기 코를 벤 조씨曹氏의 부인[17] 이야기는 위나라 때 일어난 일이란다. 절개를 지킨 사람들은 더욱 많으니까 천천히 얘기해주마. 미녀로는 왕장王嬙과 서시西施, 반소樊素, 소만小蠻[18], 오강선吳絳仙[19] 등이 있지. 질투 많은 이로는 첩의 머리를 홀랑 태워버린 사람[20]이랄지 낙수洛水의 신을 원망한 사람[21] 등이 있지만, 그래도 이런 사람들은 많지 않아. 그리고 탁문군卓文君이나 홍불紅拂[22]은 여인들 가운데서도……"

그러자 태부인이 끼어들었다.

"됐다. 그만해라. 그렇게 많이 얘기하면 그 아이가 어떻게 다 기억하겠나?"

교저가 말했다.

"숙부님께서 얘기해주신 것 중에 읽은 것도 있고 안 읽은 것도 있어요. 읽었던 것들은 숙부님 설명을 듣고 나니 더 잘 알게 되었어요."

"그럼 글자는 당연히 아는 것이니 따로 시험해볼 필요 없겠구나. 그리고 내일은 나도 서당에 가야 하거든."

"그리고 엄마가 어제 그러시는데요, 우리 집 소홍이가 처음엔 숙부님 거처에 있었는데 엄마가 데려다 놓고 아직 다른 사람을 채워드리지 못했다 하시더라고요. 엄마는 유씨 집안의 오아인가 하는 사람을 넣어드릴까 하는데, 숙부님이 마음에 들어 하실지 모르겠대요."

그 말에 보옥은 더욱 기분이 좋아졌다.

"하하, 엄마가 그러시든? 그냥 아무나 넣어주면 되지, 내가 마음에 드는지는 물어볼 필요 있나?"

그러면서 태부인을 향해 웃으며 말했다.

"제가 보기에 이 아이는 어리긴 해도 이렇게 총명하니 나중에 형수님보다 훨씬 똑똑할 것 같아요. 게다가 형수보다 글도 더 많이 알잖아요."

"여자애가 글을 아는 것도 좋지만 바느질 같은 일을 하는 것도 중요하지."

그러자 교저가 말했다.

"저도 유모한테 배우고 있어요. 꽃무늬나 사슴무늬 수놓는 법 같은 거

말이에요. 잘하진 못하지만 그래도 배우고 있어요!"

"그래. 우리 같은 집안에서는 당연히 손수 수를 놓지는 않지만, 어쨌든 알고는 있어야 나중에 남들이 잘난 체하는 꼴을 안 당하지."

교저는 "예!" 대답하고 보옥에게 또『열녀전』이야기를 해달라고 청하려 했으나, 보옥이 멍하니 생각에 잠겨 있는 것을 보고는 감히 입을 열지 못했다.

여러분, 가보옥은 왜 그러고 있었을까? 바로 유오아柳五兒*가 이홍원에 들어오게 되었기 때문이었다. 처음에는 그녀가 병이 나서 못 들어왔고, 두 번째는 왕부인이 청문을 쫓아내면서 얼굴이 좀 반반한 사람은 뽑지 못했다. 나중에 청문을 만나러 오귀吳貴*의 집에 갔을 때 엄마를 따라 청문의 물건을 갖다주러 온 오아를 처음 보고, 청문보다 더 예쁘다고 생각했었다. 그런데 이제 희봉이 그걸 생각해내고 그녀를 이홍원에 넣어준다고 하니 그야말로 뜻밖의 희소식인지라 그렇게 멍하니 그녀를 생각하고 있었던 것이다.

태부인은 아무리 기다려도 사람들이 오지 않자 하녀를 보내 모셔 오라고 했다. 잠시 후 이환이 자매들과 함께 왔고, 탐춘과 석춘, 상운, 대옥도 모두 와서 태부인에게 문안 인사를 하고 서로 인사를 주고받았다. 설씨 댁 마님만 오지 않아 태부인이 다시 사람을 보냈더니, 곧 보금과 함께 도착했다. 보옥이 문안 인사를 하고 보니 보차와 수연만 보이지 않았다. 그때 대옥이 물었다.

"보차 언니는 왜 안 왔어요?"

설씨 댁 마님은 보차가 몸이 안 좋다고 둘러댔다. 수연은 설씨 댁 마님이 참석하는 걸 알고 오지 않았다. 보옥은 보차가 오지 않아서 기분이 가라앉았지만, 대옥이 왔기 때문에 잠시 보차에 대한 생각은 접어두었다.

잠시 후 형부인과 왕부인도 도착했다. 희봉은 시어머니들이 먼저 도착했다는 소식을 듣자 자기가 늦는 게 송구스러워서 평아를 먼저 보내 둘러대게 했다. 막 출발하려는데 몸에 열이 좀 있어서 조금 있다가 오겠다는 것이었다. 그러자 태부인이 말했다.

"몸이 안 좋으면 안 와도 되지. 우리도 이제 식사해야 할 때가 되지 않았나?"

하녀들이 화로를 뒤쪽으로 옮겨놓고, 태부인의 침상 앞쪽에 식탁 두 개를 맞대어 놓았다. 모두들 서열대로 앉아 식사한 다음, 다시 화로에 둘러앉아 한담을 나누었다. 그 이야기는 자세히 설명할 필요 없겠다.

그런데 희봉은 왜 오지 않았을까? 처음에는 형부인과 왕부인보다 늦어서 염치가 서지 않았는데, 나중에 왕아댁이 와서 이렇게 전하는 것이었다.

"영춘 아가씨께서 아씨께 문안을 드리러 사람을 보냈습니다. 그런데 위채에는 가지 않고 여기만 왔답니다."

희봉은 무슨 일이 있나 싶어서 그 하녀를 들어오라고 했다.

"아가씨는 잘 계신가?"

"좋을 게 뭐가 있겠습니까? 저는 아가씨 명으로 여기 온 게 아니라 실은 사기司棋*의 어미가 아씨께 청을 넣어달라고 해서 왔습니다."

"사기는 이미 나간 아이인데 왜 나한테 부탁을 해?"

"사기가 나간 뒤로 하루 종일 울기만 했답니다. 그런데 어느 날 사촌 오빠가 찾아왔답니다. 사기의 어미가 말도 못하게 화를 내며 '네놈이 우리 딸을 망쳤다!' 면서 멱살을 잡고 때리려고 하니까 그놈이 아무 말도 못하더랍니다. 뜻밖에 사기가 그 소리를 듣고 달려나와 낯 두껍게 제 어미한테 이러더랍니다. '저 사람 때문에 쫓겨났으니, 저도 양심 없는 저 사람이 미워요. 그래도 이렇게 찾아왔는데 때리려 하시다니요. 차라리 제 목을 졸라 죽여요!' 그러니 제 어미가 '창피한 줄도 모르는 것! 그래, 넌 어쩔 셈이냐?' 하고 꾸짖었답니다. 그러니까 사기가 '여자는 한 남자와 맺어질 수밖에 없어요. 제가 한때 실수로 저 사람 수작에 넘어갔지만, 그래도 저 사람의 짝이 되었으니 절대 다른 사람한테 갈 수 없어요. 저는 저 사람이 이토록 간이 작은 걸 원망하는 거예요. 자기가 저지른 일은 책임을 져야지, 도망을 치면 어떻게 하냐는 말이에요. 저 사람이 끝까지 오지 않았더라면 저도 평생 시집을 가지 않았을 거예요. 엄마가 다른 사람한테 시집보내려 하신다면 차라리 죽어버릴 생각이었어요! 이제 저 사람이 왔으니 어쩔 거냐고 물어보셔요. 만약 마음이 변하지 않았다면 저는 엄마한테 절을 올리고, 저 사람이 어딜 가든 따라가겠어요. 그냥 제가 죽었다고 생각하셔요. 거지가 되더라도 감내하겠어요!' 그 아이 어미는 너무 화가 나서 통곡하며 욕을 퍼부었답니다. '너는 내 딸인데, 내가 저 놈한테 주지 않겠다면 어쩔 셈이냐?' 그러자 그 못난 사기라는 년이 대뜸 벽에다 머리를 들이박아 골이 깨지고 뻘건 피를 줄줄 흘리더니 결국 죽어버렸답니다. 그 아이 어미가 통곡하며 구해보려 했지만 방법이 없는지라 곧 그 사내한테 목숨 값을 내놓으라고 하니까, 그놈이 이러더랍니다. '너무 조급해하지 마십시오. 제가 밖에서 돈을 벌어놓고 저 사람 생각이 나서 돌아왔으니 제 마음도 진심이 아니겠습니까? 믿기지 않으시거든 이걸 보십시오.' 이러면서 품에서 금과 진주로 만든 머리장식이 담긴 상자를 꺼내 보여주더랍니다. 사기 어미는 그걸 보자 마음이 풀어졌답니다. '그런 생각이라면 왜 여태 얘기하지 않았어?' '여자들이란 대개 물이나 버들 꽃처럼 마음이 쉽게 변하는 법이지요. 제가 돈이 있다는 걸 알면 그걸 탐냈을지도 모르는 일이고요. 하지만 지금 보니 이 사람은 세상에 드문 훌륭한 사람이군요. 이건 어머님께 드리고 저는 관을 사다가 장례를 치르겠습니다.' 사기의 어미는 물건을 받자 죽은 딸 생각은 못하고 그저 외조카한테 모든 일을 맡겨버렸답니다. 그런데 뜻밖에 그 외조카가 관을 두 개나 사서 사람들한테 들려서 오더랍니다. 사기의 어미가 이상하게 생각해서 물었답니다. '왜 관을 두 개나 샀어?' '하하, 하나로는 부족하니까 두 개가 있어야지요.' 사기의 어미는 외조카가 곡도 하지 않기에 그저 마음이 너무 아파 정신이 좀 어떻게 된 줄 알았답니다. 그런데 그 외조카는 서둘러 사기의 시신을 입관하더니 곡도 하지 않고, 잠깐 한눈을 파는 사이에 차고 있던 칼을 뽑아 자기 목을 그어버렸답니다. 그렇게 되자 사기의 어미도 후회하며 목 놓아 통곡했답니다. 지금 이웃들도 그 일을 알고 관청에 신고하려고 한답니다. 그러니까 사기 어미가 다급해져서 아씨께 청을 넣어달라고 했습니다. 관청에서 사정을 헤아려주도록 손을 좀 써달라는 말이지요. 나중에 아씨께 찾아와 사례를 하겠답니다."

"세상에 그런 바보 같은 계집애가 있나! 또 하필 그런 바보 같은 사내를 만나다니! 어쩐지 그때 짐 속에서 그 물건들이 나왔을 때도 아무 일 없는 것처럼 하더니, 그 아이가 그런 지조를 갖고 있었구나! 사실 나도 그런 일이나 봐줄 만큼 한가하지 않지만, 금방 자네 얘기를 들으니 정말 불쌍하구먼. 그렇게 함세. 돌아가서 전하게. 내가 서방님께 말씀드려서 왕아를 보내 무사히 처리해주겠다 하더라고 말일세."

희봉은 그 하녀를 보내고 나서야 태부인의 방으로 갔는데, 그 이야기는 그만하겠다.

한편, 가정은 이날 문객 첨광詹光과 바둑을 두고 있었는데, 판 전체의 승부는 비슷한데 다만 한쪽 귀의 사활死活이 아직 결정되지 않아 패[23]가 벌어지고 있었다. 그때 문지기의 심부름꾼이 들어와서 보고했다.

"풍馮나리께서 찾아오셨습니다."

"안으로 모셔라."

심부름꾼이 나가 풍자영馮紫英을 안으로 안내하자 가정이 얼른 맞이했다. 자영은 서재 안으로 들어와서 자리에 앉더니 바둑을 두고 있었다는 걸 알고 이렇게 말했다.

"계속 두시지요. 저는 구경이나 하겠습니다."

첨광이 웃으며 말했다.

"제 바둑은 형편없어서 구경거리도 안 됩니다."

"무슨 말씀을! 어서 두어보시지요."

가정이 자영에게 물었다.

"무슨 일이 있으십니까?"

"별일 없습니다. 어르신, 바둑이나 두십시오. 저도 보고 몇 수 배우겠습니다."

가정이 첨광에게 말했다.

"풍선생은 우리와 가까운 사이지요. 별다른 용건이 없다니 이 판을 마저 두고 얘기합시다. 풍선생은 구경이나 좀 하시구려."

그러자 자영이 말했다.

"내기가 걸린 겁니까?"

첨광이 대답했다.

"예."

"그럼 훈수를 하면 안 되겠군요."

가정이 말했다.

"훈수해도 괜찮소이다. 어쨌든 저 사람은 은돈 열 냥도 넘게 잃었는데 아마 다 내진 못할 거요. 나중에 벌로 술이라도 한 상 내라고 하지요 뭐."

첨광이 웃으며 말했다.

"그것도 괜찮겠군요."

자영이 가정에게 물었다.

"어르신께선 첨서생과 호선互先*으로 두십니까?"

"허허, 예전에는 그랬는데 저 사람이 지는 바람에 지금은 두 점을 접어주었는데도 또 지는구려. 늘 몇 수 물려달라고 하는데 안 된다고 하면 화를 낸다오."

첨광도 웃으며 말했다.

"그런 일이 있었습니까?"

가정이 말했다.

"풍선생도 보시구려."

모두들 그렇게 농담을 하면서 바둑을 끝냈다. 계가計家를 하면서 덤을 제하고 세어보니, 첨광이 일곱 집을 져 있었다. 자영이 말했다.

"이번 판은 패에서 손해를 봤군요. 어르신 쪽은 팻감으로 이용당할 곳이 적어서 이득을 보셨습니다."

가정이 자영에게 말했다.

"이거 실례를 하고 말았습니다. 자, 이제 우리 용무를 얘기해보십시다."

"오랫동안 찾아뵙지 못해서 인사도 드릴 겸 찾아왔습니다. 그리고 광서廣西*에 있는 동지同知*가 폐하를 알현하러 상경했다가 진상품으로 쓸 만한 서양 상품을 네 가지 가져왔습니다. 하나는 스물네 폭짜리 병풍인데, 모두 자단목에 조각한 것입니다. 중간에 박은 것이 옥은 아니지만 아주 훌륭한 초석硝石인데, 그 위에 산수와 인물, 누각, 화초, 새를 조각해놓았습니다. 한 폭에 오륙십 명의 인물이 있는데 모두 궁장宮粧을 한 여자들이라 제목을「한궁춘효漢宮春曉」라고 했습니다. 인물들의 이목구비며 밖으로 드러난 손, 옷의 주름들도 선명하면서도 세밀하게 새겨져 있습니다. 배경의 안배와 구도도 모두 훌륭합니다. 제가 보기엔 이 댁 대관원의 정청正廳*에 두면 어울릴 것 같습니다. 그리고 시계가 하나 있는데 높이는 석 자 남짓 되고, 조그마한 사내아이가 시각을 나타내는 패를 들고 특정한 시각이 되면 그걸 알려줍니다. 그 안에는 또 몇 개의 인형이 갖가지 악기를 연주합니다. 이 두 가지는 너무 무거워서 지금은 가져오지 못했습니다. 지금 제가 가져온 두 가지도 상당히 재미있습니다."

그러면서 그는 비단으로 장식된 상자를 하나 꺼냈다. 몇 겹으로 싸인 흰 천을 벗기고 비단을 걷으니 제일 첫 번째 층은 유리로 된 상자였다. 그 안에는 금으로 만든 받침에 붉은 비단을 깔고, 그 위에는 휘황찬란하게 빛나는 용안龍眼만 한 크기의 커다란 진주가 얹혀 있었다.

"이게 바로 모주母珠*라는 거랍니다."

자영이 쟁반을 하나 달라고 하자 첨광이 얼른 검은 옻칠이 된 차 쟁반을 하나 가져왔다.

"이거면 되겠습니까?"

"예."

자영은 품에서 하얀 비단 주머니를 꺼내더니 안에 담긴 진주들을 모두 쟁반에 쏟은 다음 그 모주를 중간에 놓고, 쟁반을 탁자 위에 놓았다. 그러자 작은 진주들이 데굴데굴 굴러서 큰 진주 옆으로 모이더니, 잠시 후 큰 진주를 떠메어 올렸다. 다른 곳에 있던 작은 진주들도 남김없이 큰 진주에 붙어버렸다.

첨광이 말했다.

"이거 정말 신기하군요!'

가정이 말했다.

"이럴 수도 있지요. 그러니까 모주라고 부르는 게 아니겠소? 바로 진주의 어머니라는 뜻이지요."

이때 자영이 데려온 하인을 돌아보며 말했다.

"그 상자는?"

하인이 얼른 화리목花梨木*으로 만든 상자를 두 손으로 바쳤다. 함께 열어보니 그 안에는 호랑이 무늬의 비단이 대어져 있었는데, 그 위에 남색의 실이 접혀서 쌓여 있었다. 그걸 보고 첨광이 말했다.

"이건 뭡니까?"

"이건 교초장鮫綃帳*이라는 것입니다."

상자에서 꺼내보니 접힌 길이는 다섯 치가 채 안 되고 두께는 반치를 넘지 않았다. 자영이 한겹 한겹 펼쳐서 십여 층을 펼치자 이미 실이 탁자에 가득 차버려 더 이상 펼쳐놓을 곳이 없었다. 자영이 말했다.

"보십시오. 아직 접혀 있는 것이 두 겹이나 더 남아 있습니다. 그러니 큰 방이 아니면 다 펼칠 수 없지요. 이건 교사鮫絲*로 짠 것인데, 더운 날 방 안에 펼쳐 놓으면 파리나 모기가 들어오지 못합니다. 가볍기도 하고 안에

빛이 들어가기도 하니 밝지요."

가정이 말했다.

"다 펼칠 필요 없소이다. 다시 접으려면 고생이겠소."

첨광과 자영은 다시 그것을 한겹 한겹 접었다. 자영이 말했다.

"이 네 가지는 가격도 별로 비싸지 않아서 모두 합쳐야 은돈 이만 냥밖에 안 됩니다. 모주가 만 냥이고, 교초장이 오천 냥, 「한궁춘추」와 자명종이 오천 냥이지요."

가정이 말했다.

"우리는 그 비싼 걸 살 만한 형편이 아니오."

"황실 친척이신데 궁중에서는 쓸 수 있지 않겠습니까?"

"쓸 곳이야 많겠지만 그런 돈이 어디 있겠소? 어쨌든 우리 어머님께 가져가 한 번 보여드리라고 하겠소."

"아주 잘 생각하셨습니다."

가정은 가련을 불러오라 해서 두 가지 물건을 태부인의 거처로 가져가라고 지시했다. 그러면서 형부인과 왕부인, 희봉에게도 사람을 보내 모두 오라 해서 그 물건들을 보여주라고 했다.

가련이 태부인에게 말했다.

"이거 말고도 두 가지가 더 있는데, 하나는 병풍이고 다른 하나는 괘종시계랍니다. 전부 합쳐서 은돈 이만 냥이랍니다."

희봉이 말을 받았다.

"물건이야 당연히 좋겠지요. 하지만 이런 데 쓸 돈이 어디 있어요? 우리는 또 외지에서 근무하는 총독總督*이나 순무巡撫*처럼 진상품을 올릴 필요도 없잖아요? 제가 몇 년 동안 생각해봤는데 우리 집 같은 곳에서는 부동산을 마련해놓아야 해요. 제수祭需를 마련할 땅이나 의장義莊[24] 같은 것을 마련해놓고, 또 묘지도 좀 장만해둬야 해요. 그래야 이후로 후손들이 벼슬살이를 못하더라도 조금이나마 밑천이 되어서 재기하지 못할 경우 길거리에 나앉는 일이 없을 거 아니에요? 제 생각은 이런데 할머님이나 아버님, 어머님을 비롯한 어른들께선 어떻게 생각하시는지 모르겠네요. 만약 바깥의 아버님이나 숙부님께서 사고 싶다 하시면 살 수밖에 없겠지만요."

태부인과 모든 이들이 동조했다.

"그 말이 맞아."

그러자 가련이 말했다.

"그럼 돌려주지요 뭐. 원래 숙부님께서 할머님께 보여드리라고 하실 때는 궁중에 진상하면 좋겠다 싶으셨던 모양이에요. 그것들을 사서 집에 두자고 하시지는 않았어요. 할머님께서 말씀도 하시기 전에 당신이 먼저 나서서 김을 확 빼놓았구만!"

그러면서 물건들을 싸들고 나가 가정에게 그렇게 전하고는 다시 자영에게 말했다.

"좋은 물건이긴 하지만 돈이 없군요. 혹시 사고 싶다는 사람이 있으면 연락을 드리겠습니다."

자영은 어쩔 수 없이 물건들을 챙겨 넣은 후 잠시 한담을 주고받았지만, 기분이 내키지 않아서 곧 일어서려고 했다. 그러자 가정이 말했다.

"저녁이나 자시고 가시구려."

"괜찮습니다. 괜히 가져와서 어르신께 폐만 끼쳤습니다!"

"무슨 말씀을!"

그때 하인이 와서 아뢰었다.

"큰나리께서 오셨습니다."

그 말이 채 끝나기도 전에 가사가 들어와서 서로 인사를 나누었다. 잠시 후 술상이 차려지자 모두들 술을 마셨는데, 술잔이 네다섯 번 돌았을 때 그 서양 상품에 대한 이야기가 나오자 자영이 말했다.

"이런 물건은 본래 갖기 어려운 것이라 이 댁 같은 곳이 아니면 엄두도 내지 못하지요."

가정이 말했다.

"꼭 그렇지는 않아요."

가사가 말했다.

"우리 집안도 예전 같지 않아서 요즘은 그저 빛 좋은 개살구에 지나지 않아요."

"녕국부의 가진 서방님은 잘 계십니까? 저번에 만났을 때 이런저런 한담을 나누다가 새로 맞으신 며느님 얘기가 나왔는데, 첫 번째 며느님이셨던 진秦씨에 비하면 많이 모자란 모양이더군요. 지금 계실繼室로 들어오신 분은 어느 댁 규수였는지 저도 물어보지 못했습니다."

가정이 말했다.

"그 손자며느리도 경사의 대갓집 출신이라오. 예전에 경기도대京畿道臺^{25}를 지내신 호胡어르신의 따님이시지요."

"저도 그분을 압니다. 하지만 그 댁의 가법家法은 별게 없다고 하더군요. 그야 뭐 상관있습니까? 따님만 훌륭하면 그만이지요."

그러자 가련이 말했다.

"내각內閣에 계신 분에게 들었는데, 우촌雨村 선생이 또 승진을 할 거랍니다."

가정이 말했다.

"그것도 좋은 일이지. 하지만 폐하의 재가가 날지는 모르겠구먼."

"아마 그렇게 될 가능성이 있는 모양입니다."

자영이 말했다.

"오늘 제가 이부吏部에 들러서 오는 길인데 이런 얘기를 들었습니다. 우촌 선생이 이 댁의 친척이시라고요?"

가정이 말했다.

"그렇지요."

"오복五服^{26} 이내의 친척이십니까?"

"얘기하자면 길지요. 그 사람은 본적이 절강성浙江省* 호주부湖州府*인데 소주蘇州에서 떠돌이 생활을 하면서 고생이 아주 심했답니다. 그런데 가까이 지내던 진비라는 사람이 늘 도와주었던 모양입니다. 나중에 진사에 급제해서 곧바로 지현知縣* 자리를 얻고, 바로 진씨 집안의 하녀였던 이와 결혼했지요. 그러니까 지금의 부인은 정실이 아닙니다. 그런데 뜻밖에 진비가 아주 몰락해서 행방조차 알 수 없게 되었답니다. 우촌은 그 뒤로 벼슬을 잃었는데, 당시는 우리 집안과 알고 지내는 사이가 아니었지요. 다만 내 매부인 임여해林如海가 양주에서 순염어사巡鹽御史로 있을 때 그 사람을 글방 선생으로 모셨고, 외조카인 대옥이가 바로 그 사람 제자였소이다. 그러다가 우촌이 다시 기용될지도 모른다는 소식을 듣고 상경하려는데, 마침 외조카도 우리 집에 인사차 올 일이 있었소. 그래서 매부가 우촌에게 대옥이를 맡기면서 상경 길에 함께 가면서 대옥이를 보살펴달라고 부탁하고, 또 추천서를 하나 써주면서 나더러 얘기 좀 잘해달라고 하더군요. 그때 나는 우촌 선생이 괜찮은 사람이라고 생각해서 여러 사람들과 함께 자주 만났지요. 그런데 뜻밖에 우촌도 별난 사람이더군요. 우리 집안의 세습부터 '대代' 자 항렬 이하의 친척들은 물론 녕국부와 영국부에 사는 사람들 수뿐만 아니라 건물의 수와 구조, 집안에서 일어나는 자잘한 일들까지 죄다 훤히 알고 있더란 말입니다. 그 때문에 더 친숙하게 느껴지더군요."

그러더니 웃으며 말을 이었다.

"몇 년 사이에 교제술도 늘어서 지부에서 어사御史로 승진하더니, 또 몇 년이 안 되어 이부시랑吏部侍郎*으로 승진해서 병부상서兵部尚書*의 일까지 대행하더군요. 그러다가 무슨 일 때문에 삼급이 강등되었는데, 이번에 또 승진하려는 모양입니다."

자영이 말했다.

"인간 세상의 영고성쇠榮枯盛衰*와 벼슬길의 성패는 도무지 알 수 없지요."

가정이 말했다.

"우촌 같은 경우는 잘 풀린다고 할 수 있겠지요. 하지만 우리와 비슷한 진甄씨 집안만 하더라도 다르지요. 그 댁은 예전에 똑같이 공을 세우고 똑같이 세습 작위를 받아 똑같이 살아서, 우리 집안과도 자주 왕래했었지요. 몇 년 전까지만 하더라도 그 댁에 경사가 있으면 우리 집에 사람을 보내 인사를 하곤 했는데, 상당히 성대했어요. 그런데 얼마 후에 고향의 재산을 몰수당하고 지금까지 소식조차 없으니, 요즘 얼마나 고생하고 있는지 무척 걱정스러워요. 이런 걸 보면 어때요? 벼슬살이라는 게 무섭지 않습니까?"

그러자 가사가 말했다.

"우리 집안이야 그런 일을 당할 리 없겠지."

자영이 맞장구를 쳤다.

"그렇지요! 이 댁이야 무슨 걱정이 있겠습니까? 궁 안에서는 귀비마마께서 보살펴주시고, 친구분들과 친척도 많은데다 노마님부터 서방님들까지 어느 한 분이라도 어디 괴팍하거나 각박한 분이 있습니까?"

가정이 말했다.

"괴팍하거나 각박한 사람도 없지만 덕행이 훌륭하고 재능이 뛰어난 이도 없지요. 하는 일 없이 소작료를 받아서 입고 먹고 빈둥거리기만 하니, 그런 일을 당해도 도무지 감당할 수나 있나요!"

그러자 가사가 말했다.

"그런 얘기는 그만하고 술이나 마십시다."

모두 몇 잔을 더 마시고 나자 밥상이 차려졌다. 식사를 하고 차를 마시고 나니 풍씨 집안의 심부름꾼이 자영에게 뭐라고 귓속말을 했다. 그러자 자영이 곧 작별 인사를 했다. 가사와 가정이 심부름꾼에게 물었다.

"무슨 얘기를 했느냐?"

"밖에 눈이 내리고 있는데 벌써 초경初更(오후 7~9시)을 알리는 딱따기 소리가 들렸다고 했습니다."

가정이 사람을 시켜 내다보니 벌써 눈이 한 치 가까이 쌓여 있었다.

"물건들은 잘 챙기셨소이까?"

자영이 대답했다.

"예. 이 댁에서 쓰시겠다면 당연히 값은 좀 더 깎을 수 있을 겁니다."

"나도 마음에 새겨놓고 있겠소이다."

"그럼, 소식 기다리겠습니다. 날씨가 추우니 그냥 앉아 계십시오. 전송하실 필요 없습니다."

가사와 가정은 가련에게 배웅하게 했다. 나중에 어찌 되었는지는 다음 회를 보시라.

제93회

진씨 댁 하인은 가씨 댁에 와서 몸을 의지하고
수월암에서는 연애사가 드러나다
甄家僕投靠賈家門　水月庵掀翻風月案

가근이 수월암에서 문란한 짓을 벌이다가 들통나다.

풍자영이 떠난 후 가정이 문지기를 불러 물었다.

"오늘 임안백臨安伯* 댁에서 술자리에 초대한다고 사람을 보냈다는데 무슨 일인지 아느냐?"

"저도 조금 전에 물어봤는뎁쇼, 무슨 경사가 있는 건 아니랍니다. 그저 남안왕부南安王府*에 작은 극단이 하나 왔는데, 다들 훌륭한 극단이라고 칭찬하는 모양입니다. 이에 임안백 나리께서 무척 기뻐하시며 이틀 동안 공연하도록 하고, 가까운 나리들을 초청해서 함께 즐기시려는 모양입니다. 그러니 아마 선물 같은 건 따로 보낼 필요 없을 것 같습니다."

그때 가사가 와서 물었다.

"내일 자네도 참석할 텐가?"

"호의로 초청했는데 어떻게 안 갑니까?"

그때 문지기가 들어와 가정에게 보고했다.

"관아의 서기가 와서 나리께 내일 출근하시랍니다. 장관께서 처리하실 일이 있는 모양이니 좀 일찍 나와주시라고 했습니다."

"알았다."

그때 시골의 소작료를 관리하는 하인 두 명이 와서 문안 인사를 하며 절을 올리고 옆으로 가서는 공손히 섰다. 가정이 물었다.

"학가장郝家莊*에서 왔느냐?"

두 사람이 "예!" 하자, 가정은 더 이상 묻지 않고 가사와 한참 동안 대화를 나누다가 헤어졌다. 하인들이 등불을 밝혀 들고 가사를 배웅했다.

그때 가사가 소작료 관리하는 하인들을 불렀다.

"무슨 일이냐?"

"시월 소작료를 갖고 서둘러 상경했는데, 원래 내일쯤 도착할 수 있으리라 생각했습니다. 그런데 뜻밖에 경사 밖에서 수레를 징발하면서, 싣고 있던 물건들을 다짜고짜 땅바닥에 팽개쳤습니다. 소인이 가씨 댁 소작료를 실은 수레이지 장사하는 수레가 아니라고 했지만, 그딴 건 상관하지 않는다는 겁니다. 소인이 마부한테 그냥 몰고 가라고 하니까, 아역衙役들이 몇 명 달려들어 마부를 마구 때리더니 수레 두 대를 억지로 끌고 가버렸습니다. 그래서 소인이 보고하려고 먼저 온 것입니다. 나리, 관아에 사람을 보내 다시 돌려달라고 해주십시오. 그리고 무법천지로 행패를 부린 그 아역들도 혼을 내주십시오. 나리께서는 모르시겠지만, 더 불쌍한 것은 수레를 빼앗긴 장사꾼들입니다. 객지에서 온 상인들의 물건을 이것저것 전혀 가리지 않고 모조리 끌어내려버리고 수레를 끌고 가버렸습지요. 마부들이 한마디라도 하면 머리가 터지도록 얻어맞고 맙니다요."

"어찌 이런 일이!"

그는 즉시 편지를 한 통 써서 하인에게 주었다.

"수레를 끌고 간 관아에 갖고 가서, 수레와 거기 실려 있던 물건들을 돌려달라고 해라. 하나라도 모자라면 가만두지 않겠다고 해라. 그리고 속히 주서를 불러와라!"

하지만 주서는 집에 없었다. 그래서 다시 왕아旺兒●를 불렀더니, 그도 점심때 외출해서 아직 돌아오지 않았다는 것이었다.

"이런 망할 것들! 어떻게 한 놈도 집에 붙어 있지 않는단 말이냐! 그것들은 평생 양식만 축내지 도무지 일은 하지 않는다니까!"

그리고 심부름꾼들을 불러 명령했다.

"빨리 찾아와라!"
그리고는 자기 방으로 돌아가 자리에 누웠다. 이 이야기는 그만하겠다.

이튿날 임안백이 또 사람을 보내오자, 가정이 가사에게 알렸다.
"저는 관아에 일이 있고, 련이는 집에서 수레 찾아오는 일의 결과를 기다려야 하니 갈 수가 없네요. 아무래도 형님이 보옥이를 데리고 가서 하루 동안 대접을 받고 오시는 수밖에 없겠습니다."
가사가 고개를 끄덕였다.
"그래도 되지."
가정은 보옥을 부르러 사람을 보냈다.
"오늘은 큰아버님을 따라 임안백 댁에 가서 연극을 보고 오라십니다."
보옥은 무척 좋아하며 곧 옷을 갈아입고 배명과 소홍, 서약鋤藥*까지 세 명의 하인을 거느리고 나와서 가사에게 인사하고 수레에 올랐다. 임안백의 집에 도착하자 문지기가 안에 알리러 들어갔다가 잠시 후에 나와서 말했다.
"나리, 안으로 드시지요."
가사가 보옥을 데리고 뜰 안으로 들어가니 손님들이 북적대고 있었다. 가사와 보옥은 임안백에게 인사하고 또 여러 손님들과도 인사를 나누었다. 모두들 자리에 앉아 잠시 담소를 나누고 있으려니, 극단 우두머리가 연극 목록과 상아로 만든 홀笏을 하나 들고 나타나 윗자리를 향해 한쪽 무릎을 꿇고 절을 올렸다.
"나리들, 연극을 골라주십시오."
지위가 높은 사람들로부터 시작하여 가사까지 하나씩 골랐는데, 극단 우두머리가 보옥을 보더니 다른 사람한테는 가지 않고 그에게 성큼성큼 다가와 한쪽 무릎을 꿇고 절하며 말했다.
"도련님, 두어 장면 골라주십시오."

보옥이 그 사람을 보니 얼굴은 분을 바른 듯 희고 입술은 연지를 바른 듯 붉어서, 물 위에 핀 연꽃처럼 싱싱한 윤기가 흐르고 바람 앞의 옥나무처럼 몸매와 동작이 하늘하늘했다. 그는 다름 아닌 장옥함이었다. 예전에 보옥은 그가 극단을 이끌고 경사에 들어왔다는 소식을 들었는데, 아직 자신을 찾아오진 않은 터였다. 그러다가 이런 때에 보니 일어나기도 곤란하여 그저 웃으며 이렇게 말할 수밖에 없었다.

"언제 오셨소?"

옥함이 손가락으로 자신을 가리키며 말했다.

"하하, 어떻게 도련님께서 모르고 계셨습니까?"

보옥은 여러 사람이 있는 자리라 말하기 곤란했기 때문에 대충 한 대목을 골랐다. 옥함이 떠나자 곧 몇몇 사람들이 수군거렸다.

"저 사람은 누구지?"

"예전에 소단小旦* 연기를 하던 배우인데, 지금은 그 역을 하려 하지 않는다네. 나이도 들었고 해서 이제 이 댁에서 극단을 맡아 운영하고 있다지. 처음에는 우스갯소리를 하는 소생 역으로 바꿔서 연기하기도 했다는군. 이젠 돈도 제법 벌어서 고향에 가게도 두세 개 갖고 있지만, 본업을 버리기 싫어 예전처럼 극단 우두머리로 있다네."

"아마 장가도 들었겠지?"

"아닐세. 저 사람 나름대로 생각이 있다네. 그러니까 결혼은 일생일대의 중요한 일이니 함부로 해서는 안 된다는 걸세. 신분에 상관없이 자기와 어울리는 여자여야 한다는 게지. 그래서 아직까지 결혼하지 않고 있다네."

보옥은 속으로 생각했다.

'나중에 어느 집 규수가 저 사람한테 시집갈지 모르겠군. 저런 사람한테 시집가면 아마 이 세상에 태어난 보람이 있겠지.'

그때 연극이 시작되었는데 곤강崑腔을 비롯해서 고강高腔인 익강弋腔,[1] 방자강梆子腔[2]도 있어서 상당히 시끌벅적했다.

점심때가 되자 상이 차려지고 술을 마셨다. 가사가 잠시 보고 나서 일어나 하직 인사를 하려 하자 임안백이 와서 만류했다.

"아직 시간도 이른데 벌써 가시려고요? 듣자 하니 장옥함이 『점화괴占花魁』³를 공연한답니다. 그게 저 극단 사람들이 제일 잘하는 거라니 보고 가시지요."

보옥은 그 말을 듣자 가사가 떠나지 않았으면 하는 마음이 간절했다. 다행히 가사가 다시 자리에 앉았다.

과연 옥함이 진소관秦小官*으로 분장하고 취한 미녀의 시중을 드는 연기를 하는데, 미녀를 아끼는 마음을 아주 감칠맛 나게 보여주었다. 그 뒤에는 마주 앉아 술을 마시고 노래하는데 그 소리가 아주 부드럽고 구성지게 이어졌다.

그때 보옥은 미녀는 쳐다보지 않고 오로지 옥함만 뚫어지게 응시하고 있었다. 높고 맑은 목소리에 발음도 또렷하게 가락과 박자에 맞춰 오르내리니, 보옥은 그 노래에 푹 빠져버렸다. 이 연극이 시작된 뒤로, 감정이 지극히 풍부한 옥함이 일반 배우들과는 비교할 수 없을 정도로 실력이 뛰어나다는 것을 더욱 잘 알게 되었다. 이 때문에 그는 『악기樂記』⁴에 들어 있는 다음과 같은 구절을 떠올렸다.

> 가슴 속에서 감정이 움직이기 때문에 소리로 나타나는데, 소리가 무늬를 이루는 것을 일컬어 '음音'이라고 한다.
> 情動於中 故形於聲 聲成文謂之音.

'그러니까 소리와 음, 악을 알기 위해서는 많은 공부가 필요해. 소리와 음의 근원은 잘 살피지 않으면 안 돼. 시사詩詞라는 것은 감정을 전할 수는 있지만 뼈에 사무치게 만들 수는 없으니, 이후로는 음률에 대해 연구를 해봐야지.'

보옥이 이렇게 생각에 빠져 있는데 갑자기 가사가 자리에서 일어났고, 주인도 미처 만류하지 못했다. 보옥은 어쩔 수 없이 그를 따라 돌아가야 했다. 집에 도착하자 가사는 녕국부로 돌아갔고, 보옥은 가정을 찾아갔다.

그때 가정은 막 관아에서 퇴근하여 가련에게 수레의 일에 대해 물으니, 그가 대답했다.

"오늘 하인이 편지를 들고 갔는데 지현이 집에 없더랍니다. 그런데 문지기 말이, 그 일은 그쪽 관아에서도 전혀 모르는 일이라고 하더랍니다. 수레를 징발하라는 공문을 내린 적도 없으니, 아마 바깥의 못된 작자들이 수작을 부리려고 그런 핑계를 댄 것 같다고 했습니다. 하지만 우리 집안 수레가 관련되었다면 자기가 즉시 사람들을 보내 그놈들을 체포하여, 내일 중으로 반드시 수레와 물건을 모두 보내주겠다고 했답니다. 조금이라도 지체되면 지현에게 다시 보고하여 엄중히 처단하겠다고 했습니다. 하지만 지현이 부재중에 일어난 일이니 양해해주시고, 지현에게 알리지 말아주길 바란다고 했습니다."

"공문도 없다면, 대체 어떤 놈들이 그런 못된 짓을 했단 말이냐?"

"숙부님께선 잘 모르시겠지만 밖에서는 흔히 있는 일입니다. 아마 내일쯤은 틀림없이 물건이 올 겁니다."

가련이 말을 마치자 보옥이 나가 인사했다. 가정은 몇 마디 물어보고 나서 바로 태부인 거처에 가보라고 했다.

한편, 가련은 밖으로 나와 간밤에 집에 없었던 하인들을 불러오라 하니, 그 사람들이 모두 대령했다. 가련은 한바탕 꾸짖은 다음 총집사인 뇌승賴升•에게 명령했다.

"각 부문의 담당자 명단을 가져오라 해서 검사하게. 그리고 지시 문서를 하나 써서 저들에게 알리게. 만약 휴가를 내지 않고 멋대로 외출했다가 찾을 때 바로 나타나지 않아서 공무를 그르치게 되면, 당장 곤장을 쳐서 내쫓아버리겠다고 하게!"

뇌승이 황급히 "예! 예!" 하고 밖으로 나가 분부를 전했다. 하인들은 각기 그 말을 마음에 새겼다.

얼마 후, 털모자를 쓰고 검푸른 무명옷에 헝겊신[撒鞋]⁵을 신은 한 사내가 대문 앞으로 다가와 문지기들에게 읍揖하여 절을 했다. 문지기들이 그를 위아래로 훑어보고 어디서 왔느냐고 물었다.

"저는 남쪽 진甄씨 댁에서 왔습니다. 우리 나리의 서신 한 통을 가져왔으니 이 댁 나리께 전해주십시오."

문지기들은 그가 진씨 댁에서 왔다는 소리를 듣자 얼른 일어나서 자리를 권했다.

"멀리서 오시느라 고생 많았습니다. 잠시 앉아 계십시오. 저희가 안에 말씀을 드리겠습니다."

문지기가 들어가 가정에게 보고하며 편지를 바쳤다. 가정이 열어보니 이렇게 적혀 있었다.

우리 두 집안은 예로부터 대대로 교분이 깊어 의기義氣와 정이 돈독했으니, 멀리서나마 귀댁의 수레를 바라보며 그간의 은혜에 한없이 감사하고 있사옵니다. 그런데 못난 아우가 죄를 지었으니 만 번 죽어도 죗값을 치르기 어려우나, 다행히 폐하의 너그러우신 처분을 입어 변방에서 처벌을 기다리고 있습니다. 이제 가문이 영락하여 하인들도 뿔뿔이 흩어졌습니다. 이 가운데 포용包勇●은 예전에 부려본 바, 특별한 재주는 없으나 사람은 성실하옵니다. 그러니 거두어 심부름꾼으로라도 부려서 입에 풀칠이라도 하게 해주시어, 집을 사랑해서 지붕 위 까마귀까지 사랑하는 옥오지애屋烏之愛를 베풀어주신다면 한없는 감사의 마음 잊지 않겠습니다.

나머지 말씀은 나중에 다시 올리길 기약하며, 이만 줄입니다.

가정이 편지를 다 읽고 나서 웃음 지으며 말했다.

제93회 143

"지금 집에 사람이 많아서 걱정인데 진씨 댁에서 추천서를 보냈구나. 그렇다고 거절하기도 곤란하고…… 거 참!"

그러면서 문지기에게 말했다.

"우선 그 사람을 이리 데려오너라. 잠시 집에 두고 적당한 일을 시키면 되겠지."

문지기가 나가 그를 데리고 들어왔다. 그는 가정을 보자 엎드려서 큰절을 세 번 하고 일어서서 말했다.

"주인 나리께서 안부 여쭈라고 하셨습니다."

그리고 또 한쪽 무릎을 꿇고 절하며 말했다.

"포용이 나리께 인사 올립니다."

가정은 진씨 댁 나리의 인사에 답례하고 그를 위아래로 훑어보았다. 키가 다섯 자 남짓 되고 어깨는 떡 벌어졌으며 눈썹은 짙고 눈동자는 총명하게 반짝였다. 이마는 툭 튀어나오고 수염을 길게 길렀으며 얼굴은 까무잡잡했다. 공손히 손을 늘어뜨리고 서 있는 그에게 가정이 물었다.

"너는 전부터 진씨 댁에 있었느냐, 아니면 최근 몇 년 동안만 거기서 일했느냐?"

"어려서부터 그 댁에서 자랐습니다."

"그런데 지금은 왜 나오려고 하느냐?"

"소인은 나오고 싶지 않았지만, 주인 나리께서 재삼 나가라고 하셨습니다. 그러시면서 제가 다른 곳에는 가려 하지 않을 것 같으니, 이 댁을 그 댁처럼 여기고 지내라고 하시기에 이렇게 찾아온 것입니다."

"너희 어른이 그런 일을 당하셨다 해도 이런 지경까지는 이르지 않았을 텐데?"

"소인이 드릴 말씀은 아니오나, 주인 나리께서는 성품이 너무 좋으셔서 줄곧 사람들을 진심으로 대해주시는 바람에 오히려 이런 일이 생긴 것 같습니다."

"진심보다 좋은 건 없지."

"하지만 진심이 너무 지나치면 다들 싫어하고 오히려 미움을 사는 수도 있습지요."

"허허, 그렇다면 하늘도 당연히 그분을 저버리지 않으시겠지."

포용이 또 무슨 말을 하려는데 가정이 물었다.

"듣자 하니 그 댁의 아드님도 이름이 보옥이라면서?"

"예."

"그 아드님께선 공부를 열심히 하시더냐?"

"도련님 말씀이시라면 특이한 이야기가 있습니다. 도련님의 성격도 주인 나리와 마찬가지로 그저 성실하시기만 합니다. 어려서부터 자매들과 놀기만 하다가 주인 나리와 마님께 몇 차례 호된 매를 맞으셨는데도 도무지 고치지 못하셨습지요. 어느 해인가 마님께서 경사에 오셨을 때 도련님께서 큰 병을 앓으신 적이 있습니다. 한나절 정도 아예 숨이 끊어져 계시니까 주인 나리께서 너무나 슬퍼하시며 관까지 준비해놓으셨습지요. 다행히 나중에 깨어나셨는데, 그때 이런 말씀을 하셨습니다. 어느 패루牌樓로 들어갔더니 웬 아가씨가 나리를 어느 사당으로 데려갔다고요. 거기에는 굉장히 많은 궤짝들이 있었는데, 그 안에는 아주 많은 책들이 들어 있었답니다. 방 안에서 무척 많은 여자들을 만났는데 모두 괴물이나 해골로 변해버렸다네요. 그 말을 들은 주인 나리는 너무 놀라 소리쳐 우셨답니다. 도련님이 깨어나시자 주인 나리께서는 황급히 약을 쓰셨는데, 그 후로 차츰 나아지셨습지요. 이후로는 주인 나리께서 도련님더러 예전처럼 자매들과 함께 놀아도 된다고 하셨지만, 뜻밖에 도련님의 성품이 바뀌셨습지요. 병이 낫고 나서는 장난감도 다 없애버리시고 오로지 공부만 하시는 겁니다. 누가 꾀어도 전혀 마음이 흔들리지 않으셨습지요. 지금은 차츰 주인 나리를 도와서 집안일까지 돌보실 수 있게 되었습니다."

가정은 잠시 묵묵히 생각에 잠겨 있다가 이렇게 말했다.

"가서 쉬어라. 여기서 시킬 일이 생기면 네게 일을 맡기도록 하마."

포용은 "예!" 하고 물러나 하인을 따라가 쉬었다. 이 이야기는 그만하겠다.

하루는 가정이 아침에 일어나 막 출근을 하려는데, 문지기들이 자기들끼리 뭔가 귓속말로 속삭이고 있었다. 마치 가정에게 알리고 싶은 게 있는데 보고하기는 곤란한 것처럼 계속 속닥거리기만 했다. 이에 가정이 그들을 불러 물었다.

"무슨 일이냐? 왜 그리 몰래 수군대고 있어?"

"저희 입으로 말씀드리기 곤란합니다."

"무슨 일이기에 그래?"

"소인이 오늘 일어나서 대문을 열고 나가보니, 대문에 백지가 한 장 붙어 있었습니다. 그런데 거기에 말도 안 되는 이상한 글들이 가득 적혀 있었습니다."

"그럴 리가 있나! 그래, 뭐라고 적혀 있더냐?"

"수월암에서 일어난 추잡한 일에 관한 것이었습니다."

"가져와봐라."

"소인이 떼어내려 했지만 너무 단단히 붙어 있어서 도저히 떼어 낼 수가 없었습니다. 그래서 어쩔 수 없이 물로 적셔서 긁어내버렸습니다. 방금 이덕李德*이 다른 것을 한 장 떼와서 보여주는데, 바로 대문에 붙어 있던 것과 같은 것이었습니다. 저희가 어찌 나리를 속이겠습니까?"

그러면서 그 종이를 바쳤다. 가정이 받아보니, 이렇게 적혀 있었다.

서쪽 조개에 풀 도끼[6]는 나이도 어린데
수월암에서 비구니들을 관리한다네.
남자 하나에 젊은 여자는 많으니
오입질에 모여 노름하며 신이 났구나!

못난 자제에게 일을 맡겨 놓았으니

영국부에 새로운 소문 생겨날 수밖에!

西貝草斤年紀輕

水月庵裏管尼僧

一個男人多少女

窩娼聚賭是陶情

不肖子弟來辦事

榮國府內出新聞

  그걸 본 가정은 너무나 화가 치밀어 머리가 아득하고 눈앞이 흐릿해질 지경이었다. 그는 황급히 문지기들의 입을 단속하고, 은밀히 사람을 풀어 녕국부와 영국부 근처의 골목길 담에도 그런 게 붙어 있는지 찾아보게 했다. 그리고 즉시 사람을 보내 가련을 불렀다.

  황급히 온 가련에게 가정이 물었다.

  "수월암에 있는 비구니와 여도사들에 대해 지금껏 조사해본 적이 있느냐?"

  "아닙니다. 지금까지 줄곧 근이가 관리해왔습니다."

  "네가 보기엔 근이가 그 일을 잘하고 있는 것 같더냐?"

  "그렇게 말씀하시는 걸 보니, 근이가 무슨 잘못을 저지른 모양입니다!"

  가정이 한숨을 내쉬었다.

  "이 쪽지를 좀 봐라. 뭐라고 적혔느냐?"

  가련이 그걸 보고 말했다.

  "이런 일이 있다니요!"

  그때 가용賈蓉•이 "둘째 서방님께 은밀히 전함"이라고 적힌 편지를 한 통 들고 왔다. 열어보니 역시 작성자의 이름이 밝혀지지 않은 투서로, 내용은 대문에 붙어 있던 쪽지와 같았다. 가정이 말했다.

"당장 뇌대賴大˙에게 수레 서너 대를 끌고 수월암으로 가서, 그곳 비구니들과 여도사들을 모두 잡아오라고 해라. 외부에는 소문이 새지 않도록 해야 하느니라!"

잠시 후 뇌대가 분부를 받들고 떠났다.

수월암의 비구니들과 여도사들이 처음 그곳에 왔을 때, 나이 많은 여승이 사미*와 여도사들을 관리하며 낮에는 그들에게 불경과 참회 의식 따위를 가르쳤다. 나중에 귀비가 쓰지 않게 되자 그들은 곧 공부를 게을리하게 되었다. 그리고 여자아이들이 점차 나이가 들면서 남녀관계에 대해 눈을 뜨기 시작했는데, 더욱이 가근賈芹˙도 여색을 밝히는 사람이었기 때문에, 방관 등이 출가한 것은 철없는 생각으로 한 짓이라 여기고, 그들을 꼬드기기 시작했다. 하지만 뜻밖에도 방관은 진심으로 불가에 귀의했기 때문에 손을 댈 수 없었고, 결국 가근은 다른 비구니들과 여도사들에게 눈길을 돌렸다. 어린 사미 가운데 심향沁香˙이라는 이와 여도사 가운데 학선鶴仙˙이라는 이는 무척 요염했는데, 가근은 곧 그들에게 수작을 걸었다. 그래서 틈만 나면 그들에게 거문고를 배우기도 하고 함께 노래를 부르며 놀았다.

때는 마침 시월 중순이라, 가근은 암자 사람들에게 용돈을 준다는 핑계로 계책을 생각해내고는 모두에게 이렇게 말했다.

"자네들 용돈을 갖고 왔는데 시간이 늦어서 성에 들어갈 수 없으니, 여기서 잘 수밖에 없구먼. 그런데 날씨가 이리 추우니 어쩌면 좋겠소? 마침 내가 과일주를 좀 가져왔네. 우리 함께 마시면서 하룻밤 즐겨보는 게 어떤가?"

그러자 여자들이 모두 좋아하며 곧 상을 차렸다. 심지어 본사本寺의 여승까지 불렀는데, 방관을 뺀 나머지 여승들이 모두 왔다. 가근은 술을 몇 잔 마시자 주령놀이를 하자고 했다. 그러자 심향이 말했다.

"우리는 모두 주령놀이를 할 줄 모르니까 차라리 시권놀이*를 하는 게 어때요? 진 사람이 한잔씩 마시면 되니까 간단하잖아요."

본사의 여승이 말했다.

"이제 막 점심때가 지났는데 시끄럽게 떠들며 술을 마시는 건 좋지 않아요. 우선 몇 잔 마시고 나서 갈 사람은 가고, 도련님과 함께 있을 사람은 저녁에 마음대로 마시도록 해요. 그러면 전 상관하지 않겠어요."

그때 일하는 할멈이 황급히 들어와 말했다.

"어서 자리를 파하세요! 댁에서 뇌대 집사가 왔어요."

여승들은 황급히 상을 치우고는 가근에게 몸을 피하라고 했다. 하지만 가근은 이미 술이 거나하게 취해 있었다.

"나는 용돈을 주러 왔을 뿐인데 뭐가 두렵다고!"

말이 채 끝나기도 전에 뇌대가 들어와서 그 꼴을 보니 속에서 불이 치밀 지경이었다. 하지만 가정이 남모르게 처리하라고 했기 때문에 억지로 웃음을 머금고 말했다.

"도련님, 여기 계셨군요?"

가근이 황급히 일어나며 말했다.

"뇌영감님, 무슨 일로 오셨어요?"

"마침 여기 계시니 더 잘됐습니다. 얼른 사미들과 도사들한테 짐을 챙겨 수레에 오르라고 하십시오. 궁에서 분부가 내려왔습니다."

가근이 무슨 일인가 싶어 자세히 물으려고 하자 뇌대가 말했다.

"벌써 날이 많이 저물었으니 서둘러 성으로 들어가야 합니다."

비구니들과 여도사들이 어쩔 수 없이 수레에 오르자, 뇌대는 큰 노새를 타고 일행을 호송하여 성으로 들어갔다. 이 이야기는 그만하겠다.

그 일을 알게 된 가정은 화가 치밀어 출근도 하지 않고 서재에 홀로 앉아 탄식했다. 가련도 감히 자리를 뜨지 못했다. 그때 문지기가 들어와서 보고했다.

"오늘 밤 관아 숙직이 장張나리이신데, 몸이 아프시다고 나리께서 대신 좀 서주십사 연락이 왔습니다."

가정은 뇌대가 돌아오면 가근을 처벌하려고 기다리던 차에 이런 소식을 듣자 속이 상했지만 아무 말도 하지 않았다. 그러자 가련이 다가와서 말했다.

"뇌대는 식사 후에 나갔는데, 수월암은 성에서 이십 리도 넘게 떨어져 있으니 서둘러 온다 해도 이경二更(오후 9~11시)이나 돼야 돌아올 겁니다. 오늘은 숙직을 대신 서셔야 하니 그냥 가십시오. 뇌대가 돌아오면 단단히 지키게 해서 소문이 새지 않게 해놓을 테니 내일 돌아오셔서 처분하십시오. 혹시 근이가 오면 아무 말 않고 그냥 두겠습니다. 내일 숙부님께 뭐라고 하는지 보시지요."

가정은 일리 있는 말이라 생각하여 어쩔 수 없이 숙직을 서러 갔다. 그 틈에 가련은 자기 방으로 돌아가면서 속으로 희봉이 일을 주선하여 문제가 생겼다며 원망을 품었다. 하지만 희봉의 몸이 좋지 않으니 참는 수밖에 없겠다 생각하면서 천천히 걸었다.

한편, 하인들 사이에도 소문이 퍼져서 그 소식이 안에까지 알려졌다. 먼저 평아가 소문을 듣고 황급히 희봉에게 알렸다. 희봉은 그날 밤 몸이 좋지 않아 기운이 없는지라, 줄곧 정신이 없는 상태에서도 마침 철함사鐵檻寺*의 일을 걱정하고 있었다. 그런데 밖에서 익명의 벽보가 붙고 투서가 들어왔다는 소식을 듣자 깜짝 놀라 벽보의 내용이 무엇이냐고 물었다. 평아는 입에서 나오는 대로 대충 대답하다가 자기도 모르게 말이 잘못 나오고 말았다.

"별일 아니에요. 만두암饅頭庵*에서 무슨 일이 생겼나봐요."

그렇지 않아도 희봉은 마음이 허약한 상태였는데, 만두암에서 일이 생겼다는 소리를 듣자 너무 놀라 한마디 말도 하지 못했다. 그녀는 갑작스럽게 열기가 치솟아 눈앞이 노래지면서 한바탕 기침을 하더니 "웩!" 하며 피를 한 모금 토했다. 그걸 본 평아가 깜짝 놀랐다.

"수월암에 있는 사미들과 여도사들에게 무슨 일이 생겼다는데 마님께서 왜 이리 놀라셔요?"

희봉은 그제야 정신을 가다듬었다.

"쯧! 이런 멍청한 것! 대체 수월암이야, 만두암이야?"

"호호, 처음에는 저도 만두암으로 잘못 들었는데, 나중에 들어보니 만두암이 아니라 수월암이라고 했어요. 방금은 말이 잘못 나와서 만두암이라고 했나봐요."

"내 그럴 줄 알았다. 만두암이야 나랑 무슨 상관이 있겠어? 내가 근이한테 수월암을 관리하게 했는데, 아마 거기 줄 용돈을 좀 빼돌린 모양이지?"

"들리는 말로는 용돈 문제가 아니라 무슨 추잡한 일이 있었던 모양이던데요?"

"그럼 나하고는 더욱 상관없는 일이지. 서방님은 어디 가셨어?"

"나리께서 잔뜩 화가 나셔서 서방님도 함부로 자리를 뜨지 못하는 모양이에요. 듣자 하니 일이 고약한 것 같아 여기 있는 하인들한테도 떠들지 말라고 신신당부했지만, 마님들 귀에까지 들어갔는지는 모르지요. 하지만 나리께서 뇌대 영감님한테 그 여자아이들을 잡아오라고 하셨다는 얘기를 들었어요. 일단 사람을 보내 알아보라고 했어요. 아씨께서는 지금 몸이 안 좋으시니까 그쪽 일에는 신경 쓰시지 않는 게 좋겠어요."

그때 가련이 들어왔다. 희봉은 무슨 일이냐고 물어보려다가 그의 얼굴에 화난 기색이 보여서 잠시 모르는 체했다. 그런데 가련이 밥을 다 먹기도 전에 왕아가 와서 아뢰었다.

"밖에서 서방님을 모셔 오랍니다. 뇌대 영감님이 돌아오셨어요."

"근이도 왔더냐?"

"같이 왔습니다."

"가서 뇌대에게 전해라. 숙부님께선 숙직을 서러 가셨으니까, 여자아이들을 잠시 대관원에서 재우고, 내일 숙부님이 돌아오시면 궁으로 들여보내도록 하자고 말이다. 근이는 안쪽 서재에서 나를 기다리라고 해라."

왕아는 명을 받고 나갔다.

가근이 서재에 들어가자 하인들이 손가락질을 하며 뭐라고 수군댔다. 그 모습을 보니 궁에서 부른 것 같지는 않았다. 무슨 일이냐고 물어보고 싶어도 말을 꺼내지 못하고 속으로만 의아해하고 있는데, 마침 안에서 가련이 나왔다. 가근은 문안 인사를 하고 공손히 서서 말했다.

"무슨 일인지 모르지만 귀비마마께서 저 아이들을 즉시 불러들이라고 분부하셨다기에 서둘러 왔습니다. 다행히 제가 용돈을 주러 갔다가 미처 돌아오지 못한 터라 뇌대 영감님과 함께 왔습니다. 숙부님께선 무슨 일인지 아시는지요?"

"내가 알긴 뭘 알아! 네놈이 더 잘 알 거 아니냐!"

가근은 무슨 영문인지 몰랐지만 감히 다시 묻지 못했다. 그러자 가련이 말했다.

"너 아주 훌륭한 일을 했더구나? 숙부님께서 화가 단단히 나셨어!"

"제가 뭘 했다고 그러십니까? 암자의 용돈은 매달 잘 지불하고 있고, 아이들도 경전 공부한 것과 참회 의식 연습한 걸 잊어버리지 않고 있는데요."

가련은 그가 아무것도 모르는데다 또 평소 함께 농담을 주고받던 사이라서 그저 한숨만 내쉬었다.

"주둥이만 살았구나! 자, 네 눈으로 봐라!"

그리고 장화 목에서 대문에 붙어 있던 벽보를 꺼내 내던졌다. 가근이 주워서 보더니 안색이 흙빛이 되었다.

"누가 이런 짓을! 아무 잘못도 없는 나를 왜 이리 구렁텅이에 몰아넣는단 말인가! 매달 한 번씩 용돈을 주러 다녀오기만 할 뿐, 이런 짓은 저지르지 않았습니다. 나리께서 돌아오셔서 매를 치시며 문초하신다면 저는 정말 죽은 목숨입니다! 제 어머님이 아시면 더 때려죽이려 드실 겁니다!"
 그는 주위에 다른 사람이 보이지 않자 얼른 무릎을 꿇고 애원했다.
 "숙부님, 저 좀 구해주십시오! 제발!"
 머리를 바닥에 찧으며 눈물을 펑펑 흘리는 그를 보자, 가련은 이런 생각이 들었다.
 '숙부님께선 이런 일을 제일 싫어하시는데 심문을 해서 그 일이 사실로 밝혀진다면, 진노가 어지간한 데서 끝나지 않으실 거야. 밖으로 안 좋은 소문이 퍼져도 벽보를 붙인 놈들의 기만 살려줄 테지. 그러면 나중에 우리도 귀찮아질 거야. 차라리 숙부님께서 숙직 서시는 동안 뇌대와 상의해서 아무 일도 없었던 것처럼 적당히 묻어버리자. 당장 확실한 증거가 있는 것도 아니니까 말이야.'
 이렇게 생각을 정하고 가근에게 말했다.
 "솔직히 얘기해봐라. 네가 몰래 저지른 음흉한 일을 내가 모를 줄 알았느냐? 일을 잘 해결하려면 숙부님께서 매질을 하시며 캐물으시더라도 절대 그런 일이 없었다고 대답해야 해. 알겠지? 염치도 없는 놈, 어서 일어나!"
 그는 곧 사람을 보내 뇌대를 불렀다. 가련이 이 일에 대해 상의하자 뇌대가 말했다.
 "사실 근 도련님은 못된 짓을 저질렀습니다. 오늘 제가 암자에 갔을 때도 그것들과 함께 술을 마시고 있었지요. 틀림없이 벽보에 적힌 일이 있었을 겁니다."
 "근아, 너도 들었지? 설마 뇌집사가 너를 모함한다는 거냐?"
 가근은 얼굴이 새빨갛게 달아오른 채 아무 말도 하지 못했다. 오히려 가련이 뇌대를 붙들고 사정했다.
 "그냥 좀 도와주시는 셈치고 근이는 집에 있었다고 말씀드려주시구려. 저 아이는 데려가고, 나는 만나지 않은 걸로 해줘요. 내일 숙부님께서도 여자아이들한테 캐물으실 거 없이, 그냥 중개업자를 불러다가 그것들을 넘겨버리고 일을 마무리 지으시라고 말씀드려주시구려. 나중에 귀비마마께서 필요하다고 하실 때 다시 사오면 될 게 아니오?"

뇌대도 일을 크게 만들어봐야 이로울 게 없고, 이 댁 평판만 나빠질 거라는 생각이 들어서 그렇게 하자고 했다. 가련이 가근을 불렀다.

"뇌집사를 따라가서 시키는 대로 해라. 당장 따라가!"

가근은 다시 큰절을 올리고 뇌대를 따라갔다. 그리고 아무도 없는 곳에 이르자 뇌대에게도 큰절을 올렸다. 그러자 뇌대가 말했다.

"도련님, 너무 고약한 일을 저지르셨습니다. 누구한테 원한을 샀기에 이런 소동이 벌어지게 된 겁니까? 잘 생각해보십시오. 누구와 사이가 안 좋습니까?"

가근이 한참 생각해보니, 갑자기 한 사람이 떠올랐다. 그게 누구인지는 다음 회를 보시라.

제94회

해당화 피어 잔치 벌이며 태부인은 꽃신에게 감사하고
통령보옥을 잃은 가보옥은 기이한 재앙을 예감하다
宴海棠賈母賞花妖　失寶玉通靈知奇禍

가보옥이 통령보옥을 잃어버려 소동이 벌어지다.

뇌대가 가근을 데리고 나간 뒤, 그날 밤은 별다른 일이 없었고, 모두 가정이 돌아오기만을 조용히 기다렸다. 다만 그 비구니들과 여도사들은 다시 대관원에 들어가게 되자 모두 기뻐 어쩔 줄 몰라 여기저기 돌아다니며 놀다가 내일 궁에 들어갈 준비를 할 참이었다. 그런데 뜻밖에 뇌대가 대관원의 할멈들과 일꾼들에게, 그들을 붙들어놓고 잘 감시하면서 음식만 조금 주고 밖에 한 걸음도 나가지 못하게 하라고 지시하는 것이었다. 그 바람에 그들은 영문도 모른 채 앉아서 밤을 새우는 수밖에 없었다. 대관원 각처의 하녀들은 비구니들을 궁에 들여보내려고 데려왔다는 사실은 알았지만, 더 깊은 내막은 알 수 없었다.

이튿날 아침, 가정이 막 퇴근하려는데 갑자기 장관이 두 성省의 성벽 공사비 예산서를 내려보내며 즉시 심사하라고 했기 때문에 한동안 귀가할 수 없게 되었다. 이에 그는 가련에게 사람을 보내 이렇게 일렀다.

"뇌대가 돌아오면 진상을 명백히 조사해서 날 기다릴 필요 없이 적당히 처리하도록 해라."

그 말을 전해들은 가련은 우선 가근을 위해 잘된 일이라며 안심했지만, 다시 생각해보니 만약 흔적조차 없이 너무 깔끔하게 처리하면 오히려 가정이 의심할 것 같았다.

'차라리 숙모님께 말씀드려서 의견을 들어보는 게 낫겠다. 그러면 숙부

님 마음에 드시지 않더라도 내가 책임질 일은 없을 테니까 말이야.'

그는 곧 왕부인을 찾아가 사정을 설명했다.

"어제 숙부님께서 벽보를 보시고 진노하셔서 근이와 비구니, 여도사들을 전부 잡아들여 조사하라고 하셨습니다. 그런데 오늘 숙부님은 이런 체통 잃을 일을 조사할 틈이 없으셔서 저더러 숙모님께 말씀드리고 분부대로 처리하라고 하셨습니다. 그래서 말씀드리는 건데, 이 일을 어떻게 처리할까요?"

왕부인이 깜짝 놀라며 말했다.

"이게 대체 무슨 소리냐! 근이가 정말 그런 짓을 했다면 우리 가문 사람이라고 할 수 있겠느냐? 하지만 그 벽보를 붙인 작자도 가증스럽구나. 이런 일을 그리 함부로 떠들어대서야 되겠느냐? 그래, 근이한테 정말 그런 짓을 했는지 캐물어보기는 했느냐?"

"방금 물어봤습니다. 하지만 숙모님, 그 아이가 그런 짓을 했는지 안 했는지는 중요한 게 아닙니다. 설령 그랬다 할지라도 순순히 인정하겠습니까? 다만 제 생각에는 근이도 감히 그런 짓은 저지르지 못했을 겁니다. 그 아이들은 언제 귀비마마의 부름을 받을지 모르는데, 혹시 말썽이 생기면 어찌 되겠습니까? 심문하는 건 어렵지 않지만, 그랬다가 사실로 판명되면 숙모님께선 어떻게 처리하시겠습니까?"

"지금 그 계집애들은 어디 있느냐?"

"대관원에 가둬두고 있습니다."

"대관원에 있는 아이들도 그 사실을 알고 있느냐?"

"아마 궁에 들여보낼 준비를 하고 있다고만 알고 있을 겁니다. 밖에서도 다른 사람들한테는 절대 얘기하지 말라고 당부했습니다."

"잘했다. 그런 것들은 한시라도 여기 머물게 해서는 안 된다! 애초에 난 그것들을 내보내려고 했는데, 너희들이 그대로 두자고 해서 이런 불상사가 생긴 게 아니더냐? 뇌집사와 그 아랫사람들을 데리고 가서 그 계집애들

본가에 사람이 있는지 상세히 캐묻고 문서를 조사해라. 그리고 은돈 몇십 냥을 써서 배 한 척을 세낸 다음, 적당한 사람을 시켜 그것들을 고향으로 보내도록 해라. 사온 문서까지 한꺼번에 돌려주면 별문제 없이 해결될 게다. 한두 계집애가 못된 짓을 했다고 해서 전부 환속還俗시켜버리면, 그 또한 죄업을 짓는 일이다. 매파한테 넘겨버린다면 우리가 돈을 받지 않는다 해도 매파들은 저 아이들이야 죽든 말든 돈을 받고 팔아버릴 게 아니냐? 근이 놈은 네가 단단히 혼을 내주도록 해라. 제사 때나 경사가 있을 때를 제외하고 절대 여기에 드나들지 못하게 해라. 갑자기 네 숙부한테 노여움이라도 사게 된다면 사태를 감당할 수 없을 뿐만 아니라 끝까지 책임을 지게 될 테니까 말이다. 그리고 문서방에 얘기해서 근이가 맡은 일에 들어가는 경비 항목을 삭제하라고 해라. 그리고 수월암에 사람을 보내 숙부의 분부라고 하면서 이렇게 전해라. 성묘하는 일 외에 이 집 나리나 도련님들이 거기 가거든 절대 접대하지 말라고 말이다. 만약 또 좋지 않은 소문이 조금이라도 들리면 늙은 여승들까지 모조리 내쫓아버리겠다고 해라!"

가련은 "예! 예!" 하고 나가서 뇌대에게 왕부인의 말을 전했다.

"숙모님 생각이 이러하시니, 그렇게 처리하시오. 일이 마무리되면 나한테 말해주시오. 내가 숙모님께 말씀드리겠소. 얼른 가서 처리하시오. 그리고 나중에 숙부님께서 돌아오시거든 뇌집사도 숙모님 말씀대로 보고하면 되오."

"마님께선 정말 부처님처럼 자비로우십니다! 저런 것들한테 사람을 붙여 돌려보내라 하시다니요. 마님께서 이렇게 호의를 베푸시니 착실한 사람을 구해야겠군요. 근 도련님은 서방님의 처분에 맡기겠습니다. 벽보를 붙인 작자는 제가 방도를 마련해 색출해내서 단단히 단속하겠습니다."

가련이 고개를 끄덕였다.

"그래야지요."

그리고 즉시 가근에게 조치를 취했다. 뇌대도 서둘러 비구니 등을 데리고 나와 왕부인의 분부대로 처리했다.

저녁에 가정이 돌아오자, 가련은 뇌대와 함께 일처리 결과를 보고했다. 가정은 본래 귀찮은 일을 싫어하는 성격이기 때문에, 그 보고를 듣고 나자 그 일에서 손을 떼버렸다. 거리의 무뢰배들은 가씨 집안에서 스물네 명의 여자아이들이 나왔다는 소문을 듣고는 너나없이 어떻게 해보려고 덤볐다. 결국 그 여자아이들이 고향으로 돌아갈 수 있었는지 여부는 알 수 없고, 또한 멋대로 추측할 수도 없는 일이다.

한편, 대옥의 몸이 차츰 좋아지고 대관원 안에 별다른 일도 없던 차에, 자견은 비구니들이 궁에 들어가려고 준비한다는 소문을 듣고 무슨 일인가 싶어 알아보려고 태부인의 거처로 갔다. 그러다가 마침 안에서 나오는 원앙을 만났다. 둘이 느긋하게 앉아 한담을 나누다가 자견이 비구니들 얘기를 꺼냈다. 그러자 원앙이 깜짝 놀라는 것이었다.

"나는 금시초문인데? 나중에 희봉 아씨에게 물어보면 알게 되겠지."

그때 부시傳試* 집안의 두 여인이 태부인에게 문안 인사를 드리려고 찾아와, 원앙이 그들과 함께 안으로 들어가려고 했다. 그런데 두 여인은 태부인이 낮잠을 자고 있다는 소리를 듣자 그냥 원앙에게 다녀간다는 말만 남기고 돌아가버렸다. 자견이 물었다.

"어디서 온 분들이에요?"

"정말 지겨워! 자기 집에 제법 괜찮은 딸이 하나 있다면서, 보배라도 헌상하듯이 늘 노마님 앞에서 자기네 아가씨 자랑을 해대니 말이야. 얼굴도 예쁘고 마음씨도 훌륭하고 예의범절도 잘 알고 말씨도 시원시원하고 바느질 솜씨도 좋고 글씨도 잘 쓰고 계산도 잘하고 어른들한테 아주 공손하고 하인들한테도 아주 온화하게 대한다는 거야. 올 때마다 노마님 앞에서 항상 이런 얘기를 똑같이 늘어놓으니, 난 듣고만 있어도 너무 짜증나! 그 할멈들은 정말 밉상이야! 그런데 노마님께선 이상하게도 그런 얘기 듣는 걸 좋아하신다니까? 노마님은 그렇다 치고, 보옥 도련님도 그래. 평소에는 할멈들을 보면 아주 싫어하시는데, 저 집 할멈들은 싫어하지 않으시니 정말 이상하지 않아? 저 할멈들이 저번에 와서는 이러더라고. 자기네 아가씨에게 지금 여러 군데에서 청혼이 들어오는데 주인 나리께서 다 마다하신다고. 그러니까 오로지 우리 집 같은 이런 가문하고만 인척을 맺겠다는 속셈인 게지. 그렇게 자랑했다가 아부했다가 하면서 노마님 기분까지 기가 막히게 맞추는 거야."

자견은 멍하니 듣고 있다가 짐짓 이렇게 말했다.

"노마님께서 좋아하시면, 왜 보옥 도련님과 정혼하게 하지 않는대요?"

원앙이 막 그 이유를 설명하려는데 안에서 부르는 소리가 들렸다.

"노마님께서 일어나셨어요."

그러자 원앙이 급히 안으로 들어갔다.

자견도 어쩔 수 없이 일어나 대관원으로 돌아갔다. 그녀는 걸어가면서 생각했다.

'세상에 남자가 보옥 도련님 하나뿐은 아닐 텐데, 너도나도 다들 그분만 생각하는군. 우리 아가씨도 갈수록 멍해지는 게, 보아하니 분명 보옥 도련님만 생각하시는 것 같아. 그렇게 여러 차례 병에 걸리신 것도 이 때문이 아니면 뭐냔 말이야! 이 집에서는 아직 '금'인지 '옥'인지도 분명히 가리지 못하고 있는데, 여기다 무슨 부아가씨라는 사람까지 더해지면 더욱 곤란해지지 않겠냐고. 내가 보기엔 보옥 도련님의 마음도 우리 아가씨한테 있는 것 같은데, 원앙 언니 얘기를 듣고 보니 그것도 아닌 것 같아. 누가 괜찮다는 소리만 들으면 거기다 마음을 쏟으니 말이야. 이러다가 괜히 우리 아가씨만 마음고생하는 거 아냐?'

자견은 본래 대옥을 걱정하고 있었는데, 계속 생각하다 보니 자기도 어쩌면 좋을지 몰라 저절로 눈물이 났다. 대옥에게 부질없이 마음고생하지 말라고 하자니 그녀가 더욱 상심할 것 같고, 또 슬퍼하는 모습을 그대로 두고 보자니 너무나 불쌍했다. 이리저리 생각하니 갑자기 골치가 아파와 스스로를 탓했다.

'네 주제에 누굴 걱정하는 거야! 대옥 아가씨가 정말 보옥 도련님과 맺어진다 해도, 그 성미로 봐서는 시중들기 어려울 거야. 보옥 도련님이 성격은 좋지만, 또 욕심이 너무 많아서 아무것도 제대로 못해. 아가씨한테 쓸데없이 마음고생 마시라고 권하려다가 오히려 내가 그 지경이 되었잖아? 이제부턴 아가씨 시중에나 정성을 쏟고 나머지 일은 전혀 상관하지 말아야지!'

이렇게 생각하니 속이 후련해졌다. 그녀가 소상관으로 돌아오자, 대옥은 혼자 구들에 앉아 전에 써두었던 시사詩詞와 문장의 원고를 정리하고 있었다. 그러다가 고개를 들어 자견을 바라보며 물었다.

"어디 갔다 오는 거야?"

"자매들 좀 만나고 왔어요."

"설마 습인 언니를 찾아간 거야?"

"제가 거긴 왜 가요?"

대옥은 무심결에 그런 말을 한 것이 쑥스러웠지만, 겉으로는 짐짓 쏘아붙였다.

"하긴 언니가 누구한테 가든 나하곤 상관없지! 차나 좀 따라다 줘."

자견도 속으로 웃으면서 차를 가지러 나갔다. 그때 대관원 안에서 시끌벅적한 소리가 들려왔다. 그녀는 무슨 일인가 싶어 하녀에게 알아보라고 했다. 심부름 갔던 하녀가 돌아와서 이렇게 말했다.

"이홍원 안에 있던 해당화 몇 그루가 말라버려서 그간 아무도 물을 주지 않았대요. 그런데 어제 보옥 도련님이 가보니까 가지에 꽃망울 같은 게 맺혀 있더래요. 하지만 아무도 그 말을 믿지 않았는데 오늘 갑자기 아주 예쁜 꽃이 피어서 모두들 신기해하며 앞다퉈 구경했대요. 심지어 노마님과 마님까지 소문을 듣고 꽃구경을 하고 싶다 하셔서, 큰아씨가 사람들에게 대관원 안의 낙엽이며 마른 나뭇가지들을 치우라고 하셨대요. 그래서 사람들이 지금 저기서 분부를 전하고 있는 중이래요."

그 말을 들은 대옥도 태부인이 온다는 걸 알고 곧 옷을 갈아입었다. 그리고 설안을 불러 소식을 알아보라고 했다.

"할머님께서 오시거든 바로 나한테 알려줘."

설안이 얼마 후에 달려와서 말했다.

"노마님과 마님과 많은 분들이 오셨어요. 아가씨, 얼른 가보셔요."

거울을 보며 손으로 대충 머리를 다듬은 대옥은 자견의 부축을 받으며 이홍원으로 갔다. 보옥이 늘 쓰는 침상에 태부인이 앉아 있는 걸 보자, 대옥이 다가가서 인사했다.

"할머님, 안녕하셨어요?"

그리고 물러나서 형부인과 왕부인에게 인사하고, 다시 이환과 탐춘, 석춘, 수연과 서로 인사를 나누었다. 희봉은 몸이 아파 오지 못했고, 상운은 숙부가 경사로 전근하여 맞이하러 집에 가 있었다. 보금은 언니와 함께 자기 집에 가 있었고, 이씨 자매들은 대관원 안에 자꾸 말썽이 생기자 어머니가 밖으로 데리고 나갔기 때문에, 오늘 대옥이 만난 이들은 몇 되지 않았다. 모두들 잠시 담소를 나누다가, 이 꽃이 괴상하게 피게 된 이유에 대해 이야기했다. 태부인의 생각은 이러했다.

"이 꽃은 삼월에 피었어야 하는데 지금은 십일월이 아니냐? 그런데 계절이 늦으니까 아직 시월이라고 할 수도 있지. 그러니 봄날처럼 따뜻한 소양춘小陽春[1]의 기후 때문에 꽃이 핀 모양이다."

왕부인이 맞장구를 쳤다.

"어머님은 식견이 넓으시니까 맞는 말씀이겠지요. 별로 특이한 일도 아니네요."

형부인이 말했다.

"이 꽃은 이미 일 년이나 시들어 있었다고 하던데, 왜 제 철도 아닌 지금

제94회

피었을까요? 분명 무슨 까닭이 있는 것 같아요."

이환이 웃으며 말했다.

"할머님과 어머님, 큰어머님 말씀이 모두 맞는 것 같아요. 못난 제 소견으로는 분명 보옥 도련님께 경사가 생기게 되어서 이 꽃이 미리 소식을 알리는 게 아닐까 싶네요."

탐춘은 아무 말도 하지 않았지만 속으로 이렇게 생각했다.

'이 꽃은 분명 좋은 징조가 아니야. 순순히 따르는 자는 흥성하고, 거스르는 자는 망하기 마련이지. 초목이 운수를 알고 제 철도 아닌데 꽃을 피운다는 건 분명 불길한 징조야.'

하지만 그런 생각을 입 밖으로 꺼낼 수는 없었다. 다만 대옥은 경사가 있을 거라는 말을 듣자 가슴이 두근거려서 약간 흥분된 목소리로 말했다.

"옛날 전田씨 집에 가시나무가 한 그루 있었는데, 세 형제가 분가하자 그 나무도 말라버렸대요. 그런데 나중에 형제들이 그 일에 감동하여 다시 한 집에 모여 살게 되자 그 나무도 다시 무성해졌대요.[2] 그러니 초목도 사람을 따른다는 걸 알 수 있지요. 이제 오빠가 열심히 공부해서 아버님을 기쁘게 해드리니까 저 나무도 꽃을 피웠나봐요."

태부인과 왕부인이 그 말을 듣고 기뻐하며 말했다.

"대옥이의 비유가 사리에도 맞고 아주 재미있구먼!"

그때 가사와 가정, 가환, 가란이 함께 들어와서 꽃을 구경했다. 가사가 말했다.

"제 생각에는 저걸 베어버리는 게 좋겠습니다. 분명 꽃의 요괴가 수작을 부리는 걸 겁니다."

그러자 가정이 말했다.

"요괴를 보고 요괴로 여기지 않으면, 그 요괴는 저절로 없어지는 법이지요. 그러니 베어버릴 필요 없이 그냥 내버려두는 게 좋겠습니다."

태부인이 그 말을 듣고 말했다.

"누가 그런 헛소리를 하는가! 집에 경사가 생길 마당에 무슨 요괴니 어쩌니 한단 말인가? 좋은 일이 생기면 자네들이 누리고, 안 좋은 일이 생기면 나 혼자 감당하겠네. 그러니 쓸데없는 소리하지 말게!"

가정은 아무 말 못하고 어물어물 얼버무리며 가사 등과 함께 나가버렸다. 태부인은 기분이 좋아서 주방에 알려 술상을 마련하라고 시켰다. 그리고 모두 함께 꽃구경을 하자고 했다.

"보옥이와 환이, 란이는 각기 경사를 기리는 시를 한 수씩 짓도록 해라. 대옥이는 앓다가 금방 나았으니 골치 썩이는 일은 피하고, 정 흥을 못 이기겠거든 저 아이들이 지은 걸 좀 손봐주도록 해라."

그리고 이환에게 말했다.

"너희들은 모두 나와 같이 술이나 마시자."

이환이 "예!" 하고 나서 탐춘을 향해 웃으면서 말했다.

"이건 다 아가씨가 부추긴 일이지요?"

"우리한테 시를 지으라 하시지도 않았는데 왜 저 때문이라는 거예요?"

"아가씨가 '해당사海棠社'*를 발기했잖아요. 이제 저 해당화도 시사詩社에 가입하려고 핀 거란 말이지요."

이 말에 모두 큰 소리로 웃었다. 잠시 후 술상이 차려지자 다들 술을 마시면서 태부인의 환심을 사려고 이런저런 재미있는 이야기들을 늘어놓았다. 보옥은 태부인에게 다가가 술을 따르고 곧 네 구절의 시를 완성해서 종이에 쓴 다음 태부인 앞에서 읊었다.

해당화는 어이해 갑자기 시들었다가
오늘은 무엇 때문에 무성하게 꽃 피웠나?
틀림없이 할머님께서 더 오래 사시게 되셔서
따뜻한 날 돌아옴을 매화보다 먼저 알려 주기 위함이겠지.
　海棠何事忽摧隤

今日繁花爲底開
應是北堂增壽考
一陽旋復占先梅

가환도 종이에 써와서 읊었다.

초목은 봄이 되면 싹을 틔우기 마련이라
해당화 피지 않음은 철이 되지 않았기 때문이지.
인간 세상에 기이한 일 많고 많지만
겨울에 꽃 피는 건 우리 집뿐이라네.
草木逢春當茁芽
海棠未發候偏差
人間奇事知多少
冬月開花獨我家

가란도 단정한 해서楷書로 다시 써서 태부인에게 바치자, 태부인이 이환에게 소리 내어 읽어보라고 했다.

안개 서린 고운 자태 봄이 오기도 전에 시들었다가
단풍에 서리 적시고 눈 내린 뒤에 꽃을 피웠구나.
아서라, 누가 이 꽃이 아는 게 적다고 하는가?
번영을 미리 알리며 기쁜 술잔 들게 하는구나!
煙凝媚色春前萎
霜浥微紅雪後開
莫道此花知識淺
欣榮預佐合歡杯

태부인이 듣고 나서 말했다.

"내가 시는 잘 모른다만, 그래도 란이가 지은 게 훌륭한 것 같고 환이가 지은 건 좀 모자란 것 같구나. 자, 모두 이리 와서 식사하도록 해라."

보옥은 태부인이 기뻐하는 걸 보자 자기도 기분이 좋아졌다.

'청문이 죽던 해에 해당화도 죽었는데, 이제 해당화가 다시 피었으니 우리 이홍원 사람들한테도 당연히 좋은 일들이 생기겠지. 하지만 청문은 저 꽃처럼 죽었다가 다시 살아날 수 없구나!'

그런 생각이 들자 순식간에 기쁨이 슬픔으로 변해버렸다. 그러다가 또 갑자기 며칠 전에 교저가 한 말, 즉 희봉이 오아를 이홍원에 보내주려 한다는 말이 생각났다. 그러니 이 해당화가 혹시 그 일 때문에 핀 건 아닐까, 하는 생각에 슬픔이 다시 기쁨으로 바뀌어 다시 처음처럼 웃고 떠들었다.

태부인은 한참을 더 앉아 있다가 진주의 부축을 받으며 돌아갔고, 왕부인 등도 따라갔다. 그때 평아가 싱글벙글 웃으며 맞이했다.

"노마님께서 여기서 꽃구경을 하시는데 저희 아씨가 못 오시게 되어 저더러 노마님과 마님들을 모시라고 하셨어요. 그리고 보옥 도련님께 축하 선물 겸 저 꽃을 싸놓으라고 붉은 비단 두 필을 보내셨어요."

습인이 다가가 받아서 태부인에게 보여주었다. 태부인이 웃으며 말했다.

"역시 희봉이가 뭘 안다니까! 이런 선물을 보내주니 체면도 서고 신선하기도 하고, 또 아주 운치가 있잖아?"

습인이 웃으며 평아에게 말했다.

"돌아가시거든 도련님 대신 아씨께 감사 인사를 전해주셔요. 경사가 있으면 다들 함께 기뻐해야지요!"

태부인이 웃으며 말했다.

"에그! 내가 또 잊어버렸구나. 희봉이는 앓고 있으면서도 이런 것까지 생각해내고, 또 선물도 안성맞춤으로 보내주었구나."

그렇게 말하면서 태부인은 사람들을 이끌고 거처로 돌아갔다. 평아가 습인에게 속삭였다.

"아씨 말씀이 이 꽃은 정말 이상하게 피었으니까, 너에게 이 붉은 비단을 잘라서 걸어두라고 하셨어. 경사스러운 일인 셈으로 치자는 거지. 그리고 이후로도 신기한 일이라며 함부로 떠들지 말라고 하셨어."

습인은 고개를 끄덕이고 평아를 배웅했는데, 그 이야기는 그만하겠다.

그날 보옥은 가죽을 댄 동그란 저고리를 입고 집에서 쉬고 있다가 꽃이 핀 걸 발견하고는 그대로 나와 한참 동안 감상하다가 한참을 탄식하고, 또 한참 동안 사랑스러운 느낌에 젖었다. 그는 마음속에 교차하는 무수한 희비의 감정을 이 꽃에 쏟았다. 그러다가 갑자기 태부인이 온다는 소리가 들리자 곧 여우 겨드랑이 털로 만든 짧은 소매 옷을 입고, 검은 여우의 다리 가죽으로 만든 겉옷을 껴입은 채 밖으로 나와 태부인을 맞이했다. 하지만 서둘러 옷을 갈아입다 보니 통령보옥을 걸지 않았다. 그러다 태부인이 돌아간 뒤, 다시 원래 입었던 옷으로 갈아입었다. 습인이 그의 목에 통령보옥이 걸려 있지 않은 걸 보고 물었다.

"그 옥은 어디 있어요?"

"조금 전에 서둘러 옷을 갈아입을 때 벗어서 구들 위에 있는 상에 두었는데 다시 걸지 않았군."

습인이 돌아가 살펴보니 상 위에 옥이 보이지 않아 여기저기 찾아보았으나 도무지 그림자조차 보이지 않았다. 너무 놀라 식은땀이 흐르는 습인과 달리 보옥은 태연히 말했다.

"당황하지마. 어쨌든 방 안에 있겠지. 사람들한테 물어보면 알 거야."

습인은 사월 등이 자기를 놀리려고 일부러 숨겼을 거라 생각하고 그들에게 웃으며 말했다.

"요놈의 계집애들, 장난을 해도 분수가 있는 법이야. 그거 어디에 숨겼어? 그러다가 정말 잃어버리면 다들 죽은 목숨이라고!"

사월 등이 모두 정색을 하며 말했다.
"그게 무슨 말이에요! 장난은 장난이고 농담은 농담이지, 이건 아이들 장난이 아니라고요. 무슨 말을 그리 함부로 해요? 언니가 정신이 좀 흐려진 모양인데, 어디다 두었는지 잘 생각해봐요. 괜히 남한테 누명 씌우지 말고요!"
습인은 그 말이 농담이 아닌 것 같아 더욱 다급해졌다.
"아이고, 하느님, 보살님! 도련님, 대체 어디에 두셨다는 말씀이셔요?"
"분명히 구들 위에 있는 상에 두었단 말이야. 다들 찾아보기나 해."
습인과 사월, 추문 등은 감히 다른 사람한테 말하지도 못하고 여기저기를 몰래 찾아보았다. 그렇게 한나절이나 뒤져도 도무지 종적이 보이지 않자, 심지어 상자를 뒤집고 장롱까지 뒤지면서 찾아보지 않은 곳이 없을 정도로 샅샅이 찾아보았다. 결국 조금 전에 왔던 사람들 가운데 누군가 주워 간 게 아닐까 하는 의심까지 생겼다. 습인이 말했다.
"방에 들어왔던 사람들은 다들 그 옥이 도련님의 목숨과도 같다는 걸 알 텐데, 누가 감히 주워갔겠어? 제발 소문부터 내지 말고 얼른 각처에 가서 물어봐. 아가씨들이 우리를 놀리려고 주워가셨다면 절을 올리고 돌려달라고 해. 하녀들이 훔쳐갔다면 찾아내더라도 윗분들께 알리지 말고, 그 아이한테 뭐든 줘서라도 찾아오도록 해. 이건 예삿일이 아니야. 정말 그걸 잃어버렸다면 도련님을 잃은 것보다 더 큰일이란 말이야!"
사월과 추문이 막 밖으로 나가려 하자 습인이 급히 쫓아나와서 당부했다.
"아까 여기서 음식을 잡수신 분들께는 일단 여쭤보지 마. 찾지도 못하고 괜히 평지풍파만 일으키게 되면 상황이 더 나빠질 테니까 말이야."
사월 등이 그 말대로 각자 여기저기 나누어 찾아다니며 물어보았지만, 아무도 옥의 행방을 모르고 다들 깜짝 놀라기만 했다. 이홍원으로 돌아온 사월 등은 모두 눈이 멀뚱멀뚱해진 채 서로의 얼굴만 쳐다볼 뿐이었다. 보옥도 놀라서 멍한 표정이 되었고, 습인은 너무 답답해서 그저 울기만 했

제94회 169

다. 더 이상 찾을 데도 없고 상전들께 여쭈지도 못한 채 이홍원 안의 모든 이들은 조각상처럼 몸이 굳어버렸다.

그렇게 모두들 멍하니 있을 때, 소문을 들은 사람들이 곳곳에서 몰려왔다. 탐춘은 대관원 대문을 걸어 잠그게 하고, 우선 할멈에게 하녀 두 명을 데리고 곳곳을 다시 찾아보게 했다. 그리고 누구든 옥을 찾아낸 사람에게는 후한 상을 내리겠다고 했다. 모두들 괜한 의심을 받지 않기 위해, 그리고 상을 내린다는 말에 필사적으로 곳곳을 뒤졌고, 심지어 측간 안까지 뒤졌다. 하지만 하루 종일 뒤져도 그 옥은 풀밭에 떨어뜨린 바늘처럼 종적을 찾을 수 없었다. 이환이 초조해져서 말했다.

"이 일은 보통 일이 아니니 내가 좀 무례한 말을 해야겠어요."

"무슨 말씀이셔요?"

"일이 이 지경이 되었으니 이것저것 따질 필요 없어요. 지금 대관원 안에 있는 사람들 가운데 보옥 도련님을 제외하고 나머지는 모두 여자들이잖아요? 그러니 시녀들과 아가씨들이 모두 따라온 하녀들의 옷을 벗겨 찾아보도록 해요. 그래도 없으면 하녀들더러 할멈들과 허드렛일하는 하녀들을 조사해보라고 하는 거예요."

"일리 있는 말씀이네요. 사람들이 너무 많아 정신이 없고 온갖 사람들이 뒤섞여 있으니까 그나마 그렇게라도 하면 모두들 결백을 증명할 수 있겠지요."

탐춘은 아무 말도 하지 않았다. 하지만 하녀들은 모두 결백을 증명하고 싶어 했다. 먼저 평아가 나섰다.

"저부터 조사해보셔요."

이리하여 각자 옷섶을 풀어헤치자, 이환이 단숨에 이리저리 뒤져보았다. 그러자 탐춘이 이환에게 화를 냈다.

"언니도 저 못된 사람들 하는 짓을 배웠군요. 누가 훔쳤다면 그걸 몸에 숨기고 있겠어요? 게다가 이 물건은 이 집에서야 보물이지만 밖의 모르는 사람들한테는 아무 쓸모도 없는 물건인데 그걸 훔쳐다 뭘 하겠어요? 제 생각에는 누군가 우릴 골려주려고 하는 수작인 것 같아요."

 그 말을 들은 사람들은 마침 가환이 이 자리에 없다는 사실을 깨달았다. 가환은 어제 온 방 안을 이리저리 돌아다녔기 때문에 모두 그를 의심했지만 함부로 말은 꺼내지 못했다. 탐춘이 또 말했다.

 "이런 짓을 할 사람은 환이밖에 없어요. 그러니 사람을 보내 조용히 그 아이를 불러서 달랜 다음 내놓게 하고, 남몰래 으름장을 놓아 소문을 내지 못하게 하면 만사가 무사히 해결될 거예요."

 그러자 다들 고개를 끄덕이며 옳은 말이라고 수긍했다. 이환이 평아에게 말했다.

 "이 일은 아무래도 자네가 나서야 깔끔하게 해결할 수 있을 것 같네."

 평아가 "예!" 하고 즉시 나가더니 얼마 후 가환과 함께 들어왔다. 모두 아무 일 없다는 듯이 하녀를 시켜서 안방에 차를 따르게 하고는 잠시 후 평아가 가환을 달랠 수 있도록 하나 둘씩 핑계를 대고 밖으로 빠져나갔다. 애초에 그를 잘 구슬러보려고 데려왔기 때문에 평아가 웃는 얼굴로 가환에게 말했다.

 "보옥 도련님이 옥을 잃어버렸는데, 혹시 도련님께서 보셨나요?"

 가환은 금세 얼굴이 벌게져서 눈을 부릅뜨고 말했다.

 "남이 물건을 잃어버렸는데 왜 나한테 캐물어요? 나를 의심하는 모양이지요? 내가 무슨 도둑질을 저지른 전과가 있기라도 한가요?"

 평아는 그 모습을 보자 더 이상 캐묻지 못하고 웃는 얼굴로 말했다.

 "그런 얘기가 아니에요. 혹시 도련님께서 저 사람들을 놀라게 해주려고 가져가신 게 아닌가 싶어서 그냥 여쭤본 것뿐이에요. 혹시 보셨다면 저 사람들이 쉽게 찾을 수 있잖아요?"

 "형님이 그 옥을 몸에 지니고 있으니까 없어졌으면 형님한테 물어야지, 왜 나한테 물어요? 형님을 떠받드는 사람이 정말 많기도 하네요! 뭘 얻었을 때는 나한테 묻지 않더니, 잃어버리니까 나한테 묻는군요!"

그렇게 말하고 바로 일어나 가버리니, 아무도 그를 붙들 수가 없었다. 초조해진 보옥이 말했다.

"이게 다 그 빌어먹을 옥 때문이야! 나도 그거 필요 없으니까 다들 소란 피울 필요 없어요! 환이가 가면 분명 온 집안에 떠들고 다닐 테니 이거야말로 말썽을 일으킨 꼴이 아닌가요?"

습인 등이 다급해서 또 울음을 터뜨리며 말했다.

"도련님이야 그 옥을 잃어버리셔도 별일 아니라고 생각하시겠지만, 상전들께서 아시게 되는 날이면 저희들은 뼈도 못 추리게 될 거예요!"

그러면서 대성통곡하기 시작했다. 그 모습을 보자 모두 더욱 상심했다. 그들은 어차피 이 일을 숨기기 틀렸다는 것을 알고, 태부인을 비롯한 어른들에게 둘러댈 말을 상의했다. 보옥이 말했다.

"상의할 필요 없어요. 아예 제가 부숴버렸다고 하지요 뭐."

평아가 말했다.

"아이고, 도련님! 그리 쉽게 말씀하실 일이 아니에요! 어르신들께서 왜 부숴버렸냐고 물으시면 어쩌시려고요. 그래도 저 아이들은 죽은 목숨이라고요! 그리고 혹시 부서진 조각이라도 가지고 오라고 하시면 또 어쩌시게요?"

"그럼 내가 며칠 전에 외출했다가 잃어버렸다고 하지요 뭐."

모두 잠시 생각해보니 그 말이 그래도 대충 얼버무릴 수 있는 핑계가 될 것 같았다. 하지만 보옥은 최근 이틀 동안 서당에도 나가지 않고 다른 곳에도 간 적이 없다는 게 문제였다. 그러자 보옥이 말했다.

"왜 없어요? 그제 남안왕부에 가서 연극 구경을 하고 왔잖아요. 그러니까 그날 잃어버렸다고 하면 되지 않겠어요?"

탐춘이 말했다.

"그것도 타당하지 않아요. 그제 잃어버렸다면 왜 그때 말씀드리지 않았느냐고 따지실 게 아니에요?"

사람들이 무슨 말을 지어내야 할지 고민하고 있는데, 갑자기 조씨가 울고불고 고함을 지르며 달려 들어왔다.

"물건을 잃어버렸으면 스스로 찾을 일이지, 왜 남몰래 환이를 불러서 캐묻는 거예요! 제가 데려왔으니 권세에 아부하는 당신들한테 넘기겠어요. 자, 이제 죽이든 살을 발라 고문을 하든 마음대로들 하셔요!"

그러면서 그녀는 가환을 꽥 떠밀며 꾸짖었다.

"이 도둑놈아, 어서 자백하지 못해?"

그러자 가환도 화가 나서 울어대기 시작했다. 이환이 막 달래려는데 하녀가 와서 알렸다.

"마님께서 오셨어요."

이때 습인은 몸 둘 바를 몰라 허둥댔고, 보옥과 다른 하녀들이 황급히 나가 맞이했다. 조씨도 잠시 아무 말 못하고 따라나왔다. 왕부인은 사람들의 당황한 표정을 보고 비로소 소문이 사실이라는 걸 알아챘다.

"정말 그 옥을 잃어버렸느냐?"

아무도 대답하지 못하자 왕부인은 방 안으로 들어가 앉아서 습인을 불렀다. 습인이 황망히 무릎을 꿇고 아뢰려는데 왕부인이 말했다.

"일어나라. 어서 사람들을 시켜 샅샅이 찾아보게 해야지, 그렇게 허둥대기만 해서는 오히려 일을 그르쳐."

목이 멘 습인은 말조차 제대로 하지 못하고 있는데, 보옥은 그녀가 사실대로 고할까봐 걱정스러워 얼른 나서서 말했다.

"어머니, 이 일은 습인이하고는 상관없어요. 제가 그제 남안왕부에 연극을 보러 다녀오다가 도중에 잃어버렸어요."

"그럼 왜 그날 얘기하지 않았느냐?"

"누나들이 눈치챌 것 같아서 얘기하지 않았어요. 대신 배명에게 밖에서 여기저기 찾아보라고 시켜두었어요."

"말도 안 되는 소리! 옷을 갈아입을 때 습인이와 다른 하녀들이 시중을 들지 않느냐? 네가 외출했다 돌아왔을 때 수건이나 염낭 하나라도 없어지면 자초지종을 캐묻게 되어 있는데, 하물며 그 옥이 없어졌는데 아무도 묻지 않았단 말이냐?"

대답이 궁해진 보옥이 얼버무리자 조씨가 득의양양하게 얼른 말을 받았다.

"밖에서 잃어버리고도 환이한테 덤터기를 씌우다니요!"

그 말이 끝나기도 전에 왕부인이 호통을 쳤다.

"지금 이 중요한 얘기를 하는 중에 그런 쓸데없는 소리나 하다니!"

그러자 조씨도 아무 말 못했다. 그나마 이환과 탐춘이 왕부인에게 사실대로 고하니, 왕부인도 초조하여 눈물을 비 오듯 흘렸다. 그녀는 아예 태부인에게 고하고 형부인이 데려왔던 사람들에게 물어보는 게 낫겠다고 생각했다.

병석에 누워 있던 희봉도 그 소문을 들은 것은 물론, 왕부인까지 대관원으로 건너갔다는 걸 알았다. 이렇게 되자 모른 체하고 있을 수 없겠다고 생각하여 곧 풍아의 부축을 받으며 대관원으로 건너갔다. 마침 왕부인은 자리에서 일어나 막 떠나려던 참이었는데, 희봉이 힘없는 목소리로 말했다.

"숙모님, 안녕하신지요?"

보옥 등이 희봉에게 다가가 인사하자 왕부인이 말했다.

"너도 들었나 보구나. 정말 이상한 일이 아니냐? 잠깐 한눈을 파는 사이에 없어져서 찾지 못한다니 말이다. 너도 생각 좀 해보거라. 어머님 곁에 있는 하녀들부터 평아까지 손버릇 나쁜 사람이 누구이고 심술 고약한 사람이 누구인지 말이다. 난 어머님께 말씀드리고 철저히 조사해볼 참이다. 그렇지 않으면 보옥이 명줄이 끊어지고 말게야!"

"우리 집에는 사람도 많고 행사가 복잡하잖아요. 옛말에 '사람은 겉만 보고는 알 수 없다〔知人知面不知心〕.'고 했듯이, 누가 좋은 사람인지 어떻게 확신할 수 있겠어요? 다만 일단 시끄러워지면 모든 사람들이 이 사실을 알게 될 테고, 옥을 훔쳐간 사람도 숙모님께서 범인을 밝혀내시면 죽어도 묻힐 곳조차 없어지리란 걸 잘 알지 않겠어요? 그러면 그 사람도 다급한 나머지 차라리 옥을 부숴 증거를 없애버리려 들 테니, 그땐 어떡합니까? 제 못난 소견으로는 그냥 보옥 도련님께서 원래 그 옥을 별로 좋아하지 않으셨다 하고, 잃어버린 걸 대수롭지 않게 여긴다고 소문을 내는 게 좋겠어요. 그리고 사람들에게 입단속을 시켜서 할머님이나 숙부님 귀에 들어가지 않게 해야지요. 그런 다음 암암리에 각처에 사람을 보내 탐방하면서 옥을 찾아보는 거예요. 그러면 옥도 찾을 수 있고 범인도 알 수 있잖아요? 숙모님은 어떻게 생각하셔요?"

왕부인이 한참 생각하다가 말했다.

"네 말도 일리가 있긴 하다만, 네 숙부님을 어떻게 속인단 말이냐?"

그리고 가환을 불러 꾸짖었다.

"네 형님이 옥을 잃어버려서 그냥 한 번 물어본 것뿐인데, 왜 그리 함부로 떠들고 다닌단 말이냐! 훔쳐간 사람이 그 옥을 부숴버리기라도 하는 날에는 네가 살아남을 수 있을 것 같으냐!"

가환이 덜컥 겁을 집어먹고 울면서 말했다.

"절대 떠들고 다니지 않을게요!"

조씨도 그 말을 듣고 감히 아무 말도 하지 못했다. 왕부인이 사람들에게 분부했다.

"잘 생각해보면 찾아보지 못한 곳이 분명히 있을 게다. 멀쩡히 집안에 있던 물건이 어디로 날아가버렸을 리 없지. 하지만 절대 소문을 흘리지는 말거라. 습인이는 사흘 안에 찾아서 내게 가져오도록 해라. 그 안에 찾지 못하면 더 이상 숨기기 어려울 테고, 다들 무사하지 못할 게야!"

이렇게 말하고 희봉과 함께 형부인의 거처로 가서 범인을 잡아낼 방도를 논의했는데, 이에 대해서는 더 이상 이야기하지 않겠다.

남아 있던 이환 등은 여러 모로 논의한 끝에 대관원을 지키는 하인들을 불러서 대문을 잠그고, 급히 임지효댁을 불러오게 했다. 그리고 그녀에게 은밀히 이야기해서 앞뒤 대문을 지키는 이들에게 사흘 동안에는 남녀를 막론하고 모든 하인들은 대관원 안에서만 움직이고 외출은 금지하게 하라고 명했다. 다만 안에서 물건을 잃어버렸는데, 그 물건의 행방을 알게 되면 외출을 허용한다 전하라고 했다. 임지효댁이 "예!" 하고 이렇게 말했다.

"예전에 저희 집에서 사소한 물건을 하나 잃어버린 적이 있는데 바깥양반이 꼭 찾아야겠다고 해서는 밖에 나가 글자 점을 쳤습니다요. 그때 유철취劉鐵嘴*인가 하는 점쟁이가 글자 하나를 말해주는데, 어찌나 똑부러지게 말하던지, 돌아와서 잃어버린 물건을 찾았습니다요."

습인이 그 말을 듣고 임지효댁에게 부탁했다.

"아주머니, 얼른 가셔서 아저씨더러 좀 물어봐달라고 하셔요."

임지효댁은 그러겠노라 하고 밖으로 나갔다. 그러자 수연이 말했다.

"밖에서 점을 친다든지 하는 건 소용없어요. 제가 남쪽에 있을 때 묘옥 스님이 부계扶乩* 점을 잘 친다는 소문을 들었는데, 그분에게 물어보는 건 어때요? 게다가 듣자 하니 그 옥이 원래 선기仙機³를 갖고 있다니까 아마 그분은 행방을 알 수 있을 거예요."

모두 깜짝 놀라며 말했다.

"우리는 매일 보면서도 그분에게 그런 재능이 있다는 말은 못 들었는데!"

사월이 다급히 수연에게 물었다.

"아마 다른 사람이 부탁하면 들어주시지 않을 것 같아요, 그러니까 아가씨께서 저희를 위해 부탁 좀 드려주셔요. 옥의 행방을 찾게 되면 제 평생 아가씨의 은혜를 잊지 않을게요."

그러면서 황급히 절을 올리려 하자 수연이 얼른 말렸다. 대옥 등도 수연에게 얼른 농취암에 다녀오라고 보챘다. 그때 임지효댁이 들어와 말했다.

"아가씨들, 기뻐하십시오! 제 바깥양반이 점을 치고 돌아왔는데, 그 옥은 절대 잃어버릴 수 없는 거라서 나중에 반드시 누군가 돌려주는 사람이 있을 거랍니다."

사람들이 그 말을 듣고 반신반의했지만, 습인과 사월은 기뻐 어쩔 줄 몰랐다. 그러자 탐춘이 물었다.

"점을 치니까 무슨 글자가 나왔대요?"

"바깥양반이 뭐라고 많은 얘기를 했는데 저는 미처 다 기억하지 못하고, 그저 누구한테 상을 준다는 뜻의 '상賞' 자를 뽑았답니다. 그러자 그 유철취가 묻지도 않았는데 '무슨 물건을 잃어버린 모양이구먼?' 이러더랍니다!"

이환이 말했다.

"정말 용하구먼!"

"그리고 그 사람 말이 '상' 자 위에는 작을 '소小' 자가 있고 아래에 입 '구口' 자가 있으니, 이 물건은 분명히 입에 넣을 만큼 작은 구슬이나 보석 같은 것일 거라고 했답니다."

그 말에 사람들이 모두 감탄했다.

"정말 신통하네! 그다음엔 또 무슨 말을 했대요?"

"그리고 맨 아래에 있는 조개 '패貝' 자는 쪼개봐도 볼 '견見' 자가 되지 않으니 바로 '보이지 않는다[不見]'라는 뜻이 아니겠냐고 했답니다. 그런데 글자 위쪽을 쪼개보면 마땅할 '당當' 자가 되니까 얼른 전당포를 찾아가 보라고 했답니다. 그리고 '상' 자에 사람 '인人'을 더하면 갚을 '상償' 자가 되니까 전당포를 찾으면 누군가 있을 테고, 누군가 있다면 맡긴 물건을 찾으러 올 테니, 그건 바로 물건을 '돌려받는다[償還]'라는 뜻이 아니겠냐는 겁니다."

"그럼 가까운 전당포부터 찾아봅시다. 어쨌든 전당포 몇 개를 모두 찾아보면 그 옥이 나올 수밖에 없겠지요. 물건만 찾으면 맡긴 사람을 알아내는 거야 쉽지요."

이환이 말했다.

"물건만 찾으면 가져간 사람은 캐묻지 않는 게 좋겠어요. 아주머니, 점쟁이의 말을 얼른 희봉 아씨한테도 전해서 마님께 말씀드리시라고 해요. 우선 마님께서 안심하시도록 해야 하니까요. 그리고 즉시 사람을 보내 조사해보라고 말씀드려요."

임지효댁이 "예!" 하고 물러갔다.

사람들은 조금이나마 마음이 놓여서 수연이 돌아오기만을 멍하니 기다리고 있었다. 그때 보옥의 하인 배명이 대문 밖에서 손짓하며 하녀에게 빨리 나와보라고 했다. 그 하녀가 급히 나가자 배명이 이렇게 말했다.

"얼른 들어가서 도련님과 마님, 아씨, 아가씨들께 무지무지 큰 경사가 났다고 전해라."

"무슨 일인데요? 그렇게 뜸만 들이지 말고 얼른 말해봐요."

배명이 "하하!" 웃으면서 손뼉을 쳤다.

"아가씨, 들어가서 이 말을 전하면 우리 두 사람 모두 상을 받게 될 거야. 그게 무슨 일이겠어? 도련님의 그 옥 말이야. 내가 어디 있는지 확실한 소식을 갖고 왔다고!"

이후에 어찌 되었는지는 다음 회를 보시라.

제95회

거짓말이 사실이 되어 원비가 세상을 떠나고
가짜와 진짜가 뒤섞여 가보옥이 실성하다

因訛成實元妃薨逝 以假混眞寶玉瘋顚

통령보옥을 잃어버린 가보옥은 바보가 되다.

　배명이 보옥의 옥이 있는 곳을 알게 되었다고 전하자, 하녀는 황급히 돌아가서 알렸다. 사람들이 그 말을 듣자 나가서 물어보라며 보옥을 떠밀고, 나머지 사람들은 모두 회랑 아래에서 귀를 기울였다. 크게 안도한 보옥이 서둘러 대문 입구로 나가 물었다.
　"어디서 찾았어? 얼른 가져와."
　"가져올 수가 없으니 보증 세울 사람이 필요해요."
　"어떻게 찾았는지 빨리 얘기해봐. 그래야 사람을 보내 가져오지."
　"임집사가 점을 치러 간다는 걸 알고 저도 따라갔어요. 그리고 전당포에 있을 거라는 소리를 듣자 몇 군데를 찾아보았어요. 그리고 이러이러하게 생긴 물건을 봤느냐고 물었는데, 마침 한 집에 그게 있다고 하대요. 제가 달라고 하니까 전당표가 있어야 한다는 겁니다. 그래서 얼마에 맡긴 거냐고 물으니 삼백 전짜리도 있고 오백 전짜리도 있다고 하더군요. 며칠 전에 어떤 사람이 그런 옥을 갖고 와서 맡기고 삼백 전을 받아갔는데, 오늘 또 어떤 사람이 갖고 와서 맡기고 오백 전을 받아갔다는 겁니다."
　그 말이 끝나기도 전에 보옥이 말했다.
　"삼백 전이고 오백 전이고 간에 당장 갖고 가서 찾아와라. 내 옥이 맞는지는 우리가 보고 판단할 테니까 말이다."
　그러자 안에 있던 습인이 혀를 찼다.

"도련님, 그 말은 못 들은 걸로 치셔요. 어렸을 때 제 오빠가 늘 하는 말이, 그런 작은 옥을 파는 사람들은 돈이 떨어지면 그걸 전당포에 맡긴대요. 아마 모든 전당포마다 그런 게 있을걸요?"

모두 배명의 말을 듣고 의아해하고 있다가, 습인의 말을 듣고 다시 생각해보고는 그만 웃음을 터뜨리고 말았다.

"도련님더러 저 얼간이는 상대하지 마시고 얼른 들어오시라고 해. 저게 말하는 옥이라는 건 아무래도 우리가 찾는 게 아닌 것 같구먼!"

보옥도 웃고 있는데 마침 수연이 돌아왔다. 농취암에 간 수연은 묘옥을 만나자마자 한담을 나눌 새도 없이 부계점을 쳐달라고 부탁했다. 그런데 묘옥이 쓴웃음을 지으며 이렇게 말하는 것이었다.

"내가 아가씨와 교유하는 것은 아가씨가 권세와 이익과는 무관한 분이기 때문이에요. 그런데 오늘은 왜 어디서 이상한 말을 듣고 와서는 저를 괴롭히세요? 게다가 저는 부계점 같은 건 칠 줄 몰라요."

그러면서 상대해주려 하지 않자, 묘옥의 이런 성격을 아는 수연은 괜히 왔다 싶은 후회가 생겼다.

'기왕 꺼낸 말이니 돌이킬 수도 없고, 또 묘옥이 부계점을 칠 줄 안다는 증거를 댈 수도 없으니 원!'

그녀는 어쩔 수 없이 멋쩍은 미소를 짓고는 습인 등의 목숨이 걸린 일이라며 사정을 죽 들려주었다. 이에 묘옥의 마음이 조금 움직이는 듯한 낌새가 보이자 얼른 일어나 절을 몇 번이나 올렸다. 그러자 묘옥이 한숨을 내쉬며 말했다.

"무엇하러 굳이 남 좋은 일을 해요? 다만 제가 경사에 온 이래로 점을 칠 줄 안다는 걸 아는 사람이 없었는데, 오늘 아가씨께서 오시는 바람에 전례가 깨지고 말았군요. 앞으로 귀찮게 찾아오는 이들이 끊이지 않겠어요."

"저도 순간적으로 딱한 마음을 억누르지 못해서 찾아왔어요. 스님께선 분명 자비로우신 분이라는 걸 알고 있었으니까요. 나중에 다른 사람이 찾아오더라도 점을 쳐주고 말고는 스님 마음에 달린 거니까 아무도 감히 강요하지는 못할 거예요."

묘옥은 한 번 헛웃음을 짓고는 할멈에게 향을 사르게 하고, 상자에서 모래 쟁반과 부계점을 칠 때 쓰는 나무막대를 꺼내더니 부적을 썼다. 그리고 수연에게 절을 올리고 기원하게 한 다음, 일어나서 함께 점치는 나무막대를 손으로 붙잡게 했다. 얼마 후 신령이 깃든 나무막대가 획획 움직이더니 이런 글을 썼다.

아!
흔적 없이 왔다가
종적 없이 떠나서
청경봉 아래 늙은 소나무에 기대어 있노라.
쫓아가 찾고 싶어도
만 겹 산으로 막혀 있나니
우리 대문에 들어서면 웃으며 만나리라!
噫!
來無跡
去無蹤
青埂峰下倚古松
欲追尋
山萬重
入我門來一笑逢

그렇게 쓰고 나자 나무막대가 멈추었다. 어떤 신선이 내린 계시냐며 수연이 물었다.

"철괴선鐵拐仙[1]을 모셨어요."

수연은 점괘를 적어서 묘옥에게 풀이를 부탁했다.

"이건 저도 모르겠으니 해석할 수 없겠군요. 얼른 가져가보셔요. 거기 총명한 분들이 많잖아요?"

어쩔 수 없이 수연이 이홍원으로 돌아오자, 모두들 어찌 되었는지 물었다. 수연은 자세히 설명할 겨를이 없어서 적어온 글을 이환에게 건네주었다. 여러 자매들과 보옥이 앞다투어 보고 나서, 저마다 이렇게 해석했다.

"지금은 찾으려 해도 찾지 못하겠지만, 완전히 잃어버린 것은 아니니 언젠가는 찾지 않아도 저절로 나온다는 뜻인 모양이로군. 그런데 청경봉이 어디 있는 거지?"

이환이 말했다.

"이건 신선의 예언을 담은 은어예요. 우리 집 어디에서 청경봉 같은 게 갑자기 튀어나오겠어요? 분명 누군가 들통 날 것 같으니까 소나무가 있는 가산의 바위 밑에 버려두었는지도 모르지요. 그런데 '우리 대문에 들어서면' 이라고 했는데, 대체 어느 집 대문이라는 걸까요?"

대옥이 말했다.

"어느 신선에게 기원했어?"

수연이 대답했다.

"철괴선이래요."

탐춘이 말했다.

"만약 신선의 대문이라면 들어가기 어렵겠군요."

습인은 다급한 마음에 부질없이 이곳저곳을 뒤져보았지만, 어느 바위 밑에서도 찾지 못했다. 그녀가 이홍원으로 돌아오자 보옥은 찾았느냐고 묻지도 않고 그저 바보처럼 웃기만 했다. 조바심 난 사월이 말했다.

"도련님! 대체 어디서 잃어버리셨는지 분명히 설명을 해주셔야 저희들이 벌을 받더라도 해명할 말이 있지요!"

"하하, 밖에서 잃어버렸다니까 다들 왜 안 믿어? 지금 그걸 물으면 내가 어떻게 알아!"

이환과 탐춘이 말했다.

"오늘 아침부터 난리를 피웠는데 벌써 한밤중이 되었어요. 보셔요. 대옥 아가씨도 견디지 못하고 벌써 돌아가셨잖아요. 우리도 좀 쉬어야 할 테니 내일 다시 찾아보도록 해요."

그러면서 각자 거처로 돌아갔다. 보옥도 곧 잠자리에 들었다. 불쌍한 습인 등은 한참 동안 통곡하고 이리저리 생각하느라 밤새 한숨도 자지 못했는데, 그 이야기는 잠시 접어두겠다.

한편, 먼저 자기 방에 돌아와 있던 대옥은 '금석金石의 인연'이라는 옛말이 생각나 오히려 기뻤다.

'중이나 도사의 말은 정말 믿을 수가 없어. 정말 금과 옥이 인연이 있다면 어떻게 보옥 도련님이 그 옥을 잃어버렸겠어? 혹시 나 때문에 그 금옥의 인연이 깨지게 되었는지도 모르지.'

한참 동안 생각하니 더욱 마음이 놓여서, 그날 종일토록 피곤했던 것도 아랑곳하지 않고 다시 책을 읽기 시작했다. 오히려 자견이 더 피곤해서는 얼른 주무시라고 재촉했다. 대옥은 자리에 누웠지만 또 생각이 해당화에 미쳤다.

'그 옥은 원래 태어날 때부터 지니고 있던 것이니까 보통 물건하고는 달라. 그러니 나타나거나 없어지는 것도 당연히 무슨 관련이 있을 거야. 만약 그 꽃이 좋은 징조라면 그 옥을 잃어버리지 않았을 것 아니야? 보아하니 그 꽃이 핀 게 상서롭지 못한 징조인 것 같아. 설마 도련님한테 무슨 불길한 일이 생기는 건 아니겠지?'

이런 생각을 하니 또 마음이 아프기 시작했다. 다시 생각을 기쁜 쪽으로 돌려보았는데, 그 꽃이 핀 것도 당연한 것 같고, 옥을 잃어버린 것도 당연한 것 같았다. 이렇게 희비가 교차하는 가운데 어느덧 날이 어슴푸레 밝아올 무렵이 되자 그녀는 겨우 잠이 들었다.

이튿날 왕부인 등은 일찌감치 전당포에 사람을 보내 조사하게 했고, 희봉도 암암리에 옥을 찾을 방법을 모색했다. 그렇게 며칠 동안 부산을 떨었지만, 끝내 옥의 행방을 알 수가 없었다. 그래도 다행히 태부인과 가정은 아직 그 사실을 몰랐다. 습인 등은 매일 가슴을 졸이며 지냈고, 보옥도 며칠 동안 서당에 가지 않은 채 아무 말도 생각도 없이 멍하니 있었다. 왕부인은 그가 옥을 잃어버렸기 때문에 그러려니 생각하고 그다지 신경을 쓰지 않았다.

하루는 왕부인이 걱정에 잠겨 있는데, 갑자기 가련이 들어와서 문안 인사를 하더니 히죽히죽 웃으며 말했다.

"오늘 군기처軍機處*의 가우촌이 사람을 보내 숙부님께 알리기를, 숙모님의 동생 분께서 내각대학사內閣大學士*로 승진하셔서 황제 폐하의 유지를 받들어 경사에 오실 거라는데, 벌써 내년 정월 이십일에 임명장을 받기로 결정되었답니다. 지급至急 공문이 떠났으니까 아마 밤낮을 가리지 않고 길을 재촉하시면, 달포 남짓이면 도착하실 겁니다. 그래서 이 소식을 알려 드리려고 일부러 왔습니다."

이 말을 들은 왕부인은 무척 기뻐했다. 그렇지 않아도 친정에 사람이 적고 설씨 댁도 쇠락해 있는데다, 남동생도 외지에서 근무하고 있으니 집안 일을 제대로 돌보지 못하는 실정이었다. 그러다가 오늘 갑자기 남동생이 경사로 돌아온다는 소식을 들으니 왕씨 가문의 영광일 뿐더러, 장차 보옥도 기댈 곳이 생겼다는 생각에 마음이 놓였다. 더욱이 옥을 잃어버린 근심도 조금은 덜 수 있게 되어 매일 남동생이 경사로 오기만을 고대했다.

어느 날 가정이 방에 들어오는데 만면에 눈물자국이 가득했다. 그는 한숨을 길게 내쉬며 말했다.

"어서 가서 어머님께 즉시 궁에 들어가야 한다고 말씀드리시오. 여러 사람 데려갈 필요 없이 당신이 모시고 가도록 해요. 귀비마마께서 갑작스러운 병환을 앓으셔서 지금 바깥에 태감이 기다리고 있소. 그 사람 말이 이미 태의원에서 상주를 올리길, 담궐痰厥[2]이기 때문에 치료할 수 없다고 한 모양이오."

그 말에 왕부인이 대성통곡하기 시작했다. 가정이 말을 이었다.

"지금 울고 있을 때가 아니오. 어서 가서 어머님께 여쭈시오. 다만 천천히 둘러 말씀드려서 연로하신 분이 놀라지 않게 하시구려."

그러면서 가정은 밖으로 나와 하인들에게 채비를 하고 대기하라 지시했다. 눈물을 훔친 왕부인은 태부인에게 가서, 그저 원비가 병환이 있으니 궁에 문안 인사를 가야 한다고만 전했다. 그러자 태부인이 염불을 하며 말했다.

"어떻게 또 병환이 생기셨단 말이냐! 저번에도 깜짝 놀랐는데 나중에 알고 보니 헛소문이 아니었더냐? 이번에도 제발 그랬으면 좋겠구나."

왕부인은 자기도 그런 심정이라고 대답하면서 원앙 등에게 장롱에서 옷과 장식물들을 꺼내라고 시켰다. 그리고 서둘러 자기 방으로 돌아와 옷을 갈아입고는 태부인의 거처로 돌아가 시중을 들었다. 잠시 후 그들은 대청을 나와 가마를 타고 궁으로 들어갔는데, 이에 대해서는 더 이상 이야기하지 않겠다.

귀비 원춘은 봉조궁鳳藻宮*의 비로 책봉된 뒤에 황제의 총애가 두터웠지만, 몸이 뚱뚱해서 거동이 힘들었다. 그러다 보니 날마다 생활하는 데도 쉽게 피로를 느껴 종종 담증痰症*에 걸리곤 했다. 그런데 며칠 전 황제의 연회에 참석했다가 궁으로 돌아오면서 찬 기운을 쐬는 바람에 지병이 도지고 말았다. 뜻밖에 이번에는 증세가 아주 심해서 담기痰氣가 막히고 팔다리가 싸늘해지는 지경에 이르렀다. 그래서 황제에게 상주하는 한편, 즉시 태의를 불러 진맥하고 치료하게 했지만 약도 넘기지 못했다. 심지어 경혈경穴을 뚫어 주는 통관제通關劑까지 써보아도 전혀 효과가 없었다. 이에 근심에 싸인 내궁에서는 후사를 준비하도록 상주를 올렸다. 이에 황제는 가씨 집안에 유지를 내려 귀비의 궁에 들어가 문안하라고 했던 것이다.

태부인과 왕부인이 성지를 받들어 궁에 가보니, 원비는 담이 막혀서 침을 흘리며 말조차 제대로 하지 못했고, 태부인을 보고도 그저 슬피 우는 듯한 표정만 지을 뿐 눈물조차 흘리지 못했다. 태부인이 다가가 문안 인사를 하며 몇 마디 위로의 말을 건넸다. 잠시 후 가정 등의 명첩이 들어와서 궁녀가 귀비에게 그 뜻을 아뢰었지만, 귀비는 눈을 그쪽으로 돌리지도 못하고 점차 안색이 변해갔다. 내궁의 태감은 즉시 상주를 올리려고 했다. 그런데 그렇게 되면 황제가 여러 비빈들을 보내 문안하게 할 것인지라, 원비의 인척들이 불편하여 오래 머물 수 없을 것 같았다. 그래서 그는 태부인 일행에게 외궁에서 기다리라고 했다. 태부인과 왕부인은 차마 그 자리를 떠날 수 없었지만 나라의 제도가 있는지라 어쩔 수 없이 물러나야 했다. 그렇다고 감히 통곡도 하지 못하고 그저 마음속으로만 슬퍼할 뿐이었다.

궁궐 안에 있던 벼슬아치들에게도 이 소식이 전해졌는데, 얼마 후 태감이 나와서 흠천감欽天監*에게 소식을 전했다. 그걸 본 태부인은 일이 잘못되었다는 걸 짐작했지만 감히 옴쭉달싹 못하고 있던 차에 바로 어린 태감이 나와서 황제의 유지를 전했다.

"가귀비마마께서 귀천歸天하셨습니다!"

이 해는 갑인년甲寅年으로, 십이월 십팔일이 입춘인데, 원비가 귀천한 날은 십이월 십구일로서 이미 묘년卯年 인월寅月로 넘어간 셈이라, 원비는 향년 사십삼 세에 생을 마쳤다. 태부인은 비통한 마음으로 일어나 궁을 나와서 가마에 올라 집으로 돌아올 수밖에 없었다. 가정 등도 이미 소식을 전해 들었기 때문에 돌아오는 길 내내 슬픔으로 가득했다. 집에 도착하자 형부인, 이환, 희봉, 보옥 등이 대청에 나와서 동서로 나누어 서서는 태부인을 맞이하며 인사하고, 또 가정과 왕부인에게도 인사했다. 그리고 모두 통곡을 금치 못했는데, 그 이야기는 그만하겠다.

  이튿날 아침, 품급品級이 있는 이들은 모두 귀비의 상례喪禮에 따라 궁으로 들어가서 원비의 영전에 절하고 곡을 했다. 가정은 공부의 관원이었기 때문에, 정해진 의례에 따라 장례가 치러지고 있었음에도 그의 상관은 다른 것들까지 면밀히 챙겨주려고 했다. 또한 동료들은 그에게 이런저런 문제에 대한 의견을 구했기 때문에 양쪽으로 신경을 써야 하는 가정은 예전에 태후太后와 주周귀비의 장례를 치를 때와는 비교할 수 없을 정도로 바빴다. 원비는 후손이 없었기 때문에 그저 '현숙귀비賢淑貴妃'라는 시호만이 내려졌다. 이것은 황실의 제도이니 번거로운 설명이 필요 없겠다.

  어쨌거나 가씨 집안의 남녀 식솔들은 날마다 궁에 들어가서 조문을 해야 했기 때문에 무척 분주했다. 다행히 요즘 들어 희봉의 몸이 좀 나아져서 밖에 나와 집안일을 돌볼 수 있었고, 경사에 들어오는 왕자등을 환영할 준비도 할 수 있었다. 희봉의 오빠인 왕인王仁은 숙부가 내각에 들어가게 되었다는 사실을 알고 가솔들을 이끌고 경사로 들어왔다. 소식을 들은 희봉은 더할 나위 없이 기뻤고 이렇게 친정 식구들이 가까이 있게 되었다는 사실 덕분에 몇 가지 마음의 근심들도 씻은 듯 사라졌다. 몸도 이전보다 좀 나아진 느낌이었다. 왕부인은 희봉이 다시 예전처럼 집안일을 돌보게 되자 짐을 반쯤 덜게 되었고, 또 남동생이 경사로 오게 되어 모든 일에 마음이 놓여서 조금이나마 평안함을 되찾게 되었다.

  유독 보옥만이 원래 벼슬도 없는 몸인데도 예전처럼 다시 공부를 하지 않았다. 가대유는 그의 집안에 일이 있음을 알기 때문에 굳이 다그치지 않았다. 또 가정은 정신없이 바빴기 때문에 그를 단속할 겨를이 없었다. 그러니 보옥은 이 기회를 틈타 매일 자매들과 신나게 놀았을 것 같지만, 뜻밖에도 옥을 잃어버린 뒤로는 하루 종일 몸을 움직이기도 귀찮아했고 말하는 것도 어수룩해졌다. 게다가 태부인 등이 외출했다가 돌아왔을 때도 누군가가 문안 인사드리라고 해야 가고, 그렇지 않으면 꼼짝도 하지 않았다. 습인 등은 남에게 말 못할 사정을 가슴에 품고 있었고, 보옥이 화를 낼까 싶어서 감히 그의 기분을 건드리지 못했다. 매일 차나 음식도 눈앞에 차려주면 먹었지만, 그렇지 않으면 달라고 하지도 않았다. 습인은 그런 모습을 보고 그가 화가 난 게 아니라 무슨 병이 생긴 것 같다고 생각했다. 그래서 짬이 생기자 소상관으로 가서 자견에게 부탁했다.

"도련님이 이러고 계시니 대옥 아가씨께 말씀드려서 좀 일깨워주시라고 해줘."

자견은 즉시 대옥에게 전했다. 하지만 대옥은 저번에 거론된 혼사의 대상이 분명 자신일 거라고 생각했기 때문에, 지금 보옥을 만나는 것이 오히려 쑥스럽게 느껴졌다.

'도련님이 찾아오신다면야 어렸을 때부터 함께 자란 사이니까 모른 체 하기 곤란하겠지만, 내가 찾아가는 건 절대 안 될 일이야.'

대옥이 가려고 하지 않자, 습인은 다시 남몰래 탐춘에게 가서 이야기했다. 하지만 어찌 알았으랴? 탐춘은 해당화가 괴상하게 피고, 더욱 이상하게 보옥이 옥을 잃어버린 데 이어서 귀비까지 세상을 떠나게 되었으니, 집안의 운세가 상서롭지 못하다는 사실을 잘 알고 날마다 근심하고 있었던 까닭에 보옥을 위로하러 갈 마음의 여유가 없었다. 게다가 남매지간이라고는 하지만 남녀가 유별하니 겨우 한두 번 다녀가는 정도에 지나지 않았다. 또한 보옥도 마지못해 만나는 듯한 태도를 보이자, 결국 그녀도 자주 찾아오지 않았다.

보차도 보옥이 옥을 잃어버렸다는 사실을 알고 있었다. 설씨 댁 마님은 전에 보옥과의 혼사에 응낙하고 돌아가서 보차에게 알린 다음 이렇게 말했다.

"네 이모가 그렇게 말하긴 했지만 난 아직 확실히 대답하지 않았고, 네 오빠가 돌아온 뒤에 결정하자고 했다. 네 생각은 어떠냐?"

그러자 보차가 오히려 정색을 하고 말했다.

"그게 무슨 말씀이셔요? 딸자식 일은 부모님이 결정하는 거예요. 지금은 아버님께서 별세하셨으니까 어머님 뜻대로 하셔야 마땅하지요. 그게 아니면 오빠한테 물으셔야지, 왜 저한테 물으시는 거예요?"

이에 설씨 댁 마님은 더욱 그녀가 사랑스러웠다. 보차는 어려서부터 비록 귀염둥이로 자랐지만 천성적으로 현숙했다. 이리하여 설씨 댁 마님은 더 이상 그녀 앞에서 보옥에 관한 이야기를 꺼내지 않게 되었다. 보차도 그 이야기를 들은 뒤로 당연히 '가보옥'이라는 이름을 더욱 입에 담지 않았다. 그러다가 이제 보옥이 옥을 잃어버렸다는 소식을 듣고 속으로 무척 놀라고 이상하게 생각했지만, 누구한테 물어보기도 곤란하여 마치 자기와는 상관없는 일인 것처럼 그저 주위 사람들의 이야기만 들었다. 다만 설씨 댁 마님은 여러 차례 하녀를 보내 상황을 알아보았다. 자신의 아들 설반의 문제로 속을 태우고 있었지만, 오빠가 경사에 들어오면 그 죄명을 벗기기도 더 유리해질 게 분명했다. 또 가귀비가 별세하여 가씨 집안이 정신없이 바쁘다는 것을 알았지만, 희봉의 몸이 좋아져서 밖에 나와 집안일을 돌보고 있었기 때문에 그녀는 가씨 집안의 일을 그다지 걱정하지 않았다. 그 바람에 습인만 고생하고 있었다. 그녀는 비록 보옥 앞에서는 목소리를 낮추고 숨죽여 시중들면서 위로했지만, 보옥이 말을 전혀 알아듣지 못하니 혼자 남몰래 속을 태울 수밖에 없었다.

며칠 후, 원비의 영구가 침묘寢廟³에 안치되자 태부인 등은 장례를 위해 며칠 동안 그곳으로 나가 있었다. 그런데 뜻밖에도 보옥은 나날이 더 멍청해지는 것이었다. 열도 나지 않고 어디 아픈 데가 있는 것도 아닌데, 음식도 먹는 둥 마는 둥 하고 잠도 자는 둥 마는 둥 했다. 심지어 말하는 것도 두서가 없었다. 습인과 사월은 너무 당혹스러워서 여러 차례 희봉에게 알렸고, 희봉도 수시로 찾아와서 보옥을 살펴보았다. 처음에는 옥을 찾지 못해서 화가 난 것으로 생각했지만, 이제 그가 넋이 빠진 듯 풀이 죽어 있자 어쩔 수 없이 날마다 의원을 불러다가 치료하게 했다. 하지만 탕약을 몇 첩이나 먹어도 병이 더해지기만 할 뿐 차도가 없었다. 어디가 불편하냐고 물어도 보옥은 아무 말도 하지 않았다.

원비의 장례가 끝나자, 태부인은 보옥이 걱정스러워서 직접 대관원으로 찾아와 살펴보았다. 왕부인도 따라왔다. 습인 등은 황급히 보옥에게 문안 인사를 드리라고 했다. 보옥은 병을 앓고 있기는 하지만 매일 평상시처럼 행동했기 때문에 그날도 태부인에게 인사하라는 말을 듣자 예전처럼 절을 올리긴 했다. 다만 습인이 옆에서 부축하며 절하는 법을 가르쳐주어야 했다. 태부인이 그 모습을 보고 말했다.

"애야, 무슨 병을 앓고 있나 싶어서 좀 보려고 왔다. 여전한 모습을 보니 마음이 좀 놓이는구나."

왕부인도 자연히 안심이 되었다. 하지만 보옥은 아무 대답도 하지 않고 그저 히죽히죽 웃기만 했다. 태부인이 방으로 들어가 앉아 보옥에게 이것저것 물으니, 보옥이 예전과는 다르게 습인이 가르쳐주는 대로만 대답하는 것이 그야말로 백치 같았다. 태부인이 보기에도 보옥이 어딘가 이상했다.

"조금 전에 들어왔을 때는 아무 병도 없는 것 같더니만 지금 자세히 보니 보통 병이 아니구나. 꼭 정신이 나간 것 같아. 대체 무슨 일 때문에 이렇게 된 것이냐?"

왕부인은 사실을 숨길 수 없게 되었음을 알았지만, 습인이 너무 가련해 보여서 어쩔 수 없이 예전에 보옥이 말했던 것처럼 남안왕부에 연극을 보러 다녀오다가 옥을 잃어버렸다는 이야기를 나직이 들려주었다. 그녀는 태부인이 화를 낼 것 같아 속으로 무척 망설이다가 이렇게 덧붙였다.

"지금 사람들을 시켜서 사방으로 찾고 있어요. 점을 쳐보니 모두들 전당포에 있을 거라고 하네요. 조만간 찾게 될 거예요."

화가 난 태부인이 벌떡 일어나더니 눈물을 줄줄 흘리며 말했다.

"어찌 그 옥이 잃어버려도 되는 물건이란 말이냐! 너희들이 사리를 너무 모르는구나! 설마 아범도 손을 놓고 있는 건 아니겠지?"

왕부인은 습인 등에게 얼른 무릎을 꿇게 하고, 자신도 표정을 바꾸고는 고개를 숙인 채 말했다.

"어머님께서 마음 졸이시고 아범이 화를 낼 것 같아서 감히 두 분께는 말씀드리지 못했어요."

"아이고! 그건 보옥이 목숨의 뿌리란 말이다! 그걸 잃어버렸으니 이 아이가 이렇게 넋이 나간 게야. 세상에 이런 일이! 게다가 그 옥에 대해서는 온 성 안 사람들이 다 아는데, 주운 사람이 바로 내놓을 것 같으냐? 어서 사람을 보내 아범을 불러와라. 내가 말하겠다."

왕부인과 습인 등이 화들짝 놀라 간곡하게 애원했다.

"어머님께서도 이렇게 진노하시는데, 아범이 알게 되면 얼마나 더 하겠어요? 지금 보옥이가 앓고 있으니 저희가 목숨을 걸고 찾아내겠어요. 제발 맡겨주셔요!"

"아범이 화를 낼까 걱정하는 모양인데, 내가 있지 않느냐?"

그리고 곧 사월을 시켜서 가정에게 사람을 보내라고 했다. 그런데 얼마 후 하녀가 안에다 말을 전했다.

"나리께서는 인사차 외출하셨다고 합니다."

"아범의 손을 빌리지 않아도 되지. 너희들은 내 분부라 하고 잠시 아랫사람들을 벌하지 말라고 해라. 내가 련이를 시켜서 방문을 적어 보옥이가 그날 지나갔던 길에 걸어놓게 하마. 옥을 찾아준 사람에게는 은돈 만 냥을 상으로 내리고, 주운 사람을 알려준 사람에게는 은돈 오천 냥을 내린다고 말이다. 옥을 찾을 수만 한다면 돈을 아까워할 일이 아니지. 그러면 분명히 찾을 수 있을 게다. 우리 집안사람만 나서서 찾는다면 평생을 찾아도 안 될 게야!"

왕부인은 감히 사실대로 말하지 못하고, 가련에게 태부인의 분부를 전하며 서둘러 시행하라고 했다. 그러자 태부인이 다시 하녀를 불렀다.

"보옥이가 쓰는 물건들을 모두 내 거처로 옮겨라. 습인이와 추문이만 따라오고, 나머지는 모두 예전처럼 대관원 안에 남아서 집을 지키도록 해라."

보옥은 그 말을 듣고도 줄곧 아무 말도 없이 그저 바보처럼 웃기만 했다.

태부인은 보옥의 손을 잡고 일어서서 습인 등의 부축을 받으며 대관원을 나섰다. 그리고 자기 방으로 돌아가자 왕부인에게 자리에 앉으라 하고, 하녀들이 안방을 청소한 후 보옥의 물건을 가져다놓는 것을 지켜보다가 왕부인에게 말했다.

"내가 왜 이러는지 아느냐? 대관원 안에는 사람도 적고, 이홍원의 꽃이 갑자기 시들었다가 갑자기 피는 것이 아무래도 좀 이상하게 느껴져서 그런다. 예전에는 그 옥 덕분에 사악한 것들의 해코지를 막을 수 있었지만, 이제 옥을 잃어버렸으니 사악한 기운이 침범하기 쉬워졌을 게 아니냐? 그래서 저 아이를 이리로 데려와 함께 지내려는 것이야. 당분간 저 아이를 밖에 내보내지 말고, 의원이 오면 여기서 보이도록 해라."

"지당하신 생각이세요. 이제 보옥이가 어머님과 함께 지내게 되었으니, 어머님의 크나큰 복으로 무슨 재앙이든 눌러버릴 수 있을 테니까요."

"복이랄 게 뭐 있겠느냐? 그저 내 방이 좀 더 깨끗하고 경서도 많으니까 모두들 그걸 읽으며 심신을 안정시킬 수 있지 않겠느냐? 보옥이 생각은 어떤지 네가 물어봐라."

왕부인이 물어도 보옥은 그저 웃기만 하다가 습인이 "좋아요!" 하고 말하라고 하자 보옥도 "좋아요!" 하고 따라 말했다. 왕부인은 그 모습을 보자 눈물을 금치 못했지만 태부인 앞이라 감히 소리를 내지는 못했다. 태부인이 그녀의 애타는 마음을 짐작하고 이렇게 말했다.

"너는 돌아가봐라. 저 아이는 내가 돌보마. 저녁에 아범이 돌아오거든 여기 올 필요 없다 하고, 보옥이 얘기는 하지 마라."

왕부인이 떠나자 태부인은 원앙에게 안정제를 달라고 해서 처방에 따라

먹었는데, 그 이야기는 그만하겠다.

저녁 무렵에 가정이 집으로 돌아오다가 거리에서 사람들이 주고받는 이야기를 들었다.

"횡재하려면 아주 쉽겠구먼."

"무슨 소리야?"

"오늘 듣자 하니 영국부에서 어느 도련님이 옥을 잃어버려서 방문을 붙였는데, 그 옥의 크기와 모양, 색깔을 적어놓고 그걸 찾아준 사람한테는 은돈 만 냥을 내리고, 주운 사람을 알려준 사람한테는 오천 냥을 내린다고 하지 뭔가!"

가정은 그들의 말을 똑똑히 듣지는 못했지만 속으로 이상한 일이라고 생각했다. 그는 급히 집으로 돌아와 문지기를 불러서 그 일에 대해 물었다.

"소인도 처음에는 몰랐는데, 오늘 점심때쯤 둘째 서방님이 노마님의 분부를 전하시며 그 방문을 붙이게 하셔서 비로소 알게 되었습니다요."

가정이 한숨을 내쉬었다.

"집안이 쇠락하려는 모양이구나. 하필 이런 재앙 덩어리가 태어나다니! 갓 태어났을 때도 온 거리에 요상한 소문이 나돌았는데, 한 십 년 조용하다 싶더니 이제 또 거창하게 방까지 붙여 옥을 찾는다고 난리를 피우는구나. 어찌 이런 일이 있을 수가 있단 말이냐!"

그가 급히 안으로 들어가 왕부인에게 물으니, 왕부인이 자초지종을 들려주었다. 가정은 태부인의 생각이라는 걸 알고 감히 어찌지는 못하고 그저 왕부인에게 몇 마디 원망을 늘어놓았다. 그리고 밖으로 나와 태부인 몰래 그 방문들을 떼내라고 지시했다. 그런데 뜻밖에도 이미 몇몇 한량들이 떼어 가버린 뒤였다.

얼마 후 옥을 찾았다는 사람이 영국부의 대문에 나타났다. 집안의 사람들은 그 소식을 듣자 말할 수 없이 기뻐했다.

"가져와라. 내가 안에다 말씀드릴 테니."

그 사람이 품에서 방문을 꺼내 문지기에게 보여주었다.

"이게 이 댁에서 붙인 거죠? 옥을 가져온 사람한테 은돈 만 냥을 내린다고 분명히 적혀 있군요. 두 분 나리께선 지금 제 꼴이 궁핍해 보이시겠지만, 나중에 은돈을 받게 되면 바로 부자가 될 테니까 이렇게 사람 푸대접하지 마시오!"

문지기들은 그가 기세 좋게 말하자 곧 이렇게 말했다.

"어쨌든 우리한테 좀 보여줘야 안에다 보고를 할 게 아니겠소?"

그 사람은 처음에는 보여주려 하지 않더니, 문지기들의 말이 일리가 있다고 생각했는지 품에서 옥을 꺼내 손바닥에 올려놓고 들어 보였다.

"이거 맞지요?"

그곳 사람들은 본래 밖에서 심부름이나 하던 이들이라서 옥이 있다는 건 알았지만 제대로 본 적은 없었는데, 이제야 처음으로 그 옥을 보게 되었다. 그래서 서로 먼저 보고하려고 다투듯이 황급히 안으로 달려 들어갔다. 그날은 가정과 가사가 외출하고 가련만 집에 있었는데, 사람들의 보고를 받은 가련은 그게 진짜인지 아닌지 자세히 물었다.

"제가 직접 보긴 했는데 저한테 건네주지 않고 기어이 상전을 뵙고 돈이랑 맞바꾸겠다며 고집을 부리고 있습니다."

가련도 기뻐하며 황급히 왕부인에게 달려가 전하고, 또 즉시 태부인에게도 알렸다. 그 소식을 들은 습인 등은 어찌나 기쁘던지 합장하며 염불을 외었다. 태부인은 결코 한입으로 두 말을 하지 않는 사람이라 즉시 이렇게 지시했다.

"련이더러 그 사람을 서재로 모셔서 옥을 받아 살펴본 후에 돈을 내주라고 해라."

가련은 그 사람을 안으로 안내하여 빈객처럼 대접하면서 정중하게 감사의 말을 전했다.

"잠시 옥을 안으로 들여보내서 본인에게 보이도록 해주시구려. 사례금은 한 푼도 빠짐없이 드리겠소."

그러자 그 사람은 어쩔 수 없이 붉은 비단 주머니를 하나 꺼내 가련에게 건네주었다. 가련이 열어보니 과연 투명하고 아름다운 옥이 하나 들어 있었다. 그는 평소 그 옥에 대해 관심을 갖지 않았지만 이날은 좀 자세히 보고 싶어서 한참 동안 살펴보았다. 그 위에 적힌 글자는 대충 알아볼 수 있을 것 같았는데, 무슨 "사악한 해코지를 없앤다[除邪祟]."는 등의 글자였다. 그가 기뻐하며 하인들에게 그 사람을 잘 모시라 지시하고, 서둘러 그 옥을 태부인과 왕부인에게 보냈다.

이때 온 집안 식구들이 소식을 듣고 서로 먼저 구경하려고 기다리고 있었다. 희봉은 가련이 들어오자마자 빼앗듯이 냉큼 집었지만, 감히 먼저 보지 못하고 태부인에게 바쳤다. 가련이 웃으며 말했다.

"이런! 이런 자잘한 일에도 내가 공을 세울 기회를 주지 않는구먼!"

태부인이 주머니를 열어보니, 그 옥은 예전 것보다 색이 많이 어두워 보였다. 그래서 손으로 문지르며 원앙에게 안경을 가져오라 해서 다시 살펴보았다.

"이상하구나. 이 옥이 맞는 것 같긴 한데, 왜 처음과 같은 보배로운 빛이 다 없어진 걸까?"

왕부인도 한참 들여다보았지만 진짜인지 구별하지 못하고, 곧 희봉에게 와서 보라고 했다. 희봉이 살펴보고 나서 말했다.

"비슷하긴 한데 색이 전혀 다르네요. 차라리 보옥 도련님더러 직접 보라고 하시지요. 그러면 한눈에 알아보실 수 있을 텐데요."

습인도 옆에서 보면서 진짜가 아닐 거라고 생각했지만, 옥을 빨리 찾고 싶은 마음이 너무도 간절하여 감히 그 말을 입 밖에 꺼내지 못했다. 희봉은 태부인에게서 옥을 받아들고 습인과 함께 보옥을 찾아갔다. 이때 마침 보옥이 잠에서 깨자 희봉이 말했다.

"도련님, 옥을 찾았어요."

보옥은 잠이 덜 깬 듯 몽롱한 눈을 한 채, 받아든 옥을 보지도 않고 바닥에 내던졌다.

"또 거짓말을 하는군요!"

그렇게 말하며 쓴웃음을 짓자 희봉이 황급히 주워들며 말했다.

"어머! 이게 무슨 일이래요? 어떻게 보지도 않고 알아요?"

보옥은 아무 대답도 없이 그저 웃기만 했다. 왕부인도 방으로 들어왔다가 그의 그런 모습을 보고 이렇게 말했다.

"더 이상 얘기할 거 없다. 그 옥은 원래 뱃속에서부터 가지고 나온 요상한 물건이기 때문에 당연히 그 아이 나름대로 알아보는 방법이 있을 게다. 아마 누군가 방문에 적힌 글을 보고 만들어낸 가짜일 게야!"

모두들 그 말에 퍼뜩 깨달은 바가 있었다. 가련이 바깥방에서 그 말을 듣고 이렇게 말했다.

"가짜라면 어서 저한테 주십시오. 가져가서 그놈에게 캐물어보겠습니다. 남의 집에 우환이 생겼는데 감히 못된 수작을 부리다니요!"

태부인이 호통을 쳤다.

"련아! 이걸 그놈한테 갖다주고 내쫓아버려라. 너무 궁하다보니 우리 집에 이런 일이 일어난 걸 알고 돈이나 뜯어내려고 생각했을 수도 있겠지. 괜히 이걸 만드느라 헛돈만 쓰고 우리한테 들통나고 말았구나. 내 생각에는 그 자를 혼낼 필요 없이 그냥 옥만 돌려주고 우리 게 아니라고 하면서 은돈이나 몇 냥 내려주면 좋겠구나. 밖의 사람들이 이 일을 알게 되면 옥에 대한 소식을 듣기만 하더라도 몰려와서 얘기하려고 할 게 아니냐? 만약 그 자를 혼낸다면 설령 진짜 옥이 있더라도 감히 가져오지 못할 수도 있지 않겠느냐?"

가련이 "예!" 하고 물러갔다. 그 사람은 한참을 기다려도 가씨 집안사람이 오지 않아 마음이 조마조마했는데, 가련이 씩씩거리며 밖으로 나왔다.

이후에 어찌 되었는지는 다음 회를 보시라.

제96회

왕희봉은 남모르게 기발한 계책을 꾸미고
임대옥은 기밀이 누설되어 본성이 혼미해지다

瞞消息鳳姐設奇謀　洩機關顰兒迷本性

왕희봉이 가보옥을 속여 설보차와 결혼시킬 계책을 꾸미다.

　가련은 그 옥을 들고 나와 씩씩거리며 서재로 갔다. 그 사람은 가련의 안색이 좋지 않자 조마조마한 마음에 황급히 일어나서 가련을 맞이했다. 그가 막 무슨 말을 하려는데, 가련이 쌀쌀맞게 웃으며 말했다.

　"정말 간도 크군! 이 빌어먹을 놈! 여기가 어디라고 감히 이 따위 수작을 부려!"

　그리고 뒤를 돌아보며 말했다.

　"하인 놈들은 어디 갔느냐?"

　그러자 밖에서 몇 명의 하인들이 "예!" 하고 우레와 같이 대답했다.

　"밧줄을 가져와서 저 놈을 묶어라! 숙부님께서 돌아오시거든 철저히 캐물어서 관아로 압송할 테니!"

　하인들이 일제히 대답했다.

　"진즉 준비하고 있었습니다!"

　하지만 그들은 대답은 그렇게 하면서도 손은 쓰지 않았다. 그 사람은 이미 제풀에 놀라 어쩔 줄 몰라 하고 있었는데, 이런 위세를 보자 도망칠 도리가 없다는 걸 알고 무릎을 꿇고는 황망히 머리를 조아리며 애원했다.

　"나리, 제발 용서해주십시오! 이놈이 살림이 너무 궁하다보니 어쩔 수 없이 이런 염치없는 방법을 생각해냈습니다. 그 옥은 제가 돈을 주고 만든 것이지만, 감히 돌려달라는 말씀도 드리지 못하겠습니다. 그저 이 댁 도련님께 장난감으로 바치겠습니다."

그가 연신 머리를 조아리자 가련이 침을 탁 뱉으며 말했다.

"죽을지 살지도 모르는 어리석은 놈이로구나! 이 집에서 네놈의 그 썩어 문드러질 물건을 탐낼 사람이 어디 있겠느냐!"

그때 뇌대가 들어와 웃으면서 말했다.

"서방님, 고정하십시오. 저런 작자가 뭐라고 상대하십니까? 그냥 용서하시고 내쫓아버리십시오."

"정말 괘씸한 놈이 아닌가!"

뇌대와 가련이 이러쿵저러쿵 말을 주고받고 있으니, 밖에 있던 하인들이 모두 이렇게 말했다.

"멍청한 개자식, 당장 서방님과 집사 어른께 절을 올리고 잽싸게 꺼져버리지 않고 뭐해? 배때기에 발길질이라도 해주길 기다리는 거야?"

그 사람은 황급히 두 사람에게 절을 하고는 머리를 감싼 채 쥐구멍으로 들어가듯 내빼버렸다. 이후로 거리에는 '가보옥이 가짜 보옥〔假寶玉〕을 만들게 했다.'는 소문이 떠돌았다.

그날 가정은 답례차 여기저기 인사를 하고 돌아왔는데, 집안사람들은 정월 대보름이기도 하고, 또 가정이 화를 낼 것 같아서 그날 일은 이미 지나간 일로 치고 보고하지 않았다. 관례대로 집안 잔치를 열긴 했지만, 원비의 일 때문에 한참 동안 바빴고, 또 근래에 보옥이 병을 앓고 있기 때문에 모두들 흥이 나지 않아 특별히 기록할 일도 일어나지 않았다.

정월 십칠일이 되자 왕부인은 왕자등이 경사에 들어오기만을 고대하고 있었다. 그때 희봉이 들어와서 말했다.

"오늘 저희 서방님이 밖에서 소문을 들었는데, 친정 숙부님께서 급히 상경하시다가 성을 겨우 이백 리 남짓 남겨놓고 도중에 객사하셨답니다. 숙모님, 혹시 그 소식 들으셨어요?"

"아니, 그게 무슨 말이냐? 엊저녁에 보옥이 아범도 아무 말씀 없으셨는데, 대체 어디서 그런 소문을 들었다고 하더냐?"

"추밀원樞密院*의 장張나리 댁에서 들었답니다."

왕부인은 한참 동안 멍하니 앉아 있었다. 일찌감치 눈에서는 눈물이 펑펑 쏟아지고 있었다. 그녀가 눈물을 훔치며 말했다.

"련이한테 똑똑히 알아보고 나서 나한테 얘기하라고 해라."

희봉이 "예!" 하고 물러나자 왕부인은 남몰래 눈물을 흘렸다. 딸의 죽음도 슬펐거니와 남동생까지 죽어 슬픔이 더했는데, 게다가 보옥 때문에 걱정이 태산 같았던 것이다. 이렇게 안 좋은 일이 연달아 일어나니 도저히 견딜 수가 없어 가슴이 아리기 시작했다. 여기에 확실한 소식을 알아본 가련이 와서 이렇게 말했다.

"숙모님 동생분께서는 길을 재촉하시느라 피곤하신데다 찬바람에 감기까지 걸리셔서 십리둔十里屯에 이르러 의원을 불러다 치료를 받으려 하셨답니다. 하지만 그곳에 괜찮은 의원이 없어서 약을 잘못 쓰는 바람에 한 첩을 드시고는 그만 돌아가시고 말았답니다. 가족들이 거기 도착했는지는 모르겠습니다."

그 말에 가슴이 저려온 왕부인은 채운의 부축을 받아 구들에 올라앉더니, 억지로 힘을 내서 가련에게 이르길, 가정에게 어서 이 일을 알리라고 했다.

"얼른 행장을 꾸려 거기로 마중을 나가도록 해라. 그리고 그 사람들을 도와 일을 끝내거든 즉시 돌아와서 우리에게 알리도록 해라. 그래야 네 안사람도 마음을 놓을 게 아니냐?"

가련은 감히 다른 말은 못하고 곧 가정에게 인사를 올리고 길을 떠났다. 이미 그 소식을 들은 가정은 마음이 무척 안 좋았다. 게다가 보옥은 옥을 잃어버린 뒤로 정신이 혼미해져서 백약이 무효했고, 왕부인도 가슴앓이로 몸져 누워버린 상태였다. 그 해는 마침 경찰京察[1]을 행하는 때였는데, 공부에서는 가정이 일등에 해당한다고 평가했고, 이에 이월이 되자 이부吏部에서 그를 인솔하여 황제를 알현하게 했다. 황제는 가정이 근검하고 성실하다는 점을 고려하여 즉시 그를 강서량도江西糧道[2]에 임명했다. 가정은 황제의 은혜에 감사하고, 그날로 부임지로 출발할 날짜까지 보고했다. 많은 친척과 친우들이 축하하러 왔지만, 그는 접대할 마음도 나지 않았고, 집안이 평안하지 않은 게 마음에 걸렸다. 그렇다고 꾸물거리고 있을 수도 없었다. 그가 어찌할 바를 모르고 있는데 태부인이 부른다는 전갈이 왔다.

가정이 서둘러 태부인의 거처로 가보니, 왕부인도 병든 몸을 이끌고 그곳에 와 있었다. 그가 인사를 올리자 태부인이 자리에 앉으라면서 말했다.

"조만간 부임지로 떠날 텐데, 내가 할 말이 있네. 자네가 들어줄지 모르겠구먼?"

그렇게 말하면서 눈물을 흘리자, 가정이 황급히 일어나며 말했다.

"어머님, 어떤 분부든지 간에 어서 말씀하십시오. 소자가 어찌 어머님 말씀을 거역하겠습니까?"

태부인이 목이 메어 말했다.

"내 나이가 올해로 여든한 살이 되었는데, 자네가 또 외지로 부임하게 되었구먼. 형이 있으니 늙은 어미를 모신다는 핑계로 벼슬을 사양할 수도 없지. 이제 자네가 떠나면 내 낙이란 그저 보옥이를 보는 것뿐인데, 하필 그 아이가 병이 나서 정신이 흐리니 어쩌면 좋을지 모르겠네. 어제 뇌승의 안사람에게 밖에 나가서 보옥이의 운명을 점쳐보게 했는데, 그 점쟁이가 여간 신통하지 않더구먼. '금'의 운명을 타고난 아이와 짝을 지어 내조하게 하고 액땜[衝喜][3]을 해주어야지, 그렇지 않으면 목숨을 부지하기 어려울 거라고 했다네. 자네가 그런 얘기를 믿지 않는다는 걸 알기에 상의를 해볼까 하네. 자네 안사람도 여기 있으니 함께 상의해보게. 보옥이 병을 고치는 게 좋겠는가, 아니면 저대로 두는 게 좋겠는가?"

가정이 웃음을 지으며 말했다.

"어머님께서 예전에 저를 그렇게 귀여워해주셨는데, 설마 제가 제 자식을 아끼지 않겠습니까? 그저 그 아이 장래를 위해 늘 꾸짖었을 뿐이니, 쇠도 두드려야 단단해진다는 뜻이었지요. 어머님께서 그 아이에게 배필을 정해주자고 하신 것은 당연한 일이니, 제가 어찌 어머님 뜻을 거역하고 그 아이를 아끼지 않을 수 있겠습니까? 다만 지금 보옥이 앓고 있어 저도 마음이 놓이지 않습니다만, 어머님께서 그 아이를 못 보게 하시는 것 같아서 저도 감히 말씀드리지 못하고 있었습니다. 대체 그 아이가 무슨 병을 앓고 있는지 저도 좀 봐야 하지 않겠습니까?"

왕부인은 그렇게 말하는 가정의 눈시울이 약간 붉어진 걸 보자 그도 속으로는 보옥을 예뻐하고 있다는 걸 알고, 곧 습인에게 보옥을 데려오라고 했다. 보옥은 가정을 보고서도 습인이 인사를 하라고 시켜서야 겨우 인사했다. 가정은 보옥의 얼굴이 무척 핼쑥해지고 눈빛도 흐릿한 것이 영락없는 백치의 모습인지라, 곧 습인에게 안으로 데려가라고 했다.

'내 나이도 예순을 바라보는데 지금 또 외지로 부임해가면 몇 년 후에나 돌아올지 모르지. 만약 저 아이가 잘못된다면 우선 후사가 끊기고 말겠지. 손자가 있다고는 하지만 결국 아비도 없이 한 세대 건너뛴 상태이고, 게다가 어머님께서 보옥이를 제일 아끼시니 혹시 문제가 생기기라도 하면 내 죄가 더욱 무거워지지 않겠는가!'

그가 왕부인을 슬쩍 쳐다보니 그녀도 눈물을 훔치고 있었다. 그녀의 몸 상태 또한 걱정스러웠다. 이에 그가 다시 일어나서 말했다.

"어머님께서 이렇게 연세가 많으신데도 손자를 아끼시는 마음으로 방도를 생각하시는데, 자식인 제가 어찌 감히 반대하겠습니까? 어머님 뜻대로 하십시오. 그나저나 처제 쪽에는 확실히 얘기가 된 건지 모르겠군요."

왕부인이 말했다.

"그쪽에선 진즉 승낙했어요. 다만 반이 일이 아직 끝나지 않아서 얘기를 못 꺼내고 있어요."

"그게 제일 곤란한 점이구려. 오빠가 감옥에 있으니 동생이 어떻게 시집을 갈 수 있겠소? 게다가 귀비의 일도 있고…, 이 때문에 혼례를 금하지는 않지만, 보옥이도 출가한 누이를 위해 아홉 달 동안 공복功服⁴을 입어야 하니 지금은 혼사를 치르기 어렵겠구려. 게다가 내가 출발할 날짜를 이미 상주해 올렸는지라 미룰 수도 없는데, 며칠 안에 어떻게 혼례를 치를 수 있겠소?"

태부인이 잠시 생각해보았다.

'맞는 말이야. 하지만 그 일들이 해결될 때까지 기다리자면 아범도 부임지로 떠나고 말게 아닌가? 그러다가 혹시 저 아이 병이 나날이 깊어지기라도 하면 어쩐단 말인가? 그러니 예법에 조금 어긋나더라도 얼른 치르는 게 좋겠어.'

이렇게 생각을 굳히고 말했다.

"저 아이 혼사를 치러줄 생각이라면 당연히 나한테도 방법이 있으니까 전혀 문제될 게 없네. 나와 어멈이 저 아이 이모에게 직접 가서 부탁하겠네. 반이한테는 과에게 시켜 전해주라고 하겠네. 보옥이 목숨을 구하기 위한 일이니 아쉬운 대로 그리 하자고 하면 당연히 승낙할 걸세. 상중에 혼사를 치르는 것은 정말 아니 될 일이지. 게다가 보옥이가 앓고 있으니 결혼을 시키기도 어렵지만, 이 혼사는 그저 저 아이가 아파서 액땜하려는 데 목적이 있지 않은가? 양가에서 다 바라는 일이고, 또 아이들도 금과 옥의 인연이 있으니 궁합을 맞춰볼 필요도 없네. 얼른 길일을 잡아서 우리 가문의 품위에 맞는 납채〔過禮〕⁵를 보내도록 하세. 그리고 서둘러 혼례 날짜를 잡되 풍악은 일체 울리지 말고 궁중에서 하듯이 열두 쌍의 등롱을 밝히고 팔인교八人轎에 신부를 데려와서, 남방의 격식대로 대청에서 맞절을 하고 함께 침상에 앉아 살장撒帳⁶을 하게 하면 혼례 잔치를 치른 셈이 되지 않겠는가? 보차는 영리한 아이니까 걱정할 거 없네. 안에 있는 습인도 아주 참하네. 보차 말고도 사리에 밝은 사람이 늘 충고를 해주면 더 좋지 않겠는가? 그 아이는 보차하고도 잘 맞지. 게다가 저 아이 이모도 전에 이런 말을 한 적이 있다네. 보차의 금목걸이에 대해 어느 스님이 얘기하길, 옥을 가진 사람과 결혼하게 될 거라고 하더라네. 그러니 보차가 오게 되면 그 금목걸이 덕에 보옥이의 옥을 찾게 될지도 모르는 일 아닌가? 그렇게 해서 나날이 조금씩 좋아진다면 모두에게 다행이 아니겠는가? 지금 당장 방을 청소하고 살림살이를 꾸미도록 하세. 방은 자네가 골라야 되겠지. 친척들이나 친구들은 하나도 부르지 말고, 잔치도 벌일 필요 없네. 보옥이가 좋아지고 상복을 벗게 된 뒤에 자리를 마련해서 사람들을 초청해도 되니까 말일세. 이러면 모든 게 맞춰지지 않겠는가? 자네도 저 아이들의 혼례를 보고 나면 마음 놓고 부임지로 떠날 수 있을 테고."

가정은 내키지 않았지만 태부인의 주장을 감히 거역할 수 없어서 억지로 웃음을 지으며 말했다.

"아주 타당하신 생각입니다. 다만 집안의 아랫것들에게 안팎으로 떠들고 다니지 못하도록 당부해놔야 되겠습니다. 이 일은 절대 소홀히 하면 안 됩니다. 그런데 처제 쪽에서도 동의할지 모르겠습니다. 만약 수락하면 어머님 말씀대로 진행하시지요."

"그쪽은 내가 알아서 하겠네. 그럼 가보시게."

가정은 "예!" 하고 물러났지만 마음이 영 편치 않았다. 부임하는 것 때문에 공부에서 증서를 받아야 하고, 친척과 친우들이 사람들을 추천하는 바람에 온갖 응대할 일이 끊이지 않는 등 바쁜 일이 많았기 때문이다. 그래서 그는 보옥의 일을 전적으로 태부인과 왕부인, 희봉에게 맡겨버렸다. 그는 그저 영희당榮禧堂* 뒤쪽, 왕부인의 안채 옆에 있는 커다란 마당이 딸린 스무 칸 남짓한 건물을 보옥에게 준다고 지정했을 뿐, 나머지는 전혀 상관하지 않았다. 태부인이 사람을 보내 무슨 생각을 전하면 가정은 그저 "아주 좋습니다."라고만 답했다. 이것은 나중 일이다.

한편, 보옥은 가정을 만나고 나서 습인의 부축을 받으며 안방으로 돌아가 구들에 앉았다. 가정이 밖에 있어서 아무도 감히 보옥에게 말을 걸지 않았기 때문에, 그는 곧 깊은 잠에 빠졌다. 그래서 보옥은 태부인과 가정이 나눈 이야기를 한마디도 듣지 못했지만, 습인은 조용한 가운데서 그 대화를 똑똑히 들었다. 예전에도 그런 소문을 들은 적이 있었지만 결국 근거 없는 뜬소문일 뿐이라고 여겼다. 하지만 보차가 발길을 끊은 것을 보니 어느 정도는 사실일 수도 있겠다고 생각해왔었다. 그러다가 오늘 이 말을 듣자 그녀의 마음은 낙숫물이 통으로 들어가듯 진상이 명확해져서 오히려 기뻤다.

'상전들의 눈은 정말 정확하셔! 이래야 어울리는 짝이 되고, 나한테도 다행한 일이지. 보차 아가씨가 오면 나도 짐을 많이 덜 수 있을 거야. 하지만 도련님 마음에는 오로지 대옥 아가씨뿐이니 어쩌지? 저 얘기를 못 들으셨으니 망정이지, 아시게 되면 또 얼마나 큰 소동이 일어나게 될지……'

이런 생각이 들자 습인의 마음은 기쁨에서 슬픔으로 변했다.

'이 일을 어쩌지? 노마님과 마님께서 이 두 분의 속내를 아실 리 없지. 잠시 기분이 좋아서 도련님께 얘기하면 병이 나아지리라 생각하시겠지만, 도련님 마음이 예전과 같다면 어쩌지? 처음 대옥 아가씨를 만났을 때도 옥을 깨버리려고 했잖아? 게다가 몇 해 전 여름에는 대관원에서 나를 대옥 아가씨로 착각하시고 속에 품은 진심을 많이 털어놓으신 적도 있지. 또 자견이 한 몇 마디 농담 때문에 울고불고 난리가 났었지. 지금 만약 대옥 아가씨를 젖혀두고 보차 아가씨와 결혼시킨다고 말씀드리면 어떻게 될까? 도련님께서 사리 분별을 못하고 계신다면 괜찮겠지만, 조금이라도 정신이 돌아온다면 액땜은커녕 목숨을 재촉하는 결과가 생기고 말 거야! 내가 이 사실을 말하지 않는다면 한꺼번에 세 사람을 해치는 꼴이 아니겠어?'

습인은 이렇게 생각을 정하고, 가정이 나가기를 기다려서 추문에게 보옥의 시중을 부탁한 후, 안방에서 나와 왕부인 옆으로 다가가 나직이 청했다.

"마님, 드릴 말씀이 있으니 노마님 뒤쪽 방으로 잠깐 와주셔요."

태부인은 그저 보옥에 대해 무슨 할 말이 있는 모양이라 생각하여 그쪽에는 신경 쓰지 않고, 납채는 무얼 어떻게 보내고 혼례는 어떻게 치를까 하는 방도를 생각하고 있었다.

왕부인과 함께 뒷방으로 간 습인은 곧 무릎을 꿇으며 울음을 터뜨렸다. 왕부인이 영문을 몰라 그녀의 손을 잡아 일으키며 물었다.

"갑자기 왜 이러느냐? 무슨 억울한 일이라도 당했느냐?"

"제가 이런 말씀을 드리면 안 되지만, 지금은 도저히 다른 방법이 없습니다."

"무슨 일인지 천천히 말해보거라."

"노마님과 마님께서 보옥 도련님 혼처를 보차 아가씨로 정하신 것은 당연히 아주 훌륭하신 처사이십니다. 하지만 저는 조금 다른 부분이 마음에 걸립니다. 마님, 마님께서 보시기에 도련님이 보차 아가씨와 사이가 좋습니까, 아니면 대옥 아가씨와 사이가 좋습니까?"

"아무래도 어려서부터 함께 자란 대옥이와 사이가 좀 더 좋지."

"조금 더 좋은 정도가 아닙니다."

그러면서 그녀는 평소 보옥과 대옥 사이를 자세히 들려주고 나서 이렇게 덧붙였다.

"이 일들은 모두 마님께서도 친히 목격하셨던 일이지요. 하지만 여름에 있었던 일은 여태 아무에게도 말하지 못했습니다."

왕부인이 습인의 손을 붙들고 말했다.

"나도 겉으로 보고 대충 짐작은 했는데, 이제 네가 이야기를 하니 더 분명해졌구나. 그런데 방금 나리께서 하신 말씀을 아마 너희도 다 들었겠지? 그래, 네가 보기에 그 아이 표정이 어떻더냐?"

"지금 도련님께서는 누가 말을 걸면 웃기만 하시고, 말 거는 사람이 없으면 그냥 주무시기만 하십니다. 그래서 아까 나리께서 하신 말씀을 전혀 듣지 못하셨습니다."

"그럼 대체 이 일을 어쩌면 좋겠느냐?"

"제가 드릴 말씀은 다 드렸으니까, 마님께서 노마님과 최선의 방법을 찾으셔야 할 것 같습니다."

"그럼 너는 가서 일보거라. 지금은 방에 사람이 많으니 잠시 이 얘기는 접어두고, 나중에 조용할 때 어머님께 말씀드려서 다시 방도를 마련해보도록 하마."

왕부인은 다시 태부인 곁으로 갔다.

태부인은 희봉과 일을 논의하고 있다가 왕부인이 들어오는 것을 보고 물었다.

"무슨 이야기이기에 그리 남몰래 수군거리더냐?"

왕부인은 말이 나온 김에 보옥의 마음에 대해 자세히 설명했다. 그 말을 들은 태부인은 한참 동안 아무 말도 하지 않았다. 왕부인과 희봉도 더 이상 말이 없었다. 태부인이 한숨을 쉬며 말했다.

"다른 일이라면 다 말해도 괜찮겠는데…… 대옥이야 그래도 별일 없겠지만, 보옥이가 정말 그렇다면 이거 곤란하게 되었구나."

그때 희봉이 잠시 생각하다가 말했다.

"곤란할 거 없겠어요. 저한테 한 가지 방법이 있는데 숙모님 생각이 어떠실지 모르겠어요."

"방법이 있으면 할머님께 말씀드려라. 우리가 상의해서 처리하면 될 테니까 말이다."

"제 생각에 이 일을 해결하려면 '지갑을 떨어뜨리는' 수밖에 없겠어요."

태부인이 물었다.

"그게 무슨 소리냐?"

"지금 보옥 도련님이 상황을 아시든 말든 상관없이, 모두들 숙부님이 나서서 대옥 아가씨를 보옥 도련님의 색시로 정했다고 소문을 낸 다음, 도련님의 기색을 살펴보는 거예요. 만약 도련님이 전혀 상관하지 않는다면 이 지갑은 떨어뜨릴 필요가 없습니다. 하지만 만약 도련님이 조금이라도 기뻐하는 기색을 보이신다면 아주 많이 애를 먹게 될 겁니다."

왕부인이 물었다.

"보옥이가 기뻐한다면 어쩔 셈이냐?"

희봉이 왕부인에게 다가가서 귓속말로 이야기했다. 그러자 왕부인이 고개를 끄덕이며 웃었다.

"그것도 괜찮겠구나."

그러자 태부인이 물었다.

"둘이서 무슨 흉계를 꾸미는 게냐? 대체 어쩌자는 건지 나한테도 말을 해야 할 게 아니냐!"

희봉은 태부인이 상황을 잘 모르고 기밀을 누설해버릴까 걱정스러워서 곧 귓속말로 소곤소곤 알려주었다. 태부인은 잠시 무슨 말인지 알아듣지 못하다가 희봉이 웃으며 몇 마디 덧붙이자 그제야 웃음을 머금었다.

"그것도 좋겠구나. 하지만 보차가 너무 고생이 많겠구나. 그리고 혹시 말썽이 생기면 대옥이는 또 어쩐단 말이냐?"

"이 이야기는 보옥 도련님께만 하고 밖에서는 절대 꺼내지 못하게 할 텐데 누가 알겠어요?"

그렇게 한창 이야기를 나누고 있을 때 하녀가 아뢰었다.

"둘째 서방님께서 오셨어요."

왕부인은 태부인이 무슨 일이냐고 물을까 싶어서 얼른 희봉에게 눈짓을 했다. 희봉이 곧 가련을 맞으며 입을 삐죽해서 신호를 보내고는 함께 나가 왕부인의 거처로 갔다. 잠시 후 왕부인이 들어와보니 희봉은 이미 울어서 두 눈이 모두 빨갛게 부어 있었다. 가련이 문안 인사를 올린 다음, 십리둔에서 왕자등의 장례를 치른 일에 대해 모두 전하고 이렇게 덧붙였다.

"황제 폐하께서 은전을 베푸시어 내각의 직함과 함께 문근文勤이라는 시호를 내리시고, 가족들이 영구를 원적지로 호송할 때 지나는 길의 지방관들에게 잘 보살피라고 어명을 내리셨습니다. 영구는 어제 출발했고, 가족들도 남쪽으로 돌아갔습니다. 처숙모께서 제게 돌아가거든 안부 전하라고 하시면서, 지금 뜻밖에도 경사에 들어갈 수 없어서 하고 싶은 말이 많아도 나누지 못하게 되었다고 전하라 하셨습니다. 그리고 듣자 하니 큰처남이 경사에 들어가려고 하는데 혹시 도중에 만나거든 이리로 불러서 자세한 이야기를 들어보라고 하셨습니다."

왕부인이 그 말을 듣고 비통해 한 것은 말할 필요도 없겠다. 그러자 희봉이 한참 동안 위로하고 나서 말했다.

"숙모님, 좀 쉬셔요. 보옥 도련님 일은 저녁에 다시 상의하셔요."

그녀는 가련과 함께 방으로 돌아가서 보옥의 혼사에 대해 이야기하고, 사람들을 보내서 신방을 꾸미라고 했다. 그 이야기는 그만하겠다.

하루는 대옥이 아침을 먹고 나서 자견과 함께 태부인의 거처로 왔다. 문안 인사도 올릴 겸, 기분도 풀고 싶었기 때문이다. 소상관을 나서서 몇 걸음 옮겼을 때 그녀는 갑자기 손수건을 두고 온 게 생각났고, 자견에게 가져오라고 시키고는 자신은 천천히 걸으며 자견이 오기를 기다렸다. 그런데 그녀가 심방교 근처의 가산 바위 뒤쪽, 예전에 보옥과 함께 꽃 무덤을 만들었던 곳에 이르렀을 때, 누군가 흐느끼는 소리가 들렸다. 대옥은 얼른 걸음을 멈추었지만 누구의 목소리인지도 알 수 없었고, 또 흐느끼며 중얼거리는 게 무슨 말인지도 알아들을 수가 없었다. 궁금해진 그녀가 천천히 다가가보니 눈썹이 짙고 눈이 커다란 여자 하나가 거기서 울고 있었다. 그녀를 보기 전에 대옥은 이 댁의 어느 하녀가 말 못할 사정이 있어서 여기 나와 서러운 마음을 풀고 있으려니 생각했는데, 그 여자를 보자 갑자기 우스운 생각이 들었다.

'이런 멍청이한테 무슨 사랑 같은 게 있겠어? 아마 허드렛일이나 하다가

저보다 지위 높은 하녀한테 꾸지람이라도 들은 모양이지.'

그러면서 그 하녀를 자세히 보니 도무지 모르는 얼굴이었다. 그녀도 대옥이 오는 걸 보자 감히 계속 울지 못하고 일어나서 눈물을 훔쳤다. 대옥이 물었다.

"왜 여기서 울고 있어?"

그녀가 눈물을 흘리며 대답했다.

"대옥 아가씨, 어떻게 이럴 수 있나요? 저 사람들 얘기가 무슨 뜻인지도 모르고 제가 한마디 실수를 했는데, 제 언니가 대뜸 저를 때리지 뭐예요!"

대옥은 무슨 말인지 몰라 웃으며 물었다.

"네 언니가 누구니?"

"진주 언니예요."

대옥은 그제야 그녀가 태부인의 거처에 있는 하녀라는 걸 알았다.

"네 이름은 뭐야?"

"저는 바보 언니〔傻大姐〕예요."

대옥이 픽 웃으며 또 물었다.

"언니가 왜 너를 때렸어? 네가 무슨 말을 실수했는데?"

"왜긴 왜겠어요? 우리 보옥 도련님께서 보차 아가씨와 결혼하신다는 얘기를 했다는 거겠지요."

대옥은 순간 벼락을 맞은 듯 가슴이 마구 뛰었다. 그녀는 마음을 가다듬고 그녀를 불렀다.

"이리 좀 와봐라."

그 하녀는 대옥을 따라 복사꽃을 묻었던 언덕 모퉁이로 갔다. 그곳은 인적이 없고 조용했다.

"보옥 도련님께서 보차 아가씨와 결혼하시는데 네 언니가 왜 너를 때렸을까?"

"우리 노마님과 마님과 희봉 아씨께서 의논을 하셨어요. 나리께서 부임지로 떠나시게 되었으니까 서둘러서 설씨 댁 마님과 상의해 보차 아가씨를 맞아들이자고 말이에요. 첫째로는 보옥 도련님께 무슨 액땜을 해드리자는 거고, 둘째로는……"

여기까지 얘기하고 나서 그녀는 대옥을 슬쩍 쳐다보며 "킥!" 웃더니 이렇게 말했다.

"그 일을 얼른 끝내고 또 대옥 아가씨 혼처를 구해야 한다는 거였어요."

대옥은 멍하니 듣고만 있었다. 하녀는 눈치 없이 계속 말을 이었다.

"그런데 무슨 논의를 하셨는지 그 얘기를 퍼뜨리지 말라고 하시더라고요. 아마 보차 아가씨께서 부끄러워하실까 싶어서 그랬겠지요. 저는 그저 보옥 도련님 방에 있는 습인 언니한테 이 말 한마디만 했을 뿐이에요. '우리 집도 앞으로는 더 복잡하겠군요. 보차 아가씨이기도 하고 보차 아씨이기도 하니, 뭐라고 불러야 할까요?' 아가씨, 제 말이 진주 언니한테 무슨 해를 끼쳤다고 달려와서 제 따귀를 갈겼는지 모르겠어요. 그러면서 함부로 나불대지 말라고 하대요. 상전의 분부를 어기면 내쫓아버릴 거라고 말이에요. 저는 상전들께서 왜 그 얘기를 하지 말라고 하시는지 모르겠어요. 그런데 저한테는 얘기해주지도 않고 때리기만 하더라고요!"

그러면서 다시 울음을 터뜨렸다.

대옥은 이때 마음속에 기름이며 간장, 설탕, 식초가 한꺼번에 쏟아 부어진 것처럼 달고, 쓰고, 시고, 짠맛이 뒤섞여서 도무지 말로 설명하기 어려운 심정이었다. 그녀는 한참 동안 가만히 있다가 떨리는 목소리로 말했다.

"쓸데없는 소리 마라. 또 그랬다가 누가 들으면 또 얻어맞을 거야. 그만 가봐라."

그러면서 자신도 돌아서서 소상관으로 가려고 했다. 하지만 몸이 천근만근 무겁고 두 다리는 솜을 밟은 듯 힘없이 휘청거렸다. 그녀는 간신히 한걸음 한걸음 옮겼지만, 한참을 걸어도 심방교 근처까지도 가지 못했다. 다리에 힘이 풀려 걸음도 느렸거니와 정신이 몽롱해져서 발길 닿는 대로 돌아서 오다 보니 길을 상당히 둘러서 가게 되었던 것이다. 그렇게 겨우 심방교 근처에 이르렀는데, 또 자기도 모르게 제방을 따라왔던 길로 다시 돌아가기 시작했다.

자견이 손수건을 가지고 돌아와 보니 대옥이 보이지 않았다. 그녀가 이리저리 둘러보는데, 안색이 눈처럼 창백해진 대옥이 몸을 휘청거리면서 눈동자는 멍하니 한곳만 응시한 채 저쪽에서 왔다 갔다 하고 있었다. 그리고 웬 계집애 하나가 앞쪽으로 내달렸는데, 거리가 너무 멀어서 얼굴은 알아볼 수가 없었다. 자견은 너무 놀라고 의아하여 황급히 대옥에게 달려가 나직이 물었다.

"아가씨, 왜 또 돌아가셔요? 어디 가시려고요?"

대옥도 어렴풋이 들었는지 입에서 나오는 대로 대답했다.

"보옥 도련님께 가서 물어볼 거야!"

자견은 영문도 모른 채 그녀를 부축하고 태부인의 거처로 가는 수밖에 없었다.

태부인의 방 입구에 이르렀을 때 대옥은 조금 정신이 돌아와서 자신을 부축하고 있는 자견을 돌아보더니 걸음을 멈추고 물었다.

"언니는 뭐하러 왔어?"

"호호, 손수건을 찾아왔잖아요. 아까 아가씨께서 심방교 근처에 계실 때 제가 달려가서 어디 가시냐고 여쭈었더니 그때는 못 들은 체하시고는요."

"호호, 난 또 언니가 보옥 도련님을 만나러 온 줄 알았지. 그렇지 않으면 여긴 왜 왔겠어?"

자견은 그녀의 정신이 흐릿한 걸 알아채고, 분명 아까 그 하녀한테 무슨 얘기를 들었나 보다 짐작하고는 그저 고개를 끄덕이며 미소를 지었다. 하지만 속으로는 그녀가 보옥을 만나게 되면 곤란할 것 같았다. 보옥도 이미 멍한 상태인데 대옥까지 이렇게 정신이 몽롱하니 혹시 순간적으로 체통 없는 말이라도 나오게 되면 어찌할 도리가 없었기 때문이다. 하지만 그렇게

제96회

생각하면서도 감히 대옥의 뜻을 거스르지 못하고 그대로 부축해서 안으로 들어갈 수밖에 없었다. 이상하게도 대옥은 조금 전처럼 그렇게 맥이 풀리지 않은 상태여서, 자견의 도움을 받지도 않고 직접 주렴을 걷고 안으로 들어갔다. 하지만 방 안은 조용하기만 했다. 태부인이 방 안에서 낮잠을 자고 있었기 때문에 하녀들은 몰래 빠져나가 노는 이들도 있었고, 졸고 있는 이, 태부인의 분부를 기다리고 있는 이들도 있었다. 그나마 습인이 주렴 소리를 듣고 안방에서 나와보았다. 그리고 대옥을 보자 안으로 청했다.

"아가씨, 안으로 들어가 앉으셔요."

"호호, 오빠는 집에 있어요?"

내막을 모르는 습인이 막 대답을 하려는데, 대옥의 뒤쪽에 있던 자견이 대옥을 향해 입을 삐죽이며 손을 내젓는 것이었다. 습인은 무슨 뜻인지 알 수 없었지만 감히 아무 말도 하지 못했다. 하지만 대옥은 그녀를 아랑곳하지 않고 방 안으로 들어갔다. 보옥은 방 안에 앉아 있었지만 자리를 권하지도 않고 그저 그녀를 쳐다보며 바보처럼 히죽히죽 웃기만 했다. 대옥도 자리에 앉아 보옥을 바라보며 웃었다. 두 사람은 인사도 나누지 않고, 대화도 나누지 않고, 자리를 권하지도 않은 채 서로 마주보며 바보처럼 웃기만 했다. 습인은 그 모습을 보고 도무지 영문을 알 수 없어 어찌할 도리가 없었다. 그때 갑자기 대옥의 말소리가 들렸다.

"오빠, 왜 병을 앓게 되었어요?"

"하하, 너 때문이야."

습인과 자견은 그 말에 놀라서 안색이 변한 채 황급히 다른 말로 화제를 돌리려고 했다. 하지만 둘은 다시 아무 말도 하지 않고 계속 바보처럼 웃기만 했다. 그 모습을 본 습인은 지금 대옥의 정신 상태도 보옥 못지않다는 걸 알아차리고, 자견에게 소곤소곤 말했다.

"아가씨께선 병석에서 일어나신 지 얼마 되지 않았으니까 추문이랑 함께 모시고 돌아가서 좀 쉬게 해드려."

그러면서 추문을 돌아보며 말했다.

"자견 언니와 같이 대옥 아가씨를 거처로 모셔다 드려라. 쓸데없는 말은 하지 말고!"

추문은 말없이 웃으며 자견과 함께 대옥을 부축했다.

대옥은 자리에서 일어나면서도 보옥을 바라보며 계속 웃으면서 고개를 끄덕였다. 자견이 다시 재촉했다.

"아가씨, 방에 돌아가서 좀 쉬셔요."

"그래야지. 이제 돌아갈 때가 되었어."

그러면서 곧 돌아서더니 웃으면서 밖으로 나갔다. 그녀는 여전히 하녀들의 부축을 마다하고 혼자서 나는 듯 재빨리 걸었다. 자견과 추문이 황급히 쫓아갔고, 태부인의 거처에서 나온 대옥이 계속 걷기만 하자 자견이 얼른 붙들며 말했다.

"아가씨, 이쪽으로 가셔요."

대옥은 여전히 웃으면서 자견을 따라 소상관으로 갔다. 대문에 가까워지자 자견이 말했다.

"아미타불! 간신히 집에 도착했구나!"

그 말이 끝나기도 전에 대옥이 앞으로 푹 쓰러지면서 "왝!" 하며 피를 한 모금 토해냈다. 그녀의 목숨이 어찌 되었는지는 다음 회를 보시라.

제97회

임대옥은 원고를 불살라 연정을 끊고
설보차는 규방에서 나와 혼례를 올리다

林黛玉焚稿斷癡情　薛寶釵出閨成大禮

가보옥과 설보차가 결혼하다.

　대옥이 소상관 입구에 이르렀을 때, 자견의 한마디에 마음이 더욱 흔들려 갑자기 피를 토하고 기절할 뻔했다. 다행히 함께 있던 추문이 자견과 함께 그녀를 부축하여 방 안으로 들어왔다. 추문이 돌아가고 나서 자견과 설안이 옆을 지키고 있었는데, 대옥이 차츰 정신을 차리더니 자견에게 물었다.

"왜들 거기에 지키고 앉아서 울고 있어?"

자견은 그녀의 말씨가 똑똑한 걸 보고 그나마 마음이 놓였다.

"조금 전에 아가씨가 노마님 거처에서 돌아오실 때 몸이 많이 안 좋으신 것 같아서요. 저희들은 너무 놀라서 어쩔 줄 모르고 울고만 있었어요."

"호호, 내가 그리 쉽게 죽겠어?"

　그 말이 끝나기도 전에 그녀는 다시 기침을 해댔다. 사실 대옥은 그날 보옥과 보차가 결혼하게 되었다는 소식을 듣고 나자, 그렇지 않아도 몇 해 동안 그 일에 대해 걱정하고 있던 차에 갑자기 화가 치밀어 정신을 잃었던 것이다. 그러다가 거처로 돌아와 피를 토하고 나니 오히려 정신이 점점 맑아졌다. 하지만 전에 있었던 일들은 하나도 기억하지 못했다. 그러다가 자견이 울고 있는 것을 보자 비로소 '바보 언니'의 말이 어렴풋이 떠올랐다. 하지만 이번에는 상심하지 않았다. 그보다는 어서 죽어서 이런 마음의 빚을 끝내버리고 싶었다. 자견과 설안은 그저 옆에서 지켜보고만 있을 수밖에 없었다. 누구한테 알릴까, 하는 생각도 해보았지만 저번처럼 희봉에게서 별것 아닌 일에 호들갑을 떨었다는 핀잔을 듣게 될까 두려웠다.

거처로 돌아간 추문은 당황한 표정을 감추지 못했다. 마침 잠에서 깨어난 태부인이 그 모습을 보고 무슨 일이냐고 물었다. 추문이 놀라서 조금 전의 일을 황망히 보고하자, 태부인이 깜짝 놀라 "저런!" 하면서 급히 왕부인과 희봉을 불러 그 일에 대해 이야기했다. 그러자 희봉이 말했다.

"내가 모두에게 단단히 일러두었는데 누가 말을 흘렸을까요? 이제 일이 더 어렵게 되었네요!"

태부인이 말했다.

"그건 일단 내버려두고, 우선 상태가 어떤지 가보자꾸나."

그리고 곧 일어서서 왕부인과 희봉 등을 거느리고 소상관으로 갔다. 대옥은 눈처럼 하얀 얼굴에 핏기 하나 없이 기절한 듯 누워 있었는데 숨결도 미약했다. 한참 후에는 다시 한바탕 기침을 하더니, 하녀가 타구를 건네주자 피가 섞인 가래를 토해냈다. 그걸 보고 모두 놀라 어쩔 줄 몰랐다. 그때 대옥이 눈을 게슴츠레 뜨더니 태부인이 옆에 있는 걸 보고 숨을 헐떡이며 말했다.

"할머니, 저를 귀여워해주신 보람도 없게 되었어요."

태부인은 너무나 가슴이 아팠다.

"애야, 그저 조리나 잘하도록 해라. 걱정할 거 없다."

대옥은 희미하게 웃더니 다시 눈을 감았다. 그때 밖에서 하녀가 들어와 희봉에게 알렸다.

"의원이 왔어요."

사람들이 잠시 자리를 피하자 왕의원이 가련과 함께 들어와서 진맥을 했다.

"아직 괜찮습니다. 이건 울화가 쌓여 간을 다치게 하는 바람에, 간에서 피를 담아둘 수 없게 되어 정신과 기혈이 불안정해진 현상입니다. 이제 음기를 거두고 피를 멎게 하는 약을 쓰면 괜찮아지실 것으로 보입니다."

그렇게 말한 후 왕의원은 가련과 함께 밖으로 나가 약방문을 써주고 돌아갔다.

태부인은 대옥의 안색이 안 좋아 보이자 곧 밖으로 나와서 희봉에게 말했다.

"험담하는 건 아니지만, 보아하니 이 아이 병은 낫기 어려울 것 같구나. 너희들도 미리 준비를 해두어라. 혹시 그게 액땜이 되어서 병이 낫게 된다면 모두에게 좋은 일이 아니겠느냐? 또 그렇게 해놓으면 때가 닥쳐서도 바쁘게 부산 떨지 않아도 되겠지. 게다가 한 이틀 동안 집에 일이 있지 않느냐?"

희봉이 "예!" 하고 대답했다. 태부인은 또 자견에게 몇 마디 물어보았지만, 대체 누가 소문을 흘렸는지 알 수가 없었다. 답답한 마음에 태부인이 이렇게 말했다.

"아이들이 어려서부터 함께 자랐으니 사이가 좀 좋을 수도 있지. 하지만 이제 나이가 들어 세상 물정을 알게 되었으니 어느 정도 남녀분별이 있어야 여자의 본분을 지키는 것이고, 그래야 나도 진심으로 저 아이를 아낄 수가 있어. 만약 저 아이 마음에 다른 생각이 있다면 어찌 사람 노릇을 할 수 있겠느냐! 그렇다면 내가 저 아이를 귀여워한 것도 다 허사가 되고 말아. 너희들 말을 들으니 오히려 내 마음이 놓이지 않는구나."

그리고 방으로 돌아와서 다시 습인을 불러 물었다. 습인은 며칠 전 왕부인에게 했던 이야기와 조금 전 대옥의 모습에 대한 이야기를 죽 들려주었다. 그러자 태부인이 말했다.

"조금 전에 보니까 머리가 이상해진 것 같지는 않던데, 대체 어찌 된 영문이지 모르겠구나. 우리 같은 대갓집에서 다른 일이야 당연히 일어나지 않겠지만, 이런 마음의 병도 절대 생겨선 안 되지! 대옥이가 그 병이 아니라면 난 아무리 많은 돈을 쓰더라도 괜찮다. 하지만 그 병이라면 고칠 수도 없을뿐더러, 나도 고쳐주고 싶은 마음이 없구나."

희봉이 말했다.

"대옥 아가씨 일에 대해 할머님께선 걱정하실 필요 없어요. 어쨌든 서방님이 매일 의원을 불러 진찰하게 하니까요. 그보다 고모님 댁 일이 더 중요해요. 오늘 아침에 듣자 하니, 신방은 거의 준비가 되었다고 하대요. 어쨌든 할머님과 숙모님께서 가보셔야 하니까 저도 따라가겠어요. 다만 한 가지, 고모님 댁에 보차 아가씨가 있으니 상의하기가 곤란하겠네요. 차라리 저녁에 고모님을 이리로 모셔서 밤새 잘 이야기하는 게 좋겠어요."

태부인과 왕부인이 모두 동의했다.

"네 말이 맞다. 오늘은 늦었으니 내일 식사하고 나서 함께 가보자꾸나."

그러면서 태부인은 저녁 식사를 했고, 희봉과 왕부인은 각자 방으로 돌아갔다. 그 이야기는 그만하겠다.

이튿날 아침 식사 후 태부인의 거처로 온 희봉은 보옥을 시험해보려고 안방에 들어가서 이렇게 말했다.

"도련님, 축하드려요! 나리께서 도련님 혼례 날짜를 정해놓으셨어요. 어때요, 기쁘시지요?"

보옥은 그저 희봉을 쳐다보고 웃기만 하면서 아주 슬쩍 고개를 끄덕였다.

"호호, 대옥 아가씨를 신부로 맞아들인다니, 좋아요?"

그러자 보옥이 큰 소리로 웃었다. 희봉은 보옥이 제정신인지 아닌지 똑바로 분간할 수가 없어서 다시 물었다.

"나리께서는 도련님만 좋으시면 바로 그렇게 하시겠대요. 하지만 계속 이렇게 멍하니 있으면 결혼시켜주지 않으시겠대요."

그러자 보옥이 갑자기 정색하며 말했다.

"내가 멍청한 게 아니라 형수가 멍청하지."

그러면서 벌떡 일어나 말을 이었다.

"난 대옥이한테 가서 안심시켜줘야겠어요."

희봉이 황급히 붙들었다.

"대옥 아가씨도 벌써 알고 계셔요. 이제 신부가 될 테니까 당연히 부끄러워서 도련님을 만나려 하지 않으실 거예요."

"시집을 와도 저를 만나려 하지 않을까요?"

희봉은 우습기도 하고 다급하기도 했다.

'습인의 말이 맞군. 대옥 아가씨 얘기를 꺼내니까 여전히 좀 미친 소리를 하긴 해도 정신이 조금 또렷해지네? 정말 정신이 돌아왔다면 나중에 대옥 아가씨가 신부가 아니라는 걸 알고 이 수수께끼를 풀게 될 테지. 그럼 소 잃고 외양간 고치는 꼴이 되고 말겠지.'

그녀는 얼른 억지웃음을 지으며 말했다.

"도련님이 나아지면 만나주겠지만, 실성한 듯이 행동하시면 만나주지 않을 거예요."

"내 마음은 이미 예전에 대옥이한테 얘기했어요. 대옥이가 시집오면 어쨌든 그걸 가져와서 다시 내 뱃속에 넣어줄 거예요."

희봉은 미친 소리라 치부하고, 밖으로 나와 태부인을 보며 웃었다. 그 이야기를 들은 태부인은 우습기도 하고 또 아이들이 불쌍하기도 했다.

"나도 진즉 들었다. 지금은 잠시 그대로 내버려두고, 습인이더러 잘 달래라고 해라. 우리는 저쪽에 가보자꾸나."

그때 온 왕부인과 함께 그들은 설씨 댁 마님 집으로 가서 '이쪽 사정이 궁금해서 살펴보러 왔다.'고 둘러댔다. 설씨 댁 마님은 무척 감격하며 설반의 일에 대해 이런저런 이야기를 들려주었다. 차를 마시고 나자 설씨 댁 마님이 하녀를 보내 보차에게 알리려고 했다. 그러자 희봉이 얼른 말렸다.

"아가씨한테는 알릴 필요 없어요."

그리고 다시 설씨 댁 마님을 향해 웃는 얼굴로 말했다.

"할머님께서 여기 오신 건, 고모님도 만나보실 겸 중요한 일을 상의하려고 고모님을 저쪽으로 모시고 싶으시기 때문이에요."

제97회 225

설씨 댁 마님이 고개를 끄덕였다.

"그렇구나."

이리하여 그들은 잠시 한담을 나누다가 곧 돌아갔다.

그날 저녁 설씨 댁 마님이 영국부로 건너와 태부인과 인사를 나누고는 왕부인의 거처로 갔다. 이야기를 나누다보니 어쩔 수 없이 왕자등에 대한 이야기가 나와서 모두 한참 동안 눈물을 흘렸다. 설씨 댁 마님이 물었다.

"방금 노마님 거처에 갔었는데 보옥이가 나와 인사를 하는데요. 좀 야윈 것만 빼고는 아주 멀쩡해 보이더군요. 그런데 왜 다들 심각하게 말하는지 모르겠어요."

희봉이 말했다.

"사실 별것도 아닌데 할머니께서 너무 걱정하시는 거예요. 숙부님께서도 곧 부임지로 떠나실 예정인데 몇 년 뒤에나 돌아오실지 모르잖아요? 할머님 생각은 우선 보옥 도련님이 결혼하는 걸 보시면 숙부님도 마음을 놓으실 테고, 또 도련님께는 액땜을 해주시려는 거예요. 보차 아가씨의 금목걸이로 사악한 기운을 억누르면 도련님 병이 나아지지 않을까 싶어서요."

설씨 댁 마님도 바라는 바였지만, 보차가 싫어하지나 않을까 걱정스러웠다.

"그럴 수도 있겠네. 다만 모두들 좀 더 천천히 신중하게 의논해보는 게 좋겠어요."

왕부인이 희봉의 말을 받아 설명했다.

"동생 집에는 지금 사람이 없으니까 혼수 같은 건 일체 마련할 필요 없어. 내일 과를 시켜서 반이에게 전하게 하세. 혼례를 올리면서 다른 한편으로 반이의 소송도 해결할 방도를 찾아보겠다고 말일세."

그녀는 보옥의 마음에 대해서는 전혀 언급하지 않고 또 이렇게 말했다.

"동생, 이왕 정혼한 이상 하루라도 서둘러 혼례를 치르면 모두들 그만큼 빨리 마음을 놓을 수 있지 않겠어?"

그때 태부인이 소식을 알아보기 위해 원앙을 보냈다. 설씨 댁 마님은 보차가 싫어할지 모른다는 생각을 하긴 했지만, 달리 방법이 없었다. 또 이런 모습을 보니 어쩔 수 없이 승낙할 수밖에 없었다. 이를 전해들은 태부인도 기뻐하며 원앙을 보내 설씨 댁 마님으로 하여금 보차에게 말해서 기분 언짢아하지 않게 해달라고 부탁했다. 설씨 댁 마님도 그러겠노라고 전했다. 그리고 의논 끝에 희봉 부부가 중매쟁이가 되기로 하고는 자리를 파했다. 왕부인 자매는 그 뒤에도 밤중까지 이야기를 나누었다.

이튿날 설씨 댁 마님은 집으로 돌아가 영국부에서 있었던 일들을 보차에게 자세히 들려주면서 이렇게 덧붙였다.

"그래서 내가 이미 승낙했다."

그 말을 들은 보차는, 처음에는 고개를 숙인 채 아무 말도 하지 않았지만, 나중에는 갑자기 눈물을 흘렸다. 설씨 댁 마님은 좋은 말로 위로하며 이런저런 좋은 점들을 일러주었다. 보차가 자기 방으로 돌아가자 보금이 따라가서 기분을 풀어주었다. 설씨 댁 마님은 그제야 설과에게 말하면서 내일 길을 떠나라고 일렀다.

"가서 재판 상황에 대해서도 알아보고, 네 형에게 이 소식을 전한 뒤에 즉시 돌아오도록 해라."

떠난 지 나흘 만에 설과가 돌아와서 이렇게 전했다.

"형님 일은 상부에서 이미 과실치사로 인정했기 때문에 재판이 끝나는 대로 상주문을 작성할 거라면서 저희더러는 속죄할 벌금을 미리 준비해두라고 했습니다. 보차 누이의 일에 대해서는 어머님께서 아주 잘 처리하셨다고 말했습니다. 서둘러 처리하면 돈도 적게 들 테니 자기를 기다릴 필요 없이 어머님 뜻대로 처리하시라고 말씀드리라 했습니다."

설씨 댁 마님은 설반이 집에 돌아올 수 있게 되었고, 또 보차의 일도 마무리되어 한결 마음이 놓였다. 그런데 보차가 내켜 하지 않는 것 같았다.

'그래도 저 아이는 여자애이고, 평소 효성스럽고 예절을 잘 지키니까 내가 승낙한 걸 알아도 별 불평 없을 거야.'

그래서 곧 설과를 불렀다.

"금가루를 입힌 사주단자(庚帖)에 사주팔자四柱八字를 써서[1] 즉시 가련 서방님에게 보내라. 그리고 혼례 날짜를 물어보고, 네가 잘 준비하도록 해라. 본래 우리는 친척이나 친구를 함부로 부르지 않기도 하지만, 네 형의 친구는 네 말마따나 '모두가 못된 것들' 뿐 아니더냐? 친척이라 해봐야 가씨 집안과 왕씨 집안 두 곳뿐인데, 이제 가씨 집안은 사위 집안이고 왕씨 집안은 경사에 있는 이가 아무도 없구나. 상운 아가씨가 혼사를 치를 때 그 집에서 우리를 초청하지 않았으니까 우리도 알릴 필요 없다. 차라리 장덕휘張德輝°를 모셔다가 일을 봐달라고 부탁하도록 해라. 그분은 연세도 지긋하니 아무래도 세상 물정을 잘 아시겠지."

설과는 지시에 따라 사람을 시켜 사주단자를 보냈다.

이튿날 가련이 설씨 댁 마님을 찾아와 인사했다.

"내일이 길일이라니 납채를 보낼까 합니다. 부디 너무 나무라지 말아주십시오."

그러면서 두 손으로 혼례 날짜를 적은 문서(通書)를 받들어 올렸다. 설씨 댁 마님도 몇 차례 겸양의 말을 하고 나서 고개를 끄덕여 응낙했다. 가련이 서둘러 돌아가서 가정에게 알리자, 그가 말했다.

"가서 네 할머님께 말씀드려라. 친척과 친구들을 초대하지 않기로 했으니 모든 절차도 간편하게 하는 게 좋겠다고 말이다. 그리고 물품들은 네 할머님께서 살펴보시면 그만이니, 나한테는 알릴 필요 없다."

가련은 "예!" 하고 물러나 다시 태부인에게 가서 그대로 전했다.

왕부인은 희봉을 시켜 납채로 보낼 물품들을 모두 태부인에게 보여주도록 하고, 또 습인에게는 보옥에게 알리라고 했다. 그러자 보옥이 또 히죽히죽 웃으며 말했다.

"여기서 대관원으로 물품을 보내고, 나중에 다시 여기로 가져오는 거야? 우리 집안사람들이 갖다주고 우리 집안사람들이 받아 챙기는데, 그런 짓을 뭐하러 해?"

태부인과 왕부인은 그 말을 듣고 모두 기뻐했다.

"쟤가 정신이 흐릿하다더니, 오늘은 어쩐 일로 저리 똘똘하지?"

원앙 등은 웃음을 참지 못했다. 그리고 곧 물품들을 하나하나 설명하며 태부인에게 보여주었다.

"이건 금목걸이고, 이건 진주 머리장식인데 모두 여든 개예요. 이건 구렁이 무늬가 들어간 혼수용 비단인데 전부 마흔 필이에요. 이건 각종 주단으로 모두 백이십 필이에요. 그리고 이건 사철에 입을 옷인데 모두 백이십 벌이에요. 밖에다 정혼 예물로 차리는 양고기와 술은 마련하지 않기로 했기 때문에 거기에 들어가는 값을 대신하는 거예요."

일일이 살펴본 태부인이 "좋구나!" 하면서 희봉에게 나직이 말했다.

"가서 보차 어머니에게 전해라. 허례를 차리는 게 아니니까 반이가 나온 다음에 천천히 혼수를 마련해주면 된다고 말이다. 혼례 날에 쓸 이불은 우리가 대신 장만한다고 해라."

희봉은 "예!" 하고 물러나와 가련을 먼저 보내고, 다시 주서와 왕아 등을 불러 지시했다.

"대문으로 가지 말고 대관원 안의 옛날에 쓰던 쪽문으로 물품을 보내도록 해요. 저도 곧 가겠어요. 그 문은 소상관에서 멀리 떨어져 있으니까 혹시 다른 사람이 보게 되면 절대로 소상관 안에서는 그 이야기를 하지 못하게 단단히 일러두도록 해요."

하인들은 "예!" 하고 납채로 보낼 물품을 전하러 갔다. 보옥은 정말 대옥과 결혼하는 줄 알고 무척 즐거워서 정신도 많이 맑아졌다. 다만 말하는 것은 여전히 조금 어수룩했다. 납채 물품을 나른 이들은 아무도 서로 이름을 부르지 않았다. 위아래 사람들이 모두 이 일을 알고 있었지만, 희봉의 엄명이 있었기 때문에 누구도 감히 소문내지 못했다.

한편, 대옥은 약을 먹긴 했지만 나날이 병이 심해지고 있었다. 자견 등이 옆에서 간곡히 달랬다.

"일이 이렇게 된 이상 말씀드리지 않을 수 없네요. 아가씨의 마음은 저희도 다 알고 있어요. 하지만 뜻하지 않는 일은 더 이상 생기지 않을 거예요. 믿지 못하시는 모양인데, 보옥 도련님 건강 상태만 보더라도 그래요. 그렇게 큰 병을 앓고 계신데 어떻게 혼례를 올릴 수 있겠어요? 아가씨, 그런 거짓말은 믿지 마시고 편안한 마음으로 몸조리나 잘하셔요."

대옥은 희미하게 웃기만 할 뿐, 아무 대답도 하지 않았다. 그리고 또 몇 차례 기침을 하더니 적지 않은 피를 토했다. 자견 등이 보기에는 곧 숨이 넘어갈 것 같았지만, 아무리 달래도 소용없다는 걸 알고 그저 곁을 지키고 앉아 눈물만 흘릴 뿐이었다. 그들은 매일 서너 차례씩 태부인의 거처로 달려가 상황을 알렸지만, 원앙은 태부인이 근래에 대옥을 아끼는 마음이 예전만 못하다는 것을 눈치챘기 때문에 매번 그 소식을 알리지는 않았다. 게다가 태부인은 요 며칠 동안 오로지 보차와 보옥에게만 마음을 쏟느라, 대옥의 소식이 들리지 않아도 별로 신경을 쓰지 않았고, 그저 의원을 불러 치료하도록 해줄 뿐이었다.

예전에는 대옥이 아프면 태부인부터 자매들의 하인까지 찾아와 늘 문병을 했다. 그런데 지금은 가씨 집안의 위아래 사람들 누구도 찾아오지 않았고, 심지어 병세를 물으러 오는 사람도 없었다. 대옥이 눈을 뜨면 곁에는 그저 자견만이 보일 뿐이었다. 살 가망이 없다고 생각한 대옥은 간신히 힘을 모아 자견에게 말했다.

"동생[2], 넌 누구보다 나와 마음이 통하는 사람이야. 비록 할머님께서 내게 붙여주셔서 몇 년 동안 내 시중을 들었지만, 난 너를 친동생처럼 생각하고 있어."

하지만 여기까지 말하고 나자 숨이 차서 더 이상 말을 잇지 못했다. 자견은 그 말에 마음이 미어져 우느라고 아무 말도 하지 못했다. 한참 후에 대옥이 또 가쁜 숨을 몰아쉬며 말했다.

"자견, 누워 있으니까 불편해. 좀 기대서 앉아 있게 해줘."

"아가씨, 몸이 너무 안 좋은데 일어나시면 또 기운이 빠져서 한기에 시달리실 거예요."

대옥은 그 말을 듣자 눈을 감고 아무 말도 하지 않았다. 그러더니 잠시 후에 또 일어나려고 했다. 자견은 어쩔 수 없이 설안과 함께 그녀를 부축해 일으키고, 양쪽에 푹신한 베개를 받쳐주었다. 그리고 자기들도 양쪽에 기대어 앉았다.

허약한 대옥이 어찌 앉아 있을 수 있겠는가? 그녀는 하반신이 배겨서 너무 아팠지만, 필사적으로 버티면서 설안에게 말했다.

"내 시 원고를……"

그러면서 또 숨을 헐떡거렸다. 설안은 대옥이 며칠 전에 정리해둔 시 원고를 가져오라는 뜻인 줄 알고, 그걸 가져와서 대옥 앞에 놓았다. 대옥은 고개를 끄덕이더니, 다시 눈을 들어 저쪽의 장롱을 쳐다보았다. 설안은 무슨 뜻인지 몰라 멍하니 서 있었다. 대옥이 화가 난 듯 눈을 부릅뜨고 또 기침을 해대면서 피를 한 모금 토했다. 설안이 황급히 돌아서서 물을 가져오자, 대옥이 입을 헹구고 타구에 뱉었다. 자견이 손수건으로 그녀의 입을 닦아주었다. 대옥은 그 손수건으로 장롱을 가리키더니, 또 숨이 가빠져서 말도 못하고 눈을 감아버렸다. 자견이 말했다.

"아가씨, 좀 누우셔요."

대옥이 또 고개를 내저었다. 자견은 손수건을 가져오라는 뜻인 줄 짐작하고, 설안에게 장롱에서 하얀 명주 손수건을 가져오라고 말했다. 대옥이 그걸 보고는 한쪽으로 밀쳐놓더니 힘을 쥐어짜서 말했다.

"글씨가 적힌 거……"

자견은 그제야 무슨 뜻인지 알아채고, 설안에게 시가 적혀 있는 낡은 손수건을 가져오라 해서 대옥에게 건네주었다.

"아가씨, 좀 쉬셔요. 뭐하러 이리 힘을 쓰셔요? 몸이 나은 다음에 보셔요."

그런데 대옥은 손수건을 받아들더니 시는 쳐다보지도 않고, 힘겹게 손을 내밀어 죽을힘을 다해 손수건을 찢으려 하는 것이었다. 하지만 손만 조금 떨릴 뿐 그걸 찢을 만한 기운이 없었다. 자견은 그녀가 보옥을 미워한다는 걸 알았지만, 감히 그 말을 입 밖에 꺼내지 못했다.

"아가씨, 왜 또 혼자서 화를 내시는 거예요?"

대옥은 고개를 끄덕이더니 그 손수건을 소매에 넣고, 곧 설안에게 등불을 밝히라고 했다. 설안이 "예!" 하고 서둘러 등에 불을 밝혔다.

대옥은 그걸 물끄러미 바라보더니, 다시 눈을 감고 앉아 숨을 한차례 몰아쉬고 나서 말했다.

"화로를 피워."

자견은 그녀가 추운가보다 생각하고 이렇게 말했다.

"아가씨, 좀 누우셔요. 이불을 하나 더 덮어 드릴게요. 숯 냄새를 오래 맡으면 안 좋아요."

대옥이 또 고개를 저었다. 설안은 어쩔 수 없이 화로에 불을 지펴 마루틀에 얹어놓았다. 대옥이 고개를 끄덕였다. 화로를 구들 위로 가져오라는 뜻이었다. 설안이 화로를 가져다놓고, 그것을 얹을 상을 가지러 밖으로 나갔다.

그런데 대옥이 다시 상체를 일으키자, 자견은 얼른 두 손으로 그녀를 부축했다. 대옥은 조금 전의 손수건을 꺼내 들고는 화로의 불꽃을 보며 고개를 끄덕이더니, 곧 화롯불에 던져버렸다. 자견은 깜짝 놀라서 손수건을 집으려 했지만, 대옥을 부축하고 있는 손을 감히 떼지 못했다. 설안은 상을 가지러 밖에 나가 있었기 때문에 어쩌지 못하는 사이, 손수건에는 어느새 불이 붙어버렸다. 자견이 말했다.

"아가씨, 왜 이러셔요?"

대옥은 못 들은 척 다시 손을 돌려 시 원고를 집어 들고 잠시 쳐다보더니, 또 화롯불에 던져버리려고 했다. 자견은 그것마저 태워버릴까 싶어 황급히 대옥의 몸을 자기 몸으로 받치며 손을 빼 원고를 집어 들려 했지만, 대옥이 벌써 불에다 던져버린 후였다. 자견은 혼자 어쩌지 못하고 애만 태우고 있었는데, 마침 설안이 상을 들고 들어오다가 대옥이 무언가를 내던지는 것을 보았다. 황급히 달려와 꺼내보니, 불이 붙기 쉬운 종이에는 벌써 불꽃이 활활 타오르고 있었다. 설안은 손이 데는 것도 아랑곳하지 않고 불 속에서 원고를 꺼내 마루에 놓고 마구 밟아 불을 껐지만, 원고는 이미 다 타버려서 남은 것이 거의 없었다. 대옥은 눈을 꼭 감고 몸을 뒤로 뉘었다. 그 바람에 하마터면 자견도 함께 넘어져서 밑에 깔릴 뻔했다. 자견은 황급히 설안을 불러 대옥을 부축하여 자리에 눕혔지만, 가슴이 두근두근 어지럽게 뛰었다. 사람을 부르자니 날이 이미 저물었고, 안 부르자니 자신과 설안, 앵가鸚哥³ 등의 몇몇 하녀들만 있을 때 갑자기 무슨 일이 생기면 어쩌나 걱정스러웠다. 그렇게 간신히 하룻밤을 넘겼다.

이튿날 아침, 대옥의 병세는 좀 완화된 것 같았다. 그런데 아침을 먹은 뒤에 갑자기 또 기침을 하고 피를 토하면서 다시 중태에 빠졌다. 자견은 안 되겠다 싶어서 황급히 설안 등에게 안으로 들어와 자리를 지키게 하고, 자신은 태부인에게 알리러 갔다. 하지만 뜻밖에도 태부인의 거처에 이르니 사방이 쥐 죽은 듯 조용하고, 두세 명의 할멈들과 허드렛일하는 하녀들 몇 명만이 집을 지키고 있었다.

"노마님은 어디 계셔?"

하지만 다들 모르겠다는 대답뿐이었다. 자견은 이상한 생각이 들어서 보옥의 방으로 들어가보았으나, 거기에도 아무도 없었다. 방 안의 하녀에게 물어도 모르겠다는 대답뿐이었다. 자견은 대충 사태를 짐작했다.

'사람들이 어쩜 이리 지독하게 냉담해졌단 말인가!'

그러다가 또 요 며칠 동안 대옥에게 병문안을 온 사람이 하나도 없었다는 사실을 떠올리자 더욱 슬픔이 치밀었다. 슬픔은 곧 분노로 변하여 그녀는 휙 돌아서서 뛰쳐 나와버렸다.

'오늘은 보옥 도련님이 어떤 꼴을 하고 있는지 봐야겠어! 나를 보면 어떤 표정을 지을지 보자고! 몇 해 전에는 내가 농담 한마디 한 걸 갖고도 놀라서 병까지 났었는데, 이제는 대놓고 이런 짓까지 하다니! 이러니 세상 남자들의 마음이란 정말 빙설氷雪보다 차갑다는 걸 알 수 있지. 정말 이가 갈리는군!'

이렇게 생각에 잠겨 걷노라니 어느새 이홍원에 도착했다. 그런데 대문에는 빗장도 채워져 있지 않고, 안쪽은 고요하기 그지없었다. 그걸 보자 갑자기 이런 생각이 들었다.

'혼례를 치르려면 당연히 신방을 만들어놓았을 테지. 그런데 그게 어디 있지?'

그녀가 그곳에서 여기저기 기웃거리며 서성이고 있는데, 문득 어디론가 바쁘게 달려가는 묵우를 발견했다. 자견이 불러 세우자 그녀가 다가와 싱글싱글 웃으며 말했다.

"언니, 여기서 뭐해요?"

"보옥 도련님이 장가든다는 소문을 듣고 구경하러 왔어. 그런데 여기 안 계시는 줄도 몰랐고, 또 날짜가 언제인지도 몰라서 말이야."

묵우가 소곤소곤 말했다.

"언니한테만 하는 얘기니까 설안이나 다른 사람들한테는 얘기하지 마요. 위에서 분부가 내려와서 언니네 사람들은 절대 모르게 하라고 했거든요. 바로 오늘 밤에 혼례를 올리는데, 장소가 여기일 리는 없지요. 나리께서 련 서방님더러 따로 신방을 마련하게 하셨거든요. 그나저나 언니, 무슨 일 있어요?"

"아무 일 없어. 가봐."

묵우는 다시 재빨리 달려갔다. 자견은 한참 동안 멍하니 있다가 갑자기 대옥 생각이 났다. 지금쯤 그녀는 죽었는지 살았는지도 모를 일이었다. 자견은 눈물을 펑펑 흘리며 이를 갈았다.

"가보옥, 우리 아가씨가 내일 죽고 나면 '얼씨구! 알아서 몸을 피해 내 눈앞에서 사라졌구나!' 하겠지? 너야 만사가 뜻대로 이루어졌다고 좋아하겠지만, 무슨 낯짝으로 나를 볼 테냐!"

그녀는 엉엉 울며 소상관을 향해 걸었다. 그런데 소상관에 이르기도 전에, 대문 안에서 밖의 동정을 살피고 있던 두 명의 하녀들이 자견을 보자마자 그중 하나가 소리쳤다.

"저기 오는 게 자견 언니 아냐?"

자견은 무슨 일이 생겼구나 싶어서 얼른 손을 내저어 떠들지 못하게 했다. 그녀가 황급히 안으로 들어가보니, 대옥은 간의 열이 위로 치솟아 두 볼이 타는 듯이 붉어져 있었다. 자견은 안 되겠다 싶어서 대옥의 유모 왕씨를 불러오게 했다. 왕씨는 대옥을 보자마자 대성통곡을 터뜨렸다. 자견은 왕씨가 나이도 많고 하니 마음을 단단히 먹을 수 있으리라 생각했는데, 뜻밖에도 약한 모습을 보여서 오히려 자견의 마음만 어지럽게 만들었다. 그때 갑자기 한 사람이 떠올라 급히 하녀를 보내 모셔 오게 했다. 여러분, 그게 누군지 알겠는가? 자견은 과부인 이환이 당연히 오늘 가보옥의 결혼식 참석을 피할 거라고 생각했다. 게다가 대관원 안의 모든 일들은 이환이 처리하기 때문에 그녀를 부르러 사람을 보냈던 것이다.

이환은 가란이 지은 시를 고쳐주고 있었는데, 갑자기 웬 하녀가 달려 들어와 이렇게 아뢰는 것이었다.

"큰아씨, 대옥 아가씨 상태가 심상치 않아요. 거기서 모두 곡을 하고 있어요."

이환은 깜짝 놀라 상세히 물어볼 겨를도 없이 황급히 일어나 달려갔다. 소운과 벽월碧月*이 그 뒤를 따랐다. 이환은 걸음을 재촉하며 눈물을 흘렸다.

'자매로서 오랫동안 함께 지냈고, 더욱이 그 아가씨는 용모며 재능이며 정말 세상에 짝이 없는 사람이야. 오직 청녀靑女나 소아素娥*만이 겨우 조금 따라갈 수 있을 정도지. 그런데 이 젊은 나이에 북망산北邙山*의 고혼이 되다니! 이게 다 희봉이가 신부 바꿔치기 계책을 생각해냈기 때문이야. 그 바람에 나도 소상관 오기가 곤란해서 자매지간의 정리조차 다하지 못했어. 아아, 정말 불쌍하고 한탄스럽구나!'

그러는 사이 어느새 소상관 대문 입구에 도착했다. 하지만 안쪽에서 아무 소리도 들리지 않고 적막한 기운만 돌아 그녀는 더욱 조바심이 일었다.

'설마 벌써 숨을 거둬버려서 모두들 곡을 마쳤단 말인가? 이부자리나 수의는 제대로 갖춰서 염을 해놨을까?'

이환은 큰 걸음으로 황급히 방 안으로 뛰어 들어갔다. 안방 문간에 있던 하녀가 그녀를 발견하고 안에 알렸다.

"큰아씨께서 오셨어요."

자견이 다급히 밖으로 나오다가 이환과 마주쳤다.

"어떻게 됐어?"

자견은 대답하려 했으나, 목이 메어 한마디도 하지 못했다. 그녀는 실 끊어진 진주 같은 눈물을 뚝뚝 떨어뜨리며 그저 한 손을 들어 대옥 쪽을 가리킬 뿐이었다. 이환은 그 모습을 보고 더욱 가슴이 미어져서, 더 이상 묻지 않고 황급히 안으로 들어갔다. 대옥은 이미 말조차 할 수 없는 상태였다. 이환이 나직하게 그녀의 이름을 몇 번 부르자, 대옥은 희미하게 눈을 뜨며 알아보는 듯한 기색을 보였다. 하지만 그저 눈꺼풀과 입술만 약간 움직이고 숨만 겨우 남아 있을 뿐, 한마디 말도 못하고 한 방울 눈물도 흘리지 못했다. 이환은 뒤를 돌아보고는 자견이 보이지 않자 어디 있느냐며 설안에게 물었다.

"바깥방에 있어요."

이환이 급히 나와보니 자견은 바깥방 침대에 누워 있었는데, 안색이 파랗게 질린 채 눈을 감고 하염없이 눈물만 흘리고 있었다. 꽃무늬로 테를 두른 이불은 이미 눈물과 콧물로 홍건히 젖어 사발만 한 자국이 나 있었다. 이환이 다급히 부르자 자견은 천천히 눈을 뜨고 몸을 일으켰다.

"바보 같은 계집애, 지금이 어느 때라고 그렇게 울고만 있어! 대옥 아가씨 수의도 꺼내다 입혀드리고, 이불도 바꿔드려야지 뭘 더 기다리고 있어? 설마 저 아가씨를 발가벗은 혼령으로 떠나시게 할 셈이냐!"

자견은 그 말에 울음을 터뜨리고 말았다. 이환도 울었다. 그러면서도 그녀는 마음이 조급하여 눈물을 훔치고 자견의 어깨를 두드렸다.

"애야, 네가 우니 나도 마음이 어지럽구나. 어서 아가씨 물건을 챙기도록 해라. 더 이상 꾸물거리다간 큰일나겠다!"

이렇게 부산을 떨고 있는데 밖에서 누군가 허둥지둥 달려 들어왔다. 이환이 깜짝 놀라 쳐다보니 다름 아닌 평아였다. 이런 모습을 본 평아는 그만 멍하니 몸이 굳어버렸다. 이환이 물었다.

"이런 때에 그쪽에 있지 않고 여긴 뭐하러 왔어?"

이렇게 말하는 사이 임지효댁도 들어왔다. 평아가 대답했다.

"아씨께서 마음이 놓이지 않는다면서 가보고 오라고 하셨어요. 큰아씨께서 와 계시니까 우리 아씨는 저쪽 일만 돌보면 되겠군요."

이환이 고개를 끄덕이자 평아가 말했다.

"저도 대옥 아가씨를 좀 뵙고 싶어요."

그러면서 방 안으로 걸음을 옮기는데, 그녀도 벌써 눈물을 흘리고 있었다. 이환이 임지효댁에게 일렀다.

"마침 잘 왔네. 어서 나가서 사정을 살펴보고 집사에게 대옥 아가씨 후사를 준비하라고 전하게. 준비가 되면 나한테 알리고, 저쪽에는 갈 필요 없다고 하게."

임지효댁이 "예!" 하면서도 그 자리에 계속 서 있자, 이환이 물었다.

"또 무슨 할 말이 있는가?"

"조금 전에 희봉 아씨와 노마님께서 의논을 하시더니, 저쪽에서 자견을 불러 일을 시키시겠다고 하셨습니다."

이환이 대답하기도 전에 자견이 말했다.

"아주머니, 먼저 가셔요. 아가씨께서 돌아가시면 저희는 자연히 나가게 되겠지요. 그런데 어떻게 이렇게……"

그녀는 여기까지 말하다가 다음 말을 잇기가 거북하여 말을 바꾸었다.

"게다가 저희는 여기서 환자를 수발하고 있으니 몸도 청결하지 못해요. 대옥 아가씨도 아직 숨이 붙어 계셔서 수시로 저를 찾으시고요."

이환이 옆에서 해명해주었다.

"대옥 아가씨와 자견이는 정말 전생의 인연이 있는 것 같아. 남쪽에서 데려온 설안이는 오히려 찾지 않는다네. 그저 늘 자견이만 찾지. 내가 보기에 둘은 한시도 떨어져 지내지 못할 것 같네."

임지효댁은 조금 전에 자견의 말을 듣고 기분이 안 좋았지만, 이환의 말을 듣고 나니 할 말이 없어졌다. 게다가 자견의 얼굴이 온통 눈물로 범벅이 되어 있는지라, 어쩔 수 없이 그녀를 흘끗 보고 희미하게 웃음을 지어 보였다.

"자견이가 쓸데없는 말을 한 건 문제가 아니에요. 저 아이야 그런 말을 할 수 있다지만, 저는 노마님께 뭐라고 말씀드려야 하나요? 게다가 그런 말을 어떻게 희봉 아씨께 전해 올릴 수 있겠어요!"

이때 평아가 눈물을 훔치며 나와서 말했다.

"희봉 아씨한테 무슨 말을 전해 올린다는 거예요?"

임지효댁이 조금 전의 상황을 죽 이야기하자, 평아가 잠시 고개를 숙이고 생각하더니 이렇게 말했다.

"그럼 이렇게 해요. 자견이 대신 설안이를 보내는 거예요."

이환이 물었다.

"그 아이가 일을 잘 해낼까?"

평아가 이환에게 다가가서 귓속말로 몇 마디 하자, 이환이 고개를 끄덕이며 말했다.

"기왕 그렇다면 설안이를 보내도 마찬가지겠구먼."

그러자 임지효댁이 평아에게 물었다.

"설안이가 일을 잘할 수 있을까요?"

"그래요. 다 마찬가지니까요."

"그럼 어서 설안이한테 저를 따라가라고 말씀해주셔요. 저는 먼저 돌아가서 노마님과 희봉 아씨께 말씀드리겠어요. 이건 큰아씨와 평아 아가씨의 생각이라는 것도요. 나중에 평아 아가씨도 희봉 아씨께 직접 말씀드려주셔요."

그러자 이환이 말했다.

"그러겠네. 자네는 그만한 나이가 되어서도 이런 사소한 일마저 좀 늦추지 못한단 말인가?"

"호호, 늦추지 못하는 게 아닙니다. 우선 이 일은 노마님과 희봉 아씨께서 처리하시기 때문에 저희는 그리 자세한 사정을 모릅니다. 그리고 또 이렇게 두 분도 계시잖아요."

그사이에 평아는 이미 설안을 불러냈다. 설안은 요 며칠 동안 그녀가 어려서 철이 없다며 대옥이 멀리한 탓에 기분이 별로 안 좋은 상태였다. 게다가 노마님과 희봉 아씨가 부른다는 소리를 들었으니 감히 가지 않을 수도 없었다. 그녀가 서둘러 머리를 손질하고 나자 평아가 이르길, 새 옷으로 갈아입고 임지효댁을 따라가라고 했다. 그런 다음 평아가 이환에게 몇 마디 말했고, 이환은 평아에게, 저쪽에 가거든 임지효댁에게 얘기해서 얼른 장례 준비를 하게 하라고 당부했다. 평아가 "예!" 하고 나가 모퉁이를 도는데, 앞쪽에 설안을 데리고 가는 임지효댁이 보였다. 그녀가 얼른 불러 세웠다.

"제가 데려갈 테니 아주머니는 우선 임집사님에게 대옥 아가씨 장례 준비를 해놓으라고 말씀드리셔요. 희봉 아씨께도 제가 말씀드릴게요."

임지효댁이 "예!" 하고 떠나자 평아는 설안을 데리고 신방으로 가서 희봉을 만났다. 그리고 자기가 맡은 일을 처리했다.

신방에 간 설안은 병석에 누운 대옥이 생각나 가슴이 아팠지만, 태부인과 희봉 앞이라 감히 내색할 수도 없었다.

'나한테 시킬 일이 뭘까? 일단 두고 봐야지. 예전에 보옥 도련님은 우리 아가씨와 꿀에 기름 바른 듯 늘 친하게 지내시더니, 이제는 얼굴조차 보이지 않는구나. 진짜 앓고 계신 건지 꾀병인지 모르겠네. 우리 아가씨가 싫다고 하실까봐 옥을 잃어버린 체하고 거짓으로 바보 행세를 해서는 우리 아가씨 마음을 식게 만들어놓고, 보차 아가씨를 신부로 맞아들일 핑계로 삼을 속셈이었는지도 모르지. 어디, 내가 살펴봐야지. 나를 보고도 바보처럼 구는지 말이야. 설마 지금 같은 때에도 바보 흉내를 내고 계시지는 않겠지!'

이렇게 생각하며 슬그머니 안방 입구로 가서 몰래 안쪽을 훔쳐보았다. 이때 보옥은 옥을 잃어버리고 정신이 흐려지긴 했지만, 대옥을 신부로 맞아들인다는 소리를 들으니 그야말로 고금은 물론이요 천상천하에서 제일 기쁜 일인지라 갑자기 몸에 기운이 나기 시작했다. 다만 예전처럼 그렇게 총명하지는 않았기 때문에 희봉의 계책이 딱 들어맞았던 것이다. 어서 빨리 대옥을 보고 싶은 마음에 오늘의 혼례가 끝나기만을 고대하고 있었다. 그래서 춤이라도 출 듯 기쁜 그는 비록 몇 마디 멍청한 말을 하긴 했지만 앓고 있을 때와는 아주 많이 달랐다. 그 모습을 보자 설안은 화도 나고 슬프기도 했다. 그녀가 어찌 보옥의 마음을 알 수 있었겠는가? 이에 그녀는 그 자리를 떠나버렸다.

보옥은 습인에게 얼른 새 옷을 입혀달라고 재촉하여 왕부인의 방에 가 있었다. 희봉과 우씨가 바삐 오가는 모습을 보면서, 혼례 올릴 시간을 기다리다 지친 보옥이 계속 습인에게 물었다.

"대옥이는 대관원에서 오는데 왜 이리 품이 많이 들어? 아직 안 왔어?"

습인이 웃음을 참으며 말했다.

"좋은 시간이 되기를 기다리시는 거예요."

나중에는 또 희봉이 왕부인에게 말하는 소리가 들렸다.

"상중이라서 밖에서는 풍악을 울리지 못하지만, 우리 남방의 결혼 풍습대로 대청에서 초례를 올릴 때는 너무 조용하면 안 되잖아요? 집안 여인들 가운데 음악을 배우고 연극을 해본 이들을 시켜서라도 풍악을 울려서 조금이나마 흥청거리는 분위기를 만들어야겠어요."

왕부인이 고개를 끄덕였다.

"그래도 되겠다."

잠시 후 대문을 통해 큰 가마가 들어오자 집안에서 피리와 거문고 등으로 연주하는 가벼운 음악이 울리며 사람들이 마중을 나왔다. 이어서 열두 쌍의 궁등宮燈이 줄지어 들어오니 나름대로 신선하고 우아한 정취가 있었다. 잠시 후 빈상儐相*이 신부에게 가마에서 내리라고 청했다. 보옥이 보니 신부는 얼굴 덮개를 쓰고 있었고, 신부를 따르며 시중드는 희낭喜娘 역시 붉은 옷을 입고 신부를 부축하고 있었다. 머리를 숙인 채 신부를 부축하고 있는 이는 다름 아니라 설안이었다. 보옥은 설안을 보자 이런 생각이 들었다.

'왜 자견이 아니라 쟤가 시중을 들고 있지? 맞아! 설안은 원래 남쪽의 자기 집에서 데려온 아이고 자견은 원래 우리 집에 있었으니까 당연히 저 아이가 시중들어야 되는 거겠지.'

이 때문에 그는 설안을 보자 마치 대옥을 보는 것처럼 기뻐했다. 빈상이 혼례 의례에 따라 식순을 외치자 신랑과 신부는 천지신명에게 절을 올렸다. 그리고 태부인을 모시고 나오게 해서 네 번의 절을 올리고, 다시 가정 부부를 당堂에 오르게 하여 절을 올리게 했다. 예식이 끝나자 신랑 신부는 동방洞房*으로 안내되었다. 그리고 침상에 앉아 살장 등의 의식을 치렀는데, 이것들은 모두 금릉金陵의 결혼식 관례였다.

사실 가정은 이 결혼식을 태부인이 주관했기 때문에 감히 반대하지 못했지만, 액땜 따위는 믿지 않았다. 그런데 뜻밖에도 오늘은 보옥이 멀쩡한 사람처럼 보였기 때문에 가정도 기분이 좋았다. 신부가 침상에 앉아 얼굴 덮개를 벗길 때가 되자, 희봉은 만약의 사태에 대비해서 미리 태부인과 왕부인 등을 안으로 모셔서 보살펴주게 했다.

이때 보옥은 아무래도 조금 어수룩한 기색이 남아 있어서, 냉큼 신부 앞으로 다가가 이렇게 말했다.

"누이, 몸은 나았어? 서로 못 본 지도 오래 되었는데, 그딴 건 뭐하러 쓰고 있어?"

그러면서 얼굴 덮개를 벗기려 하는 바람에 태부인은 조마조마하여 온몸에 식은땀이 흘렀다. 그런데 보옥은 갑자기 생각을 바꿨다.

'대옥 누이는 화를 잘 내니까 함부로 행동하면 안 되지.'

그래서 손을 잠깐 멈추었지만, 도저히 참지 못하고 얼른 다가가 덮개를 벗겨버렸다. 시중을 들던 희낭이 덮개를 받아들고 물러나자, 앵아 등이 다가와 시중을 들었다. 보옥이 눈을 크게 뜨고 신부를 살펴보니, 아무래도 보차 같았다. 그는 믿기지 않아서 한 손에 등불을 들고 다른 한 손으로 눈을 비비면서 자세히 보니, 틀림없는 보차가 아닌가! 화려하게 차려 입은 복장과 풍만한 어깨, 날씬한 몸매, 곱게 다듬은 머리, 눈꺼풀을 가볍게 떨며 나직하게 숨을 쉬는 그녀의 모습은 정말 이슬 맺힌 연꽃이요, 안개 속에 반짝이는 살구꽃 같았다.

보옥이 한참 동안 멍하니 서 있다가 보니 신부 옆에는 앵아가 서 있었고, 설안의 모습은 보이지 않았다. 이때 그는 어찌 된 영문인지 몰라서 자기가 혹시 꿈을 꾸고 있는 건 아닌가 생각했다. 그가 그렇게 멍하니 서 있자 사람들이 등을 받아들고 그를 부축하여 다시 자리에 앉혔다. 보옥은 두 눈을 부릅뜨고 앞만 쳐다보며 아무 말도 하지 않았다. 태부인은 병이 발작할까 싶어서 그를 부축하여 침상에 앉혔다. 희봉과 우씨는 보차를 데리고 안방으로 들어가 침상에 앉혔다. 이때 보차도 고개를 숙인 채 당연히 아무 말도 하지 않았다. 한참 뒤에 보옥이 정신을 차리고 보니, 태부인과 왕부인이 저쪽에 앉아 있었다. 그는 곧 나직한 목소리로 습인을 불러 물었다.

"내가 지금 어디 있는 거지? 혹시 이거 꿈 아니야?"

"오늘같이 좋은 날 무슨 꿈이니 아니니, 또 이상한 말씀을 하셔요? 나리께서 밖에 계시잖아요."

보옥이 슬그머니 손을 들어 안방을 가리켰다.

"저기 앉아 있는 미녀는 누구야?"

습인은 웃음이 나와서 손으로 입을 누른 채 한참 동안 말을 못하다가 간신히 입을 열었다.

"도련님께 시집오신 새아씨지요."

그러자 다른 사람들도 모두 돌아보며 웃음을 참지 못했다. 보옥이 또 물었다.

"멍청한 소리! 누나가 말하는 새아씨라는 사람이 누구야?"

"보차 아가씨지요."

"대옥 누이는?"

"나리께서 정해주신 분은 보차 아가씨인데 말도 안 되게 대옥 아가씨는 왜 들먹여요?"

"방금 내가 본 게 대옥 누이가 아니었어? 설안이도 있었잖아? 그런데 왜 아니라는 거야? 다들 무슨 장난을 치고 있는 거야?"

그러자 희봉이 다가가서 나직이 말했다.

"보차 아가씨가 방에 있잖아요. 이상한 말씀하셨다가 나중에 아가씨 기분이 상하기라도 하면, 할머님께서 용서하지 않으실 거예요!"

그 말을 듣자 보옥은 더욱 정신이 혼란스러웠다. 본래 머리가 멍한 병을 앓고 있던 데다가 오늘 밤 이런 도깨비장난까지 더해졌으니 그는 더욱 갈피를 잡지 못하고, 다짜고짜 대옥을 보러 가야겠다는 말만 했다. 태부인 등이 다가가 달랬지만 도무지 막무가내였다. 게다가 보차가 안에 있으니 사정을 설명해줄 수도 없었다. 보옥의 병이 도진 걸 알았기 때문에 얘기해도 알아듣지 못할 것 같아서 어쩔 수 없이 방 안 가득 안식향을 피워 그의 마음을 진정시킨 다음, 부축하여 잠자리에 눕혔다. 사람들이 쥐 죽은 듯 조용히 하니, 잠시 후 보옥은 깊은 잠에 빠져들었다. 태부인 등은 그제야 마음을 좀 놓았지만, 날이 밝을 때까지 앉아 기다릴 수밖에 없어서 희봉을 시켜 보차에게 먼저 잠자리에 들라 전하라고 했다. 보차는 그사이에 일어난 일에 대해 전혀 못 들은 척하며 옷을 입은 채 그대로 안방에서 잠자리에 들었다. 밖에 있었던 가정은 안에서 무슨 일이 일어났는지 전혀 몰랐기 때문에, 조금 전에 본 모습만 떠올리며 그래도 마음을 놓고 있었다. 공교롭게도 다음날이 부임지로 출발할 수 있는 길일이어서, 잠깐 쉰 후에 그는 많은 사람들의 축하와 전송을 받았다. 태부인도 보옥이 잠든 걸 보고 방으로 돌아가 잠시 쉬었다.

이튿날 아침, 가정은 사당에 하직 인사를 하고 나서 태부인에게도 인사하러 왔다.

"소자는 먼 길을 떠나게 되었으니, 부디 어머님께서는 제때에 보양을 하셔서 강녕하시기 바랍니다. 부임지에 도착하는 대로 편지를 써서 문안 인사를 올릴 테니 제 걱정은 마십시오. 보옥이 일은 이미 어머님 뜻대로 되었지만, 이후로도 잘 살펴주시기 바랍니다."

가정이 가는 도중에 걱정하지 않도록 태부인은 보옥의 병이 도졌다는 말은 꺼내지 않았다.

"해둘 말이 하나 있네. 보옥이가 어제 혼례를 올리긴 했지만 신방에는 들지 않았네. 오늘 자네가 길을 떠나니 그 아이가 멀리까지 전송을 해야 마땅하네만, 병 때문에 액땜으로 혼례를 올려서 이제 막 조금씩 나아지고 있네. 게다가 어제 하루 종일 피곤했을 텐데, 밖에 나가면 감기라도 걸리지 않을까 걱정스럽네. 그래서 묻는 말인데, 그 아이한테 전송하게 할 생각이라면 당장 불러오겠네. 하지만 그 아이를 아낀다면 내가 사람을 보내 이곳으로 불러와서 자네에게 절을 올리는 것으로 전송을 대신하는 게 어떤가?"

"전송까지 시킬 필요 있습니까? 그저 이제부터 그 아이가 공부만 열심히 해준다면 저를 전송하는 것보다 더 기쁜 일이 아니겠습니까?"

태부인은 그 말에 걱정을 한 가지 덜었다. 이에 가정에게 자리에 앉으라 하고, 원앙을 불러 보옥에게 가서 그를 데려오되, 습인도 따라오게 하라고 했다. 원앙이 나가고 얼마 후에 과연 보옥이 왔는데, 그는 여전히 옆에서 습인이 시킨 뒤에야 인사를 했다. 보옥은 아버지를 보자 조금 정신을 차려서 잠시나마 정신이 또렷해졌기 때문에 큰 실수는 저지르지 않았다. 그리고 가정이 몇 마디 당부하자 "예!" 대답했다. 가정은 그를 부축하여 돌려보내라 하고, 왕부인의 방으로 돌아가 아들 단속을 잘하라고 단단히 일렀다.

"절대 예전처럼 멋대로 내버려두면 안 되오. 내년 향시에는 꼭 응시하게 하시오."

왕부인은 일일이 새겨듣기만 할 뿐, 다른 말은 하지 않았다. 그리고 즉시 사람을 시켜 보차를 데려오게 해서 시아버지를 전송하는 신부의 예를 행하게 했다. 그래서 보차도 집 밖으로 나가지 않게 되었다. 그 밖의 안채 식구들은 모두 중문까지 전송하고 돌아왔다. 가진 등도 가정에게 한바탕 훈계를 들었다. 모두 전별주餞別酒를 들어 전송했으며, 집안의 첫째 항렬에 속하는 자제들과 후배, 친척, 친우들은 십리장정十里長亭[5]까지 나가 전송했다. 가정이 부임지로 떠난 이야기는 그만하자.

한편, 보옥은 자기 방에 돌아간 뒤 다시 지병이 도져서 정신이 더욱 흐리멍덩해졌고, 심지어 음식조차 제대로 먹지 못하게 되었다. 그의 목숨이 어찌 되는지는 다음 회를 보시라.

제98회

고달픈 강주선자의 혼은 이한천으로 돌아가고
병중 신영시자의 눈물은 그리움의 땅에 뿌려지다

苦絳珠魂歸離恨天　病神瑛淚灑相思地

임대옥의 죽음을 안 가보옥이 구슬피 통곡하다.

 가정과 헤어진 뒤 자기 방으로 돌아온 보옥은 더욱 머리가 어지러워 움직이기도 불편해졌다. 심지어 끼니조차 거른 채 기절하듯 쓰러지고 말았다. 예전처럼 의원을 불러다 진맥하고 약을 먹였지만 효과가 없었고, 아예 사람까지 못 알아보는 지경에 이르렀다. 그래도 사람들이 부축해 일으켜서 앉히면 여전히 멀쩡해 보였다. 그렇게 며칠 동안 어수선하게 지내다 보니, 공교롭게도 혼례를 올린 후 아흐레째 되는 날이라 신부가 친정에 인사차 다녀와야 하는 날이 되었다. 가지 않으면 설씨 댁 마님의 체면을 상하게 할 것이고, 가려 해도 보옥의 상태가 그 모양이라 여간 곤란한 게 아니었다. 태부인은 보옥의 병이 대옥 때문이라는 걸 알았지만, 사실대로 말해 주면 보옥에게 무슨 변고가 생기지나 않을까 걱정스러웠다. 더군다나 신부인 보차에게 달래보라고 하기도 뭐해서, 어쩔 수 없이 설씨 댁 마님이 건너오게 하는 수밖에 없었다. 만약 친정에 인사를 가지 않으면 설씨 댁 마님이 진노하여 나무랄 게 분명했기에 태부인은 왕부인과 희봉을 불러 상의했다.
 "보아하니 보옥이는 정신만 온전하지 않을 뿐, 거동하는 데에는 지장이 없는 것 같구나. 작은 가마 두 대에 태워 부축하고 대관원을 통해 나가서 보차 친정에 인사를 다녀오게 하고, 나중에 보차 어미를 이리로 불러 보차를 달래게 하자꾸나. 그리고 우리는 모두 합심해서 보옥이를 치료하자꾸

나. 그러면 두 가지 모두 해결될 것이 아니냐?"

왕부인은 "그렇군요!" 하면서 즉시 일을 준비했다. 보차는 신부이고 보옥은 정신이 흐리멍덩했기 때문에, 다행히 다른 사람들이 시키는 대로 했다. 상황을 파악한 보차는 어수룩하게 일을 처리한 어머니를 원망했지만, 이 지경에 이르게 된 이상 쓸데없이 여러 말하지 않았다. 다만 설씨 댁 마님은 보옥의 모습을 보고 속으로 후회했지만, 이제와서 어쩔 수 없는지라 대충대충 일을 끝내버렸다.

보차의 친정에서 돌아온 뒤에 보옥의 병은 더욱 심해져서, 이튿날은 일어나 앉는 것조차 불가능해졌다. 병세는 날로 심해져 심지어 국이나 물조차 마시지 못하는 지경에 이르렀다. 너무도 당황한 설씨 댁 마님 등은 각처에서 명의를 데려왔으나, 누구도 병의 원인을 알아내지 못했다. 다만 성 밖의 버려진 절간에 사는, 성은 필畢이고 별호別號가 지암知庵[1]이라고 하는 가난한 의원이 진맥해보더니, 병의 근원이 갑작스럽게 치솟은 슬픔과 기쁨 때문에 찬 기운과 따뜻한 기운이 조화를 잃었고, 제때 음식을 먹지 못하고 근심과 울분이 가슴에 차서 정기正氣가 막혀버렸기 때문이라고 했다. 그러니까 이는 안으로 다치고 밖으로도 영향을 받은〔內傷外感〕증세라는 것이었다. 그 증세를 헤아려 약을 지어 저녁에 먹였더니, 이경二更(오후 9~11시)이 지난 무렵부터는 과연 조금씩 정신을 차려서 갈증이 난다며 물을 찾았다. 태부인과 왕부인 등은 그제야 마음을 놓고 설씨 댁 마님과 보차를 태부인의 거처로 데려가 잠시 쉬게 했다.

잠시 정신을 차렸을 때 보옥은 스스로 오래 살지 못하리라 짐작했다. 그는 방 안에 습인만 있는 것을 보자 가까이 불러서 그녀의 손을 잡고 울면서 말했다.

"누나, 좀 물어볼게. 보차 누나가 어떻게 여기 온 거지? 내 기억에는 아버님이 대옥 누이와 정혼해주신 걸로 아는데, 어떻게 보차 누나한테 밀려난 거야? 보차 누나가 왜 함부로 여길 차지하고 있느냔 말이야. 내가 그 말을 하고 싶어도 보차 누나한테 죄를 짓는 것 같아서…… 그래, 대옥 누이가 얼마나 울었을까? 누나네는 들었겠지?"

습인은 감히 사실대로 말하지 못하고 이렇게만 말했다.

"대옥 아가씨는 몸이 안 좋으시잖아요."

"내가 좀 가봐야겠어."

그러면서 자리에서 일어나려고 했다. 하지만 며칠 동안 음식을 제대로 못 먹었으니 몸이 뜻대로 움직여줄 리 없었다. 보옥은 울음을 터뜨렸다.

"난 죽게 될 거야! 내가 가슴에 담은 말이 하나 있는데, 제발 누나가 할머님께 전해줘. 어쨌든 대옥 누이도 죽을 테고, 지금 나도 목숨을 보전할 수 없을 거야. 두 곳에서 두 환자가 죽어가고 있으니, 죽게 되면 뒤처리도 곤란할 거야. 차라리 방 하나를 비워서 일찌감치 나와 대옥 누이를 그곳으로 옮겨달라고 해. 그래서 살아 있으면 한곳에서 치료와 간호를 받고, 죽으면 한꺼번에 묻어버리면 되잖아? 누나, 몇 년 동안 나와 쌓은 정분을 생각해서라도 제발 내 말대로 해줘."

그 말을 들은 습인은 목이 메도록 울었다. 공교롭게도 그때 보차가 앵아와 함께 들어오다 그 말을 듣고 이렇게 말했다.

"병을 앓고 계시면 몸조리를 해서 나을 생각은 하지 않고 왜 그리 불길한 말씀을 하셔요? 할머님을 이제 겨우 안심시켜드렸는데 또 말썽을 일으키려 하시는군요. 할머님 평생 당신을 가장 사랑하셨어요. 그분도 이제 여든을 넘기셨는데 고봉誥封*까지는 바라지 않으셔도, 나중에 당신이 어엿한 사람 노릇을 해서 하루라도 기쁘게 해드려야 그분의 고심을 저버리지 않는 것이지요. 어머님은 더 말할 필요도 없어요. 평생 심혈을 기울여 당신 하나만을 기르셨는데, 만약 도중에 죽어버리면 그분은 장차 어찌 되시겠어요? 그리고 제가 박복한 몸이긴 하지만 그런 지경까지 이르면 안 되지요. 이 세 가지로 보건대, 당신이 죽고 싶어도 저 하늘이 허락하지 않으실 테니 죽을 수도 없어요. 그저 마음을 차분히 가라앉히고 사오일 동안 몸조

제98회 **251**

리하시면 나쁜 기운이 빠지고 지극히 온화한 정기가 충만해질 테니, 자연히 이 고약한 병도 깨끗이 낫게 될 거예요."

보옥은 대답이 궁하여 한참 동안 아무 말이 없다가 히죽히죽 웃으며 말했다.

"한참 동안 나와 말도 하지 않더니, 지금 누구 들으라고 그런 거창한 도리를 설교하는 거야?"

"솔직히 말해서, 당신이 인사불성에 빠져 있던 이틀 사이에 대옥 동생은 이미 죽었어요."

보옥이 벌떡 일어나 앉으며 깜짝 놀라 소리쳤다.

"그게 정말이야?"

"정말이고말고요. 어찌 멀쩡한 입으로 남이 죽었다고 저주를 퍼붓겠어요? 할머님과 어머님께서는 당신네 남매가 친하니까 대옥 동생이 죽었다는 소식을 들으면 당연히 당신도 죽으려 할까봐 알리지 않으셨던 거예요."

그 말에 보옥은 목 놓아 통곡하며 침상에 쓰러졌다. 갑자기 눈앞이 캄캄해지면서 방향조차 알 수 없었고, 몽롱한 가운데 갑자기 눈앞에 누군가 다가오는 것 같았다. 보옥이 망연한 목소리로 물었다.

"여기가 어디지요?"

"저승으로 가는 길이라네. 그대는 수명이 아직 다하지 않았거늘 무슨 까닭으로 여기에 왔는가?"

"친구 하나가 죽었다는 소식을 듣고 찾으러 나섰다가 그만 여기서 길을 잃고 말았습니다."

"친구가 누구인가?"

"고소姑蘇* 사람인 임대옥입니다."

"흥! 임대옥은 살아서는 사람과 다르고 죽어서도 귀신과 달라서 혼도 넋도 없는데, 어디 가서 찾겠다는 건가? 무릇 사람의 혼백이란 모이면 형체를 이루고 흩어지면 기氣로 변하나니, 살아 있을 때는 모여 있지만 죽으면 흩어지게 되는 법이지. 보통 사람도 죽으면 찾을 수 없는데 하물며 임대옥이라니! 그대는 어서 돌아가라!"

한참 멍하게 있던 보옥이 물었다.

"죽으면 흩어져버린다고 했는데, 그럼 저승이란 건 왜 있는 건가요?"

그 사람이 쓴웃음을 지으며 말했다.

"저승이란 있다고 생각하면 있는 것이고, 없다고 생각하면 없는 것이지. 그게 다 세상의 속된 이들이 생사설生死說에 빠져 있기 때문에 이야기를 지어내서 경계하려고 한 것이지. 그래서 분수를 모르고 목숨과 복록福祿이 아직 끝나지 않았는데 스스로 이른 나이에 목숨을 끊은 미련한 사람들이나, 음욕에 빠져 충동을 이기지 못해 흉한 마음을 품고 까닭 없이 자살하는 이들에게 하늘이 진노하여 이런 지옥을 만들고는, 그들의 혼백을 가둬 놓고 한없는 고통을 내림으로써 생전의 죗값을 치르게 한다는 것이야. 그대가 임대옥을 찾는 것은 까닭 없이 자신을 수렁에 빠뜨리는 짓일세. 게다가 임대옥은 이미 태허환경으로 돌아갔으니, 찾고 싶거든 차분한 마음으로 수양하시게. 그러면 자연히 만날 날이 올 걸세. 만약 삶을 편히 여기지 않고 스스로 이른 나이에 목숨을 끊는 죄를 저질러서 저승에 갇히게 된다면, 부모는 물론이고 임대옥을 만나려는 바람도 끝내 이루지 못하게 될 걸세."

그렇게 말하고 그 사람은 소매에서 돌을 하나 꺼내 보옥의 명치를 향해 내던졌다. 보옥은 그런 말을 들은 데다 명치까지 맞고 나자, 깜짝 놀라 집으로 돌아가고 싶었지만 안타깝게도 길을 찾을 수가 없었다.

그렇게 머뭇거리고 있을 때 갑자기 어디서 누군가 그를 부르는 소리가 들렸다. 고개를 돌려보니 다름 아니라 태부인과 왕부인, 보차, 습인 등이 둘러싸고 통곡하며 그의 이름을 부르고 있었고, 자신은 여전히 침상에 누워 있었다. 탁자 위에는 붉은 등이 밝혀져 있었고 창에는 밝은 달빛이 비치고 있었으며, 여전히 화려한 비단에 싸인 듯한 아름다운 세상이었다. 정신을 가다듬고 생각해보니, 조금 전의 일은 한바탕 꿈이었다. 온몸에 식은 땀이 흘렀지만 마음속은 오히려 후련했다. 곰곰이 생각해보니 정말 어쩔 수 없는 일인지라 그저 긴 한숨만 내쉴 뿐이었다.

보차는 대옥이 죽었다는 사실을 진즉 알고 있었지만, 태부인 등은 보옥에게 얘기하면 병이 심해져서 고치기 어려울 거라며 발설하지 못하게 했다. 그녀는 보옥의 병이 대옥 때문에 생겼고, 옥을 잃은 건 그다음 이유라는 걸 잘 알고 있었다. 그렇기 때문에 이 기회에 분명히 얘기해주면, 비록 아픔을 겪을지라도 한꺼번에 생각을 끊고 제정신이 돌아오게 하여 그의 병도 나을 수 있으리라 생각했다. 태부인과 왕부인 등은 그녀의 뜻을 모르고 함부로 얘기했다며 무척 나무랐다. 그러다가 보옥이 깨어나자 비로소 안심하고, 즉시 바깥 서재에 있는 필의원을 불러 진맥하게 했다. 의원이 들어와 진맥해보더니 이렇게 말했다.

"정말 이상한 일이군요. 지금은 기혈과 맥이 차분히 가라앉고 맺힌 것이 풀려서 정신도 안정되어 있습니다. 내일 제가 지어드린 약을 잡수시면 곧 쾌차하실 것 같습니다."

그렇게 말하고 물러가자 모두들 안심하고 자기 거처로 돌아갔다.

습인은 애초 보옥에게 사실을 말해버린 보차가 무척 원망스러웠지만 불만을 꺼낼 수는 없었다. 그 대신 앵아가 남몰래 보차에게 말했다.

"아씨, 너무 성급하셨어요."

"네가 뭘 안다고 그래? 어쨌든 내가 알아서 하마."

보차는 남들이 뭐라고 하든 전혀 개의치 않고, 그저 보옥의 마음의 병을 살펴서 그 정곡에다 남몰래 침을 놓았던 것이다.

그러던 어느 날, 보옥은 점차 정신이 안정되는 느낌이 들었다. 가끔 대옥이 떠오를 때면 여전히 머리가 어지러워지곤 했지만, 그럴 때마다 습인이 차분하게 위로해주었다.

"나리께서 정해주신 보차 아씨는 인품이 온화하고 후덕하셔요. 대옥 아가씨는 성격이 고약하셔서 애초에 요절하실 가능성이 있었어요. 노마님께서는 서방님께서 사리 분별을 못하시고 병중에 조급하게 문제를 일으키실까 걱정스러우셔서 설안을 불러 도련님을 속이셨던 거예요."

하지만 보옥은 늘 가슴이 아파 눈물을 흘렸다. 때때로 죽고 싶어도 꿈에서 들은 이야기가 생각나는가 하면, 또 태부인과 왕부인이 화를 낼까 두렵기도 했다. 그렇다고 해서 그런 생각을 떨치지도 못했다. 한편, 대옥은 이미 죽었고 보차 또한 아주 뛰어난 인물이라는 생각이 들자, 비로소 금석金石의 인연이 정해진 운명이라는 것을 믿게 되어 마음이 편안해졌다.

그런 모습을 본 보차는 큰일은 일어나지 않을 것 같아 안심했다. 그리고 태부인과 왕부인 등에게는 며느리로서 예를 갖추고, 보옥의 근심을 풀어주기 위해 노력했다. 보옥은 아직 자주 일어나 앉아 있을 수는 없었고, 보차가 침대 앞에 앉아 있는 것을 볼 때마다 지병이 도졌다. 보차는 매번 점잖은 말로 위로했다.

"몸조리가 중요해요. 우리는 이미 부부가 되었는데 어찌 한순간만 함께하겠어요?"

보옥은 그 말을 마음으로 받아들이기가 힘들었다. 낮 동안에는 태부인과 왕부인, 설씨 댁 마님 등이 번갈아 찾아와서 말동무가 되어주었고, 밤에는 보차 혼자 잠자리에 들었다. 또한 태부인이 시중들 사람을 보내주어 보옥은 마음을 가라앉히고 몸조리하는 데 열중했다. 게다가 보차의 행동거지가 따스하고 부드러워서 대옥을 사랑하던 보옥의 마음도 점차 보차에게로 옮겨가게 되었는데, 이것은 나중의 일이다.

한편, 보옥이 결혼하던 날에 대옥은 낮부터 이미 혼수상태에 빠졌다. 하지만 가슴과 입에는 실낱같은 숨결이 남아 있어서, 그걸 보는 이환과 자견이 숨이 넘어갈 듯 통곡하게 만들었다. 저녁이 되자 대옥은 오히려 조금 나아져서 희미하게 눈을 뜨며 물이나 국을 달라고 하는 듯한 표정을 지었다. 이때 설안은 이미 태부인에게 불려간 뒤였기 때문에 그녀 옆에는 자견과 이환만이 남아 있었다. 자견이 계원탕桂圓湯*에 배 즙을 섞어 잔에 담아와서는 작은 은숟가락으로 두어 번 떠먹였다. 대옥은 눈을 감고 잠시 정신을 가다듬었지만, 마음속은 밝은 것 같기도 하고 어두운 것 같기도 했다. 이때 이환은 대옥이 좀 나아진 것 같아 보이자, 이것이 숨을 거두기 직전에 잠깐 정신이 맑아지는 현상이라는 걸 잘 알았다. 그래도 이런 상태가 상당히 지속되리라 짐작하고 잠시 도향촌稻香村*으로 돌아가서 일을 처리했다.

대옥이 눈을 떠보니 자견과 유모, 그리고 몇몇 하녀들만 보였다. 그녀는 자견의 손을 잡고 남은 힘을 짜내어 입을 열었다.

"난 이제 틀렸어. 동생, 몇 년 동안 내 시중을 들어주었는데, 난 우리가 항상 같이 지내길 바랐어. 그런데 뜻밖에도 내가……"

그러다가 다시 한바탕 기침을 하더니 눈을 감고 쉬었다. 자견은 대옥이 잡은 손을 놓으려 하지 않자 감히 자리를 떠나지 못했다. 대옥의 표정을 보니 오전보다 조금 나아진 것 같아서 나을 가망이 있다고 생각했는데, 이런 말을 듣자 희망이 반쯤 꺾여버렸다. 한참 후에 대옥이 다시 입을 열었다.

"동생, 여기엔 내 친척이 하나도 없어. 내 몸은 깨끗하니까 유골을 고향으로 돌려보내주십사 어른들께 말씀드려줘."

여기까지 말하고 나서 그녀는 눈을 감더니 더 이상 아무 말도 하지 않았다. 하지만 손에는 점점 힘이 들어갔다. 그녀는 기침을 한 번 했는데 나온 숨은 많았지만 들어가는 숨은 작아서 이미 숨 쉬는 간격이 아주 짧아지고 있었다. 자견이 다급히 하녀에게 이환을 불러오라고 하는데, 마침 탐춘이 들어왔다. 자견은 그녀를 보자 얼른 목소리를 죽여 말했다.

"아가씨, 우리 아가씨 좀 봐주세요."

그러면서 눈물을 비 오듯 흘렸다. 탐춘이 다가와 대옥의 손을 만져보니 이미 싸늘히 식어 있었고, 눈빛도 완전히 광채를 잃은 상태였다. 탐춘과 자견은 통곡하며 대옥을 씻길 물을 떠오라고 하녀를 부르는데, 이환이 황급히 뛰어 들어왔다. 세 사람은 인사를 나눌 경황도 없었다. 그들이 대옥의 몸을 씻겨주고 있는데, 갑자기 날카로운 목소리로 대옥이 소리쳤다.

"오빠, 보옥 오빠, 너무……"

그녀는 '너무'라는 말까지 내뱉더니 온몸에 식은땀을 흘리며 아무 소리도 하지 않았다. 자견 등이 급히 부축했지만, 식은땀은 점점 더 많이 흐르고 몸은 점차 싸늘하게 식어갔다. 탐춘과 이환은 황급히 하녀를 불러 머리를 빗기고 옷을 입혔다. 그때 대옥이 두 눈을 번쩍 뜨더니, 아아!

> 한줄기 향기로운 영혼은 바람 따라 흩어져버리고
> 수심 어린 생각은 깊은 밤에 아득한 꿈속으로 들어갔네!
> 香魂一縷隨風散
> 愁緖三更入夢遙

대옥의 숨이 끊어진 때는 바로 보옥이 보차와 혼례를 올리던 그때였다. 자견 등은 모두 슬픔을 이기지 못하고 애처롭게 울었다. 이환과 탐춘은 평소 사랑스럽던 대옥이 이날은 더욱 불쌍하여 저미는 가슴으로 통곡했다. 하지만 소상관은 아주 외진 곳에 떨어져 있었기 때문에, 결혼식이 열리고 있는 곳에서는 곡소리가 전혀 들리지 않았다. 그들이 한동안 통곡하고 있을 때 멀리서 풍악 소리가 들렸다. 그런데 정작 귀를 기울이자 그 소리는 들리지 않았다. 탐춘과 이환이 밖으로 나가보니, 대나무 끝에 바람이 스치면서 달그림자가 담을 따라 흘러가고 있어서 너무나도 처량하고 쓸쓸했다. 잠시 후 임지효댁이 와서 대옥의 시신을 입관하기 전까지 안치해두는 칠성판(停床)에 옮겨놓고 사람을 시켜 지키게 하고는, 다음 날 아침에 희봉에게 알리기로 했다.

희봉은 태부인과 왕부인이 정신없이 바쁘고, 가정이 떠난 데다 보옥까지 정신이 더욱 흐려져 속이 까맣게 타들어가는 상황에 대옥의 불길한 소식까지 전해지면 태부인과 왕부인의 수심이 더욱 깊어져 갑작스럽게 병이라도 생길 것 같아 자기 혼자 대관원으로 갔다. 그곳에 이르자 희봉도 슬픔을 참지 못하고 눈물을 쏟아냈다. 이환과 탐춘을 만나고 나서 장례 준비가 모두 되어 있음을 알게 된 희봉이 말했다.

"아주 잘하셨어요. 그런데 아까는 왜 그 말씀을 안 하셨어요? 제가 얼마나 초조했는지 알아요?"

탐춘이 말했다.

"막 아버님을 전송한 직후였는데 어떻게 그런 얘기를 해요?"

"그래도 두 분이 대옥 아가씨를 불쌍히 여기셨군요. 그럼 저는 저쪽에 가서 그 원수 덩어리 시중이나 들어야겠어요. 하지만 너무 골치가 아프네요. 오늘 말씀드리지 않을 수도 없고, 말씀을 드리자니 할머님께서 감당하지 못하실 것 같아서 말이에요."

이환이 말했다.

"가서 상황을 보고 알아서 해. 말씀드릴 형편이 되면 말씀드려."

희봉은 고개를 끄덕이며 서둘러 떠났다.

희봉이 보옥의 거처에 가보니, 별일 없을 거라는 의원의 말에 태부인과 왕부인은 조금이나마 마음을 놓은 상태였다. 그래서 희봉은 보옥 몰래 두 어른들에게 대옥의 일에 대해 차근차근 말씀드렸다. 태부인과 왕부인은 대경실색했다. 태부인이 눈물을 줄줄 흘리며 말했다.

"내가 그 아이를 죽였구나! 그나저나 그 계집애도 너무 어리석었어!"

그러면서 그녀는 대관원으로 들어가 대옥을 위해 곡을 하려 했으나, 보옥의 상태도 걱정스러워 이러지도 저러지도 못하는 처지에 놓이고 말았다. 왕부인은 슬픔을 머금고 태부인에게 갈 필요 없다고 권했다.

"어머님 몸 생각도 하셔야지요."

태부인은 어쩔 수 없이 왕부인만 보내기로 했다.

"내 대신 그 아이 영전에 고해다오. '내 마음이 모질어서 널 전송하러 오지 않은 게 아니라, 가족관계의 가깝고 먼 차이 때문이니라. 너는 내 외손녀이니 가까운 사이긴 하지만, 아무래도 보옥이가 너보다 더 가까운 사이가 아니겠느냐? 만약 보옥이에게 무슨 일이 생긴다면, 내가 어떻게 그 아이 아비를 보겠느냐?' 이렇게 말이다."

그렇게 말하면서 태부인이 구슬피 울자 왕부인이 위로했다.

"어머님께서 대옥이를 무척 아끼셨지만, 수명은 하늘이 정해놓은 겁니다. 이제 죽었으니 더 이상 마음을 써줄 수도 없게 되었네요. 그저 장례라도 최선을 다해 치러줘야지요. 그래야 저희 마음을 조금이나마 보여줄 수 있고, 또 보옥이 고모님과 대옥이도 저승에서 조금이나마 편히 쉴 테니까요."

태부인은 그 말에 더욱 비통하게 울었다. 희봉은 연로한 분이 너무 상심할까 걱정스러워서, 보옥의 정신이 별로 또렷하지 않다는 점을 이용하여 한 가지 꾀를 냈다. 그리고 슬그머니 사람을 시켜서 태부인에게 거짓말을 고하게 했다.

"보옥 도련님 거처에서 노마님을 찾으십니다."

태부인이 그제야 눈물을 거두고 물었다.

"설마 또 무슨 일이 생긴 게냐?"

희봉이 웃으며 말했다.

"별일이야 있겠어요? 아마 할머님이 보고 싶은 모양이지요."

태부인이 서둘러 진주의 부축을 받으며 보옥의 거처로 가자, 희봉도 따라갔다. 그런데 반쯤 갔을 때 마침 돌아오고 있던 왕부인과 마주쳤다. 왕부인에게 자세한 이야기를 듣자 태부인은 또 애통한 마음이 치밀었지만, 보옥에게 가봐야 하기 때문에 눈물을 삼켰다.

"그럼 나는 가지 않을 테니 너희들이 알아서 처리하도록 해라. 내가 거기 가면 견딜 수 없을 것 같구나. 다만 그 아이가 억울해하지 않도록 장례는 잘 치러주도록 해라."

왕부인과 희봉은 일일이 그렇게 하겠다고 대답했다. 보옥의 거처에 도착하자 태부인이 보옥에게 물었다.

"왜 날 찾았느냐?"

"헤헤, 엊저녁에 대옥이가 찾아와서 남쪽으로 돌아갈 거라고 했어요. 아마 아무도 붙드는 사람이 없는 모양이니 아무래도 할머님께서 붙들어주시라 부탁드리려고요."

"그래. 그렇게 할 테니 걱정 마라."

습인은 곧 보옥을 부축하여 자리에 눕혔다.

그 방에서 나온 태부인은 보차에게로 갔다. 당시 보차는 아직 결혼 후 아흐레 만에 친정에 인사하러 가는 때가 되지 않아서, 사람들을 만날 때마다 약간 수줍어했다. 이날은 태부인의 얼굴에 눈물자국이 가득한 걸 보고, 말없이 차를 따라 올렸다. 태부인이 자리에 앉으라고 하자 그녀는 약간 몸을 돌린 채 공손히 앉아 물었다.

"대옥 동생이 아프다는 얘기를 들었는데, 좀 차도가 있나요?"

태부인은 그 말에 그만 참았던 눈물을 쏟고 말았다.

"아가, 너한테만 얘기할 테니 보옥이한테는 알리지 마라. 대옥이 그 아이 때문에 너도 고생이 많구나. 이젠 너도 내 손자며느리가 되었으니 얘기해주마. 대옥이는 이삼일 전에 죽었단다. 바로 너희 혼례식이 열리던 그 시각이었지. 지금 보옥이가 앓고 있는 병도 그 때문이란다. 예전에 너희들이 대관원에서 함께 지냈으니 당연히 너도 잘 알고 있겠지."

보차는 어느새 얼굴이 붉어지더니 대옥의 죽음을 생각하면서 갑자기 눈물을 흘렸다. 태부인은 한참 동안 이런저런 이야기를 더 하고 돌아갔다. 이후로 보차는 온갖 궁리 끝에 한 가지 방안을 생각해냈지만 함부로 쓸 수 없어, 친정에 인사를 다녀온 뒤에야 이 방법을 썼던 것이다. 지금은 과연 보옥의 병이 나아서 이후로는 모두 그와 이야기를 나눌 때 예전처럼 그의 말에 일일이 신경을 쓰지 않게 되었다.

　다만 보옥의 병세는 나날이 나아지고 있었지만, 대옥을 향한 사랑은 끝내 사라지지 않아서 기어이 직접 조문을 가겠다고 고집했다. 태부인 등은 그의 병이 완전히 뿌리 뽑히지 않았다는 것을 알았기 때문에 쓸데없는 생각 말라며 허락하지 않았다. 그 바람에 보옥은 울적한 나머지 시름을 감당하지 못하여 병이 도졌다가 나아지기를 여러 번 되풀이했다. 그나마 의원이 그의 마음의 병을 알아채고, 기분을 풀고 약을 먹으면서 조리해야 조금이라도 빨리 쾌차할 수 있다고 설득했다. 그 말을 들은 보옥은 당장 소상관에 다녀와야겠다고 했다. 태부인 등은 어쩔 수 없이 하인들에게 대나무 의자를 가져오라 해서 그를 부축하여 앉혔다. 그리고 태부인과 왕부인이 먼저 소상관으로 갔다. 소상관에 도착하여 대옥의 영구를 보자 태부인은 벌써 눈물이 마르고 숨이 막힐 정도로 슬피 울었다. 그 바람에 희봉은 재삼 "고정하세요." 하고 위로해야 했다. 왕부인도 한바탕 눈물을 쏟아냈다. 이환은 곧 태부인과 왕부인을 안방으로 모셔서 쉬게 하고는 자신도 눈물을 흘렸다.

　뒤이어 도착한 보옥은 자신이 아프기 전에 이곳에 드나들었던 일이 떠올랐다. 그런데 지금은 방만 있고 주인이 없으니 목 놓아 통곡하지 않을 수 없었다. 예전에 그렇게 친밀하게 지냈는데 이제 사별하게 되었으니 더욱 슬프지 않겠는가! 사람들은 모두 보옥에게 병석에서 일어난 지 얼마 되지 않았는데 너무 애통해하면 안 된다고 위로했다. 그러면서 이미 까무러칠 정도로 울음을 쏟아낸 보옥을 부축하여 쉬도록 했다. 보차를 비롯해서 그를 따라온 사람들도 모두 몹시 애통하며 슬퍼했다. 그런데 보옥은 기필코 자견을 만나 대옥이 죽을 때 무슨 말을 했는지 분명히 물어보겠다고 고집을 부렸다. 자견은 보옥을 무척 원망하고 있었는데, 이런 모습을 보자 마음이 조금 누그러졌다. 게다가 태부인과 왕부인이 모두 있으니 감히 보옥을 책망하지도 못했다. 그래서 그저 대옥의 병이 도지게 된 과정과, 손수건과 시 원고를 태운 일이며 임종 직전에 한 이야기들을 모두 자세히 들려주었다. 그 이야기를 들으면서 보옥은 다시 목이 멜 정도로 울었다. 탐춘이 그 기회를 틈타 대옥이 임종 무렵에 자신의 영구를 고향으로 돌려보내 달라 부탁했다는 말을 꺼내자, 태부인과 왕부인이 다시 울기 시작했다. 다행히 희봉이 잘 위로해서 그만저만 울음을 멈출 수 있었고, 곧 태부인 등에게 거처로 돌아가시라고 권했다. 보옥은 한사코 떠나려 하지 않았지만, 태부인이 다그치자 어쩔 수 없이 자기 방으로 돌아갔다.

태부인은 고령인데다 보옥이 아프기 시작할 때부터 밤낮으로 편히 지내지 못했고, 이제 또 크나큰 상심을 겪었기 때문에 머리가 어지럽고 몸에서 열이 났다. 그녀는 보옥에 대한 걱정 때문에 마음을 놓지 못했지만, 도저히 몸이 견딜 수 없어서 자기 방으로 돌아가 자리에 누웠다. 왕부인도 가슴앓이가 더 심해져서 견디지 못하고 자기 방으로 돌아갔다. 그리고 채운을 보내 습인을 도와 보옥의 시중을 들라고 하면서 이렇게 당부했다.

"보옥이가 계속 슬퍼하고 있거든 얼른 나한테 알리도록 해라."

보차는 보옥이 금방 소상관을 떠나지 못하리라는 걸 알고, 돌아가라고 직접 권하지는 않으면서 그저 은근한 말로 돌려서 말했다. 보옥은 오히려 그녀가 수상하게 생각할까 걱정스러워 눈물을 삼키며 마음을 추슬렀다. 그렇게 하룻밤을 쉬고 나자 조금은 안정이 되었다. 이튿날 아침 사람들이 와서 보니, 기가 허하고 몸이 약하기는 해도 보옥의 마음의 병은 상당히 나은 상태였다. 그래서 더욱 신경을 써서 조리하게 하자 점점 차도가 생겼다. 다행히 태부인도 큰 병이 생기지는 않았지만, 왕부인의 가슴앓이는 아직 낫지 않았다. 그날 설씨 댁 마님도 문병하러 왔다가 보옥의 상태가 조금 나아진 걸 보고 안심하며 잠시 그곳에서 머물기로 했다.

하루는 태부인이 일부러 설씨 댁 마님을 불러 의논했다.

"보옥이의 목숨을 구한 것은 다 보차 어머니 덕분일세. 이제는 괜찮아진 것 같은데, 그러는 통에 보차만 고생했구먼. 이제 보옥이가 백 일 동안 몸조리를 하면 건강도 회복될 테고 또 귀비마마의 상도 끝나게 되니, 둘에게 화촉동방을 차려줄 수 있겠구먼. 그러니 사돈이 제일 좋은 길일을 잡아보시게."

"아주 좋은 생각이십니다. 하지만 저한테 물으실 필요 있습니까? 보차가 좀 모자라긴 해도 생각하는 건 아주 명석합니다. 노마님께서 그 아이 성정을 잘 아시잖아요? 그저 둘 마음이 잘 맞아서 화목하게 지내면 이후로 노마님께서도 시름을 더시고, 제 언니도 좀 위안이 될 테지요. 그렇게 저도 마음을 놓을 수 있게 되기만 바랄 뿐이지요. 날짜는 노마님께서 정하십시오. 그런데 친척들에게도 알려야 하지 않을까요?"

"보옥이와 보차에겐 일생의 대사인데다 수많은 우여곡절 끝에 이제 겨우 평안해졌으니, 당연히 며칠 동안 떠들썩하게 잔치를 열어야지. 친척들을 모두 초대하시게. 이전에 초청하지 못한 빚도 갚고 우리 모두 축배를 마실 테니, 그래야 이 늙은이가 그렇게 신경 쓴 보람이 있을 게 아닌가?"

설씨 댁 마님도 당연히 기뻐하며 곧 혼수품을 장만해야겠다고 말했다.

"친척끼리 한 결혼인데 그런 건 굳이 마련할 필요 없을 것 같네. 살림살이야 그 아이 방에 이미 가득 채워놓지 않았는가? 보차가 꼭 갖고 싶다는 물건이 있다면 그런 것이나 몇 가지 갖다주시게. 내가 보기엔 보차도 마음이 너그러워서 성미 고약한 내 외손녀와는 비교가 안 되네. 그래서 대옥이가 오래 살지 못했던 게지."

태부인의 이 말에 설씨 댁 마님도 눈물을 흘렸다. 그때 마침 희봉이 들어왔다.

"호호, 할머니, 고모님, 또 무슨 생각을 하고 계셔요?"

설씨 댁 마님이 말했다.

"노마님과 얘기하는 도중에 대옥이 얘기가 나와서…… 마음이 아프네."

"호호, 두 분 모두 상심하지 마셔요. 제가 방금 들은 재미있는 얘기를 들려드릴게요."

태부인이 눈물을 닦으며 미소를 지어 보였다.
"또 누구 흉을 보려고 그러느냐? 어디 얘기해봐라. 재미없으면 가만두지 않을 테야!"
그러자 희봉은 입을 열기도 전에 두 손으로 손짓을 해 보이더니, 허리를 구부리고 깔깔 웃어댔다. 그녀가 무슨 이야기를 했는지는 다음 회를 보시라.

제99회

관청의 규율 지키려는데 못된 노비들이 관례를 깨고
늙은 이모부는 저보를 보고 스스로 놀라다

守官箴惡奴同破例　閱邸報老舅自擔驚

저보를 읽은 가정이 놀라 걱정하다.

희봉은 태부인과 설씨 댁 마님이 대옥 때문에 상심하는 것을 보자 "재미있는 애기를 하나 들려드릴게요." 해놓고 입을 열기도 전에 혼자 웃더니 이렇게 말했다.

"할머님, 고모님, 이 우스운 이야기가 어디서 나온지 아셔요? 바로 우리 집, 저 신랑 신부 애기라고요!"

태부인이 "어떻게 된 거냐?" 하고 묻자 희봉이 손짓을 하며 말했다.

"한 사람은 이렇게 앉아 있고, 다른 한 사람은 이렇게 서 있었지요. 그러다가 한 사람이 이렇게 몸을 돌리면, 다른 한 사람은 이렇게 돌아서는 거예요. 그리고 한 사람이……"

거기까지 말했을 때 태부인은 벌써 웃음을 터뜨리며 말했다.

"말조심해라. 그래도 그 아이들 애기니 망정이지, 아니면 넌 지금 남한테 무지무지 욕먹을 소리를 하는 거야."

설씨 댁 마님도 웃으며 말했다.

"계속 해봐라. 흉내는 그만 내고."

"방금 제가 보옥 도련님 방에 갔더니, 여러 사람들이 웃고 있지 않겠어요? 전 그저 어떤 사람들인가 궁금해서 창틈으로 들여다보았더니, 보차 동생이 구들 언저리에 앉아 있고 보옥 도련님은 마루에 서 있더군요. 보옥 도련님이 보차 동생의 소매를 붙잡고 계속 이러는 거예요. '누나, 왜 말을 못하게 됐어? 그렇게 한마디만 해주면 내 병이 다 나을 텐데 말이야.' 하지만 보차 동생은 고개를 돌린 채 계속 피하는 거예요. 그러니까 보옥 도련님이 공손히 절하면서 다가가 보차 동생의 옷깃을 잡았어요. 하지만 보차 동생이 기겁하며 홱 잡아채버렸어요. 병석에서 일어난 지 얼마 되지 않은 보옥 도련님은 당연히 다리에 힘이 없어서 풀썩 넘어져버렸는데, 하필 보차 동생 몸 위로 넘어져버린 거예요. 그러자 보차 동생이 금세 얼굴이 홍당무가 되어서 이러는 거예요. '갈수록 더 채신머리없이 구는군요!'"

여기까지 듣고 태부인과 설씨 댁 마님이 모두 웃음을 터뜨렸다. 희봉이 이야기를 계속했다.

"그러니까 보옥 도련님이 얼른 일어나서 웃으며 이러대요. '다행히 넘어진 덕분에 겨우 누나가 입을 열게 되었네!'"

설씨 댁 마님이 웃으면서 말했다.

"보차도 참 고약하구나. 그까짓 게 뭐라고 그랬대? 이미 부부가 되었는데 뭐가 무서워서 같이 웃고 떠들지도 못한다니? 그 아이는 너희 부부가 지내는 모습을 보지 못한 모양이구나."

"호호, 그게 무슨 말씀이셔요? 고모님 기분 풀어드리려고 우스갯소리를 했는데, 오히려 저를 놀리시다니요!"

태부인도 웃으며 거들었다.

"그럼 됐다. 부부란 당연히 화목해야 하지만, 어느 정도 선을 지킬 필요도 있어. 내가 보차를 예뻐하는 것도 바로 그렇게 법도를 존중하기 때문이야. 다만 보옥이가 아직도 흐리멍덩할까 걱정하고 있었는데, 그 얘기를 듣고 보니 예전보다는 많이 정신이 맑아진 모양이구나. 그래, 더 얘기해봐라. 또 무슨 재미있는 이야기가 있느냐?"

"나중에 보옥 도련님이 동방화촉을 밝히고 나서 고모님께서 외손자를 안게 되시면, 그땐 정말 더 우스운 얘기가 생기지 않겠어요?"

"호호, 요놈의 원숭이! 네 고모님과 대옥이 생각을 하고 있을 때 와서 우스갯소리를 한 건 그렇다 치고, 어찌 그리 창피한 줄도 모르고 이런 얘기를 한단 말이냐! 우리가 대옥이 생각을 그만하게 하려고 그러는진 알았지만, 너무 까불지 마라. 대옥이가 원한을 품게 되면 나중에 너 혼자 대관원에 들어가지 못할 게다. 그 애가 널 꽉 붙잡고 용서하지 않을 테니까 말이야!"

"호호, 설마 저를 원망할까요? 임종할 때 이를 갈며 미워한 건 아마 보옥 도련님이었을걸요?"

태부인과 설씨 댁 마님은 그 말을 그저 농담이라 여기고 깊이 따지지 않았다.

"함부로 아무나 끌어들이지 말고 나가서 바깥사람들한테 보옥이가 동방화촉을 밝힐 길일이나 잡으라고 해라."

희봉은 물러나서 길일을 잡고는, 다시 술자리를 마련하고 극단을 준비하여 친척과 친우들을 초청했는데, 그 이야기는 그만하겠다.

한편, 보옥의 병이 낫긴 했어도, 이따금 보옥의 기분이 좋을 때 보차가 책을 펼치고 내용에 대한 이야기를 꺼내면, 그래도 평소 자주 보던 내용은 기억해냈지만 영민함과 이해력은 이전에 비해 훨씬 떨어졌다. 그 자신도 이유를 몰랐지만 보차는 그것이 통령보옥을 잃어버렸기 때문이라는 걸 잘 알았다. 하지만 습인은 자주 보옥에게 이런 말을 했다.

"예전의 그 영민하던 분은 어디가셨어요? 옛날 나쁜 버릇들도 같이 잊어버리셨으면 좋을 텐데, 왜 옛날 성미는 그대로이고 도리를 지키는 일만 잊으셨나요?"

하지만 보옥은 그 말을 듣고도 전혀 화를 내지 않고 오히려 싱글싱글 웃었다. 이따금 보옥이 기분 내키는 대로 말썽을 피우곤 했지만, 대부분 보차가 타이르는 덕분에 모든 일이 조금이나마 수습되는 것 같았다. 그래서 습인은 잔소리를 줄이고 오로지 시중드는 데 정성을 다할 수 있었다. 다른 하녀들도 평소 정숙하고 온화한 보차를 따르고 마음으로 공경했기 때문에 모두들 평온하게 지낼 수 있었다.

다만 보옥은 조용히 있는 것보다 몸을 움직이는 것을 좋아했기 때문에 종종 대관원에 들어가 놀고 싶어 했다. 태부인 등은 그가 감기라도 걸릴까 걱정스럽고, 또 그곳 풍경을 보고 혹시 마음이나 상하지 않을까 염려스러웠다. 대옥의 영구는 이미 성 밖의 암자에 옮겨놓았지만 소상관은 여전히 주인 없는 상태로 남아 있었기 때문에, 그의 지병이 도지게 될 것 같아 대관원 출입을 허락하지 않았다. 게다가 친척 자매들 가운데 보금은 이미 설씨 댁으로 거처를 옮겼고, 상운은 사후史侯가 경사로 돌아온 뒤에 그 집으로 데려갔다. 게다가 혼례 날짜까지 잡아놓았기 때문에 자주 오지 못했다. 상운은 보옥이 결혼하던 날과 축하 잔치를 여는 날까지 두 차례 이곳에 왔지만, 그때도 태부인의 거처에서만 지냈다. 보옥이 이미 결혼을 했고 또 자신도 곧 시집을 가야 하기 때문에 그녀는 예전처럼 우스갯소리를 하지 않았고, 이따금 찾아왔을 때도 보차와만 이야기를 나눌 뿐 보옥에게는 그저 인사만 하는 정도였다. 수연은 영춘이 시집간 뒤에 형부인을 따라가버렸고, 이씨 집안의 자매들도 밖으로 나가 살았다. 그들도 이씨 부인을 따라 이곳에 올 때면 그저 마님들과 자매들의 거처에 들러 문안 인사만 하고, 바로 이환네 집으로 돌아가 하루 이틀 묵은 뒤에 바로 돌아가버렸다. 그래서 대관원 안에는 이환과 탐춘, 석춘만 살고 있었다. 태부인은 이환 등도 밖으로 데리고 나오려 했지만, 원비가 별세한 뒤로 집안에서 여러 가지 일들이 연달아 일어나는 바람에 거기까지 신경 쓸 겨를이 없었다. 그런데 이제 날씨가 나날이 따뜻해져서 대관원 안쪽도 아직 지낼만하니 가을이나 되면 거처를 옮기기로 했다. 이것은 이후의 일이니 잠시 덮어두겠다.

한편, 가정은 경사에서 초빙한 몇몇 막우幕友*들과 함께 새벽에 출발하여 저녁에 쉬는 식으로 길을 재촉해서는 드디어 어느 날 부임지인 성성省城*에 도착했다. 그는 상사에게 인사를 올리고 즉시 인수인계를 받아 그 지역에 소속된 각 주州와 현縣의 양곡 창고에 대한 조사에 착수했다. 예전에 그가 경사에서 벼슬살이를 할 때는 그저 낭중郎中*의 사무라는 게 모두 똑같을 줄 알았다. 외지에 부임한 적도 있지만 그것은 학정學政*으로 파견된 것이기 때문에 지방 관리들의 일과는 상관이 없었다. 그래서 지방의 주와 현의 관리들이 양곡을 편법으로 할인하여 거두거나, 우매한 백성들에게 토색질을 하는 따위의 폐단에 대해서는 남들이 하는 말만 들었지 직접 겪어보지는 못했다. 그는 오로지 좋은 관리가 되겠다는 마음으로 막료들과 상의하여 폐단을 엄금하는 조례를 발표하고, 아울러 그런 사실이 발각되면 반드시 면밀히 조사하여 상부에 탄핵하겠다는 명을 내렸다.

그가 처음 부임했을 때는 과연 서리胥吏들이 두려워하며 온갖 편법을 써서 아부했지만, 결국 그의 고집을 꺾지 못했다. 그런데 그를 따라온 하인들은 경사에 있을 때 전혀 재미를 보지 못했기 때문에 그저 지방에 부임하는 주인을 따라가기만을 고대하고 있었다. 그래서 경사를 떠나기 전, 지방으로 나가면 많은 돈을 벌 수 있으리라는 명분으로 여기저기서 돈을 빌려 체면치레할 옷을 지어 입곤 했다. 부임지에 도착하면 쉽게 한밑천을 장만할 거라 생각했기 때문이었다. 그런데 뜻밖에 이 주인의 고지식한 천성이 발작하여 엄격하게 조사하기 시작하면서, 지방 관리들이 보내온 뇌물을 일체 받지 않는 것이었다. 그래서 문지기나 공문을 담당하는 하급관리들은 이런 생각을 하게 되었다.

'이런 식으로 보름만 지나면 옷까지 저당 잡혀야 할 판이구나. 빚쟁이들이 독촉할 텐데 어떡하지? 눈앞에 번쩍번쩍한 은돈 꾸러미들을 보면서도 손에 넣을 수 없으니 원!'

관청의 심부름꾼들도 이렇게 투덜거렸다.

"나리들이야 어쨌든 무슨 돈을 들여서 여기 오신 건 아니지만, 저희들은 정말 억울합니다요. 이 자리를 얻느라고 돈을 제법 썼는데, 한 달이 지나도록 땡전 한 푼 구경하지 못했다 이겁니다. 보아하니 이 상전 밑에서는 본전조차 챙길 수 없을 것 같습니다요. 그러니 내일 우리 모두 일제히 작당해서 휴가를 신청하도록 하십시다!"

이튿날 그들은 무리를 모아 휴가를 신청했다. 그러자 내막을 모르는 가정이 이렇게 말했다.

"너희들 스스로 이 일을 하겠다고 나서더니, 또 너희 마음대로 떠나겠다고 하는구나. 여기가 마음에 들지 않는다면 모두들 편할 대로 하거라!"

그러니 그 심부름꾼들은 투덜거리며 떠나는 수밖에 없었다. 이러게 되자 경사에서 데려온 하인들만 남게 되었다. 이에 그들도 서로 상의했다.

"그 사람들이야 떠나고 싶으면 떠나도 되지만, 우리는 떠날 수도 없으니 어쨌든 무슨 방법을 찾아야 하지 않겠어?"

그러자 그 가운데 문지기 일을 맡은 이십아李十兒°가 이렇게 말했다.

"이 참을성 없는 인간들아, 왜 그리 안달복달하고 그래! 나는 그 심부름꾼들이 있어서 일부러 나서지 않았네. 이제 그것들이 다 배를 곯다가 도망쳐버렸으니, 이제 내 솜씨를 보여주지. 우리 주인 나리도 어쩔 수 없을걸? 다만 자네들이 마음을 합쳐서 함께 행동해야 몇 푼이라도 벌어서 집에 돌아가 쓸 수 있네. 내 말대로 하지 않겠다면 나도 상관하지 않겠네만, 어쨌든 자네들 하는 대로 지켜보기만 하겠네."

"여보게, 그래도 자넨 주인 나리께 신뢰를 얻고 있지 않은가? 자네가 나서지 않으면 우린 정말 다 죽은 목숨일세."

"그렇다면 내가 나서서 돈을 벌거든, 내 몫을 많이 챙겼다고 따지지나 말게. 우리 사이에 반감이 생기면 모두가 재미없어지게 될 테니까 말일세."

"걱정 붙들어 매시게. 아무 일 없을 걸세. 얼마가 되든 간에 우리 호주머니에서 돈이 나가는 것보다야 낫지 않겠는가!"

그렇게 이야기를 나누고 있을 때 양곡 창고의 서기가 주이周二°를 찾으러 왔다. 이십아가 의자에 앉아 다리를 꼰 채 뻣뻣이 앉아 물었다.

"그 사람은 왜 찾는 거요?"

서기가 공손히 서서 웃는 얼굴로 말했다.

"나리께서 부임하진 지 한 달 남짓 지났는데, 주와 현의 관리들이 나리의 고시告示가 너무 엄하다고 생각한 모양입니다. 하지만 말씀드리기가 곤란해서 지금까지 창고를 열지 않고 있습니다. 만약 양곡 운송 기한이 지나 버리면, 여러분들은 뭐하러 오셨냐는 문책을 받으실 겁니다."

"말도 안 되는 소리! 우리 나리께서는 근본이 단단한 분이시라 일단 하신 말씀은 반드시 그대로 처리하신다네. 요 이틀 동안 공문을 보내 양곡을 바치라고 독촉하려 하셨는데, 내가 며칠만 더 늦춰주십사 말씀드려서 그만두셨네. 그나저나 우리 주이 어른은 왜 찾는 건가?"

"공문 독촉 문제에 대해 알아볼 생각이었습니다. 다른 일은 없습니다."

"더 황당한 소리로군! 조금 전에 내가 먼저 얘기를 꺼내니까 어물쩍 넘어가려는 모양인데, 뒷전에서 수군수군 뭘 챙길 수작은 피우지 않는 게 좋아. 내가 나리께 말씀드려서 매질하고 내쫓게 해버릴 테니까 말이야!"

"저는 벌써 삼 대째 이 관아에서 일하고 있습니다. 밖에 나가면 체면도 세울 수 있고, 집안 살림도 그럭저럭 지낼만합니다. 그러니 규정대로 성심껏 나리를 모셔서 승진이라도 하게 되면 충분합니다. 그날 벌어 그날 먹고 사는 작자들과는 다릅니다."

그러면서 그는 "주이 어르신, 저 갑니다!" 하고 소리쳤다.

그러자 이십아가 자리에서 일어나 그를 툭툭 치면서 웃는 얼굴로 말했다.

"이런, 농담도 못하겠군! 몇 마디 해본 걸 갖고 금방 화를 내다니!"

"제 성미가 급한 게 아니라 더 이상 얘기하면 주이 어른의 청렴한 명성에 누를 끼치게 되지 않겠습니까?"

이십아가 다가가 서기의 손을 잡으며 물었다.

"성함이 어떻게 되십니까?"

"이러실 필요야… 저는 첨회詹會*라고 하는데 어릴 적에 경사에서 몇 년 살았던 적이 있습니다."

제99회 **273**

"첨선생, 선생의 명성은 오래전부터 익히 들어왔습니다. 우리 형제들도 마찬가지이니 하실 말씀이 있거든 저녁에 이리 오셔서 말씀하십시오."

"이십아 어르신께서 수완 좋으신 줄이야 누군들 모르겠습니까? 저를 한 번 떠보기만 하셨는데도 너무 놀라 오싹하더이다."

그 말에 모두들 웃으며 헤어졌다. 그날 저녁 그들은 서기와 한밤중까지 수군수군 논의하고, 이튿날 그걸 가지고 가정을 찾아가 속을 떠보았다. 하지만 이십아는 가정에게 호된 꾸중만 듣고 말았다.

그 다음 날 누구의 집을 방문하게 된 가정은 안에서 바깥사람들에게 나갈 준비를 하라고 지시했다. 그런데 "예!" 하고 대답만 들렸을 뿐, 한참을 기다려도 소식이 없었다. 벌써 세 번이나 지시를 내렸는데 정청正廳*에서 명을 받아 북을 울리는 사람이 아무도 없었다. 간신히 한 사람을 찾아 북을 울리게 하고는 난각暖閣¹으로 나가니, 자리에 서서 "물렀거라!" 하고 외치는 아역이 한 명밖에 없었다. 가정은 어찌 된 일인지 캐묻지도 않고 섬돌 아래에서 교자에 올랐는데, 가마꾼이 오는 데도 시간이 한참 걸렸다. 가마꾼이 다 와서 관아의 대문을 나가는데 폭죽 소리도 한 번밖에 울리지 않았고, 취고정吹鼓亭*의 악사는 북 치는 사람 하나와 퉁소 부는 사람 하나밖에 없었다. 그제야 가정이 화를 냈다.

"예전에는 괜찮더니 지금은 왜 이 모양이냐!"

그러면서 고개를 들어 의장 행렬을 바라보니, 앞으로 불쑥 나서서 가는 이도 있고 멀찌감치 뒤처져 따라오는 이도 있는 등 엉망이었다. 어찌어찌 방문을 마치고 돌아오자 곧 근무를 소홀히 한 자들을 불러 곤장을 치려고 했다. 그런데 어떤 이는 모자가 없어서 나오지 못했다 하고, 어떤 이는 관복을 저당 잡혀서 나오지 못했다 하고, 또 어떤 이는 사흘 동안 굶어서 움직일 기력조차 없다고 하는 것이었다. 가정은 화가 치밀어 한두 명에게만 곤장을 치고 말았다. 그로부터 이틀 후에 주방을 관장하는 이가 돈을 달라고 하기에 가정은 집에서 가져온 돈을 내주었다.

이후로는 모든 일이 뜻대로 되지 않아서 경사에 있을 때보다 훨씬 불편했다. 그는 어쩔 수 없이 이십아를 불러 물었다.

"따라온 놈들이 왜 모두 변해버렸지? 너도 단속을 좀 해라. 집에서 가져 온 돈은 이제 다 써버렸고, 봉록이 내려오려면 아직 멀었으니 아무래도 경사에 사람을 보내 돈을 좀 가져와야겠다."

"소인도 매일 얘기를 하지만 어찌 된 영문인지 모두들 기운이 없으니 저도 어쩔 도리가 없습니다. 댁에서 돈은 얼마나 가져올까요? 듣자 하니 며칠 후에 절도사 관아에서 생신 잔치가 열린다 하여 다른 지부나 도대 나리들께서는 수천수만 냥 어치의 선물을 보냈답니다. 나리는 얼마나 보내실 생각이십니까?"

"왜 진즉 그런 말을 하지 않았느냐?"

"나리께서는 사리에 아주 밝으십니다. 저희는 여기 온 지 얼마 되지 않았고, 또 다른 나리들과는 별로 교류가 없으니 누가 그런 소식을 알려주려 했겠습니까? 오히려 나리께서 가시지 않아 불이익을 당하시면, 그 자리를 차지할 요량만 하고 있겠지요."

"말도 안 되는 소리! 내 벼슬은 황제 폐하께서 내려주신 것이거늘, 절도사 생일에 가지 않았다고 해서 어찌 내 벼슬을 박탈할 수 있겠느냐?"

이십아가 쓴웃음을 지으며 말했다.

"지당하신 말씀이긴 합니다만, 여기는 경사와 아주 멀리 떨어진 곳이라, 절도사가 어떻게 상주하느냐에 따라 만사가 평가됩니다. 절도사가 괜찮다고 상주하면 그런 것이고, 그렇지 않다고 상주하면 벼슬을 잃게 된다는 말씀입니다. 사정이 분명히 밝혀진다 하더라도 이미 때가 늦어버리는 겁니다. 그런데 노마님이나 마님들 가운데 어느 분인들 나리께서 지방관으로서 훌륭한 치적을 쌓기를 바라지 않겠습니까?"

그 말을 듣자 가정은 자연히 모든 상황을 파악할 수 있었다.

"그렇지 않아도 너한테 물어보려던 참인데, 왜 갑자기 네가 먼저 말을 꺼냈던 게냐?"

"소인은 본래 감히 이런 말씀을 드릴 엄두를 내지 못하고 있었습니다. 하지만 나리께서 물으시는데 양심 없이 말씀드리지 않기도 곤란하고, 그렇다고 말씀을 드리자니 나리께서 분명 진노하실까 염려가 되었습니다."

"이치에 맞는 말인지 아닌지가 중요할 뿐이야."

"저 서리들과 아역들은 모두 돈을 써서 이 양도아문糧道衙門*에 일자리를 얻었으니, 누군들 한밑천 장만하려 하지 않겠습니까? 다들 식구들을 먹여 살려야 할 테니까요. 그런데 나리께서 부임하신 뒤로 저 사람들은 나라를 위해 봉사는 하지 않고 먼저 입방아부터 찧고 있습니다."

"백성들 사이에서 무슨 말이 나돌더냐?"

"백성들 말은 이렇습니다. '새로 온 지방관이 고시를 엄격하게 내릴수록 돈을 긁어모을 생각이 더 많은 법이지. 그러면 주·현의 관리들이 겁을 먹고 뇌물을 많이 먹일 테니까 말이야.' 그리고 공미貢米를 거둬들일 때면 관아의 관리들이 이렇게 말합니다. '신임 장관께서 법령을 정해놓으셔서 절대 돈을 받을 수 없다.' 이러면서 자기들만 골탕 먹인다고 투덜댑니다. 백성들이야 몇 푼 쓰더라도 빨리 일이 마무리되기만 바라겠지요. 그래서 그것들은 나리를 훌륭한 분이라고 칭송하지 않고 오히려 백성들 사정에 어두운 분이라고 비난하고 있습니다. 우리 댁의 큰어르신만 하더라도 나리와 아주 친밀하시지요. 하지만 그분께서도 몇 년 안 되는 사이에 벌써 굉장한 몫을 챙기시고도, 그저 세상 형편을 잘 알고 위아래 사람들이 화목하게 지내려면 어쩔 수 없는 일이라고 여기셨습니다."

"말도 안 되는 소리! 그럼 나는 세상 형편을 모른다는 말이더냐? 위아래가 화목하려면 나더러 고양이가 쥐와 함께 자듯이 그자들과 결탁해서 못된 짓을 저지르란 말이더냐?"

"소인은 오로지 충심을 다하려고 숨김없이 말씀드린 겁니다. 나리께서 계속 이렇게 해나가시다가 공도 이루지 못하고 평판만 나빠지는 지경에 이르게 되면, 해야 할 말이 있는데도 양심도 없이 말씀드리지 않았다고 절 나무라실 게 아닙니까?"

"그래, 네 생각에는 어떻게 하면 좋겠느냐?"

"뭐 별게 아닙니다. 나리께서도 건강하시고 궁에서도 보살펴주시는데다 노마님께서도 정정하시니, 그저 자신을 조금 생각하시기만 하면 됩니다. 그러지 않으면 일 년도 못되어 댁의 돈은 다 써버리고 위아래 사람들의 원망만 남아서, 다들 나리께서 지방관으로 계시면서 당연히 돈을 제법 벌었을 텐데 숨겨놓고 혼자 쓰신다고 할 겁니다. 그러다가 혹시 한두 가지라도 어려운 일을 당하면 누가 도와주려 하겠습니까? 그때는 일도 해결하지 못하고 후회해도 늦습니다."

"그럼 너는 나더러 탐관오리가 되라는 말이더냐? 목숨을 잃는 건 별게 아니지만, 분명 조상님의 공훈까지 말살하는 결과가 올 수 있는데도?"

"나리께선 지극히 사리에 밝으신 분이시니 예전에 죄를 범해 처벌당하신 나리들을 보셨겠지요? 그분들 모두 나리와 친하게 지내셨고, 나리께서도 늘 그분들이 청렴한 관리라고 칭찬하셨는데, 지금 그런 명성은 다 어디 갔습니까? 그에 비해 지금 몇몇 친척 분들에 대해 나리께서는 예전에 안 좋게 말씀하셨는데, 지금은 다들 승진하거나 더 좋은 자리로 옮겨 가셨습니다. 그러니 그저 얼마나 일을 요령껏 잘 처리할 수 있느냐에 달린 것뿐입니다. 나리께서도 아시겠지만, 백성도 돌보셔야 하고 관리들도 돌보셔야 합니다. 나리께서 생각하시는 것처럼 주·현의 관리들이 한밑천 잡는 걸 금지하신다면 이런 지방관의 일을 누가 하려 하겠습니까? 물론 나리께서 지방관으로 오셔서도 이렇게 청렴하다는 명성을 얻으시는 건 좋은 일입니다. 그러니 이제 안에서 하는 궂은일은 그저 소인에게 맡겨주십시오. 나리께는 절대 해가 미치지 않도록 하겠습니다. 소인이 나리를 모시는 이상 충심을 다하겠습니다."

그 말을 들은 가정은 더 이상 자기 주관을 내세울 수가 없게 되었다.

"나는 목숨을 아끼는 사람이니 너희들이 무슨 짓을 저지르든 나하고는 상관없다!"

그렇게 말하며 그는 안으로 들어가버렸다.

곧 이십아는 자기가 나서서 위세를 부리며 안팎으로 한통속이 되어 가정을 속인 채 일을 처리했는데, 오히려 모든 일들이 빈틈없이 흡족하게 진행되었다. 이렇게 되자 가정은 의심도 하지 않았을 뿐만 아니라 오히려 이십아를 대단히 신뢰하게 되었다. 몇 군데에서 상부에 고발하기도 했지만, 상부에서는 가정이 성실하고 충직한 사람이라는 걸 알고 조사조차 하지 않았다. 다만 눈과 귀가 밝은 막료들은 그런 풍문을 듣자 곧 가정에게 바르게 충고했지만, 그가 도무지 믿으려 하지 않으니 어떤 이들은 사직하고 떠나버리고, 어떤 이들은 가정과 친하게 지내며 안에서 이십아를 돕기도 했다. 이렇게 되자 양곡을 운송하는 일이 끝나도 벼슬을 잃는 일은 생기지 않았다.

하루는 가정이 한가하게 서재에서 책을 보고 있었다. 그때 문서를 담당하는 부서에서 편지를 한 통 올렸는데, 관청에서 쓰는 겉봉에는 다음과 같이 적혀 있었다.

  해문 등지를 다스리는 총제로부터 발송하는 공문.
  강서양도아문 귀중. (속달)
  鎭守海門等處總制公文一角 飛遞江西糧道衙門.

가정이 봉투를 뜯어 내용을 보니 이렇게 적혀 있었다.

  동향의 정이 두터운 금릉 출신의 벗에게
  지난해 조정의 벼슬을 받아 경사에 온 뒤로 늘 가까이 지낸 것을 얼마나 기뻐했는지 모릅니다. 게다가 각별한 사랑을 받아 양가의 혼약을 허락해주셨으니, 지금도 그 은덕을 잊지 않고 있습니다. 다만 제가 바닷가로 발령이 나는 바람에 섣불리 청을 올리지 못하게 되어 가슴 깊이 송구스러워 하면서 인연이 없음을 한탄했습니다. 다행히 이제 귀하께서 먼 이곳까지 영전하셔서 평생의 염원을 이루게 되었습니다. 승진을 축하드리기 위해 먼저 이 글을 올립니다. 덕분에 변방 군영軍營에 영광이 생겼으니, 이 무부武夫 이마에 손을 얹어 축하하는 바입니다. 멀리 바다 건너 이곳에서도 귀하의 은덕을 입게 되었음을 칭송하고 있습니다. 비천한 이 몸을 버리시지 않는다면 부디 사돈을 맺게 해주시길 바랍니다. 이미 제 자식을 좋게 봐주셨고, 귀댁의 영애슈愛도 평소 아름답고 정숙하기로 명망이 높습니다. 예전의 언약을 실행해주신다면 즉시 중매인을 보내겠습니다. 비록 먼 길이긴 하지만 뱃길을 한 번 거치면 닿을 수 있습니다. 수레 백 대를 준비하여 신부를 맞이하겠다고는 감히 말씀드리지 못하겠지만, 삼가 좋은 배를 마련하여 기다리고 있겠습니다. 이에 짧은 글을 적어 영전을 축하하며 윤허를 바랍니다. 인연이 맺어지기를 간절히 기원하며 이만 줄입니다.

아우[世弟] 주경周瓊* 삼가 올림.

편지를 읽고 나자 가정은 이런 생각을 했다.

 '딸자식의 결혼 인연이란 게 과연 정해져 있는 모양이구나. 예전에 그 사람이 경사에서 벼슬살이를 할 때 동향 사람이라 평소 친하게 지냈고, 또 그 아들이 잘생겨서 어느 자리에선가 이 일에 대해 이야기한 적이 있지. 하지만 확실하게 이야기된 것이 아닌지라 그 집안과 정식으로 논의해본 적도 없었어. 그러다가 그 사람이 바닷가 지방으로 전근하는 바람에 양쪽 모두 그 말을 꺼내지 못했는데 뜻밖에 내가 이곳으로 영전해 오니 이런 편지를 보내왔구나. 보아하니 가문도 서로 어울리고 탐춘이도 그 집 아들과 어울릴 것 같아. 다만 내가 가족들을 데려오지 않았으니, 어쩔 수 없이 그

사람에게 편지를 써서 의논해보는 수밖에 없구나.'

그렇게 주저하고 있는데 문지기가 문서를 하나 전했다. 성성省城의 회의에 참석하라는 내용이었다. 그는 어쩔 수 없이 행장을 꾸려 성성으로 가서 절도사의 분부를 기다렸다.

어느 날 그가 공관公館에 한가로이 앉아 있는데, 책상 위에 파지破紙가 한 무더기 쌓여 있는 것이 보였다. 그가 하나씩 살펴보는데 문득 "보고. 조사 결과, 금릉 출신의 상인 설반薛蟠*……"이라고 적힌 형부刑部의 문서가 하나 보여 깜짝 놀랐다.

"이런, 큰일이구나! 벌써 사건이 보고되었나 보구나!"

그리고 신중하게 다음 구절을 보니 "설반이 장삼을 때려죽이고 관계자를 매수하여 시신의 상태와 증인의 진술을 조작한 후 과실치사로 보고한 사건에 대하여"라고 적혀 있었다. 가정은 책상을 치며 탄식했다.

"끝장이로구나!"

낙심하여 그다음을 읽어보았더니 이렇게 적혀 있었.

경영절도사京營節度使*가 보낸 공문에는 다음과 같이 적혀 있었습니다.

'금릉 사람 설반이 태평현太平縣을 지나다가 이 아무개의 여관에 묵었는데, 여관 심부름꾼인 장삼과는 원래 모르는 사이였다. 모년 모월 모일, 설반은 여관 주인에게 술상을 준비해달라고 해서 태평현의 백성 오양을 초청하여 함께 술을 마셨다. 설반은 장삼에게 술을 갖다달라고 했는데 술이 어찌나 맛없던지 좋은 술로 바꿔 달라고 했다. 하지만 장삼은 이미 판 술이기 때문에 바꿔 줄 수 없다고 거절했고, 설반은 이런 그가 불손하다면서 얼굴에 술을 뿌리려 했다. 그런데 순간적으로 힘이 너무 들어간 나머지 실수를 저지르고 말았다. 젓가락을 주우려 고개를 숙인 장삼의 정수리를 술잔으로 치고 만 것이다. 그 바람에 머리가 터져 피가 났고, 얼마 후 장삼은 숨을 거두고 말았다.

여관 주인 이씨가 응급조치를 했지만 소용없었고, 이에 그는 장삼의 모친에게 사건을 알렸다. 장삼의 모친 왕씨가 가서 보니, 아들이 이미 죽어 있는지라 울고불고 지보地保*에게 알려 현청에 고발하게 했다. 전임 지현이 현장에 나가 조사하니, 검시관은 한 치 삼 푼의 두개골 골절과 허리 뒤쪽의 상처 하나를 빼고 사실보다 축소된 보고서를 작성하여 상부 관청인 부府에 보고, 심의를 요청했다. 우리가 조사한 바에 따르면 설반이 술을 뿌리다가 실수하여 술잔으로 장삼을 쳐서 죽게 만든 것은 사실로 보인다. 이에 설반에게 과실치사 혐의를 적용하여, 싸우다가 살인을 저지른 투살죄鬪殺罪의 처벌 규정에 따라 벌금형에 처했다.'

하지만 신들이 자세히 검토한 결과, 범인과 증인, 검시 결과, 피해자 친척의 진술이 앞뒤가 맞지 않고, 또 『투살률鬪殺律』의 주석에도 "서로 다투는 것을 '투鬪'라 하고 서로 치고받는 것을 '구毆'라 한다. 반드시 다툰 정황이 없이 우연히 피해자가 죽었을 경우에만 과실치사로 판정할 수 있다."라고 적혀 있습니다. 그러므로 당연히 해당 절도사에게 사실 관계를 명확히 조사하여 타당한 보고서를 제출하게 했습니다. 해당 절도사의 상소문에는 이렇게 적혀 있습니다.

'설반은 장삼이 술을 바꿔 주지 않자 취한 상태에서 먼저 장삼의 오른손을 잡고 허리 뒤쪽에 주먹질을 한 번 날렸다. 얻어맞은 장삼이 욕을 하자 설반이 술잔을 던졌는데 정수리에 큰 상처가 나서 뼈가 깨지고 뇌가 터져 즉사했다. 이로 보건대 장삼의 죽음은 사실 설반이 술잔으로 엄중한 상처를 입힘으로써 야기된 것이니 마땅히 설반의 죄에 대해 심의하여 처벌을 결정해야 한다. 설반은 『투살률』에 따라 교수형의 판결을 내려서 추심秋審[2]의 결정이 내려질 때까지 감옥에 감금하고, 오양은 곤장을 치고 유배를 보내 노역하게 하는 장도형杖徒刑에 처해야 한다. 그리고 조사를 부실하게 한 부府, 주州, 현縣의 장관들에 대해서는 응당……'

그 아래에는 '이 원고는 아직 완성되지 않았음.'이라는 주석이 달려 있었다. 가정은 설씨 댁 마님의 부탁을 받고 지현에게 청탁한 적이 있는데, 만약 상주上奏한 내용에 대해 재심의를 하게 되면 자기까지 연루될 것 같아 마음이 놓이지 않았다. 그래서 얼른 다음 문서를 펼쳐보았으나 그건 다른 내용이었다. 그는 어쩔 수 없이 이리저리 뒤적이며 저보邸報를 다 읽어보았지만, 위 내용에 이어지는 다음 문서는 보이지 않았다. 그의 마음속에는 의혹이 끊이지 않아 더욱 두려운 생각이 들었다.

그가 그렇게 속을 태우고 있을 때 이십아가 들어왔다.

"나리, 청사에 나가 대기하셔야 합니다. 장관의 아문에서 벌써 두 번째 북을 쳤습니다."

하지만 가정이 그 말을 못 들은 것처럼 멍하니 있자 이십아가 다시 청했다. 그러자 가정이 말했다.

"이걸 어쩐다?"

"나리, 무슨 걱정거리가 있으십니까?"

가정이 저보에서 본 내용을 죽 이야기하자 이십아가 말했다.

"나리, 걱정 마십시오. 형부에서 그렇게 판결한다면 설서방님께는 더 좋은 일이라고 할 수 있습니다. 소인이 경사에 있을 때 들은 바로는, 설서방님이 여관에서 많은 여자들을 불러 놀다가 모두들 취해서 말썽을 일으켰고, 결국 멀쩡한 심부름꾼을 때려죽이게 되었답니다. 소인이 듣기로 지현에게만 청탁을 넣은 것이 아니라, 련 서방님께 부탁해서 각 아문에 많은 돈을 써서 겨우 무사하게 되었다고 합니다. 그런데 왜 형부에서 분명하게 처리하지 않았는지 모르겠군요. 하지만 지금 들통이 났다 하더라도 벼슬아치들끼리 서로 비호해주기 마련이니, 기껏해야 조사가 부실했다는 이유로 면직 처분을 받는 정도에 지나지 않을 겁니다. 돈을 받고 사정을 봐주었다고 자백할 리 있겠습니까? 나리, 걱정 마십시오. 제가 소식을 알아보겠습니다. 그러니 지금은 상사의 일이나 실수 없이 처리하셔야 합니다."

"너희가 어찌 알겠느냐? 애석하게도 그 지현은 청탁 하나 들어주는 바람에 벼슬까지 잃게 되었구나. 게다가 무슨 죄에 연루되었는지 여부도 아직 모르지 않느냐?"

"지금은 그런 생각을 하셔봐야 아무 도움이 안 됩니다. 한참 전부터 밖에서 사람들이 기다리고 있습니다. 나리, 어서 가시지요."

절도사가 가정에게 무슨 일을 처리하라고 하는지는 다음 회를 보시라.

제100회

좋은 일을 망친 향릉은 하금계에게 깊은 원한을 사고
멀리 시집가는 누이에게 가보옥은 이별의 정을 느끼다

破好事香菱結深恨　悲遠嫁寶玉感離情

가보옥이 먼 곳으로 시집가는 가탐춘 때문에 슬퍼하다.

　가정이 절도사를 만나러 가서 한참이 지나도록 나오지 않자 밖에서는 이런저런 말들이 많았다. 밖에 있던 이십아도 여기저기 알아보았지만 도무지 무슨 일인지 알 수가 없었는데, 문득 저보에 흉작으로 인한 기근 사태가 실렸던 게 생각나서 무척 초조했다. 한참 만에 가정이 나왔다는 소식을 듣고 황급히 맞이한 그는, 관사로 돌아가기도 전에 다른 사람이 없는 곳에서 물었다.

　"나리, 들어가신 지 한참 만에 나오셨는데 무슨 중요한 일이 있습니까?"

　"별일 아니었다. 그저 진해총제鎭海總制*가 여기 장관의 친척인데, 나를 잘 보살펴주라고 편지를 보낸 모양이다. 그래서 잠시 이런저런 좋은 말씀을 해주시더구나. 그러면서 '이제 우리도 친척이 되었네.' 하시더구먼."

　이십아는 그 말을 듣자 기분이 좋아졌다. 그러다 보니 조금 더 대담해져서 그 혼사를 허락하라고 적극적으로 권했다. 가정은 무슨 장애가 있길래 설반의 일이 해결되지 않는지 생각해보았지만, 지방에 있다 보니 소식을 빨리 알 수가 없어 처리하기가 곤란했다. 그래서 부임지로 돌아가자마자 경사로 하인을 보내 상황을 알아보게 하고, 그 김에 총제 댁과의 혼사에 대해 태부인에게 말씀드리게 했다. 그리고 만약 태부인이 허락하면 탐춘을 부임지로 데려오라고 했다. 명을 받은 하인이 경사에 도착한 후 왕부인에게 보고하고, 곧 이부에 가서 알아보니 가정에게는 아무런 처분이 내려지지 않았고, 오직 태평현의 임시 지현으로 있던 사람만이 파직을 당했다고 했다. 그는 즉시 가정에게 편지를 써서 안심하라 전하고, 경사에 머물며 기별을 기다렸다.

한편, 설씨 댁 마님은 설반의 살인 사건을 무마하고자 각 아문에 엄청난 돈을 뿌렸고, 겨우 과실치사로 보고되도록 만들었다. 애초에 그녀는 전당포를 팔아 벌금을 준비할 생각이었다. 그런데 뜻밖에도 형부에서 판결을 기각하는 바람에 사람을 통해 또 많은 돈을 썼지만 결국에는 아무런 효과가 없었다. 설반은 원래대로 사형을 선고받고 감옥에 갇혀 추심秋審을 기다리게 되었다. 설씨 댁 마님은 화도 나고 아들이 불쌍하기도 해서 밤낮으로 울었다. 보차는 이런 어머니를 자주 찾아와 위로했다.

"오빠가 본래 복이 없나봐요. 조상에게 이런 재산을 물려받았으면 조용히 그거나 지키며 살아야 마땅하지요. 남쪽에 있을 때도 이미 말도 안 되는 짓을 저질렀잖아요. 향릉이 일만 해도 보통 일이 아닌데, 친척들 권세에 덕을 입으면서 많은 돈을 써서는 대갓집 자식 하나 때려죽인 일도 결국엔 겨우 무마가 되었지요. 그런 일을 겪었으면 행실을 고쳐 바르게 살면서 어머니를 봉양해야 마땅한 것을, 어찌 된 일인지 경사에 들어와서도 그 모양이었어요. 어머니가 오빠 때문에 얼마나 고생하시고 또 얼마나 눈물을 흘리셨어요? 장가를 보내준 것도 모두 함께 편안하게 살자는 뜻이었는데, 팔자가 그런지 하필 올케까지 시끄러운 사람이 들어와 결국 오빠가 집을 나가고 말았어요. 정말 '원수는 외나무다리에서 만난다〔冤家路兒狹〕.'는 속담처럼 며칠도 안 되어 또 그런 살인 사건을 저질러버렸잖아요. 어머니와 작은오빠가 정성을 다하지 않은 것도 아니고요. 돈을 쓴 것이야 그렇다 치고, 친히 여러 곳을 찾아가 절하고 청탁을 넣었잖아요. 그렇게까지 했지만 결과가 이렇게 된 건 팔자라서 어쩔 수 없는 것이기도 하고, 또 자업자득이기도 해요. 자식을 키우는 건 노년에 의지할 곳을 마련하려는 것이에요. 가난뱅이 집안에서도 어떻게든 밥 한 그릇이라도 마련해 자기 어머니를 부양할 텐데, 오히려 물려받은 재산을 다 탕진하고 연로하신 어머니를 노상 울음으로 지내게 하면서 건강을 상하게 해서야 되겠어요? 제가 할 말은 아니지만, 오빠는 자식이 아니라 원수라고 할 수 있어요! 어머니가 그걸 모르시면 밤낮을 내내 울음으로 보내시고, 또 올케한테까지 시달림을 당하시게 될 거예요. 또 저는 자주 와서 위로해드릴 처지가 못 되는데, 어머니의 이런 모습을 볼 때면 어찌 마음이 편하겠어요? 저이가 바보같긴 하지만 저를 친정에 보내려 하지 않아요. 얼마 전에 시아버님이 사람을 보내 알리시길, 저보를 보고 너무 놀라서 손을 쓰시려고 사람을 보내셨대요. 아마 오빠가 저지른 일 때문에 여러 사람이 걱정하고 있는 것 같아요. 그래도 제가 곁에 있는 거나 마찬가지니 다행이에요. 고향에서 먼 곳으로 시집가 있다가 이런 소식을 들었다면 어머니 걱정에 죽고 말았을 거예요. 어머니, 잠시 마음을 가라앉히셔요. 그리고 오빠가 살아 있을 때 각처의 장부를 따져놓으셔요. 오빠가 증인이잖아요. 우리가 남한테 빌려준 것과 우리가 빌린 것이 얼마나 되는지 옛날 점원을 불러 계산해보시고, 지금 얼마나 남아 있는지 살펴보셔야 해요."

설씨 댁 마님이 흐느끼며 말했다.

"요 며칠 동안 네 오빠 일 때문에 정신이 없었구나. 너에게 위로를 받으면서 관아의 일만 얘기했으니 다른 얘기는 할 겨를이 없었어. 너는 아직 잘 모르겠지만, 경사에서 관상官商[1]이라는 이름은 이미 반납해버렸고, 전당포 두 곳도 팔았는데 그 돈은 이미 다 써버렸단다. 그리고 전당포 한 곳은 관리하는 놈이 도망치는 바람에 은돈 몇천 냥이나 되는 손실을 입었고, 그 일 역시 소송이 걸려 있는 상태란다. 네 작은오빠가 날마다 다니며 밀린 돈을 받아내려 하고 있는데, 아마 경사에서만 벌써 몇만 냥의 은돈을 잃은 모양이다. 어쩔 수 없이 남쪽에 공동으로 출자한 곳에서 은돈을 빼오고 집까지 팔아 겨우 손실을 메울 생각이었는데, 이틀 전에는 또 황당한 소식을 들었구나. 남쪽에서 공동으로 투자했던 전당포마저도 본전까지 깎아먹어 빚쟁이들한테 넘어갔다는구나. 이런 식이라면 이 어미는 목숨조차 부지하기 어렵겠다!"

그녀가 또 대성통곡하자, 보차도 울며 위로했다.

"돈에 관해서라면 어머님께서 신경 쓰셔봐야 소용없어요. 작은오빠가 대신 처리해주고 있잖아요. 하지만 그 점원 놈들은 정말 야속하네요! 우리 집안 가세가 기울었다고 제 갈 길로 가는 거야 그렇다 치고, 다른 놈들과 작당해서 우리를 등치려고 협잡을 벌인다는 소문까지 들리대요. 오빠가 저 나이 돼서도 사귀는 사람들이 다 술주정뱅이들뿐이지, 급할 때 도와주는 사람은 하나도 없다는 걸 보면 알 만하지요. 어머니, 저를 아끼신다면 이제부터 제가 말씀드리는 대로 하세요. 연세도 많으신데 몸 생각도 하셔야지요. 설마 어머님 살아 계시는 동안 헐벗고 굶주리는 지경까지 이르겠어요? 집에 있는 이 옷들이랑 살림살이들은 올케 마음대로 하도록 맡겨버리는 수밖에 달리 방법이 없어요. 하인들이나 할멈들 가운데 여기 머물 생각이 없는 이들은 제 갈 길로 보내버리세요. 다만 향릉이는 평생 고생만 했으니 계속 어머니 곁에 두세요. 혹시 뭐 부족한 게 있으면 제 형편 닿는 대로 갖다드리면 되잖아요. 그 사람도 안 된다고 하지는 않을 거예요. 습인도 마음씨가 착해서 오빠 얘기를 듣고는 어머니 걱정에 울기까지 했어요. 그 사람은 아직 별일 없으려니 생각해서 별로 걱정하지 않지만, 얘기를 들으면 무척 놀랄 거예요."

그 말이 끝나기도 전에 설씨 댁 마님이 말했다.

"얘야, 네 서방한테는 절대 얘기하지 마라. 대옥이 하나 때문에도 거의 죽을 뻔하다가 이제야 겨우 좀 나아지지 않았더냐? 만약 또 속을 태우다가 무슨 일이라도 생기면 네 걱정도 더 깊어지고 나도 의지할 데가 없어지게 된다."

"그래서 저도 여태 그 사람한테는 얘기하지 않았어요."

그때 금계가 바깥방으로 뛰어 들어와 울고불고 고함을 질렀다.
"아이고, 정말 죽고 싶어요! 이미 서방님은 살 가망이 없으니, 차라리 온 천지에 떠들고 다니면서 다 함께 형장으로 가서 죽자 사자 해대자고요!"
그러면서 그녀가 칸막이 판자에 머리를 마구 들이받자, 머리카락이 온통 헝클어졌다. 설씨 댁 마님은 화가 치밀어 두 눈을 부릅뜨고 쳐다보기만 할 뿐, 한마디 말도 하지 못했다. 그래도 보차가 나서서 이리저리 달래고 얼렀는데, 금계가 이렇게 내쏘는 것이었다.
"아가씨, 이젠 예전과 비할 수 없는 귀한 몸이 되셨지요? 아가씨 내외는 다정하게 지내시겠지만, 저야 홀몸이니 무슨 체면 따위 차릴 게 있나요!"
그러면서 그녀는 친정으로 돌아간다며 거리로 뛰쳐나가려고 했다. 다행히 근처에 사람들이 많아서 붙들고 한참 동안 달래서는 겨우 진정시켰다. 그 서슬에 너무 놀란 보금은 다시는 금계를 만나려 하지 않았다. 설과가 집에 있으면 금계는 분을 바르고 연지를 찍고 눈썹과 귀밑머리를 그리는 등 요란하게 치장했다. 그리고 수시로 설과의 방 앞을 지나다니면서 일부러 기침을 하기도 하고, 뻔히 그가 방에 있는 줄 알면서도 방에 누가 있느냐고 묻기도 했다. 어쩌다가 우연히 설과를 만나면 온갖 아양을 떨며 인사를 핑계로 꼬치꼬치 대화를 나누려 들거나, 갑자기 싱글벙글 웃다가 돌연 토라지는 추태를 연출하기도 했다. 하녀들은 그 모습을 보고 모두들 황급히 자리를 피해버렸다. 하지만 그녀 자신은 그런 눈치를 채지 못하고 오로지 설과의 마음을 사로잡아 보섬이 세운 계획을 실행하려는 생각뿐이었다. 하지만 설과는 줄곧 그녀를 피해다녔고, 우연히 마주치게 되면 혹시 그녀가 성깔을 부릴까 무서워서 하는 수 없이 한두 마디 응대만 해주었다. 금계는 정욕에 눈이 멀어서 그를 볼 때마다 마음이 끌렸고, 그를 생각할수록 온갖 환상이 떠오르니 설과의 마음을 제대로 알리가 없었다. 다만 한 가지, 그녀가 보기에 설과는 무슨 좋은 게 있으면 모두 향릉에게 맡겼으며, 바느질할 옷이라든가 빨랫감마저도 모두 향릉에 맡겼다. 그리고 둘이 무슨 얘기를 하다가도 금계가 오는 걸 보면 얼른 떨어져버리니, 금계의 질투심은 하늘 높은 줄 모르고 치솟았다. 그렇다고 설과에게 신경질을 부리자니 차마 미련을 버릴 수 없어서 향릉에게만 은밀한 원한을 품었다. 다만 향릉에게 행패를 부렸다가 설과에게 미움을 살까 두려워서 분을 꾹 참고 있을 뿐이었다.

어느 날 보섬이 싱글싱글 웃으며 금계를 찾아왔다.

"아씨, 도련님 보셨어요?"

"아니, 못 봤는데?"

"호호, 제 생각에는 도련님이 점잖은 체하는 건 믿을 수 없어요. 우리가 전에 술을 보내주었을 때는 못 마신다더니만 조금 전에 마님 방에 갔을 때 보니 취해서는 얼굴이 벌겋게 되어 있더라고요. 못 믿으시겠거든 이따 대문 입구에서 기다리고 있다가 나올 때 불러서 물어보셔요. 뭐라고 대답하나 보자고요."

그 말에 금계는 울컥 화가 치밀었다.

"금방 나올 리가 있겠어? 그리고 그렇게 무정한 사람한테 물어보면 뭐 해!"

"또 이리 융통성 없이 구시네요. 저쪽에서 좋게 대하면 우리도 그렇게 하고, 저쪽에서 안 좋게 대하면 우리는 다른 대책을 세워야지요."

금계는 일리 있는 말이라 생각해서 보섬에게 설과가 나오는지 지켜보라고 했다. 보섬이 그러겠다면서 나가자, 금계는 경대를 열고 얼굴을 비춰보더니 입술에 연지를 발랐다. 그런 다음 꽃무늬가 들어간 손수건을 들고 밖으로 나왔는데, 또 무언가 잊어버린 듯한 기분이 들었다. 그녀가 속으로 어쩌면 좋을지 몰라 하고 있는데 밖에서 보섬의 목소리가 들렸다.

"도련님, 오늘은 기분이 좋으신가 보네요. 어디서 술을 드셨어요?"

금계는 설과가 나왔다는 뜻이라는 걸 알고 서둘러 주렴을 걷고 나왔다. 그때 설과가 보섬에게 말했다.

"예. 오늘 장張어르신 생신이어서 사람들이 억지로 권하는 바람에 반 잔쯤 마셨는데 아직까지 얼굴에 뜨끈뜨끈 열이 나네요."

그 말이 끝나기도 전에 금계가 받아쳤다.

"당연히 남의 집 술이 자기 집 술보다 맛있겠지요!"

설과는 그 말에 얼굴이 벌게져서 얼른 다가와 웃는 얼굴로 말했다.

"형수님, 무슨 말씀을!"

보섬은 그 둘이 가까이에서 이야기하는 것을 보자 방에 들어가버렸다.

원래 금계는 일부러 설과에게 화를 내는 체하며 한두 마디 해주려고 했는데, 그가 얼굴이 벌게진 채 눈을 어디에 둘지 몰라 당황하는 모습이 너무나 착하고 사랑스러워 보여서 사납게 치솟던 화가 어느새 사르르 녹아 아주 먼 나라로 떠나버렸다.

"호호, 그럼 도련님은 억지로 권해야 술을 마시나 보군요?"

"저는 정말 술을 못합니다."

"못 마시는 것도 좋지요. 형님처럼 취해서 주정하는 것보다는 나으니까요. 나중에 장가 드시면 아내를 저처럼 생과부로 외롭게 지내게 하시진 않을 테니까요!"

그렇게 말하면서 두 눈을 갸름하게 뜨고 설과를 슬쩍 흘겨보던 금계의 두 볼이 발그레하게 달아올랐다. 설과는 더욱 심상치 않은 느낌이 들어서 그 자리를 피하려고 했지만, 낌새를 벌써 눈치챈 금계가 가만둘 리 없었다. 그녀는 재빨리 다가와 그의 손을 덥석 잡았다. 설과가 화들짝 놀라 말했다.

"형수님, 예의 좀 지키십시오!"

그러면서 그가 온몸을 부들부들 떨자, 금계는 두꺼운 얼굴로 아예 이렇게 말했다.

"어쨌든 안으로 들어가요. 긴요하게 할 얘기가 있어요."

그렇게 실랑이를 벌이고 있는데, 갑자기 뒤쪽에서 누군가 소리쳤다.

"아씨, 향릉이 와요!"

금계가 깜짝 놀라 돌아보니, 보섬이 주렴을 슬쩍 들추고 두 사람의 모습을 훔쳐보다가 문득 저쪽에서 향릉이 오는 걸 발견하고 황급히 소리친 것이었다. 깜짝 놀란 금계가 손을 놓자, 설과는 그 틈에 몸을 빼서 도망쳐버렸다. 별생각 없이 걷고 있던 향릉은 보섬이 갑자기 소리치는 것을 듣고 나서야 설과의 손을 잡고 안으로 끌고 들어가려던 금계를 보았다. 그녀는 너무 놀라 가슴이 두근거려서 서둘러 돌아가버렸다. 금계는 놀라기도 하고 화도 나서 도망치는 설과를 멍하니 쳐다만 볼 뿐이었다. 그렇게 한참 동안 멍하니 서 있다가 "체!" 하고 분을 토하고는 흥이 깨져 자기 방으로 돌아가버렸다. 이후로 그녀는 향릉을 뼈에 사무치게 미워했다. 사실 향릉은 보금에게 가려던 참이었는데, 막 중문을 나서자마자 그런 광경을 보고 깜짝 놀라 돌아가버렸던 것이다.

　이날 보차는 태부인의 방에서 왕부인이 태부인에게 탐춘의 혼사에 대해 이야기하는 것을 들었다. 태부인이 말했다.
　"동향 사람이라면 아주 잘됐구나. 다만 그 아이가 우리 집에 온 적이 있다고 하던데, 왜 아범이 그 말을 안 했을까?"
　"저도 몰랐어요."
　"좋긴 한데 너무 멀어서 원! 아범이 거기 있긴 하지만 나중에 다른 곳으로 전근하게 되면 우리 애가 외톨이 신세가 되지 않을까?"
　"두 집안 모두 벼슬살이를 하니까 꼭 그렇지는 않겠지요. 그 댁에서 경사로 전근해 올지도 모르고, 그게 아니라 해도 결국 나뭇잎이 떨어지면 뿌리로 돌아가기 마련이잖아요. 게다가 아범이 거기서 벼슬살이를 하고 상사에게 벌써 얘기까지 들은 마당에 거절하기도 곤란하잖아요? 아마 아범은 생각을 정한 모양인데, 다만 혼자 결정할 수 없어서 어머님께 말씀드리는 것 같아요."
　"너희들이 바란다면 더 좋은 일이지. 다만 이제 탐춘이가 떠나면 이삼

년 안에 집에 돌아올 수 있을지 모르겠구나. 그 안에 올 수 없다면 내가 그 아이 얼굴을 다시 볼 수 없을 것 같아서 말이다."

그러면서 태부인이 눈물을 흘리자 왕부인이 말했다.

"여자애들이란 자라면 시집을 보낼 수밖에 없잖아요. 고향 사람이라 해도 벼슬살이를 하지 않는다면 모르지만, 그렇지 않다면 한곳에 머물러 살 수 있다고 어떻게 보장하겠어요. 그저 애들이 행복하게만 살면 되는 것이지요. 예를 들어서 영춘이만 하더라도 가까운 곳으로 시집갔어도 늘 남편한테 구박당한다는 소리나 들리고, 심지어 밥을 굶기까지 한다잖아요? 우리가 뭘 보내줘도 그 아이는 만져보지도 못한답니다. 요즘엔 상황이 더 나빠져서 친정에도 들르지 못하게 한대요. 내외가 다투기만 하면 우리가 그 집안 돈을 써버렸다는 말이 나온다네요. 불쌍하게도 그 아이는 남편을 잘못 만난 것 같아요. 저번에도 그 아이가 걱정스러워서 사람을 보내 좀 보고 오라고 했는데, 영춘이가 곁방에 숨어서 나오지 않더랍니다. 할멈들이 억지로 들어가보니까, 그 아이가 이리 추운 날씨에도 낡은 옷만 몇 가지 걸치고 있더래요. 그리고 눈물이 그렁그렁해서 할멈들한테 이러더랍니다. 돌아가거든 자기가 이리 고생하고 있다고 절대 알리지 말라고요. 이건 자기 팔자 탓이라면서 옷이며 물건 따위도 보내주실 필요 없다고 전하라 하더래요. 보내봤자 자기는 손도 대지 못할 뿐더러, 오히려 그 때문에 친정에 일러바쳤다고 손찌검만 더 당한다고 하면서요. 어머님, 생각해보셔요. 이런 경우는 가까이 있어서 직접 볼 수는 있어도, 잘 살지 못하고 불행한 모습만 보인다면 서로 더 견디기 힘들겠지요. 하지만 저 댁 형님은 그 아이한테 신경도 쓰지 않고, 아주버님도 나서서 문제를 풀어주려 하시지 않아요! 그러니 영춘이는 지금 우리 집에서 심부름하는 삼급 하녀보다 못한 신세에요. 탐춘이는 비록 제가 낳은 아이는 아니지만, 이미 사윗감을 본 아범이 분명 괜찮으니까 허락했을 거예요. 그러니 어머님께서 분부를 내리셔서 길일을 택해, 따라갈 사람도 더 많이 붙여서 아범의 임지로 보내주서요. 그 외에 해야 할 일이 있다면 아범도 절대 대충대충 넘어가지 않을 거예요."

"아범이 직접 나서서 하는 일이니 잘하겠지. 네가 적당하게 채비를 꾸리고 출발 날짜를 잡아서 보내도록 해라. 그럼 또 한 가지 일이 해결되는 셈이지."

왕부인이 "예!" 하고 대답했다.

보차는 무슨 이야기인지 똑똑히 들었지만 감히 아무 말도 못하고 속으로 한탄했다.

'이 집 아가씨들 가운데 그 아가씨가 제일 나은데, 이제 또 먼 곳으로 시집가게 되었구나. 이곳 사람들이 나날이 줄어가는 모습을 두 눈 빤히 뜨고 구경만 할 수밖에 없다니!'

그때 왕부인이 자리에서 일어나 인사하고 나가자, 보차도 따라 나와 배웅하고 곧장 자기 방으로 돌아갔다. 하지만 보옥에게는 그 이야기를 하지 않았다. 그러다가 혼자 바느질하고 있는 습인에게 방금 들은 이야기를 들려주니, 습인도 무척 슬퍼했다.

한편, 조씨는 탐춘의 혼사에 관한 이야기를 듣자 오히려 기뻐했다.

'그 계집애가 집에 있을 때 유독 나를 업신여겼지. 날 제 어미로 대접하기는커녕 하녀만도 못하게 취급했어. 게다가 윗사람들한테 알랑거리고 남들만 비호했지. 저것이 앞길을 막고 있으니까 환이마저 곤경에서 벗어나지 못했어. 이제 나리께서 데려가버리시면 나야 속이 시원하지! 저것한테 효도 같은 건 바라지도 않아. 그저 저것도 영춘이처럼 되어서 고생이나 실컷 했으면 좋겠구먼. 제발 그랬으면 좋겠어!'

그렇게 생각하며 탐춘의 방으로 달려가 짐짓 축하 인사를 했다.

"아가씨, 출세하게 생겼구려! 시집가면 당연히 여기보다 좋을 거야. 아마 아가씨도 바라던 일일 테지? 내가 낳았지만 여태 아가씨 덕은 전혀 못 봤어. 내가 열에 일곱은 마음에 들지 않더라도, 시집가서 날 까맣게 잊지는 말아줘요."

 탐춘은 도무지 말도 안 되는 소리라 생각하고 대꾸없이 고개를 숙인 채 바느질만 했다. 조씨는 그녀가 아는 체도 하지 않자 잔뜩 화가 나서 씩씩거리며 돌아가버렸다. 탐춘은 화도 나고 우습기도 하고 또 슬프기도 했지만, 그저 혼자 눈물이나 흘리는 수밖에 없었다. 그렇게 한참을 앉아 있다가 답답한 심정으로 보옥에게 갔다. 보옥이 물었다.

 "동생이 대옥이 임종을 지켜주었다고 들었어. 또 듣자 하니 대옥이가 죽을 때 멀리서 음악 소리가 들렸다면서? 그러고 보면 대옥이도 보통 사람이 아니었던 것 같아."

 "호호, 그건 오빠의 상상일 뿐이에요. 하지만 그날 밤은 정말 이상하긴 했어요. 아무래도 인간 세상의 음악 소리 같지 않았거든요. 그러니 어쩌면 오빠 말이 맞을지도 모르겠네요."

 그 말을 듣자 보옥은 그것을 더욱 사실로 믿었다. 그리고 예전에 비몽사몽간에 만났던 사람이, 대옥은 살아서도 보통 사람과 달랐고 죽어서도 귀신과 다르다고 했던 말이 떠올라, 그녀가 분명 인간 세상에 내려온 어느 선녀일 거라고 생각했다. 또 갑자기 예전에 연극에서 보았던 항아의 하늘하늘하고 아리따운 모습이 떠올랐다.

 잠시 후 탐춘이 돌아가자 그는 자견을 불러 그 얘기를 해보려고, 즉시 태부인에게 달려가 자견을 불러달라고 부탁했다. 자견은 가고 싶지 않았지만, 태부인과 왕부인이 가보라고 하니 어쩔 도리가 없었다. 그녀는 보옥 앞에서 그저 계속 한숨만 내쉴 뿐이었다. 보옥이 남몰래 그녀의 손을 잡으며 소리 죽여 대옥이 남긴 말이 없느냐고 물었을 때도 자견은 그의 마음에 드는 대답을 해주지 않았다. 보차는 자견의 충심이 깊다며 뒤에서 칭찬하면서 결코 그녀에게 화를 내거나 나무라지 않았다. 설안은 보옥이 혼례를 올리던 날 이곳에 와서 도와주기는 했지만, 그녀의 마음을 알 리 없는 보차는 태부인과 왕부인에게 부탁해서 그녀를 어느 심부름꾼과 짝지어주게 했다. 유모 왕씨는 당분간 곁에 두고 있다가 나중에 대옥의 영구를 강남으로 보낼 때 따라가게 할 생각이었다. 앵가 등 하녀들은 예전처럼 다시 태부인의 시중을 들었다.

보옥은 대옥을 생각하다가 그 밑에 딸린 사람들에게까지 생각이 미쳤는데, 그들이 이미 구름처럼 흩어진 걸 보자 마음이 더욱 울적했다. 이렇게 어찌할 바를 모르고 있다가, 갑자기 그렇듯 깨끗하게 죽은 대옥이 분명 속세를 떠나 신선세계로 돌아갔을 거라는 생각이 들어 오히려 또 기뻐졌다.

그때 문득 습인이 저쪽에서 보차와 함께 탐춘의 혼사에 대해 이야기하는 것이 들렸다. 그 말을 듣자마자 보옥은 "아이고!" 하고 울음을 터뜨리며 구들에 쓰러져버렸다. 깜짝 놀란 보차와 습인이 달려와서 부축해 일으켰다.

"왜 그러셔요?"

보옥은 우느라 말도 못하다가 한참 후에 정신을 가다듬었다.

"이런 식으로는 살 수 없어! 자매들이 전부 하나씩 흩어져버리잖아! 대옥이는 신선이 되어 떠났고, 큰누나도 죽었지. 큰누나야 매일 함께 지내지 않았으니까 그렇다 치고, 둘째 누나는 못돼 처먹은 놈을 만났잖아? 그런데 또 탐춘이까지 먼 곳으로 시집을 간다니, 결국 다시 만날 수 없을 거야. 상운이는 또 어디로 갈까? 보금이는 혼처가 정해져 있지. 이 자매들이 모두 집을 떠난다면 나 혼자 남아서 어쩌라는 거야!"

습인이 얼른 위로하자 보차가 손을 내저으며 말했다.

"그럴 필요 없어요. 내가 좀 물어볼게요."

그리고 보옥에게 이렇게 물었다.

"당신 생각대로라면 자매들이 모두 집에서 늙어 죽을 때까지 당신과 함께 살면서 모두 시집을 가지 말아야 한다는 건가요? 다른 사람 일이라면 달리 생각할 수도 있겠지요. 그런데 당신 자매들 중에는 멀리 시집간 사람도 없고, 설령 있다 한들 아버님께서 주관하신 일인데 당신이 어쩔 수 있겠어요? 세상에 당신 혼자만 자매들을 사랑하는 줄 알아요? 만약 다들 당신 같다면 심지어 저도 당신 곁에 있을 수 없겠지요. 사람이 공부하는 건 이치를 깨닫기 위함인데, 어떻게 당신은 갈수록 더 흐리멍덩해지는 건가요? 그런 식으로 말하자면 나와 습인도 각자 다른 곳으로 가버릴 테니, 자매들을 모두 불러다가 당신 자신을 보살피도록 하세요!"

그러자 보옥이 두 손으로 보차와 습인을 각각 붙들고 말했다.

"나도 무슨 말인지 알아. 하지만 왜 이리 일찍 흩어져야 하느냔 말이야! 내가 죽어서 재가 되고 난 뒤에 흩어져도 늦지 않잖아!"

습인이 얼른 그의 입을 틀어막았다.

"또 그런 말도 안 되는 말씀을! 한 이틀 몸이 겨우 좋아지셔서 새아씨도 진지를 조금 잡숫게 되셨는데, 또 병이 도지시면 이젠 저도 몰라요!"

보옥이 두 사람의 말을 찬찬히 들어보니 모두 일리가 있었지만, 마음의 갈피를 잡지 못하여 겨우 이렇게 말했다.

"나도 알아. 하지만 마음이 너무 혼란스러워서."

보차는 그를 상대하지 않고 조용히 습인에게 정심환定心丸을 먹이라 하고는, 그가 진정되면 천천히 설득하기로 했다. 습인이 탐춘에게, 떠날 때 작별 인사를 하러 오지 않는 게 좋겠다고 말하려 하자 보차가 말했다.

"뭐 어때서 그래요? 며칠 있다가 정신이 맑아지면 남매끼리 이야기를 좀 더 나누라고 하지요 뭐. 게다가 탐춘 아가씨는 어수룩하지 않고 아주 총명한 분이니까 좋은 충고도 해주실 거예요. 그럼 저이도 이후로는 이런 짓을 벌이지 않겠지요."

그때 태부인의 거처에서 원앙이 왔다.

"노마님께서 서방님 병이 도지려 한다는 걸 아시고, 습인이가 잘 위로해 드려서 허튼 생각 못하시게 하라고 하셨어."

"알겠어요."

원앙은 잠시 앉아 있다가 돌아갔다. 태부인은 탐춘이 먼 길을 떠나게 되었으니, 혼수를 충분히 마련해주지는 못하더라도 잡다하게 쓸 물건이나마 빠짐없이 준비해줘야겠다고 생각했다. 그래서 곧 희봉을 불러 가정의 생각을 들려주고 즉시 그대로 준비하게 했다. 희봉도 "예!" 하고 대답했다.
  어떻게 준비해주었는지는 다음 회를 보시라.

제101회

대관원 달밤에 유령이 나타나서 놀라고
산화사에서 점을 치니 이상한 점괘가 나오다
大觀園月夜警幽魂　散花寺神籤驚異兆

왕희봉이 산화사에서 점괘를 뽑다.

　희봉이 방에 돌아와 보니 가련은 아직 돌아오지 않았다. 그녀는 곧 탐춘의 행장과 혼수품을 마련할 사람들을 뽑았다. 이미 날이 저문 뒤였는데, 갑자기 탐춘이 생각난 그녀는 풍아와 두 하녀를 불렀다. 그리고 하녀 중 하나에게 등롱을 밝혀 들게 하고 대문을 나서니, 벌써 달이 떠서 환하게 비추고 있었다. 이에 희봉은 등롱 든 하녀를 돌려보냈다. 그렇게 걸어서 다방茶房의 창 아래를 지나는데, 안에서 소곤소곤 대화하는 소리가 들렸다. 그 소리가 우는 것 같기도 하고 웃는 것 같기도 하고, 또 논의를 하는 것 같기도 했다. 그녀는 또 집안의 할멈들끼리 무슨 시비가 붙었나 보다 생각하고 기분이 나빠져서 소홍에게 들어가 아무 일 아닌 척하며 무슨 일인지 알아보라고 했다. 소홍이 "예!" 하고 가자 희봉은 풍아만 데리고 대관원 대문 앞으로 갔다. 대문은 아직 잠기지 않고 슬쩍 닫혀만 있었다.

　두 사람이 대문 안으로 들어가니 대관원 안의 달빛은 바깥보다 더 밝게 느껴졌다. 땅에는 온통 나무 그림자가 겹겹이 드리워져 있었고 인기척도 전혀 없어서 무척 처량하고 적막한 분위기가 감돌았다. 그들이 추상재秋爽齋*로 통하는 길로 들어섰을 때, 갑자기 한줄기 바람이 쓸고 지나가면서 낙엽이 날려 온 대관원 안에 '사그락사그락' 하는 소리가 울렸다. 가지 끝에서는 휘휘 휘파람 소리가 나서 둥지에서 자고 있던 까마귀며 새들이 모두 놀라 날아올랐다. 술을 조금 마신 희봉은 찬바람을 맞자 몸이 으슬으슬해졌다. 풍아도 목을 움츠렸다.
"아이, 추위!"
희봉은 추위를 견딜 수 없어서 풍아를 불렀다.
"얼른 돌아가서 은서 가죽으로 만든 조끼를 가져와라. 난 탐춘 아가씨 방에 가 있겠다."
풍아도 옷을 더 껴입었으면 하던 참이라 얼른 "예!" 하고 돌아서서 내달렸다.
희봉이 몇 걸음 가지 않았을 때, 문득 뒤쪽에서 무언가 냄새를 맡는 듯이 킁킁거리는 소리가 들렸다. 그녀는 자기도 모르게 머리카락이 쭈뼛했다. 무심결에 뒤를 돌아보니 무언가 시커멓게 반질반질한 것이 코를 들이대고 냄새를 맡고 있는 것이 아닌가! 그놈의 두 눈은 마치 등불처럼 시뻘건 색이었다. 희봉은 혼비백산 놀라서 자기도 모르게 "으악!" 소리를 질렀다. 다시 보니 그것은 커다란 개였다. 그놈은 고개를 쑥 움츠리더니 휙 돌아서서 빗자루 같은 꼬리를 끌며 후다닥 커다란 가산 위로 올라갔다. 그리고 다시 돌아서더니 희봉을 내려다보며 앞발로 바닥을 긁는 것이었다. 이때 희봉은 가슴이 방망이질치고 넋이 쏙 빠져서 황급히 추상재로 달려갔다. 대문 근처에 이르러 막 산 모퉁이를 도는데, 앞쪽에 사람 그림자 같은 것이 어른거렸다. 그녀는 어느 집 하녀이려니 싶어서 물었다.
"누구냐?"
그런데 두어 번이나 물어도 아무도 나오지 않았다. 그 바람에 너무 놀라 정신이 몽롱할 지경이었다. 그때 어렴풋이 뒤쪽에서 누군가의 목소리가 들렸다.
"숙모님, 이젠 저까지 몰라보시네요!"
급히 돌아보니 아주 아리따운 얼굴에 멋들어진 옷을 입은 누군가가 서 있었다. 그녀는 그 모습이 무척 눈에 익은데 어느 방의 여인인지 생각이 나지 않았다. 그러자 그 여인이 다시 말했다.

"숙모님은 그저 눈앞의 부귀영화를 누릴 생각만 하시고, 예전에 제가 영원한 부귀를 누릴 기반을 닦으시라고 말씀드렸던 일은 까맣게 잊으셨군요."

희봉은 그 말에 고개를 숙이고 곰곰이 생각해보았지만 도무지 생각이 나지 않았다. 그러자 그 사람이 쓴웃음을 지으며 말했다.

"숙모님, 예전에는 저를 그리 아껴주시더니 이젠 아주 까마득히 잊어버리셨군요."

그제야 희봉은 옛날 가용의 아내였던 진가경이 떠올랐다.

"에구머니! 자네는 죽은 사람이 아닌가! 그런데 여긴 어떻게 왔어?"

그녀가 침을 "탁!" 뱉으며 돌아서는데, 뜻밖에 발이 돌부리에 걸려 넘어지고 말았다. 그 바람에 마치 꿈에서 깨어난 것처럼 온몸에 식은땀이 주르르 흘렀다. 그녀는 모골이 송연했지만 정신은 말짱했는데, 그때 저쪽에서 어렴풋이 홍옥과 풍아의 모습이 보였다. 희봉은 남들한테 안 좋은 소리를 들을까 싶어서 얼른 일어나 말했다.

"뭐하다가 이제야 오는 거야? 어서 조끼나 입혀줘!"

풍아가 다가와 조끼를 입히자, 홍옥도 다가와서 부축했다.

"거기 가보니까 다들 자고 있지 뭐냐. 그만 돌아가자."

그리고 두 하녀와 함께 서둘러 집으로 돌아왔다. 이미 와 있던 가련은 그녀의 안색이 변해 있는 것을 알아챘다. 무슨 일인지 물어볼까 하다가 희봉의 성격을 아는지라 감히 입을 열지 못하고 그냥 잠자리에 들었다.

이튿날 새벽이 되자 잠자리에서 일어난 가련은 총리내정도첨점태감總理內庭都檢點太監*인 구세안裘世安*의 집에 일이 있어 가보려고 했는데, 시간이 너무 일렀다. 그때 어제 온 관보官報의 사본이 탁자 위에 있는 걸 발견하고는 그것을 집어 들어 느긋하게 읽었다. 첫 번째 사건은 운남절도사雲南節度使* 왕충王忠*이 상주한 것으로, 개인적으로 화승총과 화약을 지니고 변방으로 나간 열여덟 명의 일당을 체포했다는 내용이었다. 맨 처음에 거론된 포음鮑音이라는 자는 자칭 태사太師[1]이자 진국공鎭國公*에 봉해진 가화賈化*의 하인이라고 했다. 두 번째 사건은 소주蘇州자사刺史* 이효李孝*가 상주한 것으로, 집안 하인들의 단속을 소홀히 하여 그들이 주인의 위세를 믿고 군인과 백성을 능욕하고, 수절하는 부인을 강간하려다가 뜻대로 되지 않자 일가족 세 명을 살해했다는 내용이었다. 범인은 시복時福이라는 자였는데, 자칭 삼등 직함을 세습받은 가범家範의 하인이라고 했다. 가련은 이 두 사건을 보자 벌써 기분이 언짢아졌는데, 세 번째 사건을 보자니 구세안를 만나러 가는 일이 늦어질 것 같아서 서둘러 옷을 입었다. 그리고 아침 식사할 시간도 없이 마침 평아가 가져온 차만 두어 모금 마시고는 바로 말을 타고 떠났다. 평아는 방 안에서 그가 벗어놓은 옷을 정리했다.

이때 아직 잠자리에서 일어나지 않은 희봉에게 평아가 말했다.

"아씨, 간밤에 잠을 전혀 못 주무시는 것 같던데, 어깨를 주물러드릴 테니 좀 더 푹 주무셔요."

그래도 희봉은 한참 동안 아무 말이 없었다. 평아는 좋다는 뜻인 걸로 생각하고 곧 구들로 올라가 희봉 옆에 앉아 가볍게 주무르기 시작했다. 몇 번 주무르자 희봉이 막 잠에 빠지려는데, 갑자기 저쪽에서 교저의 울음소리가 들렸다. 희봉이 눈을 뜨자 평아가 그쪽 방을 향해 소리쳤다.

"유모, 대체 뭐하는 거예요? 아가씨가 우는데 좀 토닥거려 줘야지! 도무지 잠만 밝힌다니까!"

유모 이씨는 잠결에 놀라 깨었다가 평아에게 타박을 듣자 기분이 상해서 교저를 퍽퍽 두드리며 투덜거렸다.

"이런 제 명에 못 죽을 계집애 같으니라고! 송장처럼 가만히 자빠져 있을 일이지, 한밤중에 왜 이리 울어대고 난리야? 네 어미라도 죽었어?"

그러면서 이를 악물고 교저의 살을 꼬집었다. 그러자 아이가 "으앙!" 하고 큰 소리로 울어대기 시작했다. 그걸 듣자 희봉이 말했다.

"저런! 너도 들었지? 아주 애를 잡는구나! 가서 저 서방질이나 하는 음흉한 여편네를 몇 대 뒈지도록 때려주고 아이를 이리로 안고 오너라."

"호호, 아씨, 고정하셔요. 유모가 어찌 감히 아가씨를 괴롭히겠어요? 실수로 어디에 좀 부딪쳤을 수도 있잖아요? 지금은 유모를 때려주는 것보다, 나중에 저 사람들이 한밤중에 사람을 때린다며 뒷전에서 입방아를 찧는 일이 없게 만들어야지요."

그 말을 들은 희봉은 한참 동안 말이 없더니 긴 한숨을 내쉬었다.

"너도 좀 봐. 지금 내가 이리 팔팔하게 살아 있는데도 저러잖아! 나중에 내가 죽기라도 해서 저 애물단지만 남게 되면 어떻게 되겠어?"

"호호, 꼭두새벽부터 무슨 그런 말씀을!"

"흥! 네가 뭘 알겠어? 하지만 난 진즉 알고 있었어. 나도 얼마 남지 않았지. 스물다섯 해밖에 살지 않았지만 남들이 보지 못하는 것도 보았고, 먹어보지 못한 것도 먹어보았으니 그래도 잘 살았다고 할 수 있지. 세상에 있는 것도 다 가져보았고, 화도 낼 만큼 내보았고, 고집도 충분히 부려보았으니, 천수가 좀 모자란다고 해도 상관없지."

그 말에 평아는 자기도 모르게 눈물을 흘렸다. 희봉이 빈정거리듯 말했다.

"그렇게 자비로운 척할 필요 없어. 내가 죽으면 너희들한테야 좋은 일밖에 없겠지. 다들 한마음으로 화기애애하게 지내면서 눈엣가시 같은 내가 없어졌다고 좋아할 테지. 그저 단 하나, 제발 저 내 딸아이만은 아껴줘."

그러자 평아가 눈물을 더 펑펑 쏟았다. 그걸 보고 희봉이 웃으며 말했다.

"창피한 줄도 모르고 왜 이래? 누가 죽기라도 했다고 그리 서럽게 울어대는 거야? 내가 죽기도 전에 네가 울다가 먼저 죽겠다."

평아가 황급히 울음을 멈추며 말했다.

"아씨 말씀이 너무 슬프잖아요!"

그러면서 다시 희봉에게 안마를 해주었다. 한참 동안 아무 말이 없자 희봉은 다시 몽롱하게 잠이 들었다.

평아가 막 구들에서 내려오려는데 밖에서 발자국 소리가 들렸다. 뜻밖에 가련이 너무 늦게 가는 바람에 구세안이 벌써 궁중으로 들어가버려서 만나지 못하고 돌아왔던 것이다. 그는 기분이 언짢았던 터라 방에 들어오자마자 평아에게 물었다.

"다들 아직 안 일어난 모양이지?"

"예."

가련은 그대로 발을 젖히고 방으로 들어가더니 코웃음을 치며 말했다.

"잘한다, 잘해! 여태 다들 일어나지도 않고 만사 다 제쳐놓고 속 편하구먼! 누가 더 게으른지 내기하고 있는 거야?"

그러면서 차를 가져오라고 연거푸 소리치자, 평아가 서둘러 차를 따라왔다. 하녀들과 할멈들은 가련이 외출하는 것을 보고 다시 잠자리에 들었는데, 그가 이렇게 일찍 돌아올 줄은 생각지도 못했기 때문에 아무 준비도 하지 못하고 있었다. 그 바람에 평아가 전에 내놓은 차를 데워오자, 가련이 화를 벌컥 내며 찻잔을 내던져 '쨍그랑' 박살을 내버렸다. 그 소리에 놀란 희봉이 온몸에 식은땀을 흘리면서 "어머!" 하고 눈을 떴다. 그리고 살펴보니 가련이 콧김을 씩씩거리며 옆에 앉아 있었고, 평아가 허리를 숙인 채 깨진 찻잔 조각들을 줍고 있는 것이 아닌가!

"어떻게 이리 일찍 돌아오셨어요?"

한참 동안 대답이 없자 다시 묻는 희봉에게 가련이 소리를 버럭 질렀다.

"그럼 돌아오지 말고 밖에서 죽으라는 말이오?"

"호호, 무슨 말씀을 그렇게 하세요? 평소에는 이리 일찍 돌아오시는 걸 본 적이 없어서 한 번 여쭤본 것뿐인데 괜히 화를 내시네요."

"구세안을 만나지 못했으니 일찍 돌아오는 수밖에!"

"호호, 그래서 짜증이 좀 나셨군요. 내일 조금 일찍 가시면 만나실 수 있을 거예요."

"내가 자기 밥 먹고 남을 위해 노루몰이나 해주는 사람이란 말이오? 여기 산더미처럼 쌓인 일도 제대로 처리하지 못하고 있는데, 남의 일 때문에 며칠 동안 쓸데없이 고생만 하고 있으니 이게 뭐냔 말이오! 정작 당사자는 집에서 편히 쉬면서 남이야 죽든 살든 상관하지 않고, 또 듣자 하니 요란하게 술판을 벌이고 연극까지 준비해서 생일잔치를 한다더군. 괜히 나만 발바닥에 땀나게 뛰어다니고 말이야!"

그러면서 그는 마룻바닥에 침을 "탁!" 뱉으며 또 평아를 꾸짖었다. 희봉은 너무 화가 치밀어 기가 막힐 노릇이었지만, 잠시 생각해보더니 화를 꾹 참고 억지로 웃음 지으며 말했다.

"그리 화를 내실 필요 있나요? 이른 아침부터 왜 이리 소리를 지르셔요? 누가 당신더러 남의 일을 해주라고 했나요? 그리고 기왕 하기로 하셨으면 좀 귀찮더라도 참고 잘 처리하셔야지요. 그런데 자기 곤란한 일을 남한테 부탁해놓고 굿판도 모자라 술잔치까지 벌인다는 사람이 누군가요? 세상에 그런 사람이 어디 있어요?"

"말은 잘하는군. 나중에 그 사람한테 직접 물어보라고!"

"아니, 누구한테 물어보라는 거예요?"

"누구는 누구! 당신 오빠 말이야!"

"네? 우리 오빠요?"

"그럼 그 사람이 아니고 누구겠소?"

"또 무슨 일로 당신을 고생하게 만들었대요?"

"당신은 여태 아무것도 모르고 있구먼?"

"정말 이상하군요. 저는 전혀 모르고 있거든요."

"당신이 어찌 알겠소? 이 일은 숙모님이나 이모님도 아직 모르고 계시는데. 두 분이 걱정하실까봐 아직 말씀드리지 못했고, 또 당신도 몸이 안 좋으니까 내가 바깥사람들 입을 막아서 안에서는 모르게 해놨소. 하지만 지금 그 얘기가 나오니 정말 울화통이 치미는구먼! 당신이 묻지 않았더라면 얘기하기 곤란했을 거요. 당신 오빠가 하는 짓이 사람이 할 짓이라고 생각하오? 밖에서 사람들이 그 사람을 뭐라고 부르는지나 아시오?"

"뭐라고 부르는데요?"

"바로 '망인忘仁'[2]이라고 부른단 말이오!"

희봉이 픽 웃었다.

"아니, 왜 왕인王仁이 아니고 그렇게 부른대요?"

"그 사람 원래 이름이 '왕인'이라는 말을 하고 싶은 모양인데, 그게 아니라 인의예지신仁義禮智信을 잊은 사람이라는 뜻에서 '망인'이라는 거요!"

"누가 그리 험한 말로 남을 헐뜯는대요?"

"헐뜯는 게 아니오. 내 아예 까놓고 얘기하지. 당신도 당신 오빠의 '훌륭한' 점을 아는지 모르겠지만, 어쨌든 그 사람이 자기 둘째 숙부를 위해 생신잔치를 차려주려는 건 알고 있겠지?"

희봉이 잠시 생각해보더니 손뼉을 쳤다.

"어머! 그렇네요! 당신한테 말씀드린다는 게 그만 깜박했네요. 둘째 숙부님 생신이 겨울이잖아요? 해마다 보옥 도련님이 인사를 다녀오셨던 것 같은데. 저번에 숙부님께서 승진하셨을 때 우리 둘째 숙부님께서 극단을 보내 축하해주셨지요. 그때 제가 남몰래 이런 얘기도 했잖아요. 둘째 숙부님은 큰숙부님과 비교도 되지 않을 만큼 구두쇠라서, 집에서도 서로 잡아 먹지 못해 안달이셨다고요. 저번에 큰숙부님께서 돌아가셨을 때, 당신도 보셨잖아요? 형제지간인데도 애도만 하시는 게 아니고 직접 나서서 장례를 챙기셨다고요. 그러니까 그날 제가 당신한테 둘째 숙부님 생신이 되면 우리도 극단을 하나 보내드려야 친척들 사이에 빚지는 일이 생기지 않을 거라고 했잖아요? 그런데 이렇게 빨리 생신잔치를 여신다니 도무지 이유를 모르겠네요."

"아직도 잠꼬대 같은 소리만 하는구먼! 당신 오빠는 경사에 오자마자 큰숙부님 장례를 핑계로 날짜를 잡아서 조문객들을 불러 조의금을 받아 챙겼어. 우리가 알면 말릴까 싶어서 알리지도 않고 수천 냥의 은돈을 챙겼지. 나중에 둘째 숙부께서 왜 혼자 조의금을 싹쓸이했느냐고 화를 내시자 당신 오빠가 견디지 못하고 임시방편을 생각해냈어. 당신 둘째 숙부님 생신을 핑계로 축의금을 모아 얼마쯤 드려서 얼버무릴 속셈으로 말이야. 그리고 친척이든 친구든, 겨울이든 여름이든, 남들이야 알든 모르든 상관하지 않고 일을 벌였소. 이 얼마나 염치없는 짓이냔 말이오! 내가 왜 새벽같이 일어났는지 아시오? 이번에 바닷가 변경에서 생긴 일 때문에 어사가 상주를 올려 탄핵했다 하오. 큰숙부께서 관청 공금을 축냈는데, 본인이 이미 별세하셨기 때문에 아우인 왕자승王子勝*과 조카인 왕인이 배상을 해야 한다는 것이었소. 그러자 두 사람이 안달이 나서 나더러 손을 좀 써달라고 부탁합디다. 난 두 사람이 너무 놀라는 게 안쓰럽기도 하고 또 숙모님과 당신과도 관련된 일이라서 그러겠다고 했소. 그래서 총리내정도첨점이신 구나리를 찾아가 부족한 공금 문제를 전임자와 후임자 사이의 인수인계로 해결할 수 없는지 부탁해보려 했던 거요. 그런데 하필 좀 늦게 가서 그 양반이 벌써 궁중으로 출근해버린 뒤였단 말이오. 괜히 헛걸음만 했지. 이런 마당에 저 사람들이 집에서 극단을 불러놓고 술판을 벌인다고 하니, 내가 화를 내지 않을 수 있겠소?"

희봉은 그제야 왕인의 소행을 알게 되었지만, 아예 더 큰소리를 쳐서 허물을 얼버무리려 했다.

"어쨌든 당신 처남이잖아요. 게다가 이 일은 돌아가신 큰숙부나 살아 계신 둘째 숙부님 모두 당신께 감사할 일이잖아요. 됐어요! 저도 뭐라 할 말이 없네요! 우리 집안일이니까 저도 당신한테 절이라도 올리며 부탁할 수밖에요. 그래야 다른 사람에게 누를 끼쳤다고 저만 뒤에서 욕먹는 일이 없을 테니까요."

그렇게 말하면서 그녀는 벌써 눈물을 흘리고 있었다. 그러고는 이불을 젖히고 일어나 앉더니 머리를 매만지고 옷을 입었다. 그러자 가련이 말했다.

"이럴 필요는 없소. 당신 오빠가 못된 사람이지, 내가 당신한테 뭐라 하는 건 아니지 않소? 게다가 내가 나갔을 때 당신은 몸이 안 좋았잖소. 다만 내가 일어났을 때 저것들이 아직 자고 있었으니, 이게 윗사람에게 할 도리나는 거요! 요즘 당신은 너무 호인 노릇을 하면서 모든 일에 일체 관여하지 않는 것 같더니만, 내가 한마디 하니까 금방 일어나는구면. 나중에 내가 저것들을 미워하면 설마 당신이 저것들 편을 들겠다는 건 아니겠지? 정말 기분 나쁘군!"

그제야 희봉이 눈물을 멈추고 말했다.

"날도 많이 밝았으니 저도 일어나야지요. 그리고 이왕 그렇게 말씀하셨으니 그분들을 위해 신경 좀 써서 일을 처리해주셔요. 그게 정리를 생각하는 거잖아요. 게다가 그 일은 저를 위할 뿐 아니라 숙모님도 들으시면 기뻐하실 거예요."

"옳은 말이오. 알겠소. 그야 '다 자란 무에 거름을 줄 필요 없듯이〔大蘿葡還用屎澆〕' 하나 마나 한 얘기지!"

그러자 평아가 말했다.

"아씨, 이렇게 일찍 일어나시면 어떡해요? 언제 일어나시는 시각이 정해져 있었나요? 서방님께서도 어디서 화나는 일이 있으셨는지 모르지만, 그걸 저희한테 푸시면 어떡해요? 아씨도 서방님을 위해 애를 많이 쓰시잖아요. 아씨께서 나서서 대신 처리해주시지 않은 일이 어디 있나요? 제가 이런 말씀드리긴 그렇지만, 서방님께선 아씨께서 차려놓으신 밥상을 얼마나 많이 잡수셨는지 모르는데, 이번에 아씨를 위해 자잘한 일 좀 처리해주시는 걸로 너무 생색내시는 건 아닌지요? 게다가 이건 아씨만 관련된 일이 아니라 여러 사람이 걸린 문제잖아요. 저희가 늦게 일어난 건 화를 내셔야 마땅하지요. 어쨌든 저희야 하인이니까요. 전심전력으로 아씨를 모시면서 온몸에 병 없는 곳이 없을 지경이긴 하지만, 그래도 이러실 필요까진 없으시잖아요."

이렇게 말하는 그녀의 눈시울이 붉어졌다. 본래 가련은 화가 많이 나 있었지만, 이렇게 예쁜 아내와 첩이 예리하면서도 부드러운 사랑을 담아 말하니 마음을 풀 수밖에 없었다.

"하하, 됐어! 그만하자고. 저 사람 하나만 나서도 충분한데 너까지 거들 필요 있어? 어쨌든 나는 남이니까 조금이라도 일찍 죽어야 자네들 속이 시원하겠지!"

그러자 희봉이 말했다.

"그런 말씀 마셔요. 누가 어떻게 될지 누가 알겠어요? 당신이 죽기 전에 제가 먼저 죽을 거예요. 하루라도 일찍 죽으면 그만큼 마음도 편해질 테니까요."

그러면서 희봉이 다시 울기 시작하자, 평아는 한참 동안 희봉을 달랬다. 날은 이미 훤히 밝아져서 창문에 햇살이 비치고 있었다. 더 이상 무슨 말을 하기 곤란해진 가련은 일어나서 나가버렸다.

희봉이 일어나 세수를 하는데 갑자기 왕부인 거처에 있는 하녀가 와서 말했다.

"둘째 아씨! 오늘 숙부님 댁에 가실 것인지요. 마님께서 여쭤보라고 하셨어요. 혹시 가실 거면 보차 아씨와 함께 다녀오시랍니다."

조금 전 일로 이미 마음이 상한 희봉은 친정 일 때문에 자기 기가 죽었다고 생각하여 원망을 품고 있었다. 게다가 간밤에 놀란 일도 있고 해서 온몸에 기운이 쭉 빠졌다.

"돌아가서 말씀드려라. 아직 처리할 일이 두세 가지 있어서 오늘은 가지 못할 것 같다고 말이다. 게다가 그 댁에 무슨 떳떳한 일이 있는 것도 아니니 새아씨가 다녀오겠다고 하면 혼자 가시라고 해라."

하녀가 "예!" 하고 돌아가 왕부인에게 보고한 일은 더 이상 이야기하지 않겠다.

희봉이 머리를 빗고 옷을 갈아입고 나서 잠시 생각해보니, 자신은 가지 않더라도 편지 정도는 전하는 게 좋을 것 같았다. 게다가 보차는 아직 새 색씨라 외출할 때는 당연히 가서 보살펴주어야 했다. 그래서 그녀는 왕부인을 만나 한 가지 일을 얼버무려 끝내고 곧 보옥의 방으로 갔다. 보옥은 옷을 입은 채 구들에 비스듬히 누워 머리를 빗고 있는 보차를 멍하니 쳐다보고 있었다. 희봉이 잠시 문간에 서 있는데, 보차가 그녀를 발견하고 황급히 일어나 자리를 권했다. 보옥도 일어나 앉자 희봉이 싱글싱글 웃으며 자리에 앉았다. 보차가 사월을 나무랐다.

"아씨께서 들어오시는데 왜 아무도 일러주지 않았어?"

"호호, 아씨께서 들어오시면서 아무 말 말라고 손을 내저으셨거든요."

그러자 희봉이 보옥에게 말했다.

"도련님은 왜 여태 안 나가고 계셔요? 이렇게 다 커서도 어린아이 티를 못 벗었군요. 색시가 머리 빗고 있는데 왜 옆에 누워서 구경하고 있는 거예요? 하루 종일 한 방에서 지내면서도 덜 본 게 있나 보네요? 그러다가 하녀들 놀림감이 되면 어쩌시려고요?"

그러면서 "키득!" 웃더니 슬쩍 보옥을 보며 혀를 찼다. 보옥은 조금 쑥스러웠지만 그 말에 신경 쓰지는 않았는데, 보차는 금방 얼굴이 새빨개졌다. 그냥 듣고 있기도, 또 뭐라 얘기하기도 곤란한 상황이었는데, 마침 습인이 차를 받쳐들고 왔다. 보차는 희봉에게 담배를 건네주며 대충 얼버무리려고 했는데, 웃음을 머금고 일어난 희봉이 담배를 받으며 말했다.

"동생, 우리한테는 신경 쓰지 말고 어서 옷이나 갈아입어."

보옥도 쑥스러워서 이걸 찾았다가 저걸 만졌다가 하자, 희봉이 말했다.

"먼저 나가셔요. 명색이 서방님이신데 안사람과 같이 나가려고 기다리시는 법이 어디 있어요?"

"저는 그냥 이 옷이 별로 마음에 들지 않아서요. 예전에 할머님께서 주신 그 공작 깃털에 금실로 수놓은 옷보다 못한 것 같거든요."

희봉이 일부러 그의 속을 긁었다.

"그럼 그걸 입으시지 그래요?"

"그걸 입기엔 때가 좀 이른 것 같아서요."

갑자기 무언가 떠오른 희봉은 실언한 것을 후회했다. 다행히 보차도 왕씨 집안과 친척이긴 했지만, 하녀들 앞이라 이만저만 무안한 게 아니었다. 그러자 습인이 말을 받았다.

"아씨, 아직 모르시는 모양이네요? 입을 만한 때라 하더라도 저분은 입지 않으실 거예요."

"아니, 왜?"

"솔직히 말씀드릴게요. 우리 서방님이 하시는 일은 죄다 기상천외하잖아요? 예전에 둘째 숙부님 생신 때 노마님께서 그 옷을 주셨는데, 뜻밖에 바로 그날 옷을 태워 구멍을 내버리셨어요. 당시 저는 어머니가 많이 편찮으셔서 집에 가 있었어요. 그래도 그때는 청문이가 있었잖아요. 듣자 하니 그 아이가 아픈 몸을 이끌고 밤새 수선을 해주어서, 이튿날 노마님께서도 눈치를 채지 못하셨대요. 작년에는 어느 날인가 서당에 가시는데 날이 추워서 제가 배명에게 그 옷을 가져가 입혀드리라고 했어요. 그런데 뜻밖에 서방님께서 그 옷을 보시자 청문이 생각나셨대요. 그래서 절대 입지 않겠다고 하시면서 저더러 평생 잘 간수해두라고 하셨어요."

그 말이 끝나기도 전에 희봉이 말했다.

"청문이 얘기가 나왔으니 말인데, 그 아인 정말 아까웠어. 용모도 예쁘고 솜씨도 좋았는데, 단지 입이 좀 사나웠지. 하필 숙모님께서 어디서 이상한 말을 들으시고 내쫓는 바람에 멀쩡하게 젊은 목숨을 잃게 만들고 말았어. 그리고 한 가지 더 있어. 언젠가 내가 주방에 있는 유가댁의 딸, 이름이 무슨 오아라고 했던가? 그 아이를 보았는데, 생김새가 청문이랑 판에 박은 것처럼 닮았더라고. 그 아이를 데려오고 싶어서 나중에 그 아이 어미한테 물었더니 정말 불감청고소원不敢請固所願이라고 하더구먼. 생각해보니 보옥 도련님 방의 소홍이를 내가 데려간 뒤에 아직 돌려보내지 않았으니, 그 아이를 대신 넣어줄까 생각했지. 그런데 평아가 하는 말이, 그날 숙모님께서 청문이처럼 얼굴이 반반한 아이는 절대 도련님 방에 들이지 말라고 하셨다는 거야. 그래서 나도 그만두었지. 이제 도련님도 성혼을 하셨으니까 아무 문제없잖아? 당장 그 아이를 불러들여야겠어. 하지만 도련님 생각이 어떨지 모르겠구먼. 청문이 생각날 때면 그 오아를 보면 될 텐데 말이야."

보옥은 밖으로 나가려다가 그 얘기를 듣자 멍하니 서버렸다. 그러자 습인이 말했다.

"반대할 이유가 없지요. 진즉부터 데려오려고 했지만 마님의 분부가 엄하셔서 미루고 있었을 뿐인걸요."

"그럼 내일 당장 불러들여야겠구먼. 숙모님께는 내가 말씀드리지."

보옥은 그 말에 뛸 듯이 기뻐하며 곧 태부인의 거처로 갔고, 보차는 옷을 갈아입었다. 희봉은 그들 부부가 이렇듯 다정하게 지내는 모습을 보자 조금 전에 가련의 행태가 떠올라 속이 상했다. 그녀는 더 앉아 있을 수가 없어 곧 자리에서 일어나며 보차에게 말했다.

"호호, 나와 함께 할머님 방으로 가자."

둘이 함께 태부인에게 인사하러 가니, 마침 보옥이 태부인에게 외숙부 댁에 다녀오겠다고 아뢰고 있었다. 태부인이 고개를 끄덕이며 말했다.

"다녀오너라. 다만 술은 조금만 마시고, 좀 일찍 돌아오도록 해라. 이제 막 몸이 좋아졌으니까 말이다."

보옥이 "예!" 하고 밖으로 나와 마당까지 걸어갔다가 다시 돌아와서 보차에게 뭐라고 귓속말을 했다.

"호호, 알았어요. 어서 가보셔요."

하면서 보차가 어서 가라고 재촉했다. 태부인이 희봉과 보차에게 두어 마디쯤 얘기했을 때, 추문이 들어와서 전갈했다.

"서방님이 배명을 보내 말씀을 전하셨어요. 새아씨, 잠깐 나와보시래요."

"또 뭘 잊으셔서 배명이를 보내셨을까?"

"서방님께서 하실 말씀이 있는데 잊으셨다면서 배명더러 돌아가서 새아씨께 말씀을 전하라고 하셨대요. 외숙부 댁에 오실 거면 좀 빨리 오시고,

오시지 않을 거면 바람 맞을 곳에는 서 있지 마시라고 말이에요."

그 말에 태부인과 희봉은 물론이거니와 마루에 서 있던 할멈들과 하녀들도 모두 폭소를 터뜨렸다. 순식간에 얼굴이 빨개진 보차가 추문에게 핀잔을 주었다.

"이런 멍청이! 그게 뭐 그리 허둥지둥 달려와 전할 말이야?"

추문도 웃으면서 돌아가 하녀더러 배명에게 가서 욕을 해주라고 전했다. 그러자 배명이 후다닥 내달리면서 고개를 돌리고 투덜거렸다.

"서방님께선 괜히 나더러 말씀을 전하라고 하셔서는 말이야. 전하지 않았다가 나중에 들통 나면 나만 꾸짖으실 거 아냐? 그래서 말에서 내려서까지 돌아가 얘기를 전했더니만 이제 저 사람들이 날 나무라는구먼!"

하녀가 킥킥대며 돌아와 전하자 태부인이 보차에게 말했다.

"너도 다녀와라. 저 아이가 저렇게 걱정하고 있지 않느냐?"

그 말에 쑥스러워진 보차는 그 자리에 서 있지도 못할 지경이었다. 게다가 희봉이 또 놀려대자 무안해져서 얼른 물러나왔다.

그때 산화사散花寺*의 비구니 대료大了*가 찾아와 태부인에게 문안 인사를 하고 희봉과도 인사를 나눈 다음, 자리에 앉아 차를 마셨다. 태부인이 물었다.

"요즘은 왜 오지 않았는가?"

"며칠 동안 사당에 불사佛事가 있어서 고명부인 몇 분이 수시로 찾아오시는 바람에 짬을 낼 수가 없었습니다. 오늘은 노마님께 인사 올리러 일부러 찾아온 겁니다. 내일은 또 어느 집에서 불사가 있는데, 노마님께서도 흥이 나시면 함께 참예參詣하시지요."

"무슨 불사인데?"

"지난달에 왕王어르신 댁이 부정을 타서 귀신이 나타났는데, 하필 그날 밤에 또 그 댁 마님께서 돌아가신 시아버님을 뵜답니다. 그래서 어제 저희 사당으로 찾아오셔서 산화보살散花菩薩님께 축원을 올리고 사십구 일

동안 수륙도량水陸道場*을 열어 집안의 안녕과 죽은 이의 승천, 산 사람들의 복을 빌겠다고 하시더군요. 그래서 제가 노마님께 문안 인사를 올리러 올 틈이 없었습니다."

희봉은 평소 그런 걸 아주 싫어했는데, 간밤에 귀신을 본 뒤부터는 속으로 늘 의심이 들었다. 그러던 차에 대료의 말을 듣자 자기도 모르게 평소의 생각이 반쯤 바뀌어서 벌써 세 푼 정도는 믿게 되었다. 이에 그녀가 대료에게 물었다.

"그 산화보살이 누구지요? 어떻게 사악한 귀신을 내쫓을 수 있나요?"

그 질문에 대료는 그녀가 어느 정도 믿음이 생겼다는 걸 알아챘다.

"아씨, 오늘 마침 그렇게 물으시니 말씀드리지요. 이 산화보살님은 출신 내력이 보통이 아니고, 도력이 아주 뛰어나십니다. 그분은 서천西天*의 대수국大樹國*에서 나무꾼의 자식으로 태어났습니다. 부모가 보살을 낳고 나서 보니 머리에 뿔이 세 개나 나 있었고, 눈은 가로로 네 개나 되고, 키는 석 자〔尺〕인데, 두 팔은 땅에 닿을 정도로 길었습니다. 그래서 부모는 요괴라고 생각하여 빙산氷山 뒤쪽에다 버렸답니다. 그런데 뜻밖에 이 산에서 득도한 원숭이가 먹을 것을 찾으러 나왔다가 그 보살을 보았는데, 정수리 위에서 하얀 기운이 하늘을 찌를 듯 치솟아 호랑이나 이리 같은 맹수들도 멀리 피하는 것이었습니다. 이에 그 원숭이는 보살의 내력이 예사롭지 않다는 걸 알고, 곧 안아서 동굴로 돌아가 길렀답니다. 뜻밖에도 보살께서는 타고난 지혜가 있으셔서 선문답禪問答도 하실 줄 알아 날마다 그 원숭이와 함께 도에 대해 논하거나 참선을 하셨는데, 말씀을 하실 때면 하늘에서 꽃잎이 눈꽃처럼 떨어졌답니다. 그리고 천 년 뒤에 승천하셨답니다. 지금도 그 산 위의 강론하셨던 곳에는 하늘에서 떨어진 꽃잎이 가득 깔려 있는데, 그분께 기원하면 반드시 영험이 있답니다. 그리고 보살께서는 때때로 성스러운 몸을 현신現身하셔서 고난과 재앙에 빠진 이들을 구원해주시곤 한답니다. 그래서 사람들이 사당을 세우고 불상을 만들어 모셔놓게 되었지요."

"무슨 증거라도 있나요?"

"아씨, 또 걸고넘어지시는군요. 부처님께 무슨 증거 같은 게 있겠습니까? 만약 거짓말이라면 한두 사람이야 속이겠지만, 예로부터 지금까지 정신 멀쩡한 수많은 사람들이 속았을 리 있겠어요? 생각해보셔요. 그저 불가에서 역대로 그분께 불공드리는 것이 끊어지지 않고 있는 것은 어쨌든 그분께서 나라와 백성에게 축복을 내려주시는 영험함을 사람들이 믿기 때문 아니겠어요?"

희봉은 아주 이치에 맞는 말이라고 생각했다.

"그럼 저도 내일 가서 시험해봐야겠군요. 그런데 스님 계신 절에서 점도 칠 수 있나요? 제가 막대를 뽑으면 제 마음속의 생각이 거기에 나타날까요? 만약 그렇다면 저도 이제부터 믿겠어요."

"저희 절의 점괘는 아주 영험하답니다. 내일 아씨께서 막대를 하나 뽑아보면 아실 거예요."

태부인이 말했다.

"그럼 모레 초하룻날에 가서 점괘를 뽑아보도록 해라."

잠시 후 차를 다 마신 대료는 왕부인의 처소를 비롯하여 각 방에 들러 인사를 올리고 돌아갔다. 이 이야기는 그만하겠다.

결국 희봉은 초하룻날 아침 일찍 수레를 준비하게 해서 아픈 몸에도 평아와 수많은 하인들을 거느리고 산화사로 갔다. 대료는 여러 승려들과 함께 그녀를 맞이하여 안으로 모셨다. 희봉은 차를 대접 받은 뒤에 손을 씻고 정전으로 가서 향을 살랐다. 그녀는 무심히 불상을 우러러보며 경건한 마음으로 절을 올리고는 점치는 막대가 들어 있는 통〔籤筒〕을 든 채, 귀신을 보았던 일과 병환에 시달리는 몸을 생각하며 잠시 축원을 올렸다. 그리고 통을 세 번 흔들자 '철커덕!' 하는 소리와 함께 통 안에서 막대가 하나 빠져나왔다. 이에 고개 숙여 절을 올리고 막대를 주워서 보니, 거기에는

제101회 **319**

'서른세 번째 막대, 대단히 길함'이라고 적혀 있었다. 대료가 얼른 점괘가 적힌 책을 살펴보니, 거기에는 '왕희봉 금의환향'이라고 적혀 있었다. 그 내용을 본 희봉은 깜짝 놀라 대료에게 물었다.

"옛날에도 왕희봉이라는 사람이 있었나요?"

"호호, 아씨께서는 고금의 일을 두루 아시는 분이잖아요. 그런데 설마 한나라 때 왕희봉王熙鳳*이 벼슬을 구했다는 이야기를 들어보신 적이 없을 리 있나요?"

그러자 옆에 있던 주서댁이 웃으며 말했다.

"예전에 이선아李先兒*도 그 이야기를 들려준 적이 있잖아요. 그래서 우리가 아씨 이름과 같다고 그 이야기를 하지 못하게 했었지요."

"호호, 맞아! 내가 까맣게 잊고 있었구먼."

그러면서 아래쪽을 보니 이렇게 적혀 있었다.

고향 떠나온 지 이십 년
이제 비단옷 입고 집으로 돌아가네.
벌은 온갖 꽃에서 꿀을 모으는데
누굴 위해 고생하고 누굴 위해 달게 만들었는가?³
去國離鄉二十年
於今衣錦返家園
蜂採百花成蜜後
爲誰辛苦爲誰甛

길 떠난 사람은 돌아와도 기별은 늦으리니
소송은 화해하고 혼사 이야기는 미룰지라.
行人至音信遲
訟宜和婚再議

320

하지만 읽어도 무슨 뜻인지 알 수가 없었다. 이에 대료가 말했다.

"아씨, 축하합니다! 점괘가 정말 딱 들어맞는군요. 아씨께선 어려서부터 여기서 자라 남경에 돌아가보신 적이 없잖아요. 이제 나리께서 지방관으로 나가 계시니 혹시 가족들을 거기로 데려가시려 하면, 그 참에 아씨도 고향에 돌아가시게 되지 않겠습니까? 그럼 그게 바로 '금의환향'이 아니고 무엇이겠습니까?"

그러면서 대료는 책에 적힌 점괘를 베껴 써서 하녀에게 주었다. 희봉은 아직 반신반의한 상태였다. 대료가 젯밥을 차려주었지만, 희봉은 먹는 둥 마는 둥 하다가 곧 젓가락을 내려놓고 돌아가겠다며 향 값을 보시했다. 대료가 간곡히 붙들었지만 희봉이 굳이 지금 떠나겠다고 하니, 그대로 전송할 수밖에 없었다. 집에 돌아간 희봉이 태부인과 왕부인에게 다녀왔다고 인사하자, 다들 점괘가 어떻게 나왔는지 물었다. 이에 사람을 시켜 풀이해 보게 했더니 모두들 무척 기뻐했다.

"나리께서 정말 그런 생각을 갖고 계셔서 우리가 한 번 다녀오게 되면 그것도 좋겠지!"

다들 그렇게 말하자 희봉도 그대로 믿어버렸다. 그 이야기는 그만하자.

그날 보옥이 낮잠에서 깨어보니 보차가 보이지 않았다. 그래서 하녀들에게 물어보려는데 마침 보차가 들어왔다.

"어디 갔었어? 한참 동안 안 보이던데?"

"호호, 희봉 언니가 점괘를 보여주었어요."

무슨 일이냐고 묻자 보차가 점괘를 읊조려주며 이렇게 말했다.

"다들 좋다고 하는데 제가 보기에 그 '금의환향'이라는 말에는 다른 뜻이 있는 것 같아요. 나중에 보면 알겠지요."

"또 괜한 의심을 하고 신성한 뜻까지 마음대로 해석하는군. '금의환향'이란 말은 예로부터 지금까지 모두들 좋은 말이라는 걸 알고 있는데, 당신 혼자만 다른 뜻이 있다고 생각하잖아. 그럼 당신 생각에 그 '금의환향'이 달리 어떻게 해석될 수 있다는 거야?"

　보차가 막 말하려는데, 왕부인이 사람을 시켜 보차를 부르는 바람에 그녀는 즉시 건너가야 했다. 무슨 일인지는 다음 회를 보시라.

제102회

녕국부의 혈육들은 요사한 병에 걸리고
대관원에서는 부적[1]으로 요괴를 몰아내다

寧國府骨肉病災襟　大觀園符水驅妖孼

도사를 불러 대관원의 요괴를 없애다.

　왕부인이 사람을 보내 부르자, 보차는 서둘러 건너가 문안 인사를 올렸다. 왕부인이 말했다.

　"탐춘이가 이제 시집을 가려 하니, 아무래도 올케인 너희들이 자매간의 정리를 생각해서 잘 가르쳐주도록 해라. 그 아이가 총명하기도 하지만, 내가 보기에 너와 마음이 아주 잘 맞는 것 같더구나. 다만 보옥이가 이 소식을 들으면 울고불고 난리가 날 테니 네가 잘 일러주어라. 지금은 나도 온갖 병으로 시달리고 있고, 희봉이도 사흘이 멀다 하고 몸이 아픈 상황이 아니냐? 그래도 네가 사리에 밝으니, 무슨 일이든 남의 소관이라고 미루면서 미움 살 짓은 못하겠다고 하지 말고 나서서 처리하도록 해라. 앞으로 이 집안 일은 전부 네가 맡아서 해야 할 테니까 말이다."

　"예, 잘 알겠어요."

　"그리고 한 가지 더 있다. 어제 희봉이가 유씨 집 딸을 데려와서 너희 방에 채워 넣겠다고 하더구나."

　"그렇지 않아도 오늘 평아 언니가 데려다주면서 어머님과 둘째 형님의 생각이라고 하더군요."

　"그래. 희봉이가 나한테 그러자고 하기에 뭐 별로 중요한 일도 아니고 반대하기도 그래서 그냥 허락했다. 다만 그 아이 생김새를 보니 별로 얌전해 보이지는 않더구나. 예전에 보옥이 방에 있던 하녀들 가운데 여우 같은 것들이 있어서, 내가 몇 명을 내쫓아버린 적이 있다. 그때 일은 너도 알겠지. 그러지 않았더라면 너희 집으로 옮겨가지 않았을 테니 말이다. 이젠 네가 있으니 당연히 예전과는 다르지. 하지만 너도 조금 신경을 쓰는 게 좋을 게다. 너희 방에 있는 아이들 중에는 그래도 습인이 하나만 쓸 만해."

"예."

보차는 다시 몇 마디 이야기를 나누고 자기 방으로 돌아왔다. 저녁을 먹은 후에는 탐춘의 방으로 가서 다정하게 위로하며 조언을 해주었는데, 이에 대해서는 자세히 설명할 필요 없겠다.

이튿날 탐춘은 길을 떠나기에 앞서 보옥에게 작별 인사를 하러 왔다. 보옥이 헤어지기 아쉬워하자 탐춘은 인륜의 대도를 들어 설득했다. 보옥도 처음에는 고개를 숙인 채 아무 말도 하지 않다가, 나중에는 뭔가 깨달음이 있는 듯 슬픔이 기쁨으로 바뀌었다. 탐춘은 그제야 마음을 놓고 사람들과 작별한 후, 가마에 올라 길을 떠났다. 그리고 육지에서는 수레로, 물길에서는 배를 타고 길을 재촉했다.

예전에는 자매들이 모두 대관원 안에 살았지만, 가귀비가 세상을 떠난 뒤로는 정원 안을 손질하지 않았다. 그러다가 보옥이 결혼하고, 대옥이 죽고, 상운이 돌아가고, 보금도 자기 집에서 지내는 바람에 대관원 안에는 사람이 줄어들 수밖에 없었다. 게다가 날씨까지 추워지자 이환 자매와 탐춘, 석춘 등도 모두 원래 살던 곳으로 거처를 옮겼다. 그래도 꽃 피는 아침이나 달 밝은 밤에는 예전처럼 서로 만나 놀곤 했는데, 이제 탐춘이 떠나고, 보옥도 앓고 난 뒤로 바깥출입을 하지 않으니, 흥이 일어 모임을 제안하는 사람도 없어졌다. 그래서 대관원 안은 쓸쓸하기 그지없었고, 정원을 지키는 몇몇 할멈들만 그 안에 살고 있었다.

탐춘이 떠나던 날, 우씨는 배웅하러 왔다가 날이 어두워지고 수레를 준비하게 하기도 번거로워서, 예전에 대관원에서 녕국부로 드나들던 쪽문을 통해 돌아가려고 했다. 길을 가는 도중 그녀의 눈에 처량하기 그지없는 풍경이 가득 비쳤다. 누대나 정자들은 여전하지만 나지막한 담장 주위는 모두 밭처럼 변해 있었다. 무엇인가 잃어버린 듯이 허전하고 슬펐던 그녀는 집에 도착하자 곧 몸에 열이 나기 시작했다. 한 이틀 정도는 그런대로 버텼지만 결국 몸져눕고 말았다. 낮에는 열이 견딜 만한 정도였는데, 밤이 되면 온몸이 불덩이가 되어 헛소리까지 했다. 가진이 황급히 의원을 불러 진맥해보라고 하자, 의원이 이렇게 말했다.

"이건 감기로 시작된 병인데, 이제 경락으로 번져서 족양명위경足陽明胃經2으로 들어갔기 때문에 헛소리를 하고 헛것이 보이는 증세가 나타나는 것입니다. 대변을 보고 나면 나을 겁니다."

이에 우씨는 약을 두 첩이나 먹었지만 병세가 전혀 호전되지 않고 더욱 심해졌다.

애가 탄 가진은 곧 가용을 시켜 밖에 좋은 의원이 있는지 수소문하게 하여, 다시 몇 명을 불러다 살펴보라고 했다. 그러자 가용이 말했다.

"저번에 왔던 의원이 제일 유명한 분입니다. 아마 어머님 병은 약으로 치료할 수 없는 것인가 봅니다."

"말도 안 되는 소리! 그럼 약을 쓰지 않고 그대로 내버려두란 말이냐?"

"고칠 수 없다는 말씀이 아닙니다. 예전에 어머님께서 영국부에 다녀오실 때 대관원 안의 쪽문을 통해 돌아오셨는데, 집에 오시자마자 몸에 열이 났습니다. 그러니 혹시 귀신에게 해코지를 당하신 게 아닐까요? 밖에 모반선毛半仙●이라고 남방에서 오신 분이 있는데, 점을 아주 용하게 친답니다. 그러니 그분을 모셔다가 점을 쳐보는 게 어떨까요? 믿을 만한 점괘가 나오면 그분 말대로 하고, 그래도 소용없으면 다시 다른 의원을 불러오면 되지 않겠습니까?"

가진은 즉시 사람을 보내 모반선을 불러왔다. 그가 서재에서 차를 마시면서 물었다.

"무슨 점을 치시려고 저를 부르셨는지요?"

가용이 대답했다.

"어머님께서 병환을 앓고 계시는데, 그에 대해 점을 쳐볼까 합니다."

"그럼 손 씻을 정갈한 물과 향 사를 탁자를 준비해주십시오."

잠시 후 하인들이 안배를 마치자 모반선은 품에서 점통을 꺼내 들고 탁자 앞으로 나아가 공손히 큰절을 올리고는 손으로 점통을 흔들며 중얼거리기 시작했다.

"엎드려 고하나이다. 태극에서 하늘과 땅이라는 양의兩儀가 나오고 하늘과 땅, 음양의 기운이 서로 작용하고 감응했습니다.[3] 하도河圖와 낙서洛書가 나오니 변화가 무궁해졌고,[4] 신령한 성인이 나와 간절히 기원하니 반드시 하늘이 응해주었습니다. 이에 신관信官[5] 가賈 아무개가 모친의 병으로 인해 복희와 문왕, 주공, 공자 네 분 성인께 간절히 청하옵나니, 하늘에서 보살피시어 정성에 감응하시거든 영험을 보여주소서. 흉한 일이든 길한 일이든 그대로 알려주시옵소서. 우선 '내상삼효內象三爻'[6]부터 보여주시길 청하나이다."

그러면서 그는 점통 안의 동전들을 쟁반에 쏟고 나서 말했다.

"신령이 보여주신 첫 효爻는 동전 세 개가 모두 앞면인 '교交'입니다."

그리고 동전을 다시 점통에 담고 흔들어 쏟으니, 이번에는 뒷면이 하나이고 앞면이 두 개인 '단單'이 나왔다. 셋째 효는 다시 '교'였다. 그러자 모반선이 동전을 주우면서 중얼거렸다.

"내상을 보여주셨으니 이제 외상에 해당하는 세 개의 효를 보여주셔서 점괘를 완성시켜 주시옵소서."

그렇게 해서 나온 외상의 효는 순서대로 '단', 뒷면이 두 개에 앞면이 하나인 '탁拆', 그리고 다시 '단'이었다. 모반선은 점통과 동전을 챙겨 넣고 자리에 앉았다.

"자, 앉으십시오. 제가 자세히 살펴보겠습니다. 이건 바로 '미제괘未濟卦[7]

입니다. 세효世爻[8]는 세 번째 효입니다. 오화午火에 형제겁재兄弟劫財이니 틀림없이 불길한 일이 있기 마련입니다. 지금 어머님의 병환에 대해 물으셨는데, 그러면 첫 효에 유의하셔야 합니다. 그러고 보니 정말 부모효父母爻가 관귀官鬼를 끌어내고 있습니다.[9] 다섯 번째 효에도 관귀가 하나 들어 있습니다. 이걸 보니 어머님의 병환이 예사롭지 않은 것 같습니다. 뭐 그래도 괜찮겠습니다. 지금 보니 자해子亥의 수水는 기운이 사그라지고 인목寅木 기운이 움직여 화火가 생성되고 있습니다. 세효에서 자손효를 끌어내고 있는데, 그래도 그것이 관귀를 이겨낼 수 있습니다. 게다가 해와 달이 나타나고 있기 때문에 한 이틀 뒤면 수의 기운을 가진 관귀는 갈 곳이 없어지게 되니, 술일戌日쯤 되면 병이 나을 것입니다. 다만 부모효에서 관귀효로 변했으니 아마 아버님께 약간 문제가 생길 것 같습니다. 그리고 서방님 본인의 효에도 형제지간의 재앙[劫]이 지나치게 많으니, 수가 왕성하고 토土가 쇠퇴하는 날이 되면 안 좋은 일이 생길 것 같습니다."

이렇게 말하고 나서 모반선은 수염을 꼬며 앉아 있었다. 가용은 처음에는 무슨 헛소리인가 싶어서 속으로 무척 우습게 생각했는데, 모반선이 점괘의 이치를 아주 분명하게 설명하고, 또 가진에게도 안 좋은 일이 있을 거라는 말을 듣자 황급히 물었다.

"점술이 아주 고명하신데, 대체 저희 어머님이 무슨 병환을 앓고 계신 겁니까?"

"점괘에 따르면 세효의 오화午火가 수로 변해 상극이 되니, 틀림없이 한화寒火[10]가 응결되어 있을 것입니다. 하지만 더 분명히 알아보려면 시초점蓍草占으로도 안 되겠고, 아무래도 '대륙임大六壬'[11]을 써야 할 것 같습니다."

"선생, 그런 것도 잘하십니까?"

"조금 알지요."

가용은 곧 대륙임으로 점을 쳐달라고 부탁하며 십이간지十二干支 중 하

제102회 **329**

나의 시간을 알려주었다. 모반선은 쟁반에 원을 그리더니 신장神將을 배열했다.

"점을 쳐보니 술戌의 백호白虎가 나왔습니다. 이것은 '백화과魄化課'라고 합니다. 무릇 백호는 흉한 신장이지만, 왕성한 기운을 타고 억제하게 되면 해를 끼치지 못합니다. 그런데 지금은 죽음의 신[邪神]과 죽음의 혼백[死煞]을 타고 있고, 시절이 사형수를 처형하는 때라서 굶주린 호랑이로 변해버렸으니, 분명 사람을 해칠 것입니다. 그래서 마치 혼백이 놀라 흩어지는 것 같다고 해서 '백화'라는 이름이 붙게 된 것입니다. 이 점괘의 해설에 따르면 사람의 몸이 혼백을 잃고, 우환이 연달아 이어지며, 병에 걸려 죽는 경우가 많고, 소송이 걸려 근심하고 놀라는 일이 생기게 된다고 했습니다. 또 해설[象]에서는 '날이 저물면 범이 온다.'고 했으니, 분명 저녁 무렵에 병환이 생기셨을 겁니다. 그리고 해설에 따르면 '이런 점괘가 나왔다면 분명 오래된 저택에 숨어 있는 호랑이가 해코지를 하거나 혹은 무슨 형적이나 소리를 냈을 것'이라고 했습니다. 이제 서방님께서 아버님을 위해 점을 치셨는데, 그것이 '범이 양陽에 있으면 남자에게 우환이 생기고, 음陰에 있으면 여자에게 우환이 생긴다.'라는 말과 딱 맞아떨어집니다. 그러니 이 점괘는 대단히 흉하고 위험한 것입니다."

가용은 설명을 다 듣기도 전에 너무 놀라 얼굴에 핏기가 사라졌다.

"선생, 아주 지당하신 말씀입니다. 허나 아까 나온 점괘와는 그다지 들어맞는 것 같지 않은데, 대체 무슨 문제라도 있는 것입니까?"

"너무 놀라지 마십시오. 제가 천천히 다시 살펴보겠습니다."

모반선은 고개를 숙이고 한참 동안 뭐라고 중얼거리더니 이렇게 말했다.

"다행입니다. 구원의 별이 나타났습니다! 계산해보니 사흔에 구원해주실 귀한 신이 있으니, 이게 바로 '백화혼귀魄化魂歸'라는 것입니다. 처음에 우환을 겪다가 나중에 기쁜 일이 있게 되니 별일 없을 겁니다. 그저 좀 조심하면 됩니다."

가용은 사례금을 주어 배웅하고 나서 가진에게 보고했다.

"어머님 병환은 낡은 집에서 저녁에 얻은 것인데, 무슨 '복시백호伏屍白虎'인가 하는 것을 접했기 때문이랍니다."

"네가 말하길 전에 네 어미가 대관원을 통해 돌아왔다고 했으니, 아마 거기서 접했나 보구나. 너도 기억하겠지만, 네 둘째 숙모도 대관원에 갔다 온 뒤에 병이 생기지 않았느냐? 네 숙모는 아무것도 보지 못했다고 했지만, 나중에 하녀들과 노파들이 말하길 산 위에 털이 번쩍번쩍하고, 눈이 등잔만큼 크고, 사람처럼 말까지 하는 놈이 있었다고 하지 않았느냐? 네 숙모도 그놈한테 쫓겨 돌아온 뒤에 놀라서 한바탕 병치레를 했다지?"

"물론 그 일은 저도 기억하고 있습니다. 그리고 보옥 숙부님 밑에 있는 명연이가 그러는데, 청문이 죽고 나서 대관원 안의 부용화 꽃신이 되었고, 대옥 아가씨가 죽었을 때 허공에서 음악 소리가 들렸다고 하니 분명 그분도 무슨 꽃을 관장하는 신이 되었을 겁니다. 대관원 안에 그렇게 많은 요괴들이 있으니 이래서야 되겠습니까! 예전에는 사람이 많아서 양기가 강했기 때문에 자주 왕래하더라도 별문제가 없었습니다. 하지만 눈에 띄게 적막해진 지금, 어머님이 그곳을 지나오시면서 혹시 무슨 꽃을 밟았거나 거기 있던 어느 요괴한테 씌었을지도 모를 일입니다. 그러니 그 점괘가 맞는 것 같습니다."

"어쨌든 무슨 불상사는 없겠다고 하더냐?"

"그 선생 말로는 술일이 되면 나으실 거랍니다. 다만 그보다 한 이틀 빠르거나 또는 늦게 나으시면 좋겠습니다."

"그건 또 무슨 소리냐?"

"그 선생이 그리 용하다면, 아버님께도 아마 안 좋은 일이 좀 있을 것 같기 때문입니다."

그때 안쪽에서 고함 소리가 들려왔다.

"마님께서 일어나셔서 대관원에 들어가겠다고 하시는데 하녀들이 모두 말려도 소용없습니다."

가진 등이 들어가 달래서 진정시키려고 했지만, 우씨는 계속 헛소리를 해댔다.

"붉은 옷을 입은 사람이 나를 부른다! 초록 옷을 입은 사람이 나를 쫓아온다!"

마루에 있던 이들은 무섭기도 하고 우습기도 했다. 가진이 하녀에게 지전을 사와서 대관원 안에 들어가 태우라고 명하니, 과연 그날 밤 우씨는 땀을 흘리고 나서 조금 안정이 되었다. 그리고 술일이 되자 점점 나아지기 시작했다. 이 일은 입에서 입으로 전해져 마침내 모든 사람들이 대관원에 요괴가 있다고 수군거렸다. 대관원을 관리하던 이들도 그 소문에 놀라 꽃과 나무 가꾸는 일도 소홀히 했고, 과일나무와 채소에 물도 주지 않았다. 처음에는 새나 짐승들 때문에 놀랄까 싶어서 저녁이 되면 아무도 돌아다니지 않았는데, 나중에는 심지어 낮에도 누군가를 데리고, 무슨 연장이라도 들고 다닐 정도였다. 그런데 얼마 후에 과연 가진이 병환을 앓게 되었다. 하지만 의원을 부르지는 않고, 병세가 가벼울 때는 대관원에서 지전을 태우며 기원하는가 하면, 병세가 무거워지면 별신들에게 치성을 드릴 뿐이었다. 그러다가 가진의 병이 낫자 이번에는 가용 등이 돌아가며 병을 앓았다. 이렇게 몇 달 동안 우환이 이어지자 녕국부와 영국부 두 집안 모두 두려움에 휩싸였다. 이때부터 바람소리나 학 울음소리 같은 하찮은 것에도 놀라며 초목을 모두 요괴로 여기는 지경에 이르렀다. 대관원 안에서 생산되던 것들도 모조리 중단되었는데, 그 바람에 각 방에 달마다 주는 용돈이 새로운 부담이 되면서 영국부의 살림살이는 더욱 옹색해졌다. 대관원을 관리하던 이들도 그곳에 남아 있고 싶은 생각이 없어져서, 꽃이나 나무의 요괴에 관한 갖가지 이야기를 꾸며내 대관원을 떠나려고 별수를 다 썼다. 그들이 모두 대관원 밖으로 거처를 옮기려 했기 때문에 이제 대관원 대문은 단단히 잠겼고, 아무도 감히 그곳을 출입하려 들지 않았다. 이에

높다란 누각과 화려한 건물들은 모두 날짐승과 들짐승들의 소굴로 변하고 말았다.

한편, 청문의 사촌오빠 오귀가 대관원 정문 앞에 살고 있었다. 그의 아내는 청문이 죽은 뒤에 꽃의 신이 되었다는 소문을 듣자, 날마다 밤이 되면 감히 바깥출입을 하지 못했다. 그날은 오귀가 물건을 사러 밖에 나갔다가 늦게야 돌아왔는데, 감기 기운이 조금 있던 그의 아내는 낮에 약을 잘못 먹는 바람에 저녁에 오귀가 집에 돌아왔을 때는 구들에 누운 채 이미 죽어 있었다. 바깥사람들은 다들 그녀의 행실이 바르지 못했기 때문에 요괴가 담을 넘어 들어가 그녀의 정精을 빨아 먹어 죽었다고 수군거렸다. 그러자 애가 닳은 태부인은 따로 사람을 몇 명 보내 보옥의 거처를 에워싸 지키고, 밤이 되면 순찰을 돌며 딱따기를 치게 했다. 그래도 하녀들 사이에서는 말들이 많았다. 누구는 얼굴이 벌건 요괴를 보았다 하고, 누구는 아주 예쁜 여자를 보았다고 떠들어대는 바람에, 보옥은 겁을 집어먹고 날마다 벌벌 떨었다. 다행히 보차가 감정을 잘 절제해서 하녀들이 허튼소리를 하면 매질을 하겠다고 호통을 쳤기 때문에, 그런 소문들은 많이 사그라졌다. 하지만 각 방에 있는 모든 이들이 사람을 의심하고 귀신이 나타날까 불안해하여 어쩔 수 없이 불침번을 늘려야 했기 때문에, 그만큼 먹고 쓰는 비용도 늘어나게 되었다.

하지만 가사는 이런 소문을 믿지 않았다.

"멀쩡한 정원에 무슨 귀신 따위가 있단 말이냐!"

이에 그는 날씨 좋은 날을 골라 연장을 든 하인들을 거느리고 대관원으로 들어가서 동정을 살펴보려고 했다. 모두 말렸지만 그는 듣지 않았다. 대관원에 들어가자 과연 음산한 기운이 사람들을 위협했다. 그래도 가사가 억지로 안으로 들어가니 어쩔 수 없이 뒤따르던 하인들은 모두 고개를 움츠린 채 두려움에 떨었다. 개중에 젊은 하인 하나는 벌써부터 속으로 겁을 잔뜩 집어먹은 터였는데, 갑자기 '휘릭!' 하는 소리가 들려 돌아보니 오색찬란한 무언가가 풀쩍 뛰어올라 지나가는 것이었다. 깜짝 놀란 그는 "으악!" 비명을 지르며 다리에 맥이 풀려 풀썩 쓰러지고 말았다. 가사가 돌아보며 무슨 일이냐고 묻자, 그 하인이 숨을 헐떡이며 대답했다.

"제가 직접 봤는데, 황금색 얼굴에 붉은 수염을 하고 초록색 상의에 푸른 하의를 입은 요괴가 숲 뒤편 산에 뚫린 구멍으로 걸어 들어갔습니다!"

그 말에 가사도 약간 겁이 났다.

"너희들도 다 보았느냐?"

그러자 개중에 몇몇이 덩달아 말했다.

"물론입지요! 하지만 나리께서 앞에 계시기 때문에 감히 말씀드리지 못한 것뿐입니다. 그래도 저희는 아직 견딜 만합니다."

그러자 가사도 겁이 나서 더 이상 들어가지 못하고 황급히 돌아와 하인들에게 지시했다.

"이 일에 대해서는 절대 발설하지 말아라. 그냥 대관원을 다 둘러보았는데 별로 이상할 게 없더라고만 해라. 알겠느냐!"

하지만 그도 속으로는 조금 전의 일을 사실로 믿고 진인부眞人府[12]에 가서 법관法官을 불러다가 사악한 요괴를 물리쳐야겠다고 생각했다. 하지만 그 하인들은 없던 일도 만들어내는 자들인지라, 이날 가사가 이토록 겁을 집어먹는 걸 보자 일을 숨기기는커녕 몇 가지 거짓말까지 덧붙여서 떠들어대는 바람에, 듣는 사람들이 모두 혀를 빼물고 놀랐다.

가사는 어쩔 수 없이 도사를 불러다가 대관원에서 사악한 요괴를 몰아내기 위한 법사法事를 열기로 했다. 길일을 택해 먼저 귀비가 가족을 찾아왔을 때 쓰던 대전에 제단을 마련하고, 그 위에 삼청신三淸神*의 신상을 모시고, 그 옆에는 이십팔수二十八宿*의 별신[星神]*들과 마馬, 조趙, 온溫, 주周[13]의 사대 신장神將의 상을 세우고, 다시 그 아래에는 서른여섯 명 천장天將의 도상圖像을 걸었다. 방 안 가득 향화香花와 등촉燈燭을 진열하고 양쪽으로 종과 북, 그리고 법사에 쓰이는 각종 도구〔法器〕들을 배열했으며, 다섯 개의 방위를 나타내는 오색의 깃발을 꽂았다. 도기사道紀司¹⁴에서는 법사의 진행을 맡은 마흔아홉 명의 법사들을 파견하여 하루 종일 제단을 정결하게 꾸미도록 했다. 그리고 세 명의 법관이 향을 피우고 정갈한 물을 떠오자 법고가 우레처럼 둥둥 울렸다. 법사들은 칠성관七星冠*을 쓰고 구궁팔괘九宮八卦*가 그려진 법의法衣를 입고 등운리登雲履*를 신은 채, 손에는 상아로 만든 홀笏을 들고 신상에 절을 올리며 신의 강림을 청원했다. 그리고 재앙을 없애고 사악한 악귀를 내쫓으며 복을 내리는 『동원경洞元經』¹⁵을 하루 동안 외운 다음, 방榜을 내걸어 신장을 불렀다. 그 방에는 큰 글씨로 이렇게 적혀 있었다.

태을, 혼원, 상청 세 하늘의 영보부록연교대법사가 글을 지어 칙령을 내리나니, 본 구역에 해당하는 여러 신들은 제단에 이르러 명을 들을 지어다!
太乙混元上淸三境靈寶符籙演敎大法師行文敕令本境諸神到壇聽用.

그날 녕국부와 영국부의 남자 가족들은 위아래를 막론하고, 법사가 요괴를 잡는다는 것을 믿고 대관원으로 와서 구경했다.
"대단한 법사로군! 저렇게 요란하게 신장을 부르면 아무리 많은 요괴가 있더라도 전부 놀라 달아나고 말겠어!"
그러면서 일제히 제단 앞으로 몰려갔다. 잠시 후 어린 도사들이 깃발을 들고 다섯 방위에 맞춰 서서 법사의 호령을 기다렸다. 세 명의 법사 중 하나는 한 손에 보검寶劍을 든 채 다른 한 손에는 법수法水를 들었고, 또 하나는 칠성흑기七星黑旗*를 들었으며, 마지막 하나는 요괴를 때려잡는 복숭아나무로 만든 채찍을 들고 제단 앞에 섰다. 그때 법기 소리가 멈추면서 위에서 영패令牌*를 세 번 내리자 도사들이 중얼중얼 주문을 외우기 시작하고, 오방의 깃발을 든 어린 도사들이 빙빙 돌며 사방으로 흩어졌다. 법사들은 제단에서 내려와 주인에게 길을 안내하게 하여 곳곳의 누각과 정자, 대전과 방, 회랑, 가산, 연못가 등을 돌아다니며 법수를 뿌리고 보검을 휘둘렀다. 그리고 다시 돌아와서 연달아 영패를 치고, 제단을 향해 칠성기를 들었다. 도사들은 깃발을 한데 모으고, 이어서 요괴를 때려잡는 채찍으로 공중을 향해 세 번 휘둘렀다. 녕국부와 영국부 사람들은 모두 요괴를 잡았다며 다투어 구경하려고 했다. 하지만 앞으로 다가가서 보아도 무슨 형체가 보이기는커녕 어떤 소리도 나지 않았다. 그때 법사가 도사들에게 병과 항아리를 가져오라 하여 요괴를 담고 입구를 봉했다. 법사는 붉은 글씨로 요괴를 가두는 부적을 써서 붙이고, 도사들에게 병과 항아리를 가지고 돌아가 도관道觀*의 탑 아래에 묻으라 하고는 제단을 치우며 신들에게 감사의 절을 올렸다.

가사는 법사에게 공손히 감사의 절을 올렸다. 가용 등 젊은 형제들은 모두 뒷전에서 웃음을 금치 못했다.

"이렇게 거창한 판을 벌이기에 요괴를 잡아 어떻게 생겨먹은 것인지 우리에게 보여줄 줄 알았는데, 설마 저런 식으로 잡아 모을 줄이야! 대체 요괴를 잡긴 한 거야?"

가진이 그 말을 듣고 꾸짖었다.

"멍청한 것들! 요괴란 본래 모이면 형상을 이루고 흩어지면 보이지 않는 기운으로 변하는 것이다. 지금 여기 이렇게 많은 신장들이 강림해 계신데, 그것들이 감히 형체를 드러낼 수 있겠느냐! 이 요사한 기운을 전부 모아 가둬서 더 이상 요괴들이 해코지를 하지 못하도록 하는 게 바로 법력의 효과인 게야."

모두들 반신반의하면서 일단 무슨 일이 일어나지 않는지 두고 본 다음에 다시 이야기하기로 했다. 하인들은 그저 아무런 의심 없이 요괴가 잡혀간 줄 믿었기 때문에, 곧 하찮은 일에 놀라 소란을 떠는 일이 사라졌고, 이후로 과연 아무도 그런 이야기를 꺼내지 않았다. 가진 등의 병도 낫자 사람들은 도사와 법사들의 신통력이 대단하다고 여겼다. 하지만 어느 젊은 하인만이 혼자 비웃었다.

"저번에 있었다는 괴상한 일은 나도 몰라. 하지만 나리를 따라 대관원에 들어갔던 날은 분명히 큰 장끼 한 마리가 날아간 거였어. 그런데 전아佺兒 녀석이 놀라서 잘못 보고, 정말 귀신을 본 것처럼 떠들어댔지. 우리가 모두 맞장구를 쳐주니까 나리께서도 진짜라고 여기기 시작하셨어. 어쨌거나 그 덕에 아주 대단한 법사를 구경할 수 있었구먼!"

하지만 아무도 그 말을 믿으려 하지 않아서, 결국 대관원에는 아무도 살지 않게 되었다.

어느 날, 별로 할 일이 없던 가사는 하인 몇 명을 대관원에 들어가 살게 하면서 건물들을 관리하게 할까 생각하고 있었다. 밤중에 혹시 못된 놈이 숨어들지나 않을까 염려스러웠기 때문이다. 그가 막 지시를 내리려고 나가려던 차에 가련이 들어와 문안 인사를 하면서, 오늘 외숙부 집에 갔다가 황당한 소식을 들었다고 말했다.

"숙부님께서 절도사에게 탄핵을 받았답니다. 소속 관리들에 대한 단속을 소홀히 하여 양곡을 이중으로 징수했다면서, 벼슬을 삭탈해야 한다고 상소문을 올렸답니다."

가사는 깜짝 놀랐다.

"아마 뜬소문일 게다. 며칠 전에 네 숙부가 보낸 편지에, 탐춘이가 며칠에 부임지에 도착해서 며칠에 길한 시간을 택해 바닷가 변경으로 보냈는데, 도중에 바람도 순조롭고 풍랑도 일지 않았으니 가족들 모두 염려하지 말라고 하지 않았더냐? 게다가 그 절도사는 친척으로 대하면서 잔치를 열어 축하해주기까지 했다는데, 설마 친척을 탄핵했겠느냐? 여러 말 할 것 없이 얼른 이부에 가서 사정을 명확히 알아보고 오너라."

가련은 즉시 나갔다가 한나절도 안 되어 돌아와 이렇게 보고했다.

"조금 전에 이부에서 알아보니 정말 숙부님께서 탄핵을 당하셨답니다. 상소가 올라갔는데 다행히 황제 폐하께서 은전을 베푸셔서 이부에 넘기지 않으시고 이렇게 칙지를 내리셨답니다. '소속 관리들에 대한 단속을 소홀히 하여 양곡을 이중으로 징수함으로써 백성을 괴롭힌 일은 본래 파직을 시켜야 마땅하지만, 지방관으로 처음 나가서 관리들을 다스리는 법을 잘 몰라 소속 관리들에게 기만을 당했음이 분명하다. 그러니 삼등급을 강등시키되, 예전처럼 공부 원외랑의 직위를 유지한 채 맡은 바 업무를 처리하도록 하라. 명을 받은 날로 즉시 상경하도록 하라!' 이건 확실한 소식입니다. 마침 이부에서 그 이야기를 하고 있었는데, 강서 지역에서 어느 지현知縣 한 분이 폐하를 알현하려고 입조入朝했습니다. 그분이 말씀 도중에 숙부님 이야기가 나오자 무척 감격하면서, 정말 훌륭한 상사이신데 사람을 잘못 부리셨다고 하시더군요. 하인들이 명의를 사칭해 사기를 치고 소속 관원들을 무시하는 바람에 숙부님에 대한 평판을 나쁘게 만들었답니다. 절도사 나리께서도 진즉 그런 사실을 아시고 우리 숙부님은 훌륭한 분이라고 말씀하셨답니다. 그런데 어째서 이번에 그렇게 탄핵하셨는지 모르겠습니다. 아마 일이 더 커질까 싶어서 관리 소홀이라는 건수를 빌려 탄핵하셨나 봅니다. 결국 더 큰 재앙을 피하기 위해 가벼운 처벌을 받게 하시려는 뜻이 아니었나 싶습니다."

그 말이 끝나기도 전에 가사가 말했다.

"가서 네 숙모님께 말씀드려라. 하지만 얼마 동안 할머님께는 말씀드리지 말거라."

가련은 곧 왕부인에게 알리러 갔다. 그가 무슨 말을 했는지는 다음 회를 보시라.

제103회

악독한 계략을 꾸민 하금계는 제 몸을 불태우고
진리에 어두운 가화는 부질없이 옛 은인을 만나다

施毒計金桂自焚身　昧眞禪雨村空遇舊

향릉을 독살하려던 하금계가 오히려 독을 마시고 죽다.

 가련은 왕부인에게 가서 사정을 자세히 전했다. 그리고 이튿날 이부에 가서 적당히 안배를 해놓고 돌아와 다시 왕부인에게 그 일에 대해 설명했다. 그러자 왕부인이 말했다.
 "제대로 알아보았느냐? 정말 그렇게 된다면 네 숙부께서도 바라시는 바일 테고, 집안에서도 모두 마음을 놓을 수 있을 게다. 지방관이라는 게 어디 할 짓이더냐! 그런 탄핵이 없었더라면 그 못된 것들이 네 숙부님 목숨까지 구렁텅이에 몰아넣었을 게 아니냐!"
 "숙모님, 그걸 어떻게 아셨습니까?"
 "네 숙부님이 지방으로 부임하신 뒤로 땡전 한 푼 들어오지 않고, 오히려 집에 있는 돈만 적지 않게 긁어가지 않았느냐? 그런데 너도 봐라. 숙부님을 따라간 것들 집안을 말이다. 남정네가 지방으로 나간 지 얼마 되지 않아서 그 여편네들은 다들 금은으로 치장하기 시작했으니, 밖에서 네 숙부님을 속이고 돈을 챙겼다는 증거가 아니겠느냐? 네 숙부님은 그것들이 벌이는 수작을 가만 내버려두셨는데, 그러다가 무슨 일이 터지면 본인도 벼슬을 잃을 뿐 아니라 조상에게 물려받은 벼슬까지 잃게 될 게 아니냐!"
 "지당하신 말씀이십니다. 저도 아까 탄핵 소식을 듣고 깜짝 놀랐지만, 자세히 알아본 뒤에야 겨우 마음을 놓았습니다. 제발 숙부님이 경사에서 벼슬살이를 하시면서 몇 년 동안 편안히 지내시고, 평생의 명예를 보존하셨으면 합니다. 그러면 할머님께서 이 일을 알게 되시더라도 안심하실 겁니다. 다만 시간이 조금 지난 후에 숙모님께서 직접 말씀드리시는 게 좋겠습니다."

"나도 안다. 아무튼 다시 가서 좀 더 자세히 알아보도록 해라."

가련이 "예!" 하고 물러가려는데, 갑자기 설씨 댁 마님을 모시는 할멈이 허둥지둥 달려와 왕부인이 있는 안방으로 들어오더니 문안 인사를 올릴 겨를도 없이 용건을 꺼냈다.

"마님, 저희 마님께서 여쭈라 하셨습니다. 저희 집에 또 큰일이 생겨서 아주 난리가 아닙니다!"

"무슨 일이더냐?"

"아이고! 난리가 났습니다!"

"허! 이런 정신없는 할멈 같으니라고! 무슨 큰일인지 말을 해야 알 거 아닌가!"

"저희 댁 둘째 도련님이 외출을 하셔서 집에 남자가 하나도 없습니다. 그런 마당에 이런 일이 일어났으니 어쩌면 좋단 말입니까! 서방님을 몇 분 보내서서 일을 좀 처리해주십시오."

왕부인은 도무지 영문을 몰라 버럭 소리를 질렀다.

"아, 대체 무슨 일인데 서방님들이 필요하단 말인가?"

"저희 댁 큰아씨가 돌아가셨습니다."

"흥! 그런 계집이야 죽었으면 죽은 거지, 그게 뭐 난리법석을 피울 만한 일인가!"

"정상적으로 돌아가신 게 아니라 요란스럽게 돌아가셨으니 말씀이지요. 얼른 사람을 보내 처리해주십시오."

그렇게 말하며 할멈이 돌아가려 하자 왕부인은 화도 나고 우습기도 했다.

"정말 정신없는 할멈이로구먼! 련아, 아무래도 네가 가보는 게 좋겠다. 저 멍청한 할멈한테는 신경 쓰지 마라."

할멈은 가련에게 가보라고 한 말은 듣지 못하고, 그저 '신경 쓰지 마라.' 한 말만 듣고는 씩씩거리며 달음질쳐서 돌아갔다. 설씨 댁 마님이 안절부절 한참을 기다리다가, 할멈이 돌아오는 것을 보자 황급히 물었다.

"마님께서 누굴 보낸다고 하시던가?"

그러자 노파가 한숨을 내쉬었다.

"이래서 사람은 위급한 일이 생기면 안 된다니까요! 좋은 친척이고 뭐고 보아하니 아무 쓸모없을 것 같네요. 그쪽 마님께서는 저희를 도와주실 생각도 안 하시고, 오히려 저더러 정신없는 할멈이라고 꾸짖기만 하셨어요."

설씨 댁 마님은 화도 나고 애도 탔다.

"그쪽 마님께서 그러셨다면 보차는 뭐라고 하던가?"

"그쪽 마님께서 모른 체하시니 우리 아씨도 당연히 더 모른 체하시겠지요. 그래서 아예 말씀도 드리지 않았어요."

"쯧! 언니야 남이라지만 보차는 내가 낳은 딸인데 모른 체할 리 있나!"

그러자 할멈은 퍼뜩 깨달은 듯이 다시 말했다.

"그렇군요! 그럼 제가 다시 다녀올게요."

그때 가련이 와서 설씨 댁 마님에게 문안 인사를 올리고 애도의 뜻을 전했다.

"숙모님께서 이 댁 며느님이 돌아가셨다는 소식을 들으시고 저 할멈에게 물으셨는데, 제대로 설명도 안 하고 막무가내로 재촉만 하지 뭡니까. 그래서 저더러 가서 사정을 자세히 알아보고 일을 처리해드리라고 하셨습니다. 어떻게 처리하실 건지 말씀만 하십시오."

그전까지 설씨 댁 마님은 화가 너무 치밀어 울음조차 나오지 않을 지경이었는데, 가련의 말을 듣고 나자 비로소 마음을 놓을 수 있었다.

"아무래도 자네한테 폐를 끼치는 수밖에 없겠네. 언니가 나를 그렇게 박대할 리 없지. 이게 다 저 할망구가 제대로 얘기를 못해서 생긴 일이구먼. 하마터면 일을 그르칠 뻔했어. 거기 앉게. 내가 차근차근 경위를 설명해주겠네. 뭐 다른 이유가 아니라, 며느리가 모양새 사납게 죽었기 때문일세."

"동생이 죄를 지었으니 그걸 원망하다 돌아가신 모양이군요?"

"차라리 그랬다면 그나마 괜찮겠지. 지난 몇 달 동안 날마다 봉두난발에 맨발로 미친 사람처럼 소란을 피워대더니, 나중에는 자네 동생이 사형 선고를 받았다는 소식을 듣고 한바탕 통곡을 해대더구먼. 하지만 그 뒤로는 오히려 지분脂粉을 처바르기 시작했는데, 뭐라고 한소리 하면 또 난리를 피워댈 것 같아서 난 그냥 모르는 체하고 있었네. 그런데 하루는 무슨 영문인지 말동무를 삼겠다며 향릉이를 달라는 걸세. 그래서 내가 그랬지. 보섬이는 어쩌고 향릉이는 또 왜 달라는 게냐고 말일세. 게다가 향릉이를 싫어하면서 무엇하러 굳이 화낼 일을 자초하냐고 했는데도 굳이 향릉이를 달라는 걸세. 그러니 나도 어쩔 수 없어서 향릉이를 그 아이 방으로 보냈지. 불쌍한 향릉이는 병을 앓고 있으면서도 내 말을 거스르지 못하고 그 방으로 갔네. 그런데 뜻밖에도 며느리가 향릉이한테 아주 잘 대해주더란 말일세. 그래서 나도 기꺼웠다네. 그런데 보차가 그걸 알고 나한테 아마 좋은 의도가 아닌 것 같다고 그러더구먼. 하지만 난 그 말에 별로 신경 쓰지 않았네. 처음 며칠 동안은 향릉이가 앓고 있어서 며느리가 직접 탕약을 끓여 먹여주었네. 그런데 참 향릉이는 복도 없지 뭔가! 며느리가 그 애한테 탕약을 갖다주다가 자기 손을 데고 약사발까지 깨고 말았네. 난 며느리가 향릉이한테 화풀이를 할까 걱정했는데 자기가 빗자루를 가져다 쓸고 물을 뿌려 바닥을 닦았다네. 그리고 둘이 계속 사이좋게 지냈지. 엊저녁에는 자기도 향릉이랑 같이 먹겠다면서 보섬이한테 국을 두 그릇 끓여오라고 했다네. 그런데 잠시 후에 그 방에서 쿵쾅쿵쾅 발자국 소리가 울리더니 보섬이가 다급히 소리를 지르고, 뒤이어 향릉이도 벽을 짚고 밖으로 나와 다급하게 소리를 지르며 사람을 부르는 게 아닌가! 내가 황급히 가보니, 며느리는 코와 눈에서 피를 흘리며 방바닥을 데굴데굴 구르면서, 두 손으로 가슴을 움켜쥐고 두 다리를 버둥거리고 있었네. 내가 깜짝 놀라 무슨 일이냐고 물어도 며느리는 대답도 못하고 계속 뭐라고 악을 쓰더니만, 잠시 후에 그대로 죽어버렸네. 보아하니 독을 마신 것 같았지. 그런데 보섬이가 울고불고 향릉이 멱살을 쥐고는, 그 아이가 며느리를 독살했다고 악을 쓰더구먼. 내가 보기에 향릉이는 그런 짓을 할 아이가 아니고, 게다가 병을 앓고 있어서 몸조차 제대로 가누지 못하는데 어떻게 독살 같은 걸 할 수 있겠는가? 하지만 보섬이가 단언하고 나서니 여보게, 내가 이 일을 어쩐단 말인가! 어쩔 수 없이 모진 맘을 먹고 할멈들한테 향릉이를 묶어서 보섬이한테 넘기게 했다네. 그리고 밖에서 열리지 않게 방문의 빗장을 걸어두었지. 그리고 보금이와 밤새 지키고 있다가 그쪽 댁의 대문이 열린 뒤에야 기별을 보냈던 걸세. 자네는 사리에 밝은 사람이니 얘기 좀 해보게. 이 일을 어찌하면 좋겠는가?"

"하씨 댁에는 알렸습니까?"

"일의 전말이 분명히 밝혀져야 알릴 게 아닌가?"

"제가 보기에는 관청에 알려야 해결이 될 것 같습니다. 우리야 당연히 보섬이를 의심하지만, 남들은 보섬이가 왜 자기 아씨를 독살했겠냐고 할 겁니다. 그러면 대답하기가 마땅치 않지요. 하지만 향릉이가 그랬다면 어쨌든 이유를 갖다 붙일 수 있지요."

그때 영국부의 어멈들이 들어와서 말했다.

"저희 집 새아씨께서 오셨어요."

가련은 보차에게 손위 시숙이지만, 어려서부터 늘 보던 사이이기 때문에 자리를 피하지 않았다. 보차가 들어와 자기 어머니와 가련에게 인사한 후, 안방으로 들어가 보금과 함께 자리에 앉았다. 설씨 댁 마님이 앞서 있었던 일들을 죽 들려주자 보차가 말했다.

"향릉을 묶어두었다면 우리도 그 사람을 범인으로 간주하는 셈이 아닌가요? 어머니 말씀으로는 그 국을 보섬이가 끓였다고 하셨으니, 당연히 그 사람을 묶어서 캐물어야 하는 거 아닌가요? 그리고 하씨 댁에도 알리고 관청에 신고해야 해요."

설씨 댁 마님은 일리 있는 말이라 여기고 가련에게 의견을 물었다.

"제수씨 말씀이 옳습니다. 관청에는 제가 가봐야겠습니다. 형부 사람들에게 부탁해서 검시할 때나 조서 작성할 때 신경을 써달라고 하겠습니다. 하지만 보섬이만 묶어두고 향릉이를 풀어주는 건 조금 곤란할 것 같습니다."

그러자 설씨 댁 마님이 말했다.

"그 아이를 묶어놓은 건 내 본의가 아닐세. 그 아이가 앓고 있는 와중에 억울한 일을 당했는지라 약한 마음에 순간적으로 자살이라도 해버리면 또 죽은 목숨만 하나 더 늘어날 게 아닌가? 그래서 묶은 후에 보섬이한테 맡기는 것도 한 가지 방책이라고 생각했네."

"그렇다곤 해도 그건 오히려 우리가 보섬이를 도와준 셈입니다. 풀어줄 거면 모두 풀어주고, 묶어둘 거면 모두 묶어두어야 합니다. 그들 셋은 한자리에 있었으니까요. 하지만 누굴 시켜서 향릉이를 좀 달래주는 게 좋겠습니다."

설씨 댁 마님은 곧 문을 열게 하고 안으로 들어갔다. 보차는 즉시 어멈들을 몇 명 보내 보섬을 묶어오라고 했다. 향릉은 이미 울다 지쳐서 숨이 넘어갈 지경이었다. 보섬은 오히려 의기양양해 있었다. 그러다가 사람들이 자기를 묶으려 하자 고래고래 소리를 지르며 난리를 피웠다. 하지만 영국부의 어멈들이 호통을 치자 어쩔 수 없이 오라에 묶이는 신세가 되었다. 그런 다음 사람들이 감시할 수 있도록 문을 활짝 열어두었다. 그사이에 하씨 댁에 기별할 사람도 이미 출발했다.

예전에 하씨 집안은 경사에 살지 않았지만, 근래에 가세가 기울었고 딸의 일도 걱정스러워 최근에 경사로 이사해서 살고 있었다. 금계의 아버지는 일찍 죽고 어머니만 있었는데, 못된 놈을 양자로 들이는 바람에 그놈이 가산을 모조리 탕진하고 수시로 설씨 댁을 드나들었다. 금계는 본래 바람기가 많은 여자였으니, 어찌 독수공방을 견뎌낼 수 있었겠는가? 게다가 날마다 설과를 생각하다 보니 '배고픈데 찬밥 더운밥을 가리랴〔飢不擇食〕?' 하는 지경까지 이르고 말았다. 하지만 그녀의 의동생이라는 작자도 아둔하기 그지없어서, 어느 정도 그런 낌새를 눈치채기는 했지만 아직 서로 배를 맞추는 상황까지는 이르지 않았다.

금계가 친정에 들를 때면 늘 그에게 얼마 정도 돈을 주곤 했는데, 이 무렵에도 그는 금계가 친정에 들르기를 고대하고 있었다. 마침 설씨 댁에서 사람이 오자 또 무얼 갖다주러 왔나 보다 생각한 그는, 뜻밖에도 그녀가 독을 마시고 죽었다는 소식을 듣자 펄펄 뛰며 고래고래 소리를 질렀다. 금계의 어머니도 그 소식을 듣고 통곡하며 악을 썼다.

"멀쩡한 내 딸이 왜 독을 먹었단 말이냐!"

그녀는 마차 부를 겨를도 없이 울며불며 아들을 데리고 달려가려 했다. 그 하씨 집안은 본래 장사꾼 집안이었는데, 이제 돈이 떨어져서 체면이고 뭐고 따질 게 없었다. 아들이 먼저 나가자 그녀는 늙어빠진 할멈 하나를 데리고 대문을 나서, 길거리에서 울고불고 법석을 피우며 허름한 마차를 한 대 잡아타고 설씨 댁으로 달려갔다.

대문을 들어서자마자 인사도 하지 않고 바로 "아이고, 내 새끼!" 소리치며 목숨 값을 내놓으라고 다그쳤다. 그때 가련은 형부에 청탁을 하러 나가 있었기 때문에 집안에는 설씨 댁 마님과 보차, 보금만 남아 있었다. 그들은 여태 이런 광경을 본 적이 없었기 때문에 모두 너무 놀라 아무 말도 하지 못했다. 차근차근 이야기를 해보려고 해도 그들 모자는 들은 척도 하지 않았다.

"이 집에서 우리 딸한테 잘해준 게 뭐가 있어? 두 내외가 밤낮 싸우기만 했지. 얼마 동안 좀 시끄러웠다고 해서 내외가 같이 있지 못하게 하려고 당신네가 계책을 세웠잖아! 사위를 감옥에 들어가게 해서 영원히 서로 못 만나게 해놨잖아! 당신네 모자가 좋은 친척 덕에 호사 누리는 거야 그렇다 치겠지만, 저 아이를 눈엣가시로 여겨 사람을 시켜 독살해놓고 오히려 스스로 독을 먹어서 죽었다고 둘러대? 저 아이가 왜 독을 먹는단 말이야!"

그러면서 설씨 댁 마님을 향해 달려들자 설씨 댁 마님은 어쩔 수 없이 뒤로 물러서야 했다.

"사돈! 우선 따님부터 좀 보시고 보섬이에게 물어보시지요. 험한 말씀을 하시더라도 그 뒤에 하셔야 하지 않겠어요?"

보차와 보금은 밖에 하씨 집안의 아들이 있기 때문에 말리러 나오기도 곤란하여 그저 방 안에서 애만 태울 뿐이었다. 그때 마침 왕부인이 보낸 주서댁이 도착했다. 주서댁은 대문에 들어서자마자 웬 노파가 설씨 댁 마님에게 삿대질하며 울고불고 욕을 퍼붓고 있는 것을 보고, 분명 금계의 어머니일 거라 짐작하고는 얼른 다가가서 말했다.

"사돈댁 마님이신가요? 아씨께선 스스로 독을 마시고 돌아가셨는데 이 댁 마님과 무슨 상관이 있다고 이렇게 험한 말씀을 하십니까?"

"당신은 누구요?"

설씨 댁 마님은 원군이 오자 담이 조금 커졌다.

"저희 친척인 가씨 댁에서 오신 분입니다."

"이 집에 든든한 친척이 있는 걸 누가 몰라요? 그러니까 사위를 감옥에 집어넣을 수 있었겠지! 그리고 이제는 멀쩡한 내 딸만 헛되이 죽게 만들었잖소!"

그러면서 설씨 댁 마님을 잡아끌며 다그쳤다.

"대체 내 딸을 어떻게 죽인 거요? 어디 좀 봅시다!"

주서댁이 끼어들었다.

"가서 보시기나 하실 일이지 이렇게 잡아끌 필요는 없잖아요?"

그러면서 금계의 어머니를 손으로 떠밀자 하씨 집 아들이 달려 들어와 대들었다.

"집안의 위세를 믿고 우리 어머니를 치는 거야?"

그러면서 의자를 집어 들고 휘둘렀지만 주서댁을 맞히지는 못했다. 그 소란에 안에서 보차의 하녀들이 뛰쳐나왔다. 그들은 주서댁이 곤욕을 치르게 될 것 같아, 일제히 달려들어 달래기도 하고 으름장을 놓기도 했다. 하지만 하씨 집안의 모자는 더욱 행패를 부렸다.

"영국부의 위세가 아주 대단하구먼! 내 딸이 죽었는데도 다들 대수롭지 않게 여기다니!"

그러면서 계속해서 설씨 댁 마님에게 달려들려고 기를 썼다. 방 안에는 사람들이 많았지만 도저히 막아낼 수가 없었다. 예로부터 '한 사람이 목숨을 걸면 만 명의 장정도 당해내지 못한다〔一人拼命 萬夫莫當〕.'라고 하지 않았던가!

그렇게 위태롭게 난리가 벌어지고 있을 때 가련이 일고여덟 명의 하인들을 거느리고 들어왔다. 그리고 우선 하인들을 시켜 하씨 집 아들을 끌어내라고 했다.

"소란 피우지 마시고, 하실 말씀이 있으면 좋은 말로 하십시오. 그리고 어서 집안을 정리하십시오. 형부의 나리들이 곧 검시하러 오실 겁니다."

금계의 어머니가 한창 행패를 부리고 있는데, 갑자기 웬 상전이 나타나더니 몇몇 하인들 앞에서 호통을 치자 모여 있던 사람들이 모두 공손히 시립했다. 그 모습을 본 금계의 어머니는 가씨 집안의 누구인지 몰라 어리둥절했다. 그러다가 자기 아들이 사람들에게 끌려 나가는 모습이 눈에 들어왔는데, 또 형부에서 검시하러 온다는 말까지 들렸다. 원래 그녀는 딸의 시신을 보고 우선 한바탕 질펀하게 난동을 부리고 나서 관청에 고발할 생각이었다. 그런데 뜻밖에도 이 집에서 먼저 관청에 신고했다 하니 조금 기가 죽을 수밖에 없었다. 설씨 댁 마님은 이미 너무 놀라 정신이 멍해진 상태였는데, 그나마 주서댁이 가련에게 말했다.

"저분들이 와서 아씨한테는 가보지도 않고 대뜸 마님을 다그쳤습니다. 저희가 좋은 말로 만류하고 있는데, 갑자기 막돼먹은 사내가 뛰어 들어와 마님들 계신 방 안에서 포악스럽게 욕을 퍼부으며 때리려고 난동을 부렸습니다. 그러니 이게 국법이고 뭐고 안중에도 없는 짓 아닙니까!"

"지금은 저자와 말로 따질 필요 없네. 나중에 곤장을 때리며 따져 물어야지. 남자가 있어야 할 곳이 따로 있고, 안쪽은 여자들만 있는 곳일세. 게다가 자기 모친이 아직 딸자식 모습도 보지 않은 마당에 저자가 뛰어 들어왔으니, 그건 강도질을 하려는 게 아니었냐는 말일세!"

하인들이 달래고 얼러서 방 안을 진정시켜 놓자, 주서댁이 원군을 등에 업고 말했다.

"하씨 댁 마님, 사리 분별을 못하시는군요. 오셨으면 먼저 사정을 명확히 알아보셨어야지요. 댁의 따님이 스스로 독을 마시고 돌아가신 게 아니라면 보섬이가 주인을 독살한 거잖아요? 그런데 왜 사정을 알아보지도 않고 시신도 보지 않은 채 생트집을 잡아 엉뚱한 사람을 못살게 굴려는 거예요? 설마 우리가 이 댁 며느님의 죽음을 그냥 넘어가겠어요? 그래서 지금 보섬이를 묶어놨고, 댁의 따님이 몸이 불편하다면서 본인이 원해 한 방을 쓰면서 시중들게 한 향릉이도 저 방에 함께 가둬놨으니 형부에서 검시하는 걸 직접 보신 다음에 연유를 따지셔야 되는 거 아닌가요?"

금계의 어머니는 원군이 없는 처지라 어쩔 수 없이 주서댁을 따라 딸의 방으로 갔다. 그리고 얼굴이 검붉은 피로 범벅된 채 구들에 뻣뻣이 쓰러져 있는 금계의 모습을 보자마자 또다시 대성통곡하기 시작했다. 보섬은 자기 집안에서 사람이 온 걸 보자 통곡하며 악을 썼다.

"우리 아씨께서 향릉에게 호의를 베풀어 함께 지내자고 하셨는데, 저년은 오히려 몰래 우리 아씨를 독살했어요!"

그때 설씨 집안 위아래 사람들이 모두 그 자리에 있었는데, 그들 모두 한목소리로 호통을 쳤다.

"말도 안 되는 소리! 아씨는 엊저녁에 국을 잡수고 돌아가셨는데, 그건 네가 끓인 거잖아!"

"국이야 제가 끓였지만, 저는 갖다드리기만 하고 일을 보러 나갔어요.

그러니 그사이에 향릉이 일어나서 안에다 뭘 넣었는지도 모르지요!"

금계의 어머니가 그 말을 듣고 향릉에게 달려들자 여러 사람들이 붙들었다. 그때 설씨 댁 마님이 말했다.

"저건 비상인 것 같은데, 우리 집에는 절대 저런 게 없었어요. 범인이 향릉이든 보섬이든 결국 누군가 저걸 사다주었겠지요. 나중에 분명 형부에서도 따져 물을 테니, 결국 누구한테 덮어씌우진 못할 거예요. 지금은 관리들이 와서 검시하기 편하게 며느리 시신을 바로 눕혀놓는 게 좋겠어요."

할멈들이 다가가 금계의 시신을 들어서 바로 눕혔다. 그러자 보차가 말했다.

"검시하러 오는 사람들은 모두 남자들일 테니, 여러분은 여자 소지품을 점검해보도록 하세요."

그때 구들에 깔린 요 밑에서 돌돌 뭉쳐진 종이 뭉치가 하나 발견되었다. 금계의 어머니가 보자마자 집어서 펼쳐보니 아무것도 들어 있지 않은지라 그대로 던져버렸다. 보섬이 그걸 보고 말했다.

"증거가 나왔네요. 저 종이는 제가 알아요. 며칠 전에 쥐가 하도 소란을 피워서 아씨께서 친정에 가셨을 때 동생분에게 구해달라고 해서는 받아서 머리장식 담아두는 상자에 넣어두었어요. 분명히 향릉이 그걸 보고 꺼내서 아씨를 독살한 걸 거예요. 못 믿겠거든 머리장식 담아두는 상자를 살펴보셔요."

금계의 어머니가 보섬이 말한 곳에서 상자를 꺼내 살펴보니, 그 안에는 은비녀만 몇 개 들어 있을 뿐이었다. 그러자 설씨 댁 마님이 말했다.

"그 많던 머리장식이 다 어디 갔지?"

보차가 하녀를 시켜 장롱과 궤짝들을 열어보니 모두 비어 있었다.

"올케 물건을 누가 가져갔지? 이건 보섬이한테 물어봐야겠군요."

금계의 어머니는 설씨 댁 마님이 보섬을 추궁하려 하자 자기 속이 찔끔해서 얼른 나섰다.

"딸 아이 물건을 저 아이가 어찌 알겠어요?"

그러자 주서댁이 말했다.

"사돈 마님, 그런 말씀 마셔요. 제가 알기로 보섬 아가씨는 매일 이 댁 며느님과 함께 있었는데, 어떻게 모를 수 있겠어요?"

이렇게 엄하게 추궁하자 보섬은 더 이상 거짓으로 둘러대기 곤란하다고 생각하여 어쩔 수 없이 사실대로 말했다.

"아씨께서 친정에 가실 때마다 가지고 가셨는데, 제가 어쩔 수 있나요?"

그러자 사람들이 입을 모아 말했다.

"아주 대단한 친정어머니일세! 딸을 꼬드겨서 물건을 챙길 대로 챙기고 결국 자살까지 하게 해놓고선 우리한테 뒤집어씌우려 하다니. 잘됐군! 나중에 검시관이 오면 그대로 말해야겠어."

안에 있던 금계의 어머니가 다급해져서 보섬에게 욕을 퍼부었다.

"네 이년! 주둥이 함부로 놀리지 마라! 우리 금계가 언제 친정으로 물건을 갖다주었단 말이냐?"

"지금 물건이 문제예요? 아씨를 살해한 범인을 잡는 게 우선이잖아요!"

그러자 보금이 말했다.

"증거가 나오면 바로 범인도 밝혀지겠지요. 어서 가련 서방님께 말씀드려서 하씨 댁의 아들이 비상을 사다주었는지 확인하라고 하셔요. 그래야 나중에 형부에서 나온 관리들한테 제대로 말해줄 수 있잖아요."

금계의 어머니가 다급히 말했다.

"이 보섬이 년이 필시 귀신에 들린 모양이구나! 무슨 헛소리를 그리 해대는 거냐? 우리 금계가 언제 비상을 샀단 말이냐? 그러고 보니 분명 네년이 독살한 게로구나?"

보섬이 화가 나서 악을 썼다.

"남들이 저한테 죄를 뒤집어씌우는 거야 그렇다 쳐도, 왜 당신들까지 이래요? 마님네가 늘 아씨한테 그러셨잖아요. 기죽지 말고 살라고요! 네 마음대로 하고 살다가 그 집이 쫄딱 망하면 살림살이를 싸들고 나와버리라고 말이에요. 그럼 다시 좋은 서방을 얻어준다고 했잖아요! 그렇게 말하지 않았나요?"

금계의 어머니가 미처 대답하기도 전에 주서댁이 말을 받았다.

"그 집 사람이 한 말인데 또 무슨 핑계를 대실 건가요?"

금계의 어머니가 이를 갈며 보섬에게 욕을 퍼부었다.

"내가 너한테 얼마나 잘해주었는데 왜 그런 말로 날 무덤에 몰아넣으려는 게냐? 나중에 관리가 오면 네년이 우리 금계를 독살했다고 이를 테니 두고 봐라!"

화가 치민 보섬이 눈을 부릅뜨고 설씨 댁 마님에게 말했다.

"마님, 향릉이는 풀어주세요. 괜히 무고한 사람 괴롭힐 거 없어요. 관리가 오면 저도 할 말이 있어요."

보차는 그 말을 듣자 사람을 시켜서 보섬을 풀어주게 했다.

"너는 원래 솔직한 사람인데 뭐하러 괜히 억울한 일에 휘말린 거야? 할 말 있으면 시원히 말해버려. 다들 분명하게 사정을 알게 되면 일이 깨끗이 마무리될 거야!"

보섬도 관리들한테 고문당할까 무서워서 솔직히 말했다.

"우리 아씨는 날마다 이렇게 불평하셨어요. '나 같은 사람이 어쩌자고 저리 눈 먼 어머니를 만났을까? 설과 도련님 같은 분한테 시집보내주시지 않고, 하필 이리 멍청한 사람과 짝을 지어주시다니! 설과 도련님과 하루만이라도 함께 지낼 수 있다면 죽어도 여한이 없겠.' 그러면서 곧 향릉이를 미워했어요. 저도 처음에는 신경을 쓰지 않았어요. 그런데 나중에 보니 향릉이한테 친하게 구시길래, 향릉이 어떻게 했기에 저렇게 됐을까 궁금했어요. 하지만 설마 어제 준 국이 호의로 준 게 아닌 줄은 몰랐지요."

금계의 어머니가 말을 가로챘다.

"보자보자 하니 갈수록 더 헛소리를 지껄여대는구나! 향릉의 국에 독을 탈 생각이라면 왜 거꾸로 자기가 그걸 먹었단 말이냐?"

그러자 보차가 물었다.

"향릉, 어제 그 국 먹었어?"

"며칠 동안 몸이 너무 아파서 머리조차 들 수 없었어요. 아씨께서 국을 먹으라 하시기에 감히 거절하지 못하고 억지로 자리에서 일어났는데, 그 와중에 그만 국을 쏟아버렸어요. 그 바람에 괜히 아씨께서 치우시느라 힘들게 해드려서 마음이 무척 불편했어요. 어제는 국을 먹으라고 하시기에 사양하지 못하고 어쩔 수 없이 먹으려는데, 갑자기 머리가 어지럽더라고요. 조금 뒤에 보섬 언니가 국을 들고 나가길래 저는 잘됐다 싶어서 막 눈을 감았는데, 아씨께서 잡수시면서 저한테도 맛을 보라고 하셨어요. 그래서 저도 억지로 조금 먹었어요."

그 말이 채 끝나기도 전에 보섬이 말했다.

"맞아요. 제가 사실대로 말씀드리겠어요. 어제 아씨께서 저한테 향릉이랑 같이 먹게 국을 두 그릇 끓이라고 하셨어요. 그 말을 들으니까 화가 나더라고요. 제가 어디 향릉이 국 시중까지 들어야 하냐는 생각이 들었거든요. 그래서 국에다 일부러 소금을 한 줌 더 넣고, 그 그릇을 잘 기억해두었지요. 원래 그걸 향릉이한테 먹일 생각이었는데 제가 국을 들고 막 들어가니까 아씨께서 저를 막으시더니 오늘 친정에 다녀올 테니까 밖에 나가 하인들한테 수레를 준비시키라고 하시대요. 그렇게 말해두고 돌아와서 보니, 소금을 많이 넣은 국그릇이 아씨 앞에 있더라고요. 저는 아씨가 짠 국을 잡수시고 또 나무라실까 걱정스러워서 한창 방법을 생각하고 있었는데, 마침 아씨가 잠깐 뒷방에 다녀오시기에 그 틈에 얼른 국그릇을 바꿔놓았어요. 아마 이렇게 된 것도 운명일 거예요. 아씨는 돌아오시자마자 국그릇을 들고 향릉이 누워 있는 침대 옆으로 가셔서 국을 드시면서 '너도 맛이나 봐라.' 이러셨어요. 향릉은 짠 줄도 모르고 먹더군요. 그렇게 해서 두 사람 다 국을 먹었어요. 저는 향릉이가 입맛도 모른다고 비웃고 있었는데,

설마 돌아가신 아씨께서 향릉이를 독살하려 하신 줄은 몰랐어요. 분명히 제가 없는 틈에 비상을 타셨을 텐데 제가 그릇을 바꿔놓은 줄도 모르셨겠지요. 그러니 하늘의 이치가 맞고 분명하다는 게 아니겠어요? 결국 아씨께선 자기 목숨을 해치고 말았던 거예요."

그 말을 들은 사람들이 전후 사정을 곰곰이 생각해보니, 그 말이 조금도 틀린 데가 없었다. 이에 향릉도 풀어주고, 다시 부축해서 침대에 눕혔다.

향릉이 풀려난 것은 그렇다 치고, 금계의 어머니는 속에 켕기는 게 있었다. 그래서 사실이 드러났는데도 둘러댈 궁리를 하고 있었다. 설씨 댁 마님 등은 너도나도 한마디씩 하며 하씨 집 아들에게 금계가 죽게 된 일에 대해 책임을 물어야 한다고 주장했다. 그렇게 왈가왈부 떠들고 있는데 가련이 밖에서 소리쳤다.

"여러 말 하실 것 없이 어서 현장을 잘 정리해두십시오. 형부 관리들이 곧 도착할 겁니다."

이렇게 되자 하씨 집안의 모자는 마음이 다급해졌다. 아무리 생각해도 곤욕을 치를 것 같다는 생각이 들자 그들은 어쩔 수 없이 설씨 댁 마님에게 사정했다.

"모든 건 저희 잘못입니다. 결국 죽은 제 딸년이 못나서 자업자득으로 이런 일이 생겼습니다. 형부에서 검시를 하게 되면 결국 이 댁에서도 체면이 깎이지 않겠습니까? 사돈 마님, 이쯤에서 일을 마무리해주십시오."

보차가 말했다.

"그건 안 돼요. 이미 관청에 신고한 상태인데 어떻게 취소할 수 있겠어요?"

그러자 주서댁 등이 모두 나서서 금계의 어머니를 달래고 얼렀다.

"일을 끝내시려면 사돈댁 마님께서 직접 나서서 검시를 막으셔요. 우리가 이렇다 저렇다 아무 말도 하지 않으면 되겠지요."

가련도 밖에서 윽박지르자, 하씨의 아들이 형부에 가서 금계의 사망 원인에 의심스러운 부분이 없으니 검시가 필요 없다는 내용의 보증서를 작성하겠다고 했다. 이에 다들 동의했고, 설씨 댁 마님은 하인들에게 관을 사다가 금계의 장례를 치르게 했다. 그 이야기는 그만하겠다.

한편, 가화는 경조부윤京兆府尹[1]으로 승진하여 세무 업무까지 겸하여 맡게 되었다. 하루는 개간할 토지를 조사하려고 경사 밖으로 나가다가 도중에 지기현知機縣을 지나게 되어 급류진急流津[2]이라는 나루터에 도착했다. 나루터를 건너기 위해 인부를 기다리느라 잠시 가마를 멈추었는데 마을 옆에 작은 사당이 하나 보였다. 무너진 담장 너머로 몇 그루 소나무가 보였는데, 상당히 오래된 것 같았다. 수레에서 내려 천천히 사당으로 걸어 들어가니, 사당 안에는 금칠이 벗겨져나간 신상神像이 모셔진, 쓰러질 듯 삐딱하게 기운 건물 옆으로 부러진 비석이 하나 보였다. 비석의 글씨는 닳아서 제대로 알아볼 수가 없었다. 뒤쪽 건물로 가보려는데 문득 푸른 측백나무 아래에 초가집이 한 채 서 있고, 그 안에 웬 도사가 눈을 감은 채 조용히 양반다리를 하고 앉아 있었다. 가까이 가서 보니 어디선가 만난 적이 있는 것처럼 무척 낯이 익었는데, 얼른 생각이 나지 않았다. 그를 따르던 부하가 호통을 치려 하자 가화가 손을 들어 제지하고 천천히 다가가서 불렀다.

"도사님!"

그러자 도사가 눈을 조금 뜨더니 희미하게 웃으며 말했다.

"나리, 무슨 일이십니까?"

"조사할 일이 있어서 경사 밖으로 나가는 길에 이곳을 지나다가, 차분히 도를 닦고 계신 도사님을 뵈었습니다. 보아하니 도력이 아주 깊은 분 같아서 실례를 무릅쓰고 가르침을 청하게 되었습니다."

"오게 되면 자연히 있을 곳이 있고, 떠나게 되면 자연히 갈 방향이 있는 법이지요."

가화는 상당히 사연이 있는 말이라고 생각되어 곧 공손히 절을 올리며 물었다.

"도사님, 어디서 수련하시다가 이곳에 초가집을 마련하셨습니까? 이 사당 이름은 무엇이고, 사당 안에 몇 분이나 계십니까? 정말 수행을 하시려거든 명산도 많은데 왜 이곳에 계십니까? 중생들과 인연을 맺어 구제하실 생각이라면 왜 사람들 많은 거리로 나가시지 않는지요?"

"초가집〔葫蘆〕에서도 편히 지낼 수 있는데 굳이 명산에 거처를 마련할 필요 있겠소이까? 사당 이름은 오래전에 사라져버렸고, 부러진 비석만 남아 있지요. 형체와 그림자가 서로 따르는데 탁발托鉢할 필요 있겠소이까? '궤 속의 옥은 좋은 값을 바라고, 화장함의 비녀는 날아갈 때를 기다리네〔玉在匱中求善價 釵於奩內待時飛〕.'라고 하듯이 어찌 저 부귀공명을 바라는 무리들과 같을 수 있겠소이까!"

가화는 본래 영특한 사람이라서 '초가집'이라는 말과 '옥과 비녀를 짝지어'하는 말을 듣자 불현듯 진비甄費의 일이 떠올랐다. 다시 잠깐 도사의 모습을 살펴보니 생김새가 예전과 같은지라, 주위 사람들을 물리고 도사에게 물었다.

"그대는 진甄선생이 아니십니까?"

도사가 빙그레 웃으며 말했다.

"뭐가 진짜〔眞〕이고 뭐가 가짜〔假〕라는 겁니까! 진짜가 곧 가짜요, 가짜가 곧 진짜라는 걸 아셔야지요."

가화는 '가짜〔假〕'라는 말을 '가賈'라고 알아듣고 더욱 확신하게 되어 다시 절을 올리며 말했다.

"저는 선생님의 은혜를 입고 경사에 올라와 과거에 급제했습니다. 그 뒤 선생님의 고향에 부임했다가 비로소 선생님께서 깨달음을 얻고 속세를 벗어나 홀연히 신선세계에 오르셨다는 것을 알게 되었습니다. 제가 과거를 돌이켜 생각하는 마음이 간절했지만, 스스로 생각건대 속세에서 벼슬살이나 하는 몸인지라 신선이 되신 선생님의 존안을 뵐 길이 없었습니다. 오늘 우연히 여기서 만나게 되었으니 얼마나 다행인지 모르겠습니다. 신선님, 부디 몽매한 저를 일깨워주십시오. 경사의 제 거처가 여기서 아주 가까우니, 괜찮으시다면 제가 그곳에서 모시며 아침저녁으로 가르침을 받고 싶습니다."

그러자 도사도 자리에서 일어나 답례하며 말했다.

"저는 천지간에 부들방석 외에 다른 것이 있는 줄은 모릅니다. 방금 나리께서 하신 말씀이 무슨 뜻인지 이 몸은 전혀 모르겠습니다."

도사가 그렇게 말하고 나서 다시 자리에 앉자, 가화는 이상한 생각이 들었다.

'진사은이 아니라면 어떻게 생김새나 말투가 이렇게 같을까? 헤어진 지 십구 년이나 되었는데 얼굴은 옛날 그대로이니 분명 수련하여 성과를 이룬 모양이구나. 하지만 예전의 신분을 밝히려 하지 않으니 어쩐다? 그래도 은인을 만났으니 보답할 기회를 놓칠 수는 없지. 보아하니 부귀 같은 걸로는 마음을 움직일 수 없을 것 같고, 더욱이 부인이나 딸에 대한 사적인 얘기도 할 필요 없겠어.'

이렇게 생각하고 나서 가화가 다시 말했다.

"신선님, 예전의 인연을 말씀하시려 하지 않으니 이 제자는 너무 안타깝습니다!"

그가 막 절을 올리려는데 부하가 들어와 아뢰었다.

"나리, 날이 저물어가니 어서 강을 건너시는 게 좋겠습니다."

가화가 어찌할 바를 몰라 망설이고 있자 그 도사가 말했다.

"나리, 어서 강을 건너십시오. 다시 만날 날이 있을 것입니다. 머뭇거리다간 갑자기 풍랑을 만나게 되실 겁니다. 이 몸을 잊지 않으신다면 나중에도 저는 이 나루터에서 기다리고 있겠습니다."

도사는 다시 눈을 감고 좌선坐禪을 계속했다. 가화는 어쩔 수 없이 도사에게 작별 인사를 하고 사당을 나왔다. 그가 막 나루터를 건너려는데 갑자기 누군가 부리나케 달려왔다.

  무슨 일인지는 다음 회를 보시라.

(7권에서 계속)

| 역자 주석 |

제87회

1. 이 구절은 『시경』「소아小雅」「백화白華」에 들어 있는 "물수리는 어량에 앉아 있고, 학은 숲 속에 있네〔有鶩在梁 有鶴在林〕."라는 구절을 변용한 것이다. 주희朱熹의 주석에 따르면, 천한 물수리는 어량에 앉아 물고기를 배불리 먹지만 고고한 학은 숲에서 배를 곯는다는 의미라고 했다. 이것은 소인배가 벼슬살이를 하고 군자는 초야에 묻혀 고생한다는 의미이다. 설보차는 이 내용을 뒤집어 묘사했다. 즉 다랑어는 못에 있고 학이 어량에 앉아 있으니 모두 마땅히 있어야 할 곳에 있지만, 무슨 이유로 물고기는 몸을 숨긴 채 나타나지 않고 까막까치 같은 소인배들만 하늘 높이 날고 있느냐는 것이다.
2. 송나라 때 유영柳永의 사 「망해조望海潮」에서 서호西湖의 풍경을 묘사한 구절이다.
3. 원래 속담은 '사람은 지행선이라 하루만 보이지 않아도 삼천 리 밖에 있다〔人是地行仙 一日不見走三千〕.'이다. 『능엄경楞嚴經』 권8에 따르면 사람이 수행을 하면 신선이 될 수 있는데, 그런 종류의 신선은 지행선地行仙과 공행선空行仙, 통행선通行仙 등 모두 10종이라고 한다.
4. '이십사교'는 양주揚州의 명승지 중 하나이다. 청나라 때 이두李斗의 『양주화방록揚州畵舫錄』 등에 기록된 바에 따르면 여기에는 2가지 설이 있는데, 하나는 양주에 유명한 다리가 24개가 있다는 것이고, 다른 하나는 그 자체가 다리 이름으로서 '홍약교紅藥橋'라고도 불린다는 것이다.
5. 송나라 때 용곤龍袞이 편찬한 『강남록江南錄』에 따르면, 남당南唐의 후주後主 이욱李煜은 나라가 망한 후 송 땅에 갇혀 지냈는데, 옛날 궁궐에 있던 사람에게 보낸 편지에서 "여기서는 밤낮으로 그저 눈물로 세수할 뿐〔此間日夕 只以眼淚洗面〕"이라고 한탄했다.

6. 제77회에서 왕부인이 한 말에 따르면 유오아柳五兒는 요절했다고 되어 있는데, 여기서 다시 살아 있는 모습으로 등장하고 있다. 이 또한 여러 판본이 뒤섞여 전해지는 과정에서 생긴 오류인 듯하다.
7. 대두채大頭菜는 갓과 비슷한 채소이다. 오향대두채는 원래 명나라 때 기원한 저명한 요리 중 하나로서 정덕향채正德香菜, 또는 건륭향채乾隆香菜라고도 불린다. 이 요리는 말린 대두채와 볶은 소금, 그리고 고추와 후추, 붓순나무 열매〔八角〕, 회향茴香의 5가지 향료 가루와 식초를 넣어 버무린 것이다.
8. 여기서 '풍경風磬'으로 번역한 철마鐵馬는 첨마簷馬라고도 한다. 건물 처마 아래에 말 모양 등으로 만든 쇳조각이나 종을 매달아, 바람이 불면 부딪쳐 소리를 내게 만든 것이다.
9. 앞쪽 악장樂章의 형식에 맞춰 곡조를 한 차례 중복하여 연주하거나, 문장을 1장 중복하여 짓는 것을 '1첩疊'이라고 한다.
10. 「사현조思賢操」는 일반적인 '금곡 12조操'에 포함되지 않은 것이다. 이 곡은 청나라 때 승려 공진空塵이 편찬한 『고목선금보枯木禪琴譜』 권8에 수록된 고금보古琴譜 32곡 중 하나로, 소위 '광릉금파廣陵琴派'의 금곡 중 하나이다.
11. 여기서 '귀'라고 번역한 단어의 원문은 '기각아畸角兒'로, 정사각형으로 된 바둑판의 네 귀퉁이를 가리킨다. 이곳은 좁은 곳이지만 대마大馬가 집을 짓고 살기 편한 곳이기 때문에 일반적으로 변 쪽이나 중앙보다 쌍방이 서로 다투어 차지하려는 곳이다.
12. 여기서 '회돌이'라고 번역한 단어의 원문은 '도달화세倒脫靴勢'이다. 이것은 이미 죽어 있는 자신의 대마에 돌을 1개 또는 2개를 더해놓고 상대방이 따내면 오히려 이쪽에서 상대방의 돌 전체를 다시 따내게 되는 방법이다.
13. 기봉機鋒은 선가禪家에서 다른 사람의 깨달음을 계발시켜주기 위해 하는 법어法語를 가리킨다.
14. 이 구절은 『시경』「패풍邶風」「녹의綠衣」에 들어 있는 "옛사람 생각하니 허물이 없어졌네〔我思古人 俾無訧兮〕."에서 따온 것이다. 원래 의미는 옛사람의 미덕을 마음에 품고 있음으로써 자신의 잘못을 피할 수 있게 한다는 뜻이다.
15. 군현君絃은 옛 서문고의 표식〔徽〕바로 옆에 있는 첫 번째 현으로서, 초현初絃 또는 대현大絃이라고도 부른다. 이 현은 나머지 현들에 비해 가장 굵으며 기본음을 정하는 것이다. 채옹蔡邕의 『금조琴操』에는 "대현은 군주이니 너그럽고 온화한 소리를 내고, 소현은 신하이니 청렴하고 어지럽지 않아야 한다〔大絃者君也 寬和而溫, 小絃者臣也 淸廉

而不亂」."라고 했다.

16. 무사율無射律은 중국 고대의 표준 음률인 12율 중 하나이다. 음계가 비교적 높기 때문에 군현君絃의 음을 너무 높게 잡아놓으면 무사율의 음계가 더욱 높아져 연주하기가 매우 어려워진다.

17. 옛날의 7음계는 궁宮, 상商, 각角, 변치變徵, 치徵, 우羽, 변궁變宮으로 나뉘었다. 이에 따라 궁음으로 시작되는 곡조는 궁조宮調, 변궁으로 시작되는 곡조는 변치조變徵調가 된다. 당연히 곡조의 형식이 달라지면 음악적 효과도 달라진다. 변치조는 일반적으로 격렬한 슬픔과 처량함의 정서를 표현하는 데 이용된다. 임대옥이 갑자기 변치조로 음조를 바꾼 것은 이 노래의 마지막 구절에 원래 들어가야 할 평성운平聲韻 대신 입성운入聲韻인 '월月'자를 쓴 것과 관련이 있을 것이다.

18. 『선문일송禪門日誦』은 모두 2권으로 된 책으로 『선종전서禪宗全書』 제97책에 수록되어 있다. 이 책의 원래 작자와 간행 연도는 모두 알 수 없으며, 청나라 때 선종 불교에서 일상적으로 암송하던 경經, 율律, 게偈, 의문儀文, 주呪 등과 선종의 저명한 법사法師들이 남긴 법어와 경책警策, 제자와 나눈 문답, 훈회訓誨 등을 수록하고 있다. 책의 내용은 판본에 따라 조금씩 다르지만 아침에 읊는 것으로 『대불정수능엄신주大佛頂首楞嚴神呪』와 『심경心經』, 『회향문回向文』이 있고, 저녁에 읊조리는 것으로 "나무련지해회불보살南無蓮池海會佛菩薩"이라는 주문(세 번)과 『불설아미타경佛說阿彌陀經』, 『몽산시식蒙山施食』, 『회향문』 등이 있는데, 그 내용은 동일하다.

19. 진여眞如는 범어 'tathatā' 또는 'Bhūta-tathatā'를 의역한 것으로, 그 의미는 영원히 존재하는 실체나 실성實性, 즉 우주 만물의 본체를 가리킨다. 실상實相 또는 법계法界와 같은 의미이다.

20. 음인陰人은 죽은 사람이나 저승의 혼백을 가리킨다.

21. 주마입화走魔入火는 민간 도교나 불교에서 수행하는 사람이 좌선할 때 삿된 잡념의 침입을 받아 정신이 혼미해지는 지경에 이르는 것을 가리키는 말이다.

22. 공융孔融(153~208)은 동한시대의 노국魯國, 지금의 산동성[山東省] 취푸[曲阜] 사람으로, 공자의 20세 후손이자 '건안칠자建安七子'의 우두머리로 꼽히는 저명한 문학가이기도 하다. 동한 말엽의 어지러운 정세 속에서 강인하고 올곧은 처신으로 많은 존경을 받았다. 그의 원래 문집은 후세에 없어졌으나 명나라와 청나라 때 여러 전적에서 육조시대의 글을 모아 편찬한 『한위육조백삼가집漢魏六朝百三家集』에 『공소부집孔

少府集』1권이 수록되어 있다.
23. 왕적신積薪(?~?)은 당나라 현종玄宗 때의 저명한 바둑 고수이다. 『유양잡조酉陽雜俎』의 기록에 따르면 그는 개원開元(713~741) 연간에 궁중으로 초빙되어 현종과 바둑을 두었다고 한다. 성격이 활달하고 자잘한 예의범절에 구애되지 않았다고 한다.
24. '하엽포해세荷葉包蟹勢'는 약한 돌로 상대의 강한 말을 잡는 수법이다.
25. '황앵박토세黃鶯搏兎勢'는 '황응박토세黃鷹搏兎勢'를 잘못 쓴 것으로 보이는데, 유명한 사활死活의 묘수이다.
26. 이것은 오늘날 남아 있는 일반적인 기보에는 들어 있지 않은 것으로, 정확히 어떤 것인지는 아직 알 수 없다.
27. '팔룡주마八龍走馬'는 논자에 따라서 '팔왕주마세八王走馬勢'를 잘못 쓴 것이라 하기도 하고, 다른 판본에는 '십룡주마세十龍走馬勢'라고 되어 있기도 하다. 일설에 따르면 '십왕주마세十王走馬勢'를 잘못 쓴 것이라고 하는데, '십왕주마세'는 유명한 귀의 사활에 관한 묘수로서 상당히 난이도가 높은 문제이다. 즉 흑에 포위된 백 3점을 이용하여 흑 대마 전체를 위협하는 수법인데, 이를 위해 백은 먼저 자기 돌 10개를 연달아 희생하여 결국 흑 대마 전체를 잡게 되는 수법이다. 이상의 문제들은 모두 『현현기경玄玄棋經』 등의 기보에 수록되어 있다.

제88회

1. 『금강경』과 『심경』은 각기 『금강반야바라밀다경金剛般若波羅密多經』과 『반야바라밀다심경般若波羅蜜多心經』을 가리킨다. 이 둘은 원래 인도의 불교 유파 중 하나에서 수집한 불경 총서인 『반야경般若經』에 속하는 경전인데, 후자는 경전 문장이 지극히 간단하면서도 『반야경』의 정수를 개괄한 것이다. 부각符殼은 구불구불하고 괴상한 획으로 써진 도교 부록符籙의 도형으로서 귀신을 쫓고 재앙을 없애는 효능이 있다고 알려진 것이다. 부담符膽은 도교 부록의 정수가 담긴 것을 가리킨다.
2. 전설에 따르면 용녀龍女는 20제천諸天 중 제19천 파갈라婆竭羅 용왕의 딸로서 8세 때 영취산靈鷲山에 가서 석가모니를 배알하고 도를 이루었다고 한다.
3. 쌍륙雙陸은 '쌍록雙鹿'이라고도 부르는 옛날의 도박 중 하나이다. 이것은 천축天竺, 즉 인도에서 전래되어 남북조 시기와 수나라, 당나라 때까지 매우 유행했다. 이 놀이는 특별히 제작된 판을 하나 깔고 쌍방이 각기 16개(또는 15개)의 원추형으로 생긴

'말(馬)'을 자기 쪽에 세우고, 주사위를 던져 나오는 숫자대로 앞으로 몇 칸씩 나아가게 한다. 자신의 말이 모두 상대편에 먼저 도달한 사람이 이기게 된다.

4. 당관堂官은 명나라 청나라 때 상서尙書나 시랑侍郞 같은 중앙 각 부서의 장관을 통칭하는 말로, 관아의 대당大堂에서 공무를 처리하는 사람이라는 뜻이다. 또한 '사관司官'과 대비되는 호칭으로서 각 부서 이외의 독립 기구의 장관, 즉 지현知縣이나 지부知府 등을 지칭하기도 한다.

5. 사원司員은 사관司官을 가리킨다. 청나라 때는 각 부서의 속관屬官들을 통칭하는 말로 쓰였으며 부서 내 각 기관(司)의 낭중郎中이나 원외랑員外郞, 주사主事, 그리고 그 이하의 칠품의 낮은 경관京官들을 가리킨다.

6. '사미沙彌'는 갓 출가한 승려를 가리킨다.

제89회

1. 하도총독河道總督은 총하總河 또는 하독河督으로 줄여 부르기도 한다. 원나라 때는 총치하방사總治河防使, 명나라 때는 총독하도도어사總督河道都御使라고 불렀다. 이 관직은 정이품으로서 황하와 회수淮水 등 하도河道와 관련된 일을 총괄했다.

2. 이각은 사시酉時로, 오후 5시 30분을 가리킨다.

3. 『동명기洞明記』에 따르면, 한나라 무제武帝가 사랑하던 이부인李夫人이 죽은 후 너무 그리워하니, 동방삭東方朔이 신선의 풀을 하나 바쳤다. 무제가 그 풀을 차고 잠이 드니 꿈속에서 이부인과 만났다고 한다. 이 때문에 그 풀을 '회몽초懷夢草'라고 부른다.

4. 당나라 때 최호崔顥의 시 「심약沈約의 팔영루에 씀(題沈隱侯八詠樓)」에 들어 있는 구절이다. 전체 작품은 다음과 같다.

梁日東陽守	양나라 때 동양 태수
爲樓望越中	누대 지어 월 땅을 바라보았지.
綠窗明月在	녹창에 명월 비추는데
靑史古人空	긴 역사에 옛사람은 자취 없네.
江靜聞山抗	강은 고요한데 산속 원숭이 소리 들리고
川長數塞鴻	길게 흐르는 시내 위엔 기러기 몇 마리.
登臨白雲晩	누각에 오르니 흰구름 저물고
流恨此遺風	남겨진 노래에는 한이 서렸네.

5. 이공린李公麟(1049~1106)은 북송의 화가로서 자는 백시伯時, 호는 용면거사龍眠居士이다. 여강廬江 서현舒縣(지금의 안훼이성 수청현[舒城縣]) 사람인 그는 희녕熙寧 3년(1070) 진사에 급제하여 벼슬이 중서문하후성산정관中書門下後省刪定官이었다. 박학하고 시를 잘 지었으며, 특히 그림에 뛰어나 송나라 제일의 화가로 꼽는다.
6. 백묘白描는 중국화의 기법 중 하나로서 먹으로 형태의 윤곽만 그리고 채색을 쓰지 않는 것인데, 주로 인물이나 화훼를 그리는 데 이용된다.
7. 팔분서八分書는 한나라 예서隸書의 별칭으로 진秦나라 때 왕차중王次仲이 만든 것이라고 한다. '팔분'의 의미에 대해서는 이설이 많은데 혹자는 그 글자 모양이 2푼[分]은 예서 같고 8푼은 전서篆書 같다는 뜻이라고 하고, 또 당나라 때 장회근張懷瓘이 편찬한 『서단상書斷上』에서는 한나라 때 예서의 파임과 꺾임이 좌우로 나뉘어 마치 '팔八'자를 나누어 놓은 것 같기 때문에 그렇게 부른다고 설명했다. 일설에는 이 서체를 동한 때의 채옹蔡邕이 창시했다고 하기도 한다.
8. 『회남자淮南子』「천문훈天文訓」에 대한 고유高誘의 주석에 따르면, 청녀青女는 하늘의 신인 청요옥녀青腰玉女로서 서리와 눈을 주관한다.
9. 이것은 당나라 때 이상은李商隱의 시 「늦가을의 달[霜月]」에 들어 있는 구절이다. 전체 작품은 다음과 같다.

    初聞征雁已無蟬　　기러기 소리 들릴 때 매미 소리는 이미 사라졌고
    百尺樓高水接天　　아득한 높은 누각 하늘에 닿았네.
    青女素娥俱耐冷　　청녀와 항아는 모두 추위를 참으며
    月中霜裏鬪嬋娟　　달 속에서 아름다움을 다투네.

10. 『후한서』「채옹전蔡邕傳」에 따르면 누군가 마른 오동나무를 태워 밥을 짓는 소리를 채옹이 듣고 훌륭한 나무라는 걸 알고, 그걸 구해다가 거문고를 만들었더니 과연 소리가 아주 훌륭했다고 한다. 당시 그 나무는 끝이 이미 타버렸기 때문에 그걸로 만든 거문고를 초금焦琴, 또는 초미금焦尾琴이라고 불렀다고 한다. 이 때문에 후세에 초미고동焦尾枯桐은 곧 훌륭한 거문고를 가리키는 말이 되었다.
11. 학산鶴山과 봉미鳳尾, 용지龍池, 안족雁足은 모두 옛 거문고의 각 부위를 가리키는 명칭이다. 학산은 거문고 머리 쪽에 볼록하게 솟은 곳으로서 거기에 일곱 줄의 현을 거는데, 악산嶽山, 또는 임악臨樂, 금학琴鶴이라고도 부른다. 봉미는 거문고의 꼬리 부분이다. 용지는 거문고 바닥의 앞쪽에 직사각형으로 파인 구멍을 가리킨다. 거문고 꼬리 부분에 있는 그보다 작은 직사각형 구멍은 봉소鳳沼라고 부른다. 안족은 거문고의

허리 부분에 있는 2개의 나무로 만든 발이다.
12. 옛날 거문고에 옻칠이 갈라진 문양을 단문斷紋이라고 하는데, 그것이 무소의 꼬리로 만든 깃털 장식[牛旄]처럼 보이는 것을 상품上品으로 쳤다.
13. 이것은 명나라 때 풍소청馮小靑이 지었다는 시에 들어 있는 구절이다. 명나라 때 장대張岱가 편찬한 『서호몽심西湖夢尋』 권2 「소청불사小靑佛舍」에 따르면 그녀는 광릉廣陵(지금의 양저우시[揚州市]) 사람으로, 본명은 현현玄玄이며, 대략 만력萬曆(1573~1619) 말엽에 살았다. 그녀는 17세 때 풍통馮通에게 시집갔는데, 시어머니와 사이가 나빠 남편이 멀리하자 종일 울다가 몸이 앙상하게 말랐다. 어느 날 그녀는 호숫가에서 자기 모습을 비춰보고, 자신의 운명을 한탄하며 다음과 같은 시를 지었다고 한다.

冷雨敲窗不可聽	창을 때리는 차가운 빗소리 들리지 않아
挑燈閑看牡丹亭	등불 밝혀 들고 『모란정』을 읽네.
人間亦有癡於我	인간 세상에 나보다 어리석은 이도 있거늘
豈獨傷心是小靑	소청이여 어이해 홀로 상심하는가?
脈脈溶溶艶艶波	하염없이 일렁이는 아름다운 물결 속에
芙蓉睡醒欲如何	자고 깨는 부용꽃은 어쩌려는 것일까?
妾映鏡中花映水	이 몸은 거울 속에 비치고 꽃은 물속에 비치는데
不知秋思落誰多	시름겨운 생각 누구에게 더 많을까?
新粧竟與畵圖爭	새로 화장한 자태는 그림과도 견줄 듯하지만
知在昭陽第幾名	모르겠네 소양궁에서 이 몸은 몇 번째일까?
瘦影自憐春水照	핼쑥한 모습 봄물에 비춰보니
卿須憐我我憐卿	그대는 나를 동정할 테고 나도 그댈 동정하네.

제90회

1. 이 말은 자기가 저지른 일은 자기가 해결해야 한다는 뜻으로서 '결자해지結者解之'라는 사자성어의 의미와 같은 뜻이다.
2. 당나라 때 원교袁郊가 편찬한 전기집傳奇集 『감택요甘澤謠』에 수록된 「원관圓觀」에는 다음과 같은 이야기가 수록되어 있다. 당나라 대력大曆(766~779) 말년에 낙양 혜림사惠林寺의 승려 원관과 간의대부諫議大夫를 지낸 이원李源은 친밀한 사이였는데, 이

원이 죽으면서 자신이 내세에 다른 사람의 아들로 태어날 테니 12년 후 중추절 밤에 항주杭州의 천축사天竺寺 근처에서 만나자고 했다. 훗날 이원이 약속한 날에 그곳을 찾아갔다가 노래하는 목동을 만났는데, 그가 바로 전생의 원관이었다고 한다. 목동으로 다시 태어난 원관은 당시 이런 노래를 불렀다고 한다.

  三生石上舊精魂 삼생의 바위 위에 오래전에 서린 영혼
  賞月吟風不要論 달밤의 풍경이야 감상할 기분 아니라네.
  慙愧情人遠相訪 부끄러워라, 사랑하는 이 멀리서 찾아왔으니
  此身雖異性長存 이 몸은 비록 달라졌으나 성정은 길이 남으리라!

'삼생三生'은 불교에서 전생과 금생, 내생을 가리키는 말이다.

제91회

1. 비파금琵琶襟은 가슴 가운데에서 옷깃이 겹쳐지고 단추를 채우게 만들어진, 청나라 때 부인들의 평상복[便服]이다.
2. 십향반혼단十香返魂丹은 십향반생단十香返生丹을 가리킨다. 이 환약은 침향沈香과 마른 누에, 정향丁香, 단향檀香, 유향乳香, 몽석礞石, 청목향靑木香, 하눌타리 열매[栝蔞仁], 곽향藿香, 향부香附, 안식향安息香 등의 많은 고급 약재를 배합하여 만드는데, 주로 칠정七情의 기운이 맺힘으로써 정신이 혼미해져 이를 악물고 있어서 가래와 침이 고이거나 헛소리를 하는 등의 증상을 치료하는 데 쓰인다.
3. 지보단至寶丹은 국방지보단局方至寶丹이라고도 부른다. 이 환약은 물소 뿔과 주사, 웅황, 대모玳瑁, 호박, 사향, 우황, 안식향 등의 약재를 배합하여 만드는 것으로, 열을 내리고 해독 작용을 하며, 정신을 안정시키는 효능이 있어서 더위를 먹거나 악귀에 들렸을 때, 또는 중풍이 걸렸을 때 치료하는 효과가 있다.
4. 선어禪語는 선화禪話 또는 기봉화機鋒語라고도 한다. 불교 선종禪宗에서는 종종 문답의 방식으로 상대방이 선禪의 이치에 대해 어느 정도 이해하는지를 시험하곤 하는데, 이런 문답은 대개 갖가지 비유로 표현된다. 언어의 형식은 산문을 쓰기도 하지만 시구詩句를 쓰기도 한다.
5. 화생化生은 불교에서 말하는 '사생四生' 중 하나로, 『대승의장大乘義章』 권8의 설명에 따르면 천신天神이나 아귀餓鬼, 그리고 지옥에서 고통받는 이들처럼 어디에 의지하지 않고 업業의 힘을 빌려 홀연히 나타나는 것을 가리킨다.

367

6. 옛날 전적典籍에 약수弱水라는 지명은 아주 많이 등장한다. 그중 『십주기+洲記』에는 '서해西海 한가운데 있는 봉린주鳳麟洲를 둘러싼 약수는 기러기 털도 뜨지 못하여 건널 수 없다.'라고 기록되어 있다. 여기서 가보옥은 어떤 변화가 생기더라도 임대옥을 향한 자신의 사랑은 변함없이 굳건하다는 뜻을 암시하고 있다.
7. 송나라 때 호자胡仔가 편찬한『초계어은총화苕溪漁隱叢話』에 인용된 송나라 때 승려 도잠道潛의 시「기녀에게[贈妓詩]」에는 "선심은 이미 진흙에 붙은 버들 솜이 되었으니, 봄바람 좇아 위아래로 흩날리지 않으리[禪心已作沾泥絮 不逐東風上下狂]!"라는 구절이 들어 있다.
8. 불교에서 삼보三寶는 부처[佛], 불교의 가르침[法], 승려[僧]의 3가지를 가리킨다.

제92회

1. 선기禪機는 설문禪門에서 설법說法의 기봉機鋒을 가리킨다. 이것은 승려가 설법할 때 언행이나 사물로 교의敎義를 암시해주는 비결을 의미한다.
2. 옛날 풍속에 매년 동짓날에 '구구소한九九消寒'의 모임을 열고 술을 마시며 시를 지어서 겨울 추위를 잊었는데, 그것을 소한회消寒會라고 불렀다.
3. 『여효경女孝經』은 당나라 때 막진막莫陳邈의 부인 정씨鄭氏가 영왕비永王妃로 책봉된 딸을 위해 편찬한 책으로, 모두 18장에 걸쳐서 봉건사회에서 부녀자가 지켜야 할 효도를 설명하고 있다.
4. 주나라 문왕의 정비正妃인 태사太姒를 가리킨다. 내조를 잘했다는 그녀의 행적은 유향의 『고열녀전古列女傳』에 기록되어 있다.
5. 강후姜后는 주나라 선왕宣王의 정비이다. 선왕이 일찍 자고 늦게 일어나며 조정 일에 소홀하자 그녀는 자기 잘못이라 생각하고 비녀와 귀고리를 벗고 궁녀와 함께 처벌해 달라고 청했다. 이에 선왕이 감동하여 마음을 고쳐먹고 정사政事에 힘을 쏟았다고 한다. 이 역시 유향의『고열녀전』에 기록되어 있다.
6. 무염無鹽은 원래 지명이다. 여기서는 전국시대 제나라 때 그곳 출신의 여인 종리춘鍾離春을 가리킨다. 전하는 바에 따르면 그녀는 용모가 못생겨 나이 40세가 되도록 결혼하지 못했다. 하지만 스스로 제나라 선왕宣王에게 나아가 제나라에 해를 끼치는 4가지 폐단을 없애야 한다고 간언했다. 선왕이 이를 받아들여 나라가 안정되자 그녀를 무염군無鹽君에 봉하고 왕비로 삼았다. 이 역시 유향의『고열녀전』에 기록되어 있다.

7. 조대고曹大姑는 『후한서』 「열녀전」에 수록된 조대고曹大家를 가리킨다. 대고大家는 동한 때 조세숙曹世叔의 아내 반소班昭의 호이다.
8. 반첩여班婕妤(기원전 48~서기 2)는 동한의 저명한 부부賦 작가로서 성제成帝 후비后妃이다. 『한서』 「외척전外戚傳」에 간략한 전기가 수록되어 있다.
9. 사도온謝道韞(?~?)은 진晉나라 때 안서장군安西將軍 사혁謝奕의 딸로, 남편은 서성書聖 왕희지王羲之의 아들이자 강주자사江州刺史를 지낸 왕응지王凝之이다. 그녀는 총명하고 재변才辯이 뛰어난 걸로 유명했다.
10. 맹광孟光은 동한 양홍梁鴻의 부인으로, 얼굴이 못생기기로 유명하지만 남편을 공대하여 '거안제미擧案齊眉'라는 성어成語의 주인공이 되었다.
11. 포선鮑宣(기원전 30~서기 3)의 자는 자도子都이고, 한나라 때 간대부諫大夫를 지낸 인물이다. 그의 아내 환씨桓氏는 어릴 적 이름이 소군少君인데, 부유한 집안에서 곱게 자란 몸이지만 가난한 남편과 검소하게 살았고, 남편의 고향에서 시어머니를 모실 때 손수 동이를 들고 나가 물을 떠오는 등 며느리로서 도리를 다함으로써 그곳 사람들로부터 칭송을 들었다고 한다. 『동관한기東觀漢紀』 「열녀전」에 그에 관한 기록이 있다.
12. 『진서晉書』 「열녀전」에 따르면, 진晉나라 때 대사마大司馬를 지낸 도간陶侃(259~334)이 가난했던 시절에 효렴孝廉 범규范逵가 눈이 오는 날 그의 집을 찾아와 묵게 되었는데, 마땅히 대접할 게 없자 그의 어머니가 머리카락을 잘라 팔아서 술상을 차려주었다고 한다.
13. 『송사宋史』 「구양수전歐陽脩傳」에 따르면 구양수가 어렸을 때 집이 가난했는데, 그의 어머니 정씨鄭氏가 갈대 꼬챙이를 붓으로 삼아 땅바닥에 글자를 써서 가르쳤다고 한다.
14. 당나라 때 맹계孟棨가 편찬한 『본사시本事詩』에 따르면 남조 진陳나라가 망할 때 서덕언徐德言이 부인 낙창공주樂昌公主와 헤어질 때 거울을 반으로 쪼개 각자 하나씩 지니고 있다가 정월 보름에 저자에서 만나 거울을 팔자고 약속했는데, 나중에 이 때문에 둘이 다시 만났다고 한다.
15. 소혜蘇蕙의 자는 약란若蘭이며 동진東晉 때 두도竇滔의 아내로, 800자가 넘는 회문回文을 비단에 수놓아 남편에게 주었다고 한다. 회문이란 어느 글자에서 시작하든 상관없이 반복적으로 순환하며 읽으면 모두 시詩가 되는 글을 가리킨다. 그녀가 이것을 쓴 이유에 대해 『진서』 「열녀전」에서는 남편이 죄를 지어 사막의 군대에서 부역

369

하게 되었기 때문에 이것을 만들어 선물했다고 했고, 무측천武則天의 「선기도서璇璣圖序」에서는 두도가 양양襄陽 땅을 다스리러 나갈 때 아끼던 첩 조양대趙陽臺만을 데려가고 아내에게 편지조차 보내지 않자, 소혜가 상심하여 그 회문을 만들어 보냈다고 한다. 이에 감동한 두도는 곧 그녀를 양양으로 불렀다고 했다.

16. 화목란花木蘭의 이야기는 송나라 때 곽무천郭茂倩이 편찬한 『악부시집樂府詩集』에 수록된 「목란시木蘭詩」에서 비롯된 것으로, 디즈니 영화 『뮬란Mulan』의 소재가 되기도 했다.

17. 조씨曹氏의 부인은 삼국시대 위魏나라 조문숙曹文叔의 부인 하후영녀夏侯令女를 가리킨다. 『삼국지』「위서魏書」「제하후조전諸夏侯曹傳」에 대한 배송지裵松之의 주석에 인용된, 진晉나라 때 황보밀皇甫謐이 편찬한 『열녀전』에 따르면, 그녀는 조문숙이 죽자 재가를 거절하면서 먼저 가위로 자기 머리카락을 잘랐다가 나중에 다시 두 귀와 코를 잘라 버림으로써 자신의 결연한 의지를 나타냈다고 한다.

18. 반소樊素와 소만小蠻은 모두 당나라 때 백거이白居易가 자기 집에 두고 있던 기녀들이다. 맹계孟棨의 『본사시本事詩』「사감事感」에 따르면 반소는 노래를 잘 불렀고, 소만은 춤을 잘 추었기 때문에 백거이가 어느 시에서 "반소의 입은 앵두 같고, 소만의 허리는 버들 같지〔櫻桃樊素口 楊柳小蠻腰〕."라고 노래했다고 한다.

19. 안사고安師古의 『수유록隋遺錄』에 따르면, 오강선吳絳仙은 수隋나라 양제煬帝의 궁녀로서 시를 잘 지었기 때문에 양제가 그녀를 '여상여女相如'라고 불렀다고 한다.

20. 당나라 때 장작張鷟이 편찬한 『조야첨재朝野僉載』에 따르면 임괴任　의 부인 유씨柳氏는 질투가 심했다고 한다. 당나라 태종이 임괴에게 궁녀 2명을 하사했는데, 유씨가 그 궁녀들의 머리를 모두 태워버린 적이 있다고 한다. 태종이 그 버릇을 고치지 않으면 사형에 처하겠노라고 위협해도 그녀는 끝내 그 성격을 고치지 않았다고 한다. 일설에는 이것이 임환任環의 부인 유씨劉氏의 이야기라고도 한다.

21. 당나라 때 단성식段成式이 편찬한 『유양잡조酉陽雜俎』「낙고기상諾皐記上」에 따르면, 진晉나라 때 유백옥劉伯玉의 부인 단명광段明光은 질투가 심했는데, 남편이 그녀 앞에서 조식曹植의 「낙신부洛神賦」에 언급된 낙수洛水의 신을 칭찬하자 질투심 때문에 강물에 뛰어들어 죽어버렸다고 한다.

22. 홍불紅拂은 수隋나라 말엽의 권신權臣 양소楊素를 모시던 기생으로, 본명은 장출진張出塵인데, 늘 붉은 먼지떨이를 들고 있었기 때문에 '홍불' 또는 '홍불녀紅拂女'라는 별명이 붙었다고 한다. 그녀는 당나라 때의 전기傳奇「규염객전虬髥客傳」에도 등장하

며, 당나라 때의 개국공신 이정李靖(571~649)의 부인으로서 남편이 공적을 세울 수 있도록 도운 여협女俠으로 묘사되어 있다.

23. 바둑에서 서로 상대의 돌을 하나씩 따낼 수 있는 모양으로서, 한쪽이 따내면 상대방은 다른 한 곳을 두어 응수하게 만든 다음, 다시 패가 벌어진 곳의 상대 돌을 따내야 하는 규칙이 있다. 먼저 따낸 쪽은 상대방이 다른 곳에 두었을 때 응수하지 않고 따낸 자리를 잇거나, 패 모양을 만들고 있는 상대의 다른 돌을 또 따내어 패를 해소할 수도 있다. 그러므로 패는 대개 그곳의 값어치에 상당하거나 그보다 더 큰 자리가 있어서 상대가 응수할 수밖에 없는 곳, 즉 '팻감'이 많은 쪽이 이기게 되어 있다.

24. 옛날 봉건 종족宗族이 가난한 친척을 돕는다는 명분으로 전답을 마련해놓고 소작료를 받아 가족의 공금으로 활용하곤 했는데, 이런 전답을 '의장義莊'이라고 한다. 하지만 그 전답에 대한 실질적인 지배권은 종종 문중에서 제일 권세가 높은 집에서 차지하곤 했다.

25. 경기도京畿道는 원래 당나라 때의 15도道 중 하나로, 행정관서〔治所〕는 지금의 시안시〔西安市〕에 있었다. 여기서는 경사에서 직할하는 지구를 가리키는 일반적인 의미로 사용되었다.

26. 옛날 종법제도宗法制度에서는 종족 관계가 가까운가 먼가에 따라 상복喪服을 입는 규정이 달랐다. '오복五服'은 참최斬衰, 재최齊衰, 대공大功, 소공小功, 시마緦麻의 5가지를 가리키는데, 이 5가지 상복을 입어야 하는 관계인지 그렇지 않은지에 따라 친소親疏를 구분한다.

제93회

1. 익강弋腔은 익양강弋陽腔이라고도 부른다. 대략 원나라 후기에 남희南戱가 각 지역에 전파되었는데, 그중 하나가 강서江西 광신부廣信府(지금의 상라오〔上饒〕) 익양현弋陽縣에 전해지면서 그 지역의 민간예술과 융합되어 새롭게 형성된 노랫가락〔聲腔〕이다. 이후 명나라 가정嘉靖(1522~1566), 융경隆慶(1567~1572) 연간에 전국 각지로 계속 유포되었다. 그와 동시에 해당 지역의 민간 곡조와 결합하여 새로운 가락을 계속 만들어냈다. 익양강은 높은 음조로 낭송하는 맛이 풍부해서 '고강高腔'이라고도 부른다. 청나라 때 고강은 지방희地方戱의 5대 가락 체계 중 하나였다. 익양강은 기본적으로 한 사람이 독창하고 여러 배우들이 화음을 넣으며 타악기로만 반주한다. 특히 이

가락은 일반인들이 알아듣기 쉽게 곡조와 가사를 개편하여 많은 인기를 누렸다.
2. 방자강梆子腔은 청나라 건륭乾隆(1736~1795) 중엽에 북경에서 흥성했던 희곡의 노랫가락인데, 막대기를 두드리며 박자를 맞춘다고 해서 이런 이름이 붙었다.
3. 『점화괴占花魁』는 명나라 말엽에서 청나라 초기까지 활동한 이옥근李玉根이 단편 화본소설話本小說「매유랑독점화괴賣油郞獨占花魁」를 토대로 개편한 연극인 전기傳奇로서 기름 장사를 하는 진소관秦小官, 즉 진종秦種과 유명한 기생 왕미랑王美娘이 부부가 되는 이야기를 연출한 것이다.
4. 『악기樂記』는 원래 전국시대에 공손니자公孫尼子가 지은 것이라고 하는데 원본은 이미 없어지고, 지금 남은 것은 한漢나라 때 사람들이 남은 글을 모아 엮은 것으로서 『예기禮記』의 한 편으로 포함되어 있다. 이 편의 내용은 주로 음악의 기원과 작용 등을 논술한 것이다.
5. 헝겊신(撒鞋)은 '삽혜靸鞋' 또는 '쇄혜灑鞋'라고도 한다. 이것은 신울(鞋幫)을 촘촘하게 꿰매고 코가 깊으면서 그 위에 1개 또는 2개의 삼각형 가죽을 댄 헝겊신이다.
6. 원문의 '서패초근西貝草斤'은 가근賈芹의 이름자를 파자破字한 것이다.

제94회

1. 소양춘小陽春은 음력 10월을 가리키는 말로서 소춘小春이라고도 부른다. 남조 양梁나라 때 종름宗懍(501?~565)이 편찬한『형초세시기荊楚歲時記』의 주석에 따르면, 음력 10월은 봄날처럼 날이 따뜻하기 때문에 '소춘'이라고 부른다.
2. 이 이야기는 남조 양나라 때 오균吳均이 편찬한『속제해기續齊諧記』에 수록되어 있다.
3. '선기仙機'는 신선神仙이나 이인異人이 한 예언이나 암시를 가리킨다.

제95회

1. 철괴선鐵拐仙은 중국 전설 속의 '팔선八仙' 중 하나로서 이철괴李鐵拐 또는 철괴리鐵拐李라고도 부른다. 그의 신세에 대해서는 서왕모西王母에 의해 동화교주東華敎主에 봉해지면서 쇠 지팡이를 하사 받았다거나, 본래 이름은 홍수洪水였으며 거지였는데 어느 날 쇠 지팡이를 공중에 던지자 그것이 용으로 변하여 그걸 타고 신선세계로 떠났다고 하기도 한다. 또한 본래 이름은 이현李玄인데 태상노군太上老君을 만나 득도했다

는 설 등이 있다. 또 그의 원래 이름은 이원중李元中 혹은 이응양李凝陽, 이공목李孔目, 이홍수李洪水이고 어릴 적 이름은 괴아拐兒라 하기도 한다. 원나라 때의 잡극『여동빈도철괴리악呂洞賓度鐵拐李岳』에 처음 등장하는 신선이다.
2. 담궐痰厥은 담기痰氣가 막혀서 갑작스럽게 혼절하는 증상을 가리킨다.
3. 침묘寢廟는 종묘宗廟의 두 부분을 가리킨다.『예기』「월령月令」에 대한 정현鄭玄의 주석에 따르면 사당의 앞쪽을 '묘廟'라 하고 뒤쪽을 '침寢'이라고 한다.

제96회

1. 경찰京察은 명나라와 청나라 때 경사의 벼슬아치들을 심사하여 승진과 강등을 결정하는 제도를 가리킨다. 명나라 때는 6년에 한 차례 사巳, 해亥가 들어간 해에 이것을 행했고, 청나라 때는 3년에 한 차례 자子, 묘卯, 오午, 유酉가 들어간 해에 행했다.
2. 양도糧道는 조량漕糧의 운송을 감독하는 직책인 독량도督糧道를 줄여서 부르는 호칭이다.
3. 옛날에는 집안에 중병을 앓는 사람이 있을 때 결혼식 따위의 좋은 일을 거행하여 병자의 액막이를 해주는 미신이 있었는데, 이것을 '액땜[衝喜]'이라고 했다.
4. 5복服 중 대공복大功服에 해당한다. 이 상복은 삼베로 만든 것으로, 옛날에는 사촌 형제나 출가하지 않은 사촌 자매, 출가한 고모의 상에 이 상복을 입었다. 그리고 출가한 부녀자는 친정의 백부와 숙부, 형제 등의 상을 당했을 때 이 상복을 입었다.
5. 남녀 집안 쌍방의 동의하에 정혼을 하고 나서 남자 집안에서 여자 집안에 납채를 보내는 것을 과례過禮 또는 과정過定, 하채례下彩禮라고 한다.
6. 송나라 때 맹원로孟元老가 편찬한『동경몽화록東京夢華錄』「취부娶婦」에 따르면, 남녀가 맞절한 후 침상으로 가 남자는 오른쪽을 향하고 여자는 왼쪽을 향해 앉은 다음, 여자가 돈이나 비단, 과일 등을 마루에 던지는 것을 살장撒帳이라고 한다.

제97회

1. 일반적으로 사주단자(庚帖)에는 정혼자의 성명과 관적貫籍, 태어난 날의 사주팔자, 3대까지 조상의 성명 등을 기록한다.
2. 제80회 이전까지 자견은 임대옥보다 나이가 많은 것으로 설정되어 있었는데, 이 부

분에서는 임대옥이 자견을 동생이라고 부르고 있으니 판본의 편집 과정에서 착오가 있었던 듯하다.

3. 앵가鸚哥는 제3회에 처음 나타난다. 당시는 임대옥이 막 영국부에 왔을 때인데, 태부인은 임대옥을 따라온 유모가 너무 늙었고, 설안은 너무 어려서 자신의 하녀 중 앵가를 임대옥에게 딸려주었다. 자견은 제8회에 처음 등장하는데, 이 뒤로는 앵가의 이름을 자견으로 바꾸었다는 설명도 없고, 임대옥의 시중을 드는 하녀들 중 누구를 바꾸었다는 설명도 없다. 이후로 앵가는 제4회부터 제80회까지는 한 번도 다시 나타나지 않기 때문에, 이 둘이 혹시 한 사람이 아닐까 생각하는 이들이 많다. 하지만 여기서는 두 사람의 이름이 한꺼번에 등장하는데, 중화서국 판본의 교감에서도 이 점을 지적하면서 미심쩍긴 하지만 원문을 그대로 둔다고 밝혔다.

4. 『주례周禮』「추관사구秋官司寇」「사의司儀」에 따르면 손님을 맞이하여 길을 안내하는 이를 '빈儐', 의례의 진행을 맡은 이를 '상相'이라고 부른다고 했다. 여기서는 혼례에서 신랑과 신부를 인도하는 남녀를 가리킨다.

5. 옛날에는 먼 교외의 큰길가에 휴식을 위한 정자나 집을 지어서, 전송하는 사람들이 종종 이곳에서 전별연餞別宴을 열었다. 『백공륙첩白孔六帖』「관역館驛」에 따르면 10리마다 하나씩 장정長亭을 두고, 5리마다 하나씩 단정短亭을 둔다고 했다.

제98회

1. 필지암畢知庵이라는 이름은 발음이 같은 다른 글자인 필지암必知暗을 가리키니, 곧 '숨겨진 사정을 틀림없이 안다.'는 뜻이다.

제99회

1. 여기서 난각暖閣은 옛날 관청에서 공무를 처리하는 탁자가 놓인 정청正廳, 즉 대당大堂을 가리킨다.

2. 추심秋審은 고대의 사형죄에 대해 재심의하는 제도인데, 대개 가을에 실시되기 때문에 이렇게 불렸다. 청나라 때 각 지방(省)에서는 매년 4월, 사형 선고를 받았으나 아직 집행되지 않은 사건에 대해 재심의하여 '사실(情實)', '감형(緩決)', '정상 참작(可矜)', '오심 의혹(可疑)'의 4가지로 분류하여 형부에 보고했다. 그리고 음력 8월 가을

에 형부에서는 대리시大理寺 등의 부서와 회의하여 이들 안건에 대해 집중적으로 심의하고 의견을 제시한 다음, 마지막으로 상소를 올려 황제의 결재를 받았다.

제100회

1. 관상官商이란 원래 관청에서 운영하는 상업에 종사하는 사람을 가리키지만, 또한 관료의 기풍을 가진 상업 분야와 그에 종사하는 사람을 가리키기도 한다.

제101회

1. 태사太師는 옛날 고위 관직인 '삼공三公' 중 하나로서 은殷나라, 주周나라 무렵에 처음 설치되었다. 역대로 태사가 담당하는 직무는 각기 다른데, 청나라 때는 조정의 신하가 겸임하면서 실권은 없는 명예직으로 바뀌었다.
2. '망인忘仁'은 중국어로 [wàngrén]이라고 발음되는데, 이것은 [wángrén]이라고 발음되는 '왕인王仁'과 성조만 다를 뿐 기본 발음이 비슷하기 때문에 이를 이용하여 풍자한 것이다.
3. 원문의 '봉채蜂採' 부터 2구절은 당나라 때 나은羅隱의 시「벌〔蜂〕」에 들어 있는 것이다. 원작은 다음과 같다.

  不論平地與山尖 평지든 산꼭대기든 가리지 않고
  無限風光盡被占 한없이 아름다운 풍경 모두 차지했지.
  蜂得百花成蜜後 벌은 온갖 꽃 얻어 꿀을 만들었는데
  爲誰辛苦爲誰甛 누굴 위해 고생하고 누굴 위해 달게 만들었는가!

제102회

1. 원문의 '부수符水'는 무당이나 도사가 부적을 물속에 태우거나, 직접적으로 물에다 부적을 그리거나, 주문을 외는 행위를 가리키는데, 옛날 미신에서는 이렇게 해서 사악한 기운을 물리치고 병을 치료할 수 있다고 생각했다.
2. 족양명위경足陽明胃經은 인체의 12경락 중 족삼양경足三陽經에 속하는 경락이다. 이 경락은 눈 가장자리 아래의 승루혈承淚穴에서 시작되어 한줄기는 위로 올라가 이마

귀퉁이로 이어지고, 다른 한줄기는 아래로 내려가 발가락 끝에 이른다. 이 경락은 얼굴과 위장, 정신병 등 그 경락이 지나는 자리의 병세와 관련이 있다고 알려져 있다.

3. 옛날에 태극太極은 우주가 만들어지기 전의 혼돈 상태를 가리켰는데, 이것이 움직여 음양이 나타나고, 음양으로 말미암아 사계절의 변화와 각종 자연현상이 생겨났다고 생각했다. 『주역』「계사상繫辭上」에 따르면 "역에는 태극이 있는데 여기에서 양의가 생겨났고, 양의에서 사상이 생겨났으며, 사상에서 팔괘가 생겨났다〔易有太極 是生兩儀 兩儀生四象 四象生八卦〕."고 했다. 이에 대한 공영달孔穎達의 해설〔疏〕에서는 "태극은 천지가 나뉘기 전에 원기가 뒤섞여 하나가 된 상태를 일컬으니, 곧 '태초'이자 '태일'이다〔太極謂天地未分之前 元氣混而爲一 卽是太初 太一也〕"라고 했다. 또한 『주역』「계사하繫辭下」에 따르면 "천지가 상호 작용하여 감응하니 만물이 정순하게 변하고, 남녀의 정이 얽히니 만물이 변화하여 생겨난다〔天地絪縕 萬物化醇 男女構精 萬物化生〕."라고 했다. 이에 대해 역시 공영달의 해설에서는 "인온이란 붙는다는 뜻으로서 천지는 치우친 마음이 없기 때문에 자연히 한결같을 수 있지만, 오직 음양의 두 기운이 상호 작용하여 감응하며 어울려 조화롭게 만나니 만물이 그에 감응하여 변화하여 정순해지는 것이다〔絪縕 相附著之義 言天地無心 自然得一 唯二氣絪縕 共相和會 萬物感之 變化而精醇也〕."라고 했다.

4. 하도河圖와 낙서洛書는 『주역』「계사상繫辭上」에서 언급된 것인데, 전설에 따르면 먼 옛날 황하에서 용마龍馬가 하도를 등에 지고 나왔고, 낙수洛水에서 신령한 거북이 낙서를 등에 지고 나왔다고 한다. 혹자는 복희伏羲가 이것들을 근거로 팔괘를 그렸다고 하고, 혹자는 복희가 하도를 근거로 팔괘를 그렸으며, 하우夏禹가 낙서를 근거로 『홍범洪範』을 지었다 하기도 한다.

5. 신관信官은 관리가 신에게 기원하면서 자신을 칭할 때 경건함을 표시하기 위해 하는 말이다.

6. 『주역』에서 자연의 변화와 인간사의 길흉을 나타내는 괘효卦爻 등의 부호를 '상象'이라고 한다. 점쟁이들은 향을 사르고 기원하면서 연유를 설명한 후 점통에 동전 3개를 넣고 흔든 다음 꺼낸다. 이때 2개가 뒷면이 나오고 하나가 앞면이 나오는 것을 '탁拆', 하나가 뒷면이 나오고 2개가 앞면이 나오는 것을 '단單', 3개 모두 뒷면이 나오는 것을 '중重', 3개 모두 앞면이 나오는 것을 '교爻'라고 부른다. 그리고 점통을 처음 흔들어서 나오는 모양이 하나의 효爻가 되는데, 모두 여섯 번을 흔들어 효를 만들되 먼저 나오는 3개의 효를 '내상內象', 나중에 나오는 3개의 효를 '외상外象'이라

고 한다. 이것들이 합쳐져서 하나의 괘卦가 된다. 그리고 효 옆의 지지地支를 '과課'라고 부르는데, 이것을 미루어 길흉과 화복禍福을 판단하는 것을 일컬어 '문왕과文王課'라고 한다.

7. 미제괘未濟卦는 위쪽이 이離, 아래쪽이 감坎인 괘이다. 『주역』「미제未濟」에는 "불이 물 위에 있는 상이 미제이니, 군자는 신중하게 사물을 판별하고 방향을 찾아 거처해야 한다〔象曰火在水上 未濟 君子以愼辨物居方〕."라고 되어 있다. 이에 대한 고형高亨의 해설〔注〕에서는 "위에 불꽃이 있고 아래에 물이 들어와 있는데, 물이 아직 불을 끄지 못하고 있으니 화재 진압의 공을 아직 이루지 못했음을 가리킨다〔火炎在上 水浸在下 水未能滅火 是救火之功未成〕."라고 했다.

8. '세효世爻'는 한나라 때 경방京房이 『주역』을 해설하며 만든 용어이다. 그는 팔괘를 팔궁八宮으로 나누고, 각 궁에는 하나의 순괘純卦, 즉 팔괘의 중괘重卦에 7개의 변괘變卦, 즉 일세一世, 이세二世, 삼세三世, 사세四世, 오세五世, 유혼遊魂, 귀혼歸魂을 묶어놓았다. 그리고 이에 따라 세응世應과 비복飛伏, 승강升降을 설명하면서 천간天干과 지지地支, 오행五行을 안배하여 길흉을 점쳤다. 각 괘는 모두 세효를 취하여 점의 징조〔兆象〕로 삼아, 그 효의 변화를 살펴서 재앙과 복을 판단했다. 그러나 각 괘에서 세효의 위치는 일정하지 않다. 첫째, 각 궁괘의 상효上爻를 그 궁괘宮卦의 세효로 간주하는 것이다. 둘째, 6개 효爻의 순서에 따라 정하는 것이다. 처음 변화가 시작된 효에서부터 그 변화가 미치는 어느 효까지 합쳤을 때 본 궁괘의 괘상卦象을 이루게 되면, 바로 그 효가 그 괘의 세효가 되는 것이다. 당나라 때 유우석劉禹錫이 쓴 『변역구륙론辨易九六論』에서는 "살피건대 감괘坎卦의 '이세'가 둔괘屯卦라면 둔괘의 두 번째 음효가 세효가 되고, 진괘震卦의 '일세'가 예괘豫卦라면 예괘의 첫 번째 음효가 세효가 된다〔按坎二世而爲屯 屯之六二爲世爻 震一世而爲豫 豫之初六爲世爻〕."라고 했다. 셋째, 유혼괘遊魂卦에서는 넷째 효가 세효가 된다. 넷째, 귀혼괘歸魂卦에서는 셋째 효가 세효가 된다.

9. 점쟁이는 납갑법納甲法에 따라 6개의 효에 간지干支를 분배하고, 팔괘에 오행을 안배하여, 육효의 간지와 팔괘의 오행의 상생상극相生相剋 관계에 따라 부모효와 자손효, 관귀효官鬼爻, 처재효妻財爻, 형제효의 위치를 정한다. 나를 낳아준 것이 부모효이고, 내가 낳아준 것은 자손효, 나를 억누르는 것은 관귀효, 내가 억누르는 것은 처재효, 나와 나란히 좋은 관계를 유지하는 것은 형제효가 된다. 관귀효는 또 관살官煞 또는 관살官殺이라고도 한다.

10. 한화寒火는 원래 불꽃 같으면서도 실제로 물건을 태우지는 못하는 빛을 가리키는

데, 여기서는 도깨비불을 의미한다.
11. 대륙임大六壬은 점치는 방법 중 하나이다. 여기서는 오행 가운데 수水를 첫머리로 삼아 '임壬'을 수에 속하게 하는데, 육십갑자 중 '임'이 들어간 것이 6개이기 때문에 '대륙임'이라는 명칭이 붙었다. 이 점은 하늘의 12진辰 분야分野와 땅의 12방위를 배합하여 길흉을 따지는 것이다.
12. 진인부眞人府란 도교에서 도를 깨달아 신선이 된 사람 즉 '진인眞人'이 거주하는 저택이라는 뜻이다. 중국의 역대 왕조에서는 도사들을 '진인'에 봉하는 경우가 종종 있었는데, 명나라와 청나라 때도 용호산龍虎山의 도사를 '정일진인正一眞人'으로 봉하여 도교 업무를 관장하게 했다.
13. 마馬, 조趙, 온溫, 주周는 도교의 저명한 4대 신장神將으로서, 각기 영관마원수靈官馬元帥인 오현령관대제화광천왕五顯靈官大帝華光天王과 재신財神인 정일현단원수正一玄壇元帥 조공명趙公明, 부우온원수孚祐溫元帥 부경孚瓊, 풍륜주원수광택風輪周元帥光澤을 가리킨다. 이들의 사적은 『삼교수신대전三教搜神大全』과 『남유기南遊記』, 『북유기北遊記』 등에 기록되어 있는데, 간혹 풍륜주원수관택 대신 관우關羽를 넣어 4대 신장이라고 일컫기도 한다.
14. 도기사道紀司는 명나라와 청나라 때 주州와 부府에서 도교와 관련된 일을 맡아 처리하던 관청 부서이다.
15. 『동원경洞元經』은 『동현경洞玄經』 즉 『태상동현령보무량도인상품묘경太上洞玄靈寶無量度人上品妙經』을 가리킨다. 이 경전은 원시천존元始天尊이 재난을 물리치고 인간을 구한 이야기를 담고 있으며, 『도인경度人經』이라고도 부른다.

제103회

1. 경조부윤京兆府尹은 경사의 행정 업무를 관장하는 직위로, 청나라 때는 순천부윤順天府尹이라고 불렸으며, 정삼품의 지위에 해당한다.
2. 지기知機는 지기知幾 즉, 사물의 발생과 변화의 은밀한 징조를 간파하여 예견한다는 뜻이니, 지기현知機縣과 급류진急流津이라는 두 지명은 여기서부터 이야기의 결말이 예견되어 빠르게 전개된다는 뜻이라 하겠다.

| 가부賈府와 대관원 평면도 |

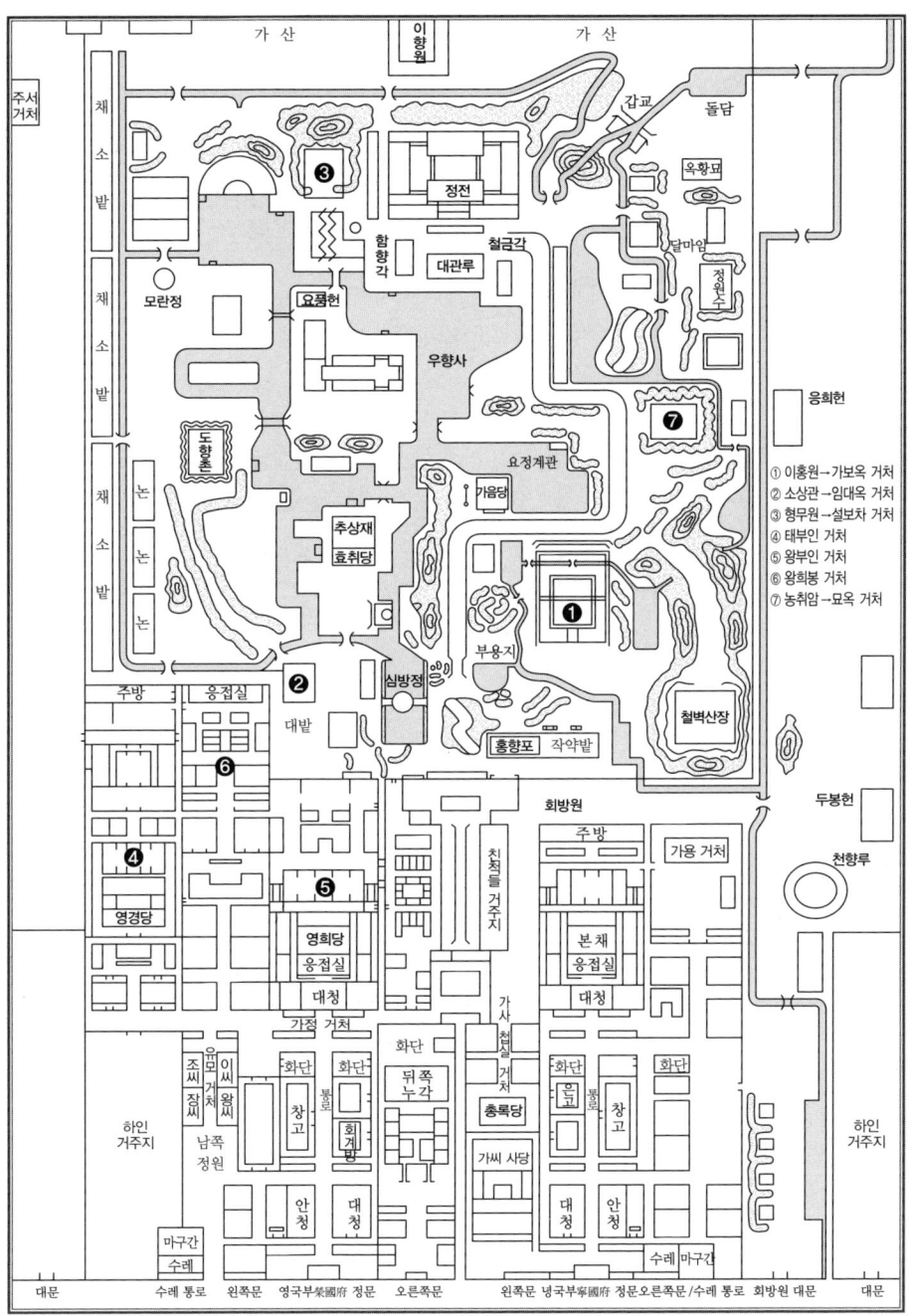

① 이홍원→가보옥 거처
② 소상관→임대옥 거처
③ 형무원→설보차 거처
④ 태부인 거처
⑤ 왕부인 거처
⑥ 왕희봉 거처
⑦ 농취암→묘옥 거처

| 가씨 가문 가계도 |

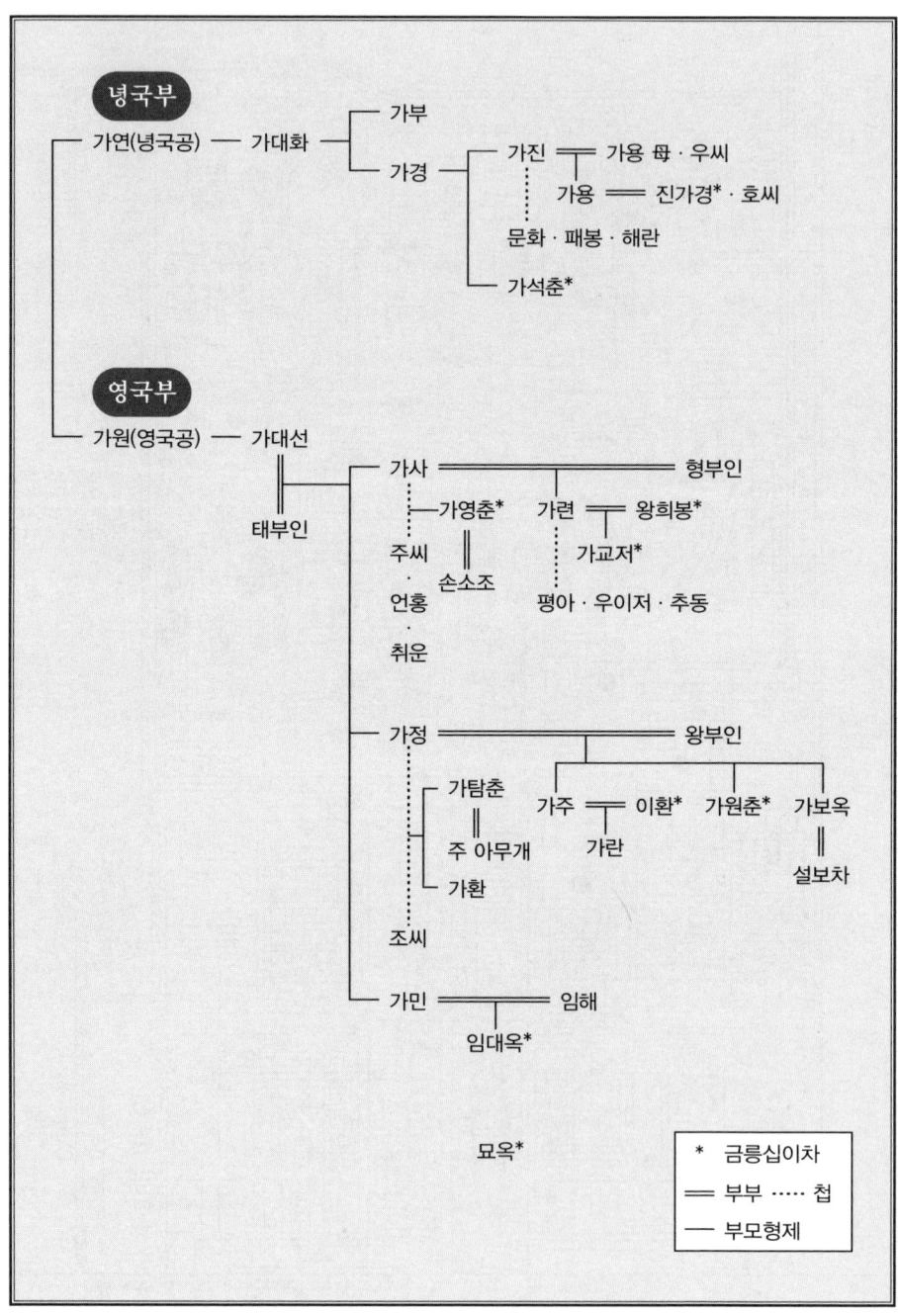

| 주요 가문 가계도 |

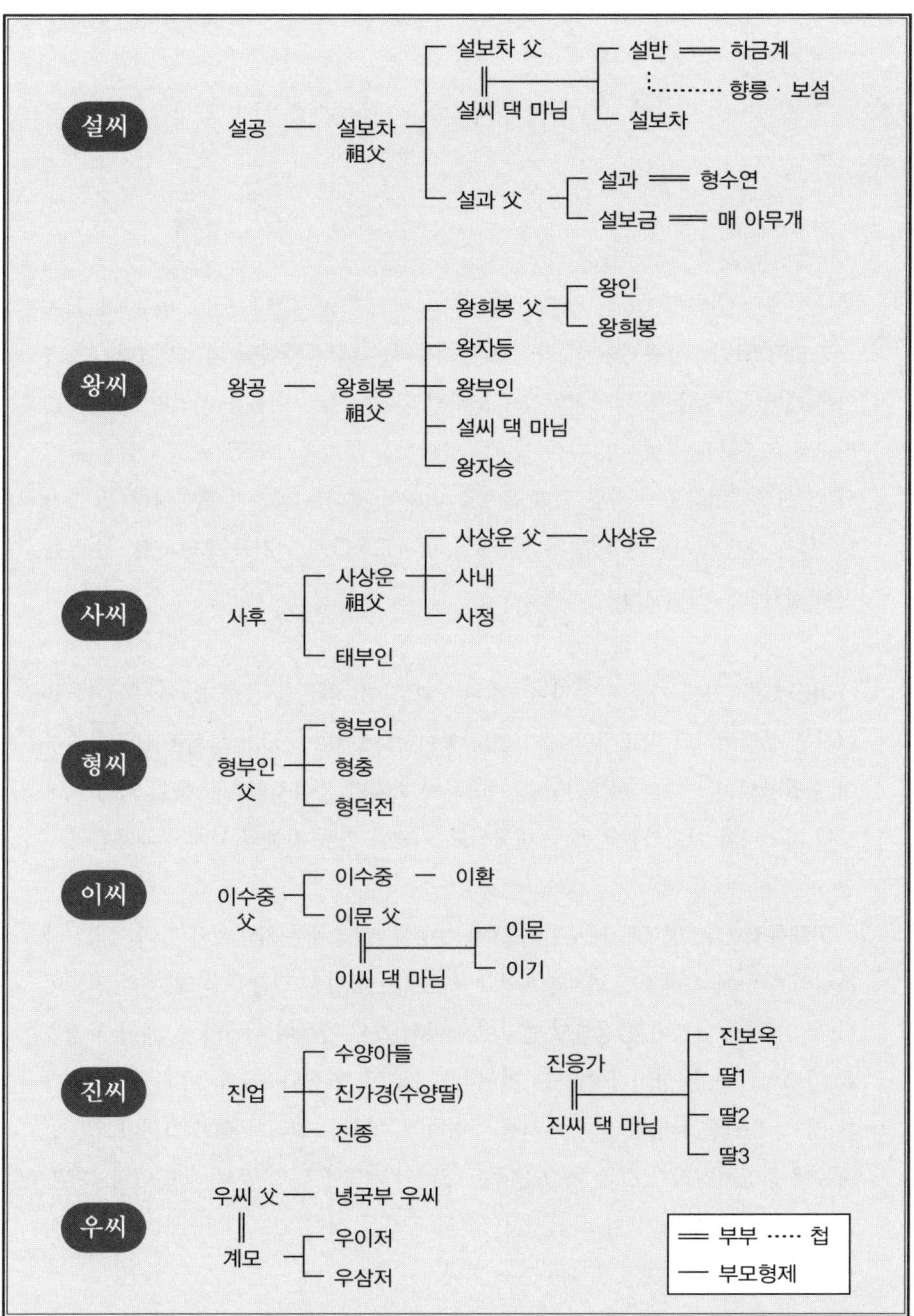

| 등장인물 소개 |

가교저賈巧姐 금릉십이차. 가련과 왕희봉 사이에서 태어난 외동딸이다. 7월 7일에 태어났기 때문에 양어머니인 유노파의 의견에 따라 이름을 지었다. 어려서는 비교적 유복하게 지냈지만 가씨 집안이 몰락하고 왕희봉이 죽은 뒤로 외삼촌 왕인과 가보옥의 이복동생 가환 등의 음모로 번왕의 시녀로 팔려갈 뻔한 위기를 맞기도 한다. 다행히 가련의 첩인 평아와 유노파의 도움으로 위기를 모면하고, 시골 유지의 집안으로 시집간다.

가근賈芹 가씨 가문에서 가란, 가용 등과 같이 이름자에 '풀 초(艹, ++)'가 들어가는 항렬이지만 비교적 관계가 먼 친척이다. 어머니 주씨가 왕희봉에게 청탁하여 수월암의 비구니와 여도사들을 관리하게 되지만 불미스러운 소문이 퍼지는 바람에 비구니와 여도사들은 모두 내쫓기고, 가근은 가씨 가문의 일에서 배제된다.

가대유賈代儒 영국부 태부인의 남편 가대선 및 녕국부 가대화와 같이 '대代' 자 돌림의 항렬에 속하지만 방계傍系의 친족으로서 별다른 벼슬을 하지 못한 인물이다. 다만 그의 언행이 방정하고 인덕이 높아서 가씨 가문의 서당〔家塾〕에서 학생들을 가르치는데, 사상이나 학문은 편협하고 완고한 편이다. 일찍이 아들과 며느리를 잃고, 유일한 희망인 손자 가서를 엄격하게 기른다. 그러나 손자 가서마저도 왕희봉에게 집적거리다 결국 독심을 품은 그녀의 계략에 말려 일찍 죽고 만다. 한편, 가보옥은 어려서 그가 가르치는 서당에서 공부한 적이 있고, 나중에는 그에게서 사서四書와 팔고문八股文을 배우기도 한다.

가용賈蓉 녕국부 가진의 아들로, 원래는 감생監生이었지만 아내 진가경이 죽은 후 아버지가 오품 용금위 벼슬을 사주었다. 나중에 호胡씨와 재혼한다. 잘생기고 호리호리한 몸매를 지니고 있지만 아버지와 마찬가지로 방탕한 생활을 하여 숙모인 왕희봉, 이모인 우이저 등과 불륜 관계를 맺는다. 특히 우이저와 지속적인 관계를 유지하기 위해 계책을 세워서 그녀를 가련의 첩으로 들인다.

가진賈珍 녕국부 가경의 아들로, 아버지가 신선술에 빠진 덕분에 젊은 나이에 작위를 물려받지만, 무능한데다 방탕하기까지 하여 가문의 몰락을 부추기는 인물이다. 심지어 자신의 며느리인 진가경의 장례를 지나치게 호사스럽게 치름으로써 둘이 불륜 관계였다고 의심을 받고 있으며(제13회), 처제인 우이저 및 우삼저 자매들과의 관계도 애매하다(제64, 65회). 결국 나중에 온갖 못된 짓을 일삼다가 작위를 박탈당하고 귀양살이를 겪기도 한다.

가탐춘賈探春 금릉십이차. 영국부 가정과 첩 조씨 사이에서 태어난 여인으로, 가씨 집안의 딸들 중 셋째 서열에 속한다. 총명하고 마음 씀씀이가 꼼꼼하면서도 성격이 강직하여 집안일에 뛰어난 수완을 발휘하여 왕희봉이나 왕부인에게도 인정을 받는다. 병중인 왕희봉을 대신하여 집안일을 맡아보면서 기울어가는 집안을 걱정하던 그녀는 결국 먼 타향으로 시집가게 된다.

가화賈化 태사太師이자 진국공에 봉해진 인물로서, 제1회에 등장하는 가우촌과 동명이인이다. 제101회에 따르면 그의 하인이라고 자처하는 포음이라는 자가 10여 명의 일당들과 함께 개인적으로 화승총과 화약을 지닌 채 변방으로 나갔다가 운남절도사 왕충에게 체포되는 바람에 가화는 탄핵을 당한다.

구세안裘世安 황궁의 태감 중 우두머리로서 '총리내정도검점태감總理內庭都檢點太監'이라는 직책을 가지고 있다. 전통적으로 중국 조정에서 정책 결정 및 시행 과정에서 태감들의 영향력이 대단히 컸던 만큼 조정 내에서 이 인물의 지위도 대단히 높았을 것으로 추측되지만, 사실상 '구세안'이라는 그의 이름에는 대단히 풍자적인 의미가 담겨 있다고 할 수 있다.

뇌대賴大 가씨 가문에서 하녀로 사들인 뇌할멈의 아들이다. 태부인과 비슷한 연배인 그의 어머니가 오랫동안 가씨 가문에서 일하며 상전들의 신임을 얻은 덕분에 영국부의 대총관을 맡아 모든 하인들을 통솔한다. 이에 따라 그 자신이 하인 신분임에도 위세가 높아서 자기 집에 수많은 하인들을 두고 부린다. 아들 뇌상영도 가정의 배려 하에 공부를 했으며, 돈을 바치고 지현 벼슬을 산다.

뇌승賴升 녕국부의 대총관(또는 도총관)으로서, 영국부의 대총관인 뇌대의 동생이다. 그의 이름은 뇌승(제54회) 또는 내승(제14회)으로 불리기도 하는데, 이는 『홍루몽』 판본의 복잡한 전승 과정에서 생겨난 오류인 것으로 보인다.

대료大了 산화사의 비구니이며, 제101회에서는 왕희봉에게 자신들의 절에서 모시는 '산화보살'의 내력에 대해 장황하게 설명한다.

모반선毛半仙 남방에서 온 술사術士로, 제102회에서 녕국부 가진의 아내 우씨가 약으로도 고칠 수 없는 병에 걸렸을 때 가용의 초청으로 녕국부에 들어가 시초점蓍草占과 대륙임大六壬으로 점을 쳐서, 처음에는 우환이 있겠지만 나중에 좋은 일이 있을 거라는 점괘를 말해준다.

묘옥妙玉 소주의 벼슬아치 집안에서 태어났지만 어려서부터 병이 많아 결국 승려가 되어 머리를 기른 채 수행한다. 나중에 가씨 집안의 농취암에 초빙되어 가씨 집안의 여인들 및 대관원의 미녀들과 교유한다. 가보옥에 대한 연모로 인해 수행에 어려움을 겪기도 한 그녀는 훗날 강도들에게 납치되어 행방이 묘연해진다. 일부 다른 판본에서는 그녀가 나중에 자신을 희생하여 사상운과 가보옥이 결합할 수 있게 해준다고 서술되어 있기도 하다.

묵우墨雨 가보옥의 몸종들 중 하나로, 나이도 어리고 서열이 상당히 낮은 편이다. 이야기 전개에서 역할이 아주 소소한 보조 인물이다.

방관芳官 대관원에서 사들여 양성한 12명의 배우들 중 하나로, 원래 성은 화花 씨이고 고향은 소주이다. 연극에서 정단正旦 배역을 연기했으며, 극단이 해체된 후에는 가보옥의 하녀가 된다. 영리하고 마음씨가 착하면서도 자존심이 강한 그녀는 유오아와 사이가 좋아서 많은 호의를 베풀기도 하며, 남성적인 기질이 있어 한때 가보옥이 그녀에게 남장을 시키고 '야율웅노' 및 '온도리나'라는 별명을 붙여주기도 한다. 훗날 왕부인이 대관원을 수색하면서 그녀도 다른 배우들과 함께 내쫓기지만, 끝내 수양어미의 뜻에 따르지 않고 출가하여 수월암의 승려 지통의 제자로 평생 동안 성실하게 수행한다.

배명焙茗 영국부 섭어멈의 아들이며 가보옥의 서동書童이다. 제24~34회까지는 그의 이름이 '배명'이라고 표기되었다가 제39회 이후로는 '명연'으로 쓰고 있으나, 이름을 바꾼 이유에 대해서는 밝히지 않았다. 이는 『홍루몽』 판본이 전승되는 복잡한 과정에서 생긴 오류일 것이다. 다만 연변대학교에서 나온 한국어 번역본을 윤문한 국내의 기존 번역본(도서출판 예하, 1990 2쇄)에는 이 장면 다음에 나오는 배명과 가운의 대화를 통해 가보옥이 '연烟' 자를 꺼려서 배명이라고 이름을 고쳐주었다는 내용이 나온다. 명연은 충직하기만 한 이귀와는 달리 말썽도 자주 피우고 상전의 분부를 무시할 때도 있지만, 가보옥의 반항적인 성격을 이해하고 비호해준다. 이 때문에 이야기 속에서 가보옥은 그를 대단히 신뢰하여 사적이고 은밀한 일을 할 때는 항상 그와 함께하고, 심지어 그가 만아卍兒와 통정한 사실을 알고도 눈감아주기도 한다(제19회).

벽월碧月 이환의 하녀로 잔심부름하는 신분이며, 이야기에서는 그다지 중요한 역할을 하지 않는다.

보섬寶蟾 하금계가 설반에게 시집올 때 데려온 하녀로, 얼마 후 하금계가 향릉을 견제하기 위해 그녀를 설반의 첩으로 들이게 한다. 질투심 많고 행실이 경박한 그녀는 오히려 상전인 하금계를 누르고 설반의 사랑을 독차지하려 하기도 하고, 나중에 설반이 감옥에 갇혀 있을 때는 하금계를 부추겨 설과를 유혹하게 한다.

부시傅試 영국부 가정의 문하생으로서 가씨 집안의 명성과 위세에 기대 순탄하게 벼슬길에 들어서서 통판通判의 자리까지 올랐으며, 이 때문에 영국부에 자주 드나든다. 특히 자신의 여동생 부추방傅秋芳을 가보옥과 결혼시키려는 은근한 바람을 가지고 있다.

사기司棋 가영춘의 하녀로, 형부인의 하녀인 왕선보댁의 외손녀이다. 키가 훤칠하고 활달한 성격의 그녀는 자신보다 지위가 낮은 하녀들에게 거침없이 위세를 부리기도 한다. 그러나 제74회에서 왕희봉과 왕선보댁 등이 대관원을 수색할 때 자신의 사촌오빠 반우안과 통정한 사실이 탄로 나 내쫓기고 만다. 제92회에서는 반우안에 대한 일편단심을 굽히지 않고, 자신의 어머니가 둘의 결혼을 반대하자 벽에 머리를 들이박고 죽는다.

사상운史湘雲 금릉십이차. 태부인 사씨의 질손녀이다. 비록 명문가에서 태어났지만 어려서 부모를 잃고 숙부 사내史鼐와 사정史鼎 밑에서 자라면서 두 숙모에게 냉대를 당한다. 명랑하면서 솔직하고 시원한 말투를 지녔으며 시 창작에 뛰어난 재능과 열정을 가지고 있다. 위약란衛若蘭이라는 훌륭한 짝을 만나지만, 얼마 지나지 않아서 남편이 병으로 죽고 만다. 일부 다른 판본에서는 훗날 그녀가 가보옥과 부부가 되었다가, 결국 가난 속에서 죽게 된다고 서술되어 있기도 하다.

사후史侯 사상운의 숙부이다. 『홍루몽』에서 보령후상서령保齡侯尙書令을 지낸 사공史公의 후손이라고 설정된 사씨 집안은, 제4회에서 가화가 응천부에 부임했을 때 문지기가 건네준 '호관부護官簿'에서 "아방궁이 삼백 리라지만 금릉 땅 사씨 집안 하나만 해도 좁아서 못 산다〔阿房宮 三百里 住不下金陵一個史〕."라고 묘사한 집안이다.

서약鋤藥 가보옥의 몸종들 중 서열이 두 번째인데 장난기가 많은 인물이다. 그러나 이야기 전개에서 역할이 소소한 보조 인물이다.

설반薛蟠 영국부 왕부인의 동생인 설씨 댁 마님의 아들이며 설보차의 오빠이다. 가보옥과는 이종사촌이 된다. 교만하고 무식하며 여색을 밝히는 인물로서 '멍청한 깡패'라는 별명을 가지고 있다. 집안의 재산과 가씨 가문의 위세를 등에 업고 향릉을 차지하기 위해 풍연을 죽이기도 하고, 유상련에게 집적대다가 매를 맞기도 한다. 술집 종업원을 때려죽이는 바람에 사형 선고를 받고 옥에 갇히지만 설씨 댁 마님과 가정 등의 노력으로 사면을 받고 풀려나 개과천선한다.

설안雪雁 임대옥이 소주의 집에서 데려온 하녀이다. 임대옥의 또 다른 하녀인 자견과 친하게 지내면서 성심껏 임대옥의 시중을 든다. 그러나 자견의 역할이 커질수록 그녀의 존재감은 임대옥에게서 점점 멀어진다. 결국 제97회에서 왕희봉의 계략에 따라 가보옥이 설보차를 임대옥인 줄 알고 결혼식을 올리는데, 이때 설안은 본의 아니게 가보옥을 속이기 위한 미끼로 동원되어 신부 들러리가 된다. 이후 그녀는 집안의 하인과 결혼하게 된다.

소운素雲 이환의 하녀이다. 제46회에서 원앙과 평아가 나누는 대화에 따르면, 그녀는 그 두 사람을 비롯하여 화습인, 호박 등 지위가 높은 시녀들과 어릴 적부터 친한 사이였다. 이환 곁에서 시중을 들면서 주로 중요한 말을 전하거나 차나 음식을 나르는 등의 일을 한다.

소홍掃紅 가보옥의 몸종들 중 하나로, 서열이 상당히 낮은 편이다. 역시 가보옥의 몸종인 반학과 친한 사이여서 종종 함께 바둑을 두곤 한다. 그러나 이야기 전개에서 역할이 소소한 보조 인물이다.

시서侍書 가탐춘의 시녀로 눈치가 빠르고 말솜씨가 훌륭하다. 제74회에서 왕선보댁이 대관원을 수색하면서 가탐춘에게 무례를 저질러 따귀를 맞았을 때 나서서 왕선보댁에게 쏘아붙여 할 말이 없게 만드는 장면은 그녀의 성격을 잘 보여준다. 그러나 제40회에서는 가보옥의 혼사가 이미 정해졌다는 잘못된 소식을 설안에게 전하는 바람에 그 이야기를 엿들은 임대옥이 곡기를 끊는 사태를 야기하기도 한다. 한편, 그녀의 이름은 '시서侍書'와 '대서待書' 사이에 논쟁이 있다. 경진본庚辰本을 비롯하여 많은 판본들에는 대서로 되어 있지만 갑진본甲辰本처럼 시서로 되어 있는 판본도 있으며, 120회본에는 전반부와 후반부의 표기가 다르게 되어 있다.

심향沁香 수월암에 있는 나이 어린 사미沙彌 중 하나로, 용모가 제법 요염해서 그곳을 관리하는 가근이 종종 그녀에게 수작을 건다.

오귀吳貴 청문의 사촌오빠로 성실하기는 하지만 소심하다. 그의 아내는 영리하면서도 제법 미색이 있어서 늘 요란하게 치장하고 사내들을 꾀고 다닌다. 그들 부부는 대관원의 뒤쪽 쪽문 바깥에 살면서 대관원 안에 필요한 물건을 사다 주는 등의 잡다한 심부름을 한다. 청문이 대관원에서 쫓겨나 그의 집에 있을 때 가보옥이 찾아가자 그의 아내가 가보옥을 유혹하려 하기도 한다. 청문이 죽은 뒤에는 즉시 염을 해서 성문 바깥의 화장터로 가버린다.

왕아旺兒 영국부 하인 내왕을 가리킨다. 그의 아내는 왕희봉이 시집올 때 데려온 하녀(이름은 밝혀지지 않음)로서 왕희봉의 심복이며 왕희봉이 사채놀이를 할 때 돈을 빌려주고 이자받는 일을 전담한다. 내왕은 왕희봉이 뇌물을 받고 관청에 손을 써서 비리를 저지를 때 심부름을 다니기도 하고, 왕희봉을 위해 바깥의 소식을 알아보고 그녀의 지시에 따라 일을 처리하기도 한다. 하지만 왕희봉이 계책을 써서 우이저를 자살하게 만들고 나서 우이저와 태중 혼약을 했던 장화를 죽여 후환을 없애라고 지시했을 때, 그대로 따르지 않고 장화가 강도에게 살해당했다며 어물쩍 넘어가버린다.

왕인王仁 왕희봉의 오빠이자 가교저의 외삼촌인데, 평소 의롭고 어진 것과는 거리가 먼 행실 때문에 '망인忘仁'이라는 별명이 있다.

왕자승王子勝 도태위통제현백都太尉統制縣伯 왕공의 후예로서 영국부 가정의 부인 왕씨와 설씨 댁 마님, 그리고 경영절도사를 지낸 왕자등과 형제자매지간이다. 무능하고 사리에 맞지 않는 일로 가족과 친척 간의 불화를 일으키는 인물인데 이야기에서는 직접 등장하지 않고 다른 인물들의 대화에서만 언급된다.

왕충王忠 운남절도사雲南節度使라는 직책을 맡고 있으며, 제101회에서는 자칭 태사太師이자 진국공에 봉해진 가화의 하인이라고 하는 포음이 10여 명의 일당들과 함께 개인적으로 화승총과 화약을 지닌 채 변방으로 나간 것을 체포했다는 내용을 황제에게 상주上奏했다고 서술되어 있다. 한편, 이야기꾼 이선아가 원소절에 태부인 앞에서 들려주려 했던 『봉구란鳳求鸞』에도 같은 이름의 인물이 언급되는데, 오대 잔당 시절 어느 시골의 호족으로서 금릉 사람이며 두 왕조에 걸쳐서 재상을 지냈다. 슬하에 왕희봉이라는 독자가 있다.

왕희봉王熙鳳 『홍루몽』에서는 3명의 왕희봉이 등장한다. 첫째는 가련의 아내로서 이 작품에서 중요한 역할을 하는 주인공이고, 둘째는 제54회에서 이야기꾼 이선아가 들려준 이야기에 등장하는 인물이다. 세 번째는 제101회에서 산화사의 비구니 대료가 한나라 때 벼슬을 구하려 했다는 인물이라며 거론한 사람이다. 이렇게 보면 둘째와 셋째 왕희봉은 모두 남자인 듯한데, 사실상 정식 역사서에는 기록되지 않은 인물들이기 때문에 이야기꾼이 지어낸 인물이거나 비구니 대료가 얼버무려서 넘어가기 위해 갖다 붙인 인물이라고 할 수 있겠다.

우씨尤氏 녕국부 가경의 아들 가진의 계실繼室이다. 4대가문四大家門 같은 위세 높은 집안 출신이 아닌 그녀는 명목상 녕국부의 살림을 맡고 있지만 실질적인 권력은 없이 그저 가진의 뜻에 순종하는 인물이다. 별다른 능력도 말주변도 없이 그저 남의 험담이나 일삼는 인물인데 이복동생인 우이저의 혼사에 대해서도 그저 가진의 뜻대로 따르고, 이로 인해 왕희봉에게 억울한 수모를 당하기도 한다.

유오아柳五兒 대관원의 주방을 관리하던 유어멈의 딸로서 남매들 중 다섯째이기 때문에 '오아五兒'라는 이름이 붙여졌다. 특히 청문과 생김새와 기품이 비슷하다고 되어 있다. 그녀의 어머니는 그녀를 이홍원에 넣으려고 백방으로 노력하는데, 방관이 이를 도와주기도 한다. 제64회에서 유오아는 방관의 호의로 장미즙을 얻지만 이로 인해 도둑으로 몰려 고초를 치르기도 한다. 한편 제77회에서 왕부인이 한 말에 따르면 유오아는 이미 제64회의 이야기가 마무리되는 시점에서 '요절'했다고 되어 있는데, 제87회 이후에는 다시 살아 있는 모습으로 등장하고 있으니, 이 또한 여러 판본이 뒤섞여 전해지는 과정에서 생긴 오류인 듯하다.

유철취劉鐵嘴 글자 점을 잘 치는 점쟁이인데, 제94회에서 가보옥이 통령보옥을 잃어버렸을 때 임지효가 그에게 점을 치자 전당포를 찾아보면 된다고 말해준다.

이기李綺 이환의 숙모가 낳은 두 딸 중 작은딸이자 이문의 동생이며 빼어난 미모를 지니고 있다. 어머니, 언니와 함께 대관원에 살면서 시 모임에도 참여한다. 훗날 왕부인의 중매로 진보옥과 결혼한다.

이덕李德 영국부의 하인으로, 이야기에 직접 등장하지는 않지만 제93회에서는 문지기의 입을 통해 그가 가근이 수월암에서 저지른 음탕한 짓을 풍자하는 벽보를 떼어온 사실이 가정에게 보고된다.

이문李紋 이환의 숙모가 낳은 두 딸 중 큰딸이자 이기의 언니이며, 빼어난 미모를 지니고 있다. 어머니, 동생과 함께 대관원에 살면서 시 모임에도 참여한다. 훗날 왕부인의 중매로 결혼하는 것으로 서술되어 있지만 남편에 대해서는 자세한 설명이 없다.

이선아李先兒 이야기 들려주는 것을 직업으로 삼고 있으며, 원소절에 태부인 앞에서 『봉구란鳳求鸞』이라는 이야기를 들려주려 하다가 태부인이 뒷이야기가 진부하다고 비판하며 계속하지 못하게 한다.

이십아李十兒 영국부 가정의 하인 우두머리들 중 하나로, 가정이 강서량도로 나갔을 때 따라가는데, 자신이 앞장서서 안팎으로 결탁하여 상전을 속이고 위세를 떨며 백성들의 재물을 수탈한다. 결국 이 때문에 가정은 휘하 관원들에 대한 관리를 소홀히 했다는 비판을 받아 탄핵을 당한다.

이효李孝 소주자사蘇州刺史의 직책을 맡고 있다. 제101회에 따르면 삼등三等 직함을 세습받은 가범의 하인이라고 자처하는 시복時福이라는 자가 주인의 위세를 믿고 군인과 백성을 능욕하고, 수절하는 부인을 강간하려다가 뜻대로 되지 않자 일가족 3명을 살해한 사건을 적발했다고 상주上奏하여 가범을 탄핵한다.

임안백臨安伯 『홍루몽』에서 설정한 가상의 작위인 듯하며, 성명은 밝혀져 있지 않다. 그의 집안은 가씨 가문과 대대로 교분이 있어서 그의 어머니 생일에 가씨 가문에서 선물을 보내기도 하고, 자기 집에 괜찮은 극단이 왔을 때 술자리를 마련하여 공연을 함께 감상할 가까운 친지로 가씨 가문을 초청하기도 한다(제93회). 이날 가사를 따라 그곳에 간 가보옥은 헤어진 지 몇 년 만에 장옥함을 만나게 된다.

장덕휘張德輝 설씨 가문의 전당포를 관리하는 점원으로, 자기 재산도 이삼천 냥이나 된다. 제48회에서 유상련에게 집적대다가 매를 맞은 설반이 궁여지책으로 행상을 나가려 할 때 설씨 댁 마님의 부탁을 받고 설반과 함께 다니며 뒷바라지를 해준다. 나이도 많고 후덕한 인물인 그는 설씨 집안의 가세가 기울었을 때도 설과의 결혼식을 비롯한 여러 가지 일들에 도움을 준다.

장옥함蔣玉菡 배우로서 소단小旦 연기를 잘하는 것으로 유명하며 예명은 기관琪官(기관棋官으로 쓴 판본도 있음)이다. 제28회의 서술에 따르면 풍자영이 마련한 술자리에서 가보옥과 처음 만난 그는 가보옥이 부채 손잡이에 달린 고리 모양의 옥을 떼어 예물로 주자 자신이 차고 있던 붉은 허리띠를 풀어서 답례로 준다. 한편, 가보옥은 그날 밤 허리띠를 화습인에게 매어주었는데, 이는 훗날 그녀가 장옥함과 결혼하게 될 것임을 암시하는 것이다.

주경周瓊 영국부 가정과 같은 고향 출신으로 진수해문등처총제鎭守海門等處總制라는 직위를 맡고 있는 무장武將이며, 가탐춘의 시아버지가 되는 인물이다.

주서周瑞 영국부의 집사로 왕희봉이 시집올 때 데려온 하녀와 결혼했다. 그들 부부 사이에는 딸이 하나 있어서 냉자흥을 사위로 삼았고, 하삼이라는 골칫덩어리 양자가 있다. 영국부에서 봄가을로 논밭을 관리하고 한가할 때면 가진 등이 외출할 때 수행하는 등 제법 지위가 높은 몸이며, 암암리에 왕희봉의 사채놀이를 돕기도 한다.

주이周二 영국부 가정의 하인 우두머리들 중 하나이다. 그는 가정이 강서량도로 나갔을 때 따라간 것으로 되어 있으나, 실제 이야기에는 등장하지 않고 다른 하인들의 대화에서 이름만 언급된다.

채병彩屏 가석춘의 하녀이며, 항상 가까이서 시중을 든다.

첨광詹光 자는 자량子亮, 가정의 '청객상공' 즉 문객이다. 섬세한 누대樓臺를 그리는 데 재능이 있어서 대관원의 설계에도 참여한 바 있고, 가정이 대관원 곳곳에 이름과 대련을 지을 때 논의에 참가하기도 했다. 평소 가정의 바둑 상대가 되어주기도 하고, 특히 가보옥을 만나면 온갖 아부를 떠는 추태를 보이기도 한다. 하지만 가씨 가문의 위세가 쇠락하자 미련 없이 그곳을 떠나버린다. 지연재 비평에 따르면, 그의 이름 '첨광'은 발음이 비슷한 '점광沾光' 즉 '남의 신세를 지는 사람'임을 암시한다.

첨회詹會 강서량도 관아에서 삼대째 양방糧房의 문서를 처리하는 하급 관료로 일하는 인물인데, 가정의 하인 우두머리인 이십아와 결탁하여 백성들의 재물을 수탈한다.

청문晴雯 가보옥의 하녀 중 하나로, 아름다운 용모와 호리호리한 몸매를 가졌으며 눈과 눈썹이 임대옥을 닮았다. 총명하면서 개성적인 그녀는 직설적이고 반항적이면서 날카로운 언변을 지니고 있다. 하지만 왕부인의 눈 밖에 나서 병든 몸으로 내침을 당한 후 비극적으로 생을 마친다. 그녀가 죽은 후에 가보옥은「부용녀아뢰芙蓉女兒誄」를 지어 그녀의 영혼을 위로한다.

초대焦大 녕국부의 늙은 하인으로, 젊어서 녕국공 가연을 따라 서너 차례 전장에 나갔다가 죽어가는 가연을 천신만고 끝에 구해내는 공을 세운 적이 있기 때문에 녕국부의 하인들 중에서도 특별한 대우를 받았다. 가연이 죽은 후, 녕국부 후손들의 방탕함과 패륜에 분개하여 종종 술에 취해 욕을 퍼붓기도 하는데, 그럼에도 녕국부에서는 그에게 함부로 대하지 못한다. 특히 제7회에서 그가 쏟아낸 욕설 중에 "시아비 며느리가 들러붙고, 형수가 어린 시숙과 들러붙는다."라는 내용이 들어 있어서 가진과 진가경 사이의 불륜을 암시하기도 한다.

추동秋桐 원래 영국부 가사의 하녀였는데, 가련이 왕희봉 몰래 우이저를 첩으로 들인 후 가사가 다시 그녀를 가련의 첩으로 준다. 추동은 자신의 배경을 믿고 거들먹거리다가 왕희봉이 우이저를 제거하는데 이용당한다. 그러나 왕희봉이 죽은 후 평아와 반목이 생기고, 결국 가련에게 버림받아 친정으로 돌아가게 된다.

포용包勇 본래 진씨 가문의 하인이었으나, 진씨 가문이 쇠락하는 바람에 주인의 추천으로 가씨 가문에 몸을 맡기게 된다. 그러나 주인을 기만하는 하인들의 행태에 회의를 느끼고, 또 따돌림을 당하자 일부러 게으름을 피운다. 이후 은혜를 배신한 가화를 꾸짖은 일로 소란을 일으키자 가정은 그를 격리시켜 이미 적막해진 대관원을 지키게 한다.

포이鮑二 소설 속에서 소속이 명확하지 않다. 먼저 제44회에 따르면 영국부의 하인인데, 그의 아내가 가련과 통정한 사실이 드러나 자살하자 가련이 그에게 돈을 주어 달래고 새로운 아내를 얻어준다. 한편 제64회에는 같은 이름의 녕국부 하인이 등장한다. 가련이 왕희봉 몰래 우이저를 첩으로 들인 후, 가진이 포이 부부를 보내 우이저의 시중을 들게 하는 것으로 되어 있다. 제84회에서는 주서의 양아들 하삼과 싸운 일로 가진에 의해 내쫓기며, 나중에 관청에 붙들려가서 가련이 양가의 처자를 억지로 첩으로 들였다고 진술한다. 120회본에서 두 사람은 한 인물인 것처럼 되어 있으나, 원래 소속이 영국부인지 녕국부인지는 여전히 혼란스럽다.

풍자영馮紫英 신무장군神武將軍 풍당馮唐의 아들로 가보옥, 설반 등과 친하다. 녕국부 진가경이 중병에 걸렸을 때 처음 등장하여 가진에게 의원인 장우사를 추천한다. 나중에는 술자리를 마련하여 가보옥과 설반을 초청하고, 그 자리에서 배우 장옥함과 금향원의 기생 운아雲兒를 소개하기도 한다. 그가 마지막으로 등장하는 제92회에서는 친구의 부탁을 받아 서양에서 들어온 4가지 물건을 가져와서 가정에게 구입하라고 권한다.

하금계夏金桂 부유한 상인 집안에서 태어난 그녀는 일찍이 아버지를 여의고 홀어머니 밑에서 애지중지 자라 독선적이고 교만하고 잔인한 성격을 가지고 있다. 설반과 결혼한 뒤에는 남편을 휘어잡고 시어머니에게도 함부로 대하며, 향릉의 이름을 추릉秋菱으로 바꾸게 하고 구박한다. 특히 설반이 살인죄로 감옥에 갇혀 사형을 기다리는 신세가 되자 설과를 유혹하려 하지만 뜻대로 되지 않자 엉뚱하게 향릉에게 질투심을 품고 그녀를 독살하려 한다. 그러나 오히려 자신이 독이 든 국을 먹고 죽는다.

하삼何三 주서의 양아들이며 평소 도박장이나 드나들면서 건달들과 어울린다.

학선鶴仙 수월암에 있는 젊은 도사 중 하나로, 용모가 제법 요염하여 가근이 그곳을 관리하면서 종종 그녀에게 수작을 건다.

형수연邢岫烟 형부인의 동생인 형충 부부의 딸이다. 집안이 가난한 그들 가족은 경사로 와서 형부인에게 의탁하는데, 태부인의 배려에 따라 형수연은 대관원에 있는 가영춘의 거처에서 함께 지내게 된다. 그러나 형부인의 무관심 속에서 어렵게 살아가다 그녀의 단아하고 예절 바른 모습에 마음이 끌린 설씨 댁 마님이 태부인에게 청하여 그녀를 설과와 결혼시킨다. 이후 하금계가 죽고 설반이 살인죄로 감옥에 갇혀 있는 동안 설씨 집안의 안살림을 맡아 가족이 화목하고 평온한 나날을 보내게 된다.

호박琥珀 태부인의 하녀로, 주로 분부를 전달하거나 물건을 가져오는 등의 잡다한 심부름을 한다.

홍옥紅玉 소홍의 본명이며, 성은 임씨이다. 영국부 집사인 임지효의 딸로 원래 이홍원에서 허드렛일하는 지위 낮은 하녀였다. 가보옥이나 임대옥의 이름에 들어 있는 '옥玉' 자와 겹친다는 이유로 '소홍'이라고 바꿔 부르게 했다. 영리하고 조리 있는 말솜씨를 가진 그녀는 신분 상승을 위해 끊임없이 노력하며, 결국 왕희봉의 눈에 들어 그녀 밑에서 일하게 된다. 또한 가운과 서로 좋아하는 사이기도 하다.

| 찾아보기 |

가산假山 비교적 큰 규모의 중국식 정원에서 기묘한 모양의 돌과 흙을 쌓아 인공적으로 만들어 감상할 수 있게 한 작은 산을 가리킨다.

게偈, **게송**偈頌 노래 형식. 범어 게타偈佗(Gatha)의 별칭으로, 게어偈語, 게자偈子라고도 한다. 불경에서 부처의 도리를 설명하기 위해 넣은 노래 형식으로서 매 구절이 세 글자나 네 글자, 다섯 글자, 여섯 글자, 일곱 글자 등으로 구성되어 있고, 그보다 많은 글자로 된 것도 있지만 보통 네 글자로 된 것이 많다. 이 외에 승려들이 지은, 깊은 뜻이 담긴 시가詩歌를 가리키기도 한다.

경영절도사京營節度使 벼슬 이름. 『홍루몽』에서 녕국공 가연의 큰아들이자 가부와 가경의 아버지인 가대화가 지냈다는 벼슬이지만, 실제 역사에서는 없었던 가상의 벼슬인 것으로 보인다. 또한 이 벼슬은 왕부인의 오빠 왕자등도 지낸 바 있는 것으로 되어 있다. 경영京營은 수도를 호위하는 군영軍營으로 '용겹宂帖'이라고도 부른다. 또 절도사는 당나라 때 지방의 군정을 총괄하던 장관이다. 그러므로 '경영절도사'는 수도를 호위하는 군영을 총괄하는 장관을 의미한다. 한편, 당나라 후기에 이르면 절도사는 안녹산의 경우처럼 그 세력이 지나치게 커져서 오히려 중앙정권을 위협하고 왕조의 분열을 초래하는 주요 원인이 된다. 이 때문에 송나라 때부터는 중앙집권을 강화하면서 그 세력을 점차 약화시켰고, 그 결과 절도사는 실권이 없이 황실의 친척이나 외척外戚, 소수민족의 수령, 문무대신文武大臣에게 수여하는 명예직으로 바뀌었다. 그럼에도 무장武將들에게 그 직함은 여전히 승진의 마지막 단계이자 최고의 영예로 여겨졌으나, 원나라 때 이르러서는 직함 자체가 없어졌다.

계원탕桂圓湯 음식 이름. 용안탕이라고도 하며, 용안을 주재료로 끓인 국이다. 용안은 중국 남부 아열대지방에서 나는 과일로, 익은 열매는 밝은 주황색의 얇고 딱딱한 껍질에 둘러싸여 있으며, 표면이 비교적 매끈하고 일반적인 크기의 포도보다 조금 크다. 껍질 안쪽은 반투명의 과육이 검은색의 단단한 씨를 감싸고 있다. 용안은 진귀한 보양식품으로 알려져 있으며 다양한 방식으로 요리하여 먹거나 약으로 쓴다. 청나라 때 심금오沈金鰲가 편찬한『잡병원류소촉雜病源流犀燭』에 따르면, 계원탕은 용안과 인삼, 맥문동, 감초 등의 약재와 함께 끊이는데, 건망증이나 상체가 허할 때 쓴다고 한다.

고봉誥封 '고명봉상誥命封賞'의 줄임말. 명·청 무렵에는 황제가 문무 벼슬아치 및 그 선대의 정실부인에게 작위나 명호를 부여할 때 고명誥命과 칙명敕命을 구별했는데, 오품 이상은 고명을 통해 내렸기 때문에 이를 '고명'이라 했고, 육품 이하는 칙명을 통해 내렸기 때문에 '칙봉敕封'이라고 불렀다. 고명과 칙명의 형태는 그림 두루마리[畵卷]과 비슷했는데 그 축軸의 끝을 일품일 때는 옥으로, 이품일 때는 물소 뿔로, 삼품과 사품일 때는 금으로 감쌌으며, 오품 이하일 때는 쇠뿔이나 양의 뿔로 감쌌다.

고소姑蘇 지명. 장쑤성[江蘇省]에 속한 도시로서 아름다운 정원이 많기로 유명하며 '동방의 베니스'라고 불릴 만큼 명성이 높은 곳이다. '소주蘇州'라고도 불리며, 임대옥의 고향이기도 하다. 소주는 명·청 시대에 고급문화와 유행을 선도하는 지역으로 간주되곤 했기 때문에『홍루몽』에서도 가씨 가문이 이곳에서 극단 선생[敎習]을 초빙하고, 배우로 양성할 여자애들을 사왔으며, 악기와 분장 도구를 준비했다고 서술되어 있다.

공부工部 관서 이름. 이부, 예부, 병부, 형부, 호부와 더불어 중앙 행정기구를 대표하는 육부六部 중 하나이며, 최고 책임자인 공부상서工部尙書는 정삼품의 벼슬로서 '동관冬官' 또는 '태사공大司空'이라고도 불렸다. 그 아래에는 정사품의 시랑侍郎이 전국의 산천과 호수, 둔전屯田, 광산, 각종 공예工藝, 건축과 토목土木 등을 관리하고 황실에서 필요한 수레와 책장, 제기祭器를 비롯한 각종 의례용품을 제작하는 등의 일을 담당했다.

광서廣西 지명. 중국 남부의 동남아시아와 베트남에 인접한 지역으로, 중국 대륙에서는 광둥[廣東]과 후난[湖南] 꿰이저우[貴州], 윈난[雲南] 등지와 맞닿아 있다. 이곳은 오늘날 중국에서 유일하게 바다와 강에 맞닿은 소수민족 자치구로서 장족壯族이 대다수를 차지하고 있으며, 성도省都는 난닝[南寧]이다. 이 외의 주요 도시로 궤이린(桂林)과 류저우(柳州), 위린(玉林) 등이 있다.

교사 鮫絲 교초鮫綃, 또는 그것을 엮는 데 쓰인 실을 가리킨다. ('교초' 항목 참조)

교초 鮫綃 비단 이름. 남해에 산다는 전설 속의 교인鮫人, 즉 인어가 짠다는 얇고 가벼운 비단이다. 남조 양나라 때 임방任昉이 편찬한『술이기述異記』에 따르면, '용사龍紗'라고도 부르며, 옷을 지어 입으면 물어 들어가도 젖지 않는다고 한다.

교초장 鮫綃帳 교초鮫綃로 만든 휘장. ('교초' 항목 참조)

구궁팔괘 九宮八卦 술수術數 용어.『주역周易』의 해설에 이용되는 기본적인 '팔괘' 즉 이離, 간艮, 태兌, 건乾, 곤坤, 감坎, 진震, 손巽을 8개의 방위에 대응시키고, 여기에 중앙을 포함하는 9개의 방위를 '구궁'이라고 한다. 여기에서 진괘는 동쪽, 태괘는 서쪽, 감괘는 북쪽, 이괘는 남쪽을 가리키며 곤괘는 서남방, 건괘는 서북방, 손괘는 동남방, 간괘는 동북방에 대응된다. 도교의 '기문둔갑奇門遁甲'에서 이것은 낙서洛書, 24절기와 더불어 중요한 수단으로 쓰인다.

군기처 軍機處 청나라 때의 관서 이름. '군기방軍機房'이라고도 한다. 청나라 중엽 이후 중추적인 권력기관으로, 1729년에 긴급한 군사 업무를 처리하면서 황제의 정치를 보좌하기 위한 목적으로 설치되었다. 이후 1732년에는 '판리군기처辦理軍機處'로 명칭을 바꾸었는데 그것을 줄여 '군기처軍機處'라고 불렀다. 이곳에 소속된 관리들은 군기대신軍機大臣(속칭 '대군기大軍機')과 군기장경軍機章京(속칭 '소군기小軍機')이 있었다. 군기대신은 인원수가 정해져 있지 않아서 처음에는 3명이었다가 많을 때는 11명이 되기도 했으며, 군기장경 역시 처음에는 이들의 인원수가 정해지지 않았지만 가경嘉慶 연간(1796~1820) 초기에 만주족과 한족을 각기 16명씩, 총 32명으로 정했다. 군기처가 설치된 후 내각은 관례적인 행정 업무를 처리하는 기관으로 변했으며, 국가의 중요한 정무政務는 모두 군기처에서 처리했다. 다만 이 기구는 황제 직권의 비서실에 가까웠다.

금계 金桂 꽃 이름. 계화桂花는 월계月桂, 목서木犀라고도 부르는 온대성 상록수의 꽃이며, 주로 중국 서남부 지역에 많이 자란다. 그 꽃은 유백색과 황색, 오렌지색 등이 있는데, 그중 황색 계열의 꽃을 '금계화'라고 부른다.

금보 琴譜 책의 한 종류. 전통적인 거문고 연주를 위해 작성된 악보이다. 당나라 이전에는 대개 거문고 줄을 튕기는 위치(줄의 자리와 손가락의 자리)를 문자로 기록했기 때문에 '문자보文字譜'라고도 불렀다. 또 당나라 때의 조유曹柔가 '감자보減字譜'를 창시한 이래 청나라 때까지 이 방법이 계속 사용되었다. 감자보는 왼손의

엄지와 중지, 무명지를 각기 '대大', '중中', '석夕'으로 나타내고, 오른손의 손가락
은 줄을 튕기는 방향에 따라 '찢듯이 튕기기[擘]', '문지르기[抹]', '갈고리처럼 당
기기[句]' 등으로 나타낸다. 이 외에도 여러 가지 이상한 글자들을 만들어냈다.

기보棋譜 책의 한 종류. 그림과 문자로 바둑이나 장기의 기본 기술과 전략, 유명한 대
국對局의 전체적인 수순 등을 정리하여 보여주는 책이다.

남안왕부南安王府 『홍루몽』에서는 동평군왕, 서녕군왕, 남안군왕, 북정군왕 등 4명의
가상적인 군왕이 등장하는데, 그중 하나인 남안군왕의 거처이자 관서이다.

낭중郎中 벼슬 이름. 정원 외의 벼슬에 속하며 각 부서[司]의 사무를 나누어 맡았는
데, 그 직위는 상서尚書와 시랑侍郎, 승상丞相보다 약간 아래인 고위 관직이었다.
전국시대부터 있었으며, 당시는 제왕의 측근에서 호위하면서 시중을 들며 자문을
해주던 벼슬아치를 통칭하는 말이었다. 진晉나라 때는 상서대尙書臺에 속한 각종
조사曹司의 장관이었으며, 수·당에서 청나라 때까지는 모두 상서와 시랑을 보좌
하는 직책이었으나, 청나라 말엽에 폐지되었다. 한편, 송나라 때부터는 특히 남방
지역에서 의사를 낭중이라고 높여 부르는 경우가 많았는데, 이것은 당나라 말엽
부터 오대 이후로 벼슬 직함이 범람하게 되면서 생겨난 관행이다.

내각대학사內閣大學士 벼슬 이름. 명·청 시대 조정의 관직으로서 그 지위는 종이품
에 해당했다. 명나라 태조 주원장은 송나라 제도를 모방하여 화개전華蓋殿, 근신
전謹身殿, 영무전英武殿, 문연각文淵閣, 동각東閣 등에 대학사를 두어 황제의 고
문顧問으로 활용했고, 또 문화전대학사文華殿大學士로 하여금 태자太子를 보필하
게 했는데 품계는 모두 정오품이었다. 그러다가 1659년에 청 황실은 문관文館과
내삼원內三院을 하나로 합쳐서 내각으로 개편하면서 그 안에 만주인 6명, 한족 4
명의 학사들을 두었다. 명나라 때의 내각대학사는 후세로 갈수록 지위가 높아져
서 실질적으로 재상宰相의 권력을 쥐고 있었다. 초기에 내각대학사는 상서尚書의
지위를 겸하고 있었고 거기에 태보太保, 태부太傅, 소보少保, 소부少傅 등의 직함
을 더하면서 정일품의 지위가 되었다. 나중에는 점차 재상과 마찬가지로 변하면
서 대학사 사이에도 지위의 차등이 생겨 수보首輔, 차보次輔, 군보群輔로 구별되
었다. 그러나 청나라 때는 정치적 실권을 만주족이 장악하면서 내각의 지위도 상
대적으로 낮아졌고, 특히 군기처軍機處가 설립됨에 따라 내각은 관례적인 행정 업
무를 처리하는 허울뿐인 기관으로 변했다.

농취암籠翠庵 암자 이름. 대관원에서 묘옥이 수행하는 곳이다. 산문과 동쪽의 선당,

곁채, 그리고 그 안에 자라는 홍매를 제외하고 자세한 설명이 없다. 제18회에서 가원춘이 친정을 방문했을 때는 이곳에 '고해자항苦海慈航'이라는 편액을 써주었다. 다만 그 암자의 이름이 확실히 거론된 것은 제41회에 이르러 태부인이 유노파 등과 함께 차를 마시러 갔을 때 처음 나타난다. 제49회에서는 눈 속에 핀 홍매의 아름다운 모습이 묘사되어 있기도 하다.

단금短琴 거문고의 일종. 일반적인 거문고에 비해 크기를 조금 작게 만들어 신체가 작거나 어린 여성도 연주할 수 있도록 제작된 것을 가리킨다.

담증痰症 한의학 용어. 가래나 침이 몸 안에서 빠져나오지 못하는 증세를 아울러 일컫는 말인데, 특히 폐병을 가리키는 경우가 많다.

대수국大樹國 나라 이름. 『홍루몽』에서 설정한 가상의 나라로, 서천, 즉 인도 대륙에 있는 것으로 되어 있다. 제101회에 서술된 산화사의 비구니 대료의 설명에 따르면 이곳은 산화보살이 태어난 곳이다.

도관道觀 도교의 수련 장소. 일반적으로 천문을 관측하기 좋은 곳에 지어지며, 양식에 따라 2가지로 구분된다. 하나는 특정한 문파의 스승과 제자가 대를 이어가며 수련하는 곳으로서 '자손묘子孫廟'라 부르고, 다른 하나는 특정한 문파의 전유물이 아니라 도교의 수행자라면 누구나 머물며 수행할 수 있는 총림묘이다. 도관은 중국 각지에 이름난 곳이 많지만 특히 쓰촨[四川] 청성산에 많이 집중되어 있다.

도대道臺 벼슬 이름. 도원道員의 별칭이다. 명나라 때 포정사布政使의 보좌관으로는 좌우 참정參政과 참의參議가 있어서 각 승선포정사사承宣布政使司 관할구역 내의 지역과 금전, 양곡 등을 담당했는데, 정원은 없고 사안에 따라 인원을 늘리거나 줄여서 각 지역마다 인원수에 차이가 있었다. 이를 분수도分守道라고 했다. 또 안찰사按察使에게는 보좌관으로 부사副使와 첨사僉事가 있었는데 역시 정원은 없고 각 제형안찰사사提刑按察使司 관할구역 내의 지역과 형사사건 등을 담당했다. 이를 분순도分巡道라고 했다. 청나라 연륭乾隆 18년(1753)에는 참정과 참의, 부사, 첨사 등의 직함을 폐지하고 분수도로 하여금 한 지역[省] 내의 부府와 현縣의 정무政務를 주관하게 하고, 분순도로 하여금 전 지역의 제학提學과 둔전屯田 등의 전문 사무를 주관하게 하면서 '병비兵備'라는 직함을 덧붙였다. 그 장관을 모두 '도원道員'이라고 불렀는데 그것을 속칭 '도대', 높여 부를 때는 '관찰觀察'이라고 했다. 청나라 말엽에는 또 각 지역에 순경도巡警道와 권업도勸業道를 두었다.

도향촌稻香村 정원 이름. 대관원 안의 서쪽에 위치한, 가산 발치에 있는 몇 칸의 초가

집을 중심으로 한 곳이다. 이곳은 진흙으로 담을 둘렀고, 볏짚으로 대문을 만들었으며, 수백 그루의 살구나무가 심겨져 있다고 묘사되어 있다. 또 그 바깥에는 뽕나무와 느릅나무, 석류나무 등이 심겨져 있다. 가보옥이 가정 등과 함께 막 완공된 대관원을 둘러보다가 '행렴재망杏簾在望'이라는 제사題詞를 지어 임시로 붙였는데, 정월 대보름에 가원춘이 친정을 방문한 후 '완갈산장浣葛山莊'이라는 이름을 하사했다. 하지만 그녀의 분부에 따라 가보옥이 이곳 풍경에 관한 시를 쓰자(실은 임대옥이 대신 써준 것임), 다시 그곳의 이름을 '도향촌稻香村'으로 바꾸라고 했다(제17~18회). 이곳은 훗날 이환의 거처가 된다.

동방 洞房 방 이름. 대부분 침실이나 규방, 특히 신혼부부가 첫날밤을 치르는 방을 미화하여 부르는 호칭이다.

동지 同知 관직 이름. 명나라와 청나라 때 지부知府를 보좌하는 정오품의 관직이다. 인원이 정해지지는 않았지만 대개 1~2명을 두었다. 주요 업무는 지방의 소금과 양곡관리, 도적 체포, 강이나 해안 경비, 수리시설 관리, 군적軍籍 관리 등이다. 동지가 업무를 보는 관청을 '청廳'이라고 했다. 그 외에 지주知州의 보좌관으로서 그 지역 안의 제반 사무를 담당하는 관직으로 주동지州同知가 있는데, 이것은 종육품의 관직이다.

등운리 登雲履 신발 이름. 도사들이 술법을 행할 때 신는 것으로, 구름 위로 날아다닌다는 것을 상징한다.

막우 幕友 호칭의 일종. 명·청 시기 지방의 군정을 맡은 관리의 관서에서 문서나 형사 사건, 전량錢糧 등에 관한 사무를 처리하는 데 보조하던 사람이다. 옛날의 막료幕僚나 막빈幕賓에 해당한다. 다만 이들은 정식 관직이 없이 해당 관서의 장관이 사적으로 초빙하여 벗처럼 대하기 때문에 '막우幕友'라고 불렸는데, 속칭 '사야師爺'라고도 불렀다.

만두암 饅頭庵 암자 이름.『홍루몽』에 나오는 가상의 암자로, '철함사'에 속한 암자이며 '수월암'이라고도 부른다. 이곳의 주지는 '정허'인데, 그 밑에 제자로 '지선'과 '지능'이 있다. 제77회에 따르면 이곳에는 '지통'이라는 비구니도 있어서 가씨 가문의 극단이 해체되었을 때 '방관'의 그의 제자가 되어 출가한다.

모주 母珠 진주 이름. 제92회에서 광서廣西에 있는 동지가 황제를 알현하러 상경하면서 가져온 서양 상품 중 포함된 것이라고 했는데, 풍자영이 이 중 가정 등에게 보이며 구입해보라고 권유한 것이다. 용안만 한 크기의 이 진주는 주변에 작은 진주들을 쏟으면 그것들이 저절로 이 모주에 붙는다.

별신〔星神〕 신 이름. 중국의 전통 신앙에서는 하늘의 중요한 별들과 별자리(이십팔수)에 대응하는 신이 있어서 인간 세상의 길흉화복에 영향을 준다고 생각하여 이들을 섬겼는데, 이를 일컬어 '별신'이라고 한다.

병부상서 兵部尙書 벼슬 이름. 전국시대에는 '상서尙書'를 '장서掌書'라고도 불렀으며, 진나라 때까지는 궁전에서 문서를 발포하는 하급 관리였다. 한나라 무제武帝 때는 상서와 중서中書, 시중侍中으로 '중조中朝'(내조內朝)를 조직했는데, 이것은 실질적으로 중앙의 최고 정책 결정 기관이었다. 이 때문에 여기에 임명된 이들의 지위도 점차 높아졌다. 수나라 이후로 상서는 '육부六部'의 장관으로서 정삼품의 벼슬이었고 명나라 때는 정이품이 되었다. 청나라 말엽에 외무부外務部와 우전부郵傳部가 설치되었을 때 그 장관도 역시 상서라고 불렸다.

봉조궁 鳳藻宮 『홍루몽』에 나오는 가상의 궁전 이름. 제16회에는 영국부 가정의 큰딸 가원춘이 봉조궁상서鳳藻宮尙書에 임명되고 현덕비賢德妃에 책봉되었다고 서술되어 있다.

부계 扶乩 점의 한 종류. 대개 나무로 '정丁' 자 모양의 틀을 만들고 나무를 세워 붓으로 삼고, 그 아래 모래를 담은 쟁반을 놓는다. 그리고 두 사람이 가로로 묶인 나무의 양쪽 끝을 들고, 신령에게 강림해달라고 청하는 척하면서 길흉화복에 대해 물으면, 나무 붓이 모래 위에 글자를 써서 답을 보여주는 것이다.

북망산 北邙山 산 이름. '망산邙山' 또는 '북망北邙', '망산芒山', '겹산 山', '북산北山'이라고도 부른다. 이 산은 지금의 허난성〔河南省〕 뤄양시〔洛陽市〕 동북쪽에 있는데, 한나라와 위나라 이래 왕후王侯나 공경公卿 같은 귀족들의 무덤이 많이 들어선 곳으로 유명하다. 일반적으로 저승을 비유하는 뜻으로도 쓰인다.

사미 沙彌 불교 용어. 십계十戒를 받고 구족계具足戒를 받기 위해 수행하고 있는 어린 남자 승려를 가리킨다.

산화사 散花寺 절 이름. 『홍루몽』에 나오는 가상의 절로서 '산화보살散花菩薩'을 모시는 곳이다. 작품 안에서 정확한 위치와 절의 모습에 대해서는 자세한 설명이 없고, 다만 그 절의 주지인 대료大了라는 비구니는 태부인을 비롯한 가씨 가문의 여인들과 자주 왕래한다. 제101회에서 왕희봉은 이 절에서 점을 쳐서 "왕희봉 금의환향"이라고 적혀 있는, 즉 그녀의 죽음을 암시하는 점괘를 얻는다.

삼청신 三淸神 신 이름. 도교의 최고 신으로서 정식 명칭은 '허무자연대라삼청삼보천존虛無自然大羅三淸三境三寶天尊'이다. '옥청경玉淸境'의 원시천존元始天尊과 '상청경上淸境'의 영보천존靈寶天尊(태상도군太上道君), '태청경太淸境'의 도덕천존道德天尊(태상노군太上老君)을 아우르는 칭호이다.

서천 西天 인도의 별칭. 고대 중국에서 인도를 가리키는 말로서 '천축天竺'이라고도 한다. 일반적으로 이곳은 죽은 사람의 영혼이 가는 저승의 장소, 또는 극락세계를 뜻하기도 한다.

성성 省城 성省의 정부기관이 들어서 있는 도시로 '성회省會'라고도 부른다.

소단 小旦 중국 전통 연극의 배역 이름. 일반적으로 나이 어린 여자아이의 배역을 연기하는 배우를 말한다. 다만 월극越劇과 곤곡崑曲에서는 역시 여성 배역이긴 하지만 이야기에서 신분과 연기의 방식에 따라 비단悲旦(경극京劇에서는 '청의靑衣'라고 함), 화단花旦, 규문단閨門旦, 정단正旦, 무단武旦, 발단潑旦 등으로 나뉜다.

소상관 瀟湘館 정원 이름. 대관원 안에 있는 별도의 작은 정원이자 저택이다. 가보옥이 가정 등과 함께 막 완공된 대관원을 둘러보다가 '유봉래의有鳳來儀'라는 제사題詞를 지어 임시로 붙여놓았던 곳인데, 정월 대보름에 가원춘이 친정을 방문한 후 '소상관'이라는 이름을 하사했다. 훗날 이곳은 임대옥의 거처로 사용되며, 이 때문에 항상 눈물이 많은 임대옥은 시 모임에서 '소상비자'라는 호를 쓰게 된다.

소아 素娥 신 이름. 고대 중국의 전설에서 달 속의 여신, 즉 항아姮娥를 가리키며, 달의 별칭으로 쓰기도 한다.

수륙도량 水陸道場 불교 용어. 수륙법회水陸法會, 수륙대회水陸大會, 수륙재水陸齋라고도 부르며, 불교에서 물과 뭍의 중생과 원귀들을 제도하여 해탈에 이르게 하기 위해 거행하는 대규모의 불사이다. 현대 중국 불교에서도 이것은 가장 규모가 큰 경참법사經懺法事로서 정식 명칭은 '법계성범수륙보도대재승회法界聖凡水陸普度大齋勝會'이며 줄여서 수륙회水陸會, 수륙재水陸齋, 비제회悲濟會 등으로 부른다.

순무 巡撫 벼슬 이름. 명·청 시대에 지방을 순시하며 군정軍政과 민정民政을 감찰하던 대신으로 '무대撫臺'라고도 부른다. 이 관직은 명나라 초기인 1391년에는 임시로 설치된 것이었지만, 1421년부터는 정식 관직이 되었다. 당시의 순무는 대개 진사 출신이 담당했으며, 지방에 파견되면 승선포정사사와 제형안찰사, 도지휘사사의 업무를 총괄하면서 매년 조정에 들어가 업무를 보고했다. 청나라 때의 순무는 도찰원 우부도어사의 직함을 겸하게 되면 종이품이었지만, 병부시랑의 직함을 겸하게 되면 정이품이 되었다.

시권猜拳놀이 주령酒令의 일종. '획권劃拳'이라고도 하며, 술자리에서 흥을 돋기 위해 한 사람이 몇 개의 손가락을 펼칠 때 다른 한 사람이 동시에 손가락을 펴 보이거나 주먹을 내밀면서 각자 한 가지 숫자를 외치는데, 미리 정한 규칙에 따라 승패를 정하는 놀이이다. 대개 두 사람이 펼친 손가락의 개수를 합친 수자를 외친 사람이 승자가 되고, 진 사람은 술을 마신다. 우리나라의 가위바위보와 유사한 놀이이다.

시비전도是非顚倒 성어. 옳고 그름이 뒤바뀌어 거꾸로 된다는 뜻이다.

양도아문糧道衙門 관서 이름. 독량도督糧道의 관아를 가리킨다. '아문'은 원래 '아문牙門'에서 비롯된 말이며, 옛날의 군대 장수들이 무력을 상징하는 맹수의 날카로운 발톱이나 이빨을 자신의 집무실에 두는 관행이 있었기 때문에 군영의 대문을 '아문'이라고 불렀다. 이후로는 군영 밖에 나무로 조각한 커다란 짐승의 이빨을 장식으로 설치하거나, 깃대 상단에 짐승 이빨을 장식하고 깃발 가장자리를 이빨 모양으로 장식하게 되었다. '아문'은 또 '육선문六扇門'이라고도 부른다.

양운陽韻 운자韻字의 한 부류. 송나라 때 유연劉淵이 정리한 '평수운平水韻'에서 하평성下平聲의 일곱 번째에 해당하는 부류이며, 여기에 포함되는 글자는 앙陽, 양楊, 양揚, 향香, 향鄕, 광光, 창昌, 당堂, 장章, 장張, 왕王, 방房, 방芳, 장長 등에서 방膀, 방螃까지 163자이다.

영고성쇠榮枯盛衰 성어. 인생이나 사물의 번성함과 쇠락함이 서로 바뀌는 것을 가리킨다.

영패令牌 도교 용어. 도교의 법기法器 중 하나. 길쭉한 나무판자(대개 대추나무를 많이 사용함)를 위쪽은 둥글고 아래쪽은 반듯하게 다듬어 둥근 하늘과 네모난 땅을 상징하게 만든 것이다. 측면에는 흔히 이십팔수의 이름으로 장식한다. 도사들이 법사를 행할 때 귀신에게 명령을 내리는 의식을 행하곤 하는데, 이때 이 영패를 들고 소환할 귀신이나 신장神將을 부른 다음, 적당한 임무를 말하며 영패를 탁자에 세차게 내리친다.

영희당榮禧堂 건물 이름. 영국부의 중심 건물로, 남쪽으로 난 대청 뒤편 의문 안쪽의 커다란 정원에 자리 잡은 다섯 칸짜리의 웅장한 건물이다. 정면에는 적금으로 9마리의 용을 장식한 커다란 현판에 큰 글씨로 '영희당'이라고 적혀 있고, 그 뒤에는 작은 글씨로 쓴 "모년 모월에 영국공 가원에게 써서 하사하노라."라는 구절과 "만기신한지보萬幾宸翰之寶"라는 황제의 도장에 적힌 글씨가 새겨져 있다. 내부의 화려한 장식과 함께, 동안군왕 목시穆蒔가 왕족의 몸임에도 자신을 '같은 고을에서 대대로 교분을 나눈 집안의 아우'라고 칭하면서 흑단목에 은으로 글씨를 상감象嵌하여 대련을 쓴 것은 영국부의 위세를 잘 보여준다.

요풍헌蓼風軒　건물 이름.『홍루몽』에 나오는 가상의 정원인 대관원 안에서 서쪽에 위치해 있으며, 근처 연못 안에는 우향사가 있다. 그 남쪽으로 개울을 사이에 두고 추상재가 있고, 서남쪽에는 노설암이 있다. 요풍헌이라는 이름은 정월 대보름에 가원춘이 친정을 방문한 후에 하사한 것이다. 이후 이곳은 가석춘의 거처가 되며, 이 안에 있는 난향오가 가석춘의 침실이다.

운남절도사雲南節度使　벼슬 이름.『홍루몽』에서 설정한 가상의 벼슬로서 그 의미만 놓고 보면 운남雲南 지역의 군정을 총괄하는 지위에 해당한다. 그러나 원나라 때 이르러서는 절도사라는 직함 자체가 없어졌다.

이부시랑吏部侍郎　벼슬 이름. 이부吏部의 장관을 보좌하는 관직이다.

이십팔수二十八宿　별자리 이름. 고대 중국에서는 해와 달, 오성五星(목성, 금성, 수성, 토성, 화성)의 운행을 관측할 때 28개의 별자리를 나누고, 그것을 이용하여 해와 달, 오성이 이르는 위치를 설명했는데, 여기에는 각기 몇 개의 항성恒星이 포함되어 있다. 그러므로 이것은 오늘날 천문학에서 말하는 별자리와는 다른 개념으로서, '이십팔사二十八舍' 또는 '이십팔성二十八星'이라고도 부른다. 이십팔수는 고대 중국의 천문학과 종교, 문학, 점성술, 풍수지리 등에 광범하게 응용되었으며, 특히 각 영역마다 특수한 의미를 부여하여 그 내용이 대단히 복잡하다. 이십팔수라는 개념은 이미 전국시대부터 형성되어 있었으며, 이후 시대에 따라 약간의 변화가 있었다. 또한 이십팔수는 각 자리에 해당하는 짐승과 지역, 그리고 사람의 생일 등에 복잡하게 대응되어 설명되기도 한다. 중국의 전통적인 민간신앙에서는 각 별자리에 해당하는 신을 설정하여 섬기기도 한다.

이홍원怡紅院　정원 이름. 가보옥의 거처로 대관원 안에 있다.

이후주李後主(961∼975 재위)　인명. 오대십국 시기 南唐의 군주 이욱李煜을 가리킨다. 팽성彭城(지금의 쟝쑤〔江蘇〕쉬저우〔徐州〕) 사람으로서 자는 중광重光, 원래 이름은 종가從嘉였으며, 호는 종은鍾隱과 연봉거사蓮峰居士를 사용했다. 975년에 송나라에 의해 수도가 함락되자 포로가 되어 변경汴京(지금의 허난〔河南〕카이펑〔開封〕)으로 끌려가 우천우위상장군右千牛衛上將軍 벼슬과 함께 위명후違命侯에 봉해졌다. 하지만 나중에 옛 나라에 대한 감회를 읊은 「우미인虞美人」이라는 사詞를 짓는 바람에 송나라 태종(976∼997 재위)에게 사약을 받고 죽었다. 이욱은 정치적으로는 무능했지만 서예와 그림, 음악, 시사詩詞와 산문까지 모두 상당한 조예가 있었으며, 특히 사詞 창작에서 뛰어난 재능을 보였다.

자릉주紫菱洲 경관景觀 이름. 대관원 안에서 서남쪽에 해당하는 요정화서蓼汀花漵 일대를 가리키며, 이곳에는 물가를 따라 건물들이 세워져 있다. 정월 대보름에 가원춘이 친정을 방문했을 때 이 안에 있는 철금각에 머물렀다.

자사刺史 벼슬 이름. 한나라 무제 때부터 생겨났다. 당시 무제는 전국을 13개 주州(또는 부部)로 나누고, 각기 1명의 자사로 하여금 담당 지역의 행정을 감찰하도록 했으며 어사중승御史中丞의 관할 아래 두었다. 이 벼슬은 훗날 '주목州牧', '태수太守' 등으로 명칭이 바뀌었다가 되돌려지기를 반복했는데, 송나라 때는 조정의 문신文臣이 '지주知州'로 파견되면서 자사는 무신에게 주는 명예직이 되었다. 청나라 때는 '지주'의 별칭으로 쓰였다.

절강성浙江省 지명. 중국 동남쪽 연해 지역으로서 남으로 푸젠[福建], 서쪽으로 안훼이[安徽]와 쟝시[江西], 북으로 상하이[上海]와 쟝쑤[江蘇]에 인접해 있는 지역이며, 해당 지역의 거의 중앙 지점을 첸탕강[錢塘江]이 관통한다. 역대로 이곳은 춘추시대 오나라와 월나라, 삼국시대의 동오, 육조시대의 남조가 자리 잡았던 적이 있다. 오늘날 이곳은 중국의 성省 가운데 면적은 가장 작지만 인구밀도는 가장 높은 곳 중 하나로 꼽힌다. 대표적인 도시로는 후저우[湖州], 사오싱[紹興], 원저우[溫州], 닝뽀[寧波], 진화[金華], 저우산[舟山], 항저우[杭州], 리쉐이[麗水] 등을 꼽을 수 있다.

정청正廳 건물 정중앙의 대청을 가리킨다.

지보地保 역사 용어. 청나라 때와 중화민국 초기에 지방에서 관청의 업무를 도와 자잘한 일들을 처리하던 사람을 가리킨다. 진·한 시기의 정장亭長, 수·당 시기의 이정里正, 송나라 때의 보정保正과 비슷한 것으로, 하나 혹은 몇 개의 마을을 담당하면서 지방 관청과 백성들 사이에서 일종의 중개자 역할을 수행했다.

지부知府 벼슬 이름. 당나라 때는 경사와 왕조를 건립할 때 황제의 군대가 주둔했던 지역에 특별히 '부府'를 설치했는데, 송나라 때 이르러서는 태조太祖 조광윤趙匡胤(960~975 재위)이 아직 황제가 되지 않았을 때 다스렸던 지역을 모두 '부'로 승격시키고 '목牧'이나 '윤尹'이라는 벼슬아치로 하여금 다스리게 했다. 조정의 신하가 파견되어 임시로 그곳을 다스리는 경우도 있었는데, 이를 줄여 '지부'라고 불렀다. 명나라 때는 지부가 비로소 정식 관직 명칭이 되어 주州와 현縣을 맡아 다스렸으며, '부'의 행정장관과 직급이 같았다. 청나라 때도 이를 따랐다.

지현知縣　벼슬 이름. 진·한 이래 군현제郡縣制에서 하나의 현을 다스리는 사람을 현령이라고 했는데, 당나라 때는 현령의 업무를 대신하는 사람을 '지현사'라고 불렀고, 송나라 때는 조정의 관리를 현에 파견하여 행정을 총괄하게 하면서 '지현사'라고 불렀는데 이것을 줄여서 '지현'이라고 했다. 지현은 해당 지역에 군대가 주둔해 있을 때는 군대 업무까지 총괄했다. 원나라 때는 현의 장관을 현윤縣尹이라고 했다. 명·청 시대에 지현은 해당 지역의 정식 장관으로서 정칠품에 해당하는 관리였기 때문에 속칭 '칠품예마관七品芝麻官'이라고도 불렀다.

진국공鎭國公　작위 이름. '진국공'은 원래 명나라 정덕제正德帝(1505~1521 재위)가 자신에게 봉한 작위였는데, 청나라 때는 신하들에게 봉하는 작위가 되었다. 청나라 때의 진국공은 '승은진국공承恩鎭國公'이라고도 불렸으며, 황실의 직계 가족이나 친척 관계의 귀족인 각라覺羅, 지방의 번진藩鎭에게 부여했다. 진국공은 서열 제5위로서 고산패자固山貝子의 바로 다음, 보국공輔國公의 바로 위에 해당하는 작위로, 이른바 '입팔분공入八分公'이라고 부르는 최상위 여섯 계층의 작위에 포함되었다. 진국공은 매년 은 700냥[兩]과 쌀 700휘[斛]를 받았다. 1휘는 10말[斗]에 해당한다.

진소관秦小官　연극의 주인공. 명나라 말엽에서 청나라 초기까지 활동한 이옥근李玉根이 단편 화본소설話本小說「매유랑독점화괴賣油郞獨占花魁」를 토대로 개편한 연극[傳奇]『점화괴占花魁』의 주인공인 진종秦種의 별명이다. 이야기는 기름 장사를 하는 진종과 유명한 기생 왕미랑王美娘이 부부가 되는 과정을 그린 것이다.

진해총제鎭海總制　벼슬 이름.『홍루몽』에서 설정한 가상의 무관 벼슬로, 정식 명칭은 '진수해문등처총제'이다. 남송 때인 1127년에 설치된 어영사에 군대의 장수들을 총괄 관할하던 도통제를 보좌하던 '통제'와 '통령'이라는 직책이 있었는데, 이를 모델로 만들어낸 듯하다. 제99회에 따르면 가정과 동향 사람으로서 나중에 가탐춘의 시아버지가 되는 주경에게 부여된 벼슬이며, 주요 임무는 바닷가 변경의 국방과 치안, 관세 업무를 총괄하는 것으로 보인다.

철함사鐵檻寺　절 이름. 가씨 가문에서 중요한 인물이 죽었을 때 영구를 안치하고 장례식을 치르는 곳이다. 이 절은 경사의 성 밖에 위치해 있고, 주지는 색공色空이다. 진가경과 가경 등의 장례가 이곳에서 치러지며, 진종과 지능이 밀회를 즐겼던 수월암(만두암) 역시 이 절에 속한 암자이다.

총독總督　벼슬 이름. 명·청 시대 지방의 행정과 군사, 경제를 담당하던 관리로서 '독헌督憲', '제대制臺' 등으로 높여 부르기도 한다. 청나라 때 총독의 품계는 정이품이지만 통상적으로 병부상서兵部尚書 직함을 겸함으로써 종일품까지 오를 수 있었다. 한 지역[省]의 행정만을 담당하던 순수巡撫와는 달리 총독은 여러 지역을 아울러 관장하면서 동시에 행정 업무 외에도 군사 업무까지 함께 관장했다. 청나라 때는 직예총독과 양강총독, 사천총독, 민절총독, 운귀총독, 호광총독, 양광총독, 동삼성총독, 그리고 섬감총독이 있었다. 이 외에 명·청 시대에는 하도총독과 조운총독처럼 특정한 행정 업무를 전문적으로 관장하는 총독도 있었다.

총리내정도검점태감總理內庭都檢點太監　벼슬 이름.『홍루몽』에서 설정한 가상의 벼슬로서 황궁의 태감인 구세안裘世安에게 주어진 것으로 되어 있다. 도검점都檢點은 원래 오대 시기에 금군禁軍의 최고 사령관을 가리키는 말이었으나, 송나라 초기에 폐지되었고, 청나라 때는 제독의 별칭으로 쓰였다. 또한 태감들 중 지위가 가장 높은 이를 가리켜 흔히 도태감이라고 불렀다. 이런 점을 감안하면 이른바 '총리내정도검점태감'이라는 직책은 황궁의 태감들을 총괄적으로 관장하면서 황궁 내의 치안을 담당하는 막강한 권력을 가진 직책인 듯하다.

추밀원樞密院　관서 이름. 당, 오대, 송, 요나라 때 군정을 담당하던 관서로, 그 장관은 추밀사라고 했다. 당나라 때는 환관이 추밀사가 되었지만, 오대 이후로는 일반 관리가 그 직책을 맡았다. 송나라 때는 중서성中書省과 더불어 '이부二府'로 불리며 최고 국무기관이 되었다. 그러나 명나라 때는 이 기구가 없어지고 대도독부大都督府가 군사 업무를 총괄했다.

추상재秋爽齋　서재 이름. 대관원 안 심방계 옆에 있는 건물이지만 뜰에 파초와 오동나무가 있으며, 그 안에 효취당이라는 널찍한 대청이 있다는 것 외에는 별다른 묘사가 없다. 훗날 가탐춘의 거처가 되어 해당사라는 시 모임이 이곳에서 결성되기도 한다. 효취당은 태부인이 처음으로 대관원에서 잔치를 벌인 곳이기도 하다.

취고정吹鼓亭　건물 이름. 옛날 궁궐이나 관아官衙의 대문이나 중문 양옆에 세운 건물로서 제왕이나 관료들이 출행하거나 손님을 맞이할 때 북을 울리고 음악을 연주하는 곳이다.

칠성관七星冠　모자 이름. 도가에서 받드는 7개의 별을 상징하는 무늬나 보석을 장식한 모자이다. 주로 도사들이 제사와 같은 의식을 치를 때 쓴다.

칠성흑기七星黑旗　깃발 이름. 검은 바탕에 7개의 별을 상징하는 무늬가 그려진 깃발이다. 도사들이 술법을 행하거나 제사를 지낼 때 사용된다.

침운 侵韻 운자韻字의 한 부류. 송나라 때 유연劉淵이 정리한 '평수운平水韻'에서 하평성下平聲의 열두 번째에 해당하는 부류로, 여기에 포함되는 글자는 침侵, 심尋, 심潯, 림臨, 림林, 림霖, 침針, 잠箴, 짐斟, 심沈, 심心, 금琴, 금禽, 금擒, 금衾, 흠欽, 음吟, 금今, 금襟, 금金, 음音, 음陰, 잠岑, 잠簪, 임王, 임任, 흠歆, 삼森, 금禁, 침祲, 암暗, 심深, 침琛, 잠涔, 침駸 참參, 침忱, 림琳, 임妊, 섬摻, 삼蔘, 심椹, 침郴, 금芩, 금檎, 림琳, 담蟫, 음愔, 음喑, 검黔, 금嶔 등 51자이다.

학가장 郝家莊 지명. 이와 동일한 지명은 여러 곳이 있는데, 『홍루몽』에서는 영국부의 전답田畓이 있는 교외의 마을을 가리키는 가상의 지명으로 쓰였다. 이곳의 주민들은 농사를 지어서 매년 얼마 정도의 소작료를 영국부에 바치는데, 제93회에서는 그렇지 않아도 살림살이가 어려워지고 있던 상황에서 소작료를 싣고 오던 수레를 강탈당해 소동이 벌어진다.

학정 學政 벼슬 이름. 정식 명칭은 '제독학정提督學政'으로, 각 지역〔省〕의 과거시험과 학교의 일을 관장하기 위해 조정에서 파견하는 관리이다. '학대學臺', '학사學使', '학도學道'라고 부르기도 하는데 순무, 순안과 더불어 정삼품에 해당하는 관직이다. 이 벼슬은 대개 한림원 또는 진사 출신의 조정 관리가 담당했다.

항아 嫦娥 선녀 이름. '항아姮娥'라고도 쓴다. 출신에 대해서는 여러 가지 설이 있다. 그녀가 바로 제준帝俊(즉 제곡帝嚳, 순舜)의 아내로서 12개의 달〔月〕을 낳은 상희常羲라고 하거나, 혹은 그 부부 사이에서 태어난 딸이라는 설도 있다. 일반적인 전설에 따르면 후예后羿의 아내로서 후예가 서왕모西王母에게서 얻어온 불사약不死藥을 훔쳐 먹고 달나라로 도망쳤다고 한다. 이후의 이야기에 대해서도 여러 가지 설이 있는데, 한나라 때는 그녀가 달나라에서 두꺼비로 변했다는 설도 있었다. 도교에서는 달의 신〔月神〕 또는 태음성군太陰星君으로 받들며 '월궁황화소요원정성후태음원군月宮黃華素曜元精聖后太陰元君' 또는 '월궁태음황군효도명왕月宮太陰皇君孝道明王'이라는 존호尊號를 붙여주었다.

해당사 海棠社 시 모임〔詩社〕. 제37회에서 가탐춘의 주재로 결성된 것으로, 이날 모임에서 해당화를 소재로 시를 지었기 때문에 모임의 이름을 '해당사'로 지었다.

해당시사 海棠詩社 시 모임〔詩社〕. 제37회에서 가탐춘의 주재로 결성된 것으로, 이날 모임에서 해당화를 소재로 시를 지었기 때문에 모임의 이름을 '해당사'로 지었다.

현청 縣廳 관서 이름. 현縣의 정사政事와 소송訴訟 등을 처리하는 곳이다.

호선互先 바둑 용어. 실력이 비슷한 두 사람이 돌을 가려서 흑백을 정하고 대국하는 것을 가리킨다. 이때 흑을 쥔 사람은 정해진 만큼의 집을 상대에게 공제해준다.

호주부湖州府 지명. 오늘날 저장성〔浙江省〕북부, 상하이〔上海〕의 서쪽, 항저우〔杭州〕의 북쪽에 위치한 도시로, 서쪽으로 톈무산〔天目山〕이 있고 북쪽으로 타이후〔太湖〕가 있다. 이곳의 역사는 기원전 248년에 초나라 춘신군春申君이 성을 쌓아 고성현菰城縣을 설치하면서 시작되었으며, 수나라 때인 서기 602년에 호주로 바뀌었다. 이 지역 사투리로는 오어吳語에 속하는 태호편방언太湖片方言이 많이 쓰인다. 북아열대 계절풍 기후를 보이는 이곳은 자연 자원이 풍부하고 특히 전국적으로 유명한 '모죽毛竹'의 생산지이기도 하다.

화리목花梨木 나무 이름. '강향황단' 이라고도 하며, 그 외에 강향단, 향홍목, 화려, 향지, 황화리 등의 별명으로도 불린다. 나무의 속 부분이 진한 홍갈색을 띠며 종종 검은색을 띠는 나이테가 선명하게 나 있는 이것은 고급 가구나 악기, 조각품의 재료로 쓰인다. 또한 목재를 쪄서 나온 기름은 향료의 정향제로도 쓴다. 뿌리와 줄기의 심은 진통제를 만드는 약재로도 쓰인다.

화작和作 문학 용어. 고대 중국의 시 창작 방법 중 하나이며, 하나의 제목(또는 주제)으로 자신이나 다른 사람이 두 편 이상의 연작시를 짓는 것이다. 이때 제일 먼저 지어진 작품을 '원창原唱' 이라 하고, 그 뒤를 이어서 쓴 작품들은 '따라 쓴 것들' 이라는 의미에서 '부화附和' 라고 부른다. 이 경우는 체재에 따라 지켜야 할 규칙이 달라지는데, 대개 보운步韻과 의운依韻(또는 동운同韻), 종운從韻의 방식을 따른다. 보운이란 '원창' 에 사용된 운자韻字를 순서까지 똑같이 써서 짓는 방식이고, 의운은 '원창' 에 사용된 운자와 같은 부류에 속하는 운자를 쓰기 때문에 '원창' 의 운자와 똑같이 쓸 필요가 없는 방식이며, 종운은 '원창' 의 운자를 쓰되 그 순서까지 똑같이 하지는 않는 방식이다. 다만 화답시和答詩의 경우에는 반드시 '원창' 의 운자를 쓰지 않고 다른 부류의 운자를 쓰기도 한다.

흠천감欽天監 관서 이름. 명·청나라 때 천문을 관측하고, 역수曆數를 정하고, 길흉을 점치며, 금기를 판별하는 등의 일을 맡았던 관청이다.

| 연표* |

회차	연차	계절/월일	주요 사건	참고
87	20	?	임대옥, 설보차가 보낸 부賦를 보고 상심에 젖어 시를 쓰고 거문고 곡조에 맞춤. 가보옥, 가석춘의 거처에서 묘옥과 가석춘이 바둑 두는 것을 구경함. 가보옥, 묘옥과 함께 임대옥의 거문고 연주를 들음. 묘옥, 좌선하다 주화입마에 걸림.	
88		?	태부인, 81세 생일에 대비하여 자매들에게 『심경心經』을 베껴 쓰게 함. 가보옥, 태부인 앞에서 가란을 칭찬함.	
		이튿날	가진, 포이와 주서의 양아들 하삼에게 매질을 함. 가운, 중양절이 다가오는 것을 핑계로 왕희봉에게 뇌물을 주며 일거리를 얻으려 하나 실패함.	
89		10월 중순	가보옥, 공작 깃털 외투를 보고 청문을 그리워함. 가보옥, 청문의 제사를 지냄. 임대옥, 가보옥이 정혼했다는 설안의 잘못된 말을 엿듣고 식음을 전폐함.	
90		?	임대옥, 진상을 알고 나서 몸이 점차 회복됨. 왕희봉, 처지가 궁핍한 형수연에게 평아를 시켜 옷을 갖다줌.	
91		?	하금계와 보섬, 설과를 유혹하려 하지만 실패.	
		늦겨울	설보차, 집안일을 돕다가 몸져누움. 가정, 왕부인에게 가보옥과 설보차의 혼례 날짜를 잡으라고 함. 가보옥, 임대옥과 선禪에 대해 이야기하며 자신의	

---

* 이 연표는 가보옥이 태어나면서 이야기가 시작된 첫 해를 기점으로 하여 주요 사건을 날짜별로 정리한 것이다. 다만 『홍루몽』은 판본의 전승 과정이 복잡하기 때문에 연월일과 계절에 대한 기술이 정확하지 않고 뒤섞이거나 잘못된 부분도 적지 않으며, 특히 제80회 이후로는 연월일에 대한 서술이 거의 없다. 이 때문에 날짜의 경우는 간혹 문맥을 바탕으로 추측한 것도 있어 하루 이틀 정도의 오차가 있을 수도 있음을 밝혀둔다.

			마음을 확인함.	
92	20	11월 1일	태부인, 소한회(消寒會)를 엶. 가보옥, 태부인 앞에서 가교저를 칭찬하고, 가교저에게 고래의 훌륭한 여인들에 대해 이야기해줌. 사기가 자살하고, 반우안도 따라 죽음. 풍자영, 모주(母珠) 등의 서양 상품을 가져와 팔려고 하면서, 가화의 승진 소식을 전함.	
93		?	가보옥, 가사를 따라 임안백의 집에 생일 축하 인사를 하러 가서 연극을 보고, 장옥함을 만남. 포용, 영국부에 몸을 의탁. 가근, 수월암에서 비구니 및 도사들과 추문을 일으킴.	가근이 수월암에서 음란한 짓을 저지르기 시작한 것은 10월 중순부터임.
94		11월 하순	이홍원의 시든 해당화가 꽃을 피움. 가보옥, 통령보옥을 잃어버림.	
95		?	묘옥, 형수연의 부탁을 받고 부계점을 침.	왕자등은 이듬해 정월 20일에 황제를 알현하고 임명장을 받을 예정이었음.
			왕자등, 내각대학사로 승진하여 경사로 출발.	
		12월 18일	입춘 가원춘 사망.	
96	21	?	가보옥, 정신이 흐려지기 시작. 태부인, 통령보옥을 찾기 위해 현상금을 내걺. 태부인, 가보옥을 자신의 거처로 옮기게 함.	가원춘 향년 43세. 태부인 81세. 가정, 60세를 앞둠.
		1월 17일	왕자등이 경사로 오는 도중 사망했다는 소식이 전해짐.	
		2월 ?일	가정, 강서량도에 임명됨.	
		?	왕희봉, 가보옥을 속여 설보차와 결혼식을 올리게 할 계책을 세움.	
		?	임대옥, '바보 언니'에게서 가보옥과 설보차의 결혼 사실을 알게 됨.	
97		?	임대옥, 손수건과 시 원고를 불살라 속세의 정을 끊음. 가보옥과 설보차의 결혼식 열림. 그날 저녁 임대옥 사망.	
		이튿날	가정, 부임지로 출발.	
98		?	가보옥, 임대옥의 죽음을 알게 됨. 가보옥, 꿈에 임대옥을 찾아 나서지만 저승사자가 돌려보냄.	가보옥이 임대옥의 죽음을 알게 된 것은 설보차와 결혼하고 9일째 되는 날임.
		?	가보옥, 소상관을 찾아가 애도.	

99		?	가정의 하인 이십, 관리들과 결탁하여 농간을 부려 백성의 재물을 수탈. 가정, 주경의 아들과 가탐춘의 혼약을 정함. 가정, 저보를 읽고 설반의 사건을 조작한 것이 들통 났음을 알게 됨.	이 무렵 대관원에는 이환과 가탐춘, 가석춘만 살고 있었음.
100		?	하금계, 설과를 유혹하려다 향릉에게 발각되어 원한을 품음. 가보옥, 가탐춘의 결혼 사실을 알고 상심함.	
101	21	?	왕희봉, 대관원의 달밤에 진가경의 혼령을 만남. 가련, 왕인의 행사 때문에 왕희봉에게 푸념을 늘어놓음. 왕희봉, 유오아를 가보옥의 하녀로 불러들임.	왕희봉 25세.
		?월 초하루	왕희봉, 산화사에서 점을 침.	
102		이튿날	가탐춘, 가정의 부임지로 출발. 그날 밤 우씨 몸져누움.	가탐춘, 가정의 부임지에서 바닷가의 시집으로 들어감.
		이삼일 후	모반선, 우씨의 병과 가진의 운세를 점침.	
		?	가사, 도사를 불러 대관원의 악귀를 몰아내기 위한 법사를 거행.	
		?	가련, 가정이 탄핵당한 소식을 전함.	
103		?	하금계, 향릉을 독살하려다 오히려 자신이 독을 마시고 죽음.	가화가 진비를 만난 것은 헤어진 지 19년이 지난 후임.
		?	가화, 경조부윤京兆府尹으로 승진하여 세무 업무까지 겸하여 맡게 됨. 가화, 부임 도중 지기현 급류진에서 진비 만남.	

홍루몽 6

1판 1쇄 발행 2012년 12월 5일
1판 4쇄 발행 2025년 3월 25일

지은이   조설근
옮긴이   홍상훈
펴낸이   임양묵
펴낸곳   솔출판사

주소   서울시 마포구 와우산로29가길 80(서교동)
전화   02-332-1526
팩스   02-332-1529
블로그   blog.naver.com/sol_book
이메일   solbook@solbook.co.kr
출판등록 1990년 9월 15일 제10-420호

ISBN   978-89-8133-621-9 (04820)
         978-89-8133-623-3 (세트)

• 잘못된 책은 구입한 곳에서 바꿔드립니다.
• 책값은 뒤표지에 표시되어 있습니다.